Arturo ê 禮物

アルトーロの贈り物

總策劃：賴永祥

日文原著：盧焜熙 David Lu

台譯：林俊育

超過 80 歲 chiah kah kiáⁿ
頭一 pái 見面 ê 心路歷程

Arturo ê 禮物

アルトーロの贈り物

總策劃：賴永祥

日文原著：盧焜熙 David Lu

台譯：林俊育

超過 80 歲 chiah kah kiá^n
頭一 pái 見面 ê 心路歷程

目　錄

第一章　彌勒佛 ê 微笑 7
第二章　三角關係 43
第三章　長谷寺 ê 少女 91
第四章　苦惱 kah 求道 111
第五章　南國失落 ê 身影 131
第六章　《緋文字》kah 倫理學 167
第七章　上帝 ê 羊羔 187
結　語　Kah 天堂對話 221

附錄

1, 登場 ê 人物 kah 舞台 ê 地點 261
2, 日文人名 kah 地名讀音對照表 263
3, 英文人名 kah 地名對照表 269

台語版出版 ê 話 **281**

版權頁 **284**

第一章　彌勒佛 ê 微笑

阮牽手 Nancy bat tī Stanford 劇院俱樂部演過 Lady Macbeth[1] chitê 角色。當「Chitê 血 koh khah án 怎洗，都無法度洗清氣」ê 名言 iáu tī 劇場迴響 ê 時，全場恬 chihchih，過一時 á，pho̍k'á 聲 chiah ná 水 teh 滾。我坐 tī 前排 ê 座位，iáu ē 記得她 hit 對驚人 ê 目 chiu 當我講「我真驚」ê 時，她笑笑 á 應講：「Oh，我想 beh 知我是 m̄ 是有變成麥克白夫人。」

Tī chit 件事件發生了後，我 m̄ bat koh 再看過她 ê hit 種目神；tio̍h 算 tī 阮約會 kah 結婚 ê 時，我猶原有受 tio̍h 她充滿愛情 ê 目神 teh 關愛，我真享受 hit 段時期。2013 年九月中旬，阮 ta̍k 工 ê 例行工作 lóng 是 ánne：早起時起床 ê 時，阮 lóng ē 騎腳踏車 se̍h 農場兩 liàn，洗身軀，食早頓，了後 chiah 開始隨人 ê khangkhòe；我 kah 老父做伙去經營農場，Nancy 開始做她 ê 志工。當郵差來 ê 時，已經是 11 點 à，Nancy kā 郵件 the̍h 來 hō͘ 我了後，to̍h 開始準備中晝頓。這 to̍h 是阮 ê 日常生活。

我已經 bē 記得明確 ê 日期；m̄ 是 lah，應該是知影假 m̄ 知，因為我無想 beh koh 再 tam tio̍h hit 工 ê 痛苦滋味。Hit 工，Nancy the̍h 一个後來知影 kantaⁿ 有三本日記簿 tī 內底 ê 小包裹，雄雄狂

1 譯註：莎士比亞所寫 ê 悲劇 "The Tragedy of Macbeth"，通稱 "Lady Macbeth" ê 角色之一。

狂 kā 它 khǹg tī 我 ê 桌頂，用強 beh hō͘ 我想起麥克白夫人 ê 目神對我講：「你是做過啥物 tāichì ？」了後 to̍h 坐 tī 事務所邊角 ê 椅 á 頂。她知影 chit 包物件 ē hō͘ 我心情沉重。

Hit 時，一个面容浮起來 tī 我 ê 面前：白頭毛隨意 sàmsàm，無經過人工整理 ê 目眉長長，目 chiu 掛一副無 sù 配 ê 大烏框目鏡，ánne ê 面容 hō͘ 伊目鏡後 teh 閱讀 ê 目 chiu 仁 koh khah 突出。當伊學者 ê 面容 teh 微微 á 笑 ê 時，hō͘ 人感覺真奇怪，看起來 ná 親像伊本底 ê 面容已經消失，變成是一个尪 á 面；這是一个友善 ê 面 chhiuⁿ。包裹頂面用美麗 ê 書法展示我 ê 名 kah 地址；這是伊寄 hō͘ 我 ê 包裹，我 m̄ 知是 m̄ 是應該 kā 它 phah 開。五年前，當我 kah 伊做伙 ê 時，我 to̍h 已經堅決 chiùchōa，beh kā 伊拒絕，chitmá，我 mā 無 hitê 心思想 beh kā 伊接納。我 kā Nancy 講：「我無想 beh 讀。」她無回答。我嘴唸講：「我無想 beh 得 tio̍h chit 種物件。你 kám ē tàng kā 它 tàn 掉，á 是 mài kā 它 phah 開，直接 koh kā 它送 tńg 去？」

故事 ē tàng 追溯到 2008 年六月，hit 時我坐全日空飛機 tùi 洛杉磯前往成田機場。因為職務上 ê 需要，我 tiāⁿtiāⁿ tio̍h ài 去日本，我已經慣勢去 hia 旅行，m̄ koh，chit pái kah 以往無仝，我 ē 去 hia，完全是為 tio̍h 個人私事，目的是 beh kah 我從來 lóng m̄ bat 見過面 ê 老父面會。Tāichì 發生 tī 三年前，當時我 ê 老母忽然因為癌症來過身，tùi 她 ê 遺書，我 chiah 開始了解老母 ê 秘密。我有想 beh kakī 來調查看 māi，m̄ koh 無法度 chhōe 出需要 ê 時間。總是，當我開始旅行，beh 來達成 chitê 目的 ê 時，我想起 hit 本《尋父三千里》ê 冊。我細漢 bat 讀過 chit 本冊，m̄ koh hit 時我 54 歲 à，已經無親像 gín'á，並無感覺 tio̍h 進入未知世界 ê 興奮。

我無法度叫伊「老父」，á 是 kā 伊當做是「老父」，當然 koh khah bē tàng 使用「真正 ê 老父」chitê 詞。因為對我來講，「老父」除了是撫養我 ê 老父以外，絕對無有別人。Tú 親像我 tī 後面 ē 提起 ê，我 ê 老母 kanta^{n} 見過伊兩 pái 面，伊根本 to m̄ 知有我 ê 存在。Tùi 老母 ê 日記中，我 ē tàng 隨時知影伊 ê 名叫做「武田武彥」。我小 khóa 查詢一下，to̍h ē tàng 知影伊是出名 ê 英國 kah 美國文學家，是日本學習院[2] 大學部 ê 名譽教授，伊 ê 主要著作有《科學小說創始人エドガー・アラン・ポー》（科學小說創始人 Edgar Allan Poe[3]）、《ナサニエル・ホーソーンの「緋文字」と清教主義の倫理學》（Nathaniel Hawthorne[4] ê《緋文字》[5] kah 清教主義 ê 倫理學）等等。照 Wikipedia 所寫 ê，後者是「菊池寬獎」ê 得獎作品，伊 mā 是日本 Nathaniel Hawthorne 協會 ê 主席。日本農業合作社出名 ê 人 tiā^{n}tiā^{n} ē 來 tòa tī in tau 附近，hiahê 人講武田教授 kah 伊 ê 牽手 tòa tī 麻布十番公寓，而且 tiā^{n}tiā^{n} 看 tio̍h in tī 鳥居坂 ê 附近散步。

當我出差去東京 ê 時，通常 lóng ē tòa tī 京王廣場大飯店。我真意愛 tùi 四十四樓 ê 宴會廳欣賞富士山，而且 tùi 新宿坐中央線

2　譯註：日本皇家貴族 ê 學校。

3　譯註：中華民國語譯做「愛倫坡」；美國作家（1809-1849），著作包括 "The Raven"（《烏鴉之歌》）。

4　譯註：中華民國語譯做「霍桑」；1804-1864，黑暗浪漫主義 kah 短篇小說作家。

5　譯註：The Scarlet Letter；Nathaniel Hawthorne ê 歷史小說，tī 1850 年出版；日文譯做《緋文字》，中華民國語譯做《紅字》。

火車去甲府視察桃 á kah 葡萄 ê 果 chí 園 mā 真方便。M̄ koh，hit pái 我無 ánne 做，卻是去 tòa tī 六本木國際文化中心。儘管它離市中心無遠，koh 是 tī 以青年做中心 ê 六本木繁華區，m̄ koh，它 soah 有一種神秘安靜 ê 氣氛。Chit 間大飯店採取會員制，有真 chē 國外學者 ē 來 tòa chia。京王廣場大飯店 ê 大廳不時都無閒 kah hō͘ 人有緊張感，頷頸 kahná 快板[6] teh tńg 來 tńg 去，m̄ koh，tī 六本木國際文化會館，不管時都 ē tàng 聽 tio̍h Vivaldi ê《四季》[7]，he ē hō͘ 人心情 khùiⁿ 活 kah 輕鬆。除了這以外，我 mā kah 意它四周圍 ê 花園，真 chán。

我 teh 辦理入房手續 ê 時，我問講：「你 kám 知影武田武彥先生？」伊回答講：「我知，伊是阮 ê 會員，tiāⁿtiāⁿ ē 看 tio̍h 伊。」一位穿制服 ê 年輕女士講：「Kám ài 我來 kā 你牽引？」「免 lah，m̄ 知伊 tang 時 ē 來 chia ？」「大約早起時十點半。伊散步了，ē tńg 來 chia 看報紙，……」我聽了 to̍h 決定 beh tòa 五工。

隔 tńg 工早起，我 tī 大廳看報紙，一直看到十一點半，m̄ koh 無看 tio̍h 武田先生出現。我 tī 咖啡廳食一頓快餐，了後行出去前埕。初夏 ê 日頭光普照，hō͘ 綠色 koh khah 美麗。外面 ê 溫度無超過 28℃，若是 tī 加州 Ventura ê 太平洋 ê 風吹來，一定 ē hō͘ 人感覺溫暖 koh 爽快，m̄ koh，kám ē 是因為梅雨期 teh beh 到 à，致使東京真 hip 熱，hō͘ 人忍無啥 ē tiâu。雖然我三工前 tútú chiah 出門，

---

6 譯註：Allegro；音樂 ê 快板、慢板、行板、柔板等是用來表示樂曲根據無仝表現 ê 需要來進行 ê 速度。

7 譯註：《四季》（義大利語：Le quattro stagioni）是意大利音樂家安東尼奧・韋瓦第 tī 1723 年創作 ê 小提琴協奏曲。

m̄ koh chitmá 我忽然懷念加州南部 ê 日頭，koh 想起我細漢 ê 時，阮老父 ê tāichì；當然，我是 teh 講我 ê 養父。我想起阮 tī Ventura ê 海水浴場來回泅水，而且伊真耐心 teh 教我泅水。我 mā 想起我三歲 á 是四歲 ê 時，伊 chhōa 我去伊出世 ê 故鄉 — 西班牙 ê Valencia ê tāichì，它 kahná 走馬燈 tī 我 ê 面前浮起來。Tī 阮老母 ê 日記，她有寫講一个 chabó͘ 人對阮老父講：「Oh，Don Carlos chitê gín'á 真 sêng in 老父。」阮老父真驕傲回答講：「Sêng kah bē 講得。」

Tī Valencia hitê 地中海 ê 城市，我 siōng ē 記得祭火節，我有看 tio̍h 吊 kui 排 ê 人形尪 á 一个接一个燒去。當火點 to̍h ê 時，我大聲 hoah 講：「是 án 怎 beh kā hiahnih súi ê 物件燒掉 leh？」我 ê 老父 kā 我 giâ tī 伊 ê 肩胛頭頂，講：「注意看，hiahê 火 beh chhèng 到天頂，kā Toro[8] 載起 lí hit 粒星頂面。」Hit 粒星 chitmá kahná 忽然出現 tī 附近，tī hia iáu teh 燒 ê 火 kah 人形尪 á，mā 出現 tī 我 ê 目 chiu 前，非常 súi。阮老父是一个善良 ê 老父，伊為我做一切 ê tāichì。我 ê 老父時常 kah 我做伙，所以我從來 to m̄ bat 感受 tio̍h 獨生 kiáⁿ ê 寂寞；我實在是真好字運。Tī 前埕 teh 行 ê 時，我想起我 chit pái 來東京 ê 目的。人生充滿矛盾，á 是講 kiámchhái 是因為充滿矛盾，chiah 是人生。Chit 時我注意 tio̍h 我 ê kha 脊 phiaⁿ 汗水流 kah tâm loklok。

第三工，武田教授準時出現 tī 大廳。伊看完朝日新聞了後，續落去，看讀賣新聞，koh 小 iáⁿ 一下 á 日經新聞 kah 產經新聞。伊無 the̍h 日本時報（Japan Times）來看，kantaⁿ 一直專心 teh 讀

---

8 譯註：Arturo ê 小名。

Herald Tribune。我無講話，mā lóng 無做啥物，我盡量 mài hō͘ 伊注意 tio̍h 我 teh 觀看伊 ê 行為。

第四工 mā 是 ánne，m̄ koh，kah 前一工無仝 ê 是，伊有注意 tio̍h 我 ê 存在。當阮目 chiu 相對看 ê 時，四蕊目 chiu 不約而同，lóng kā 視線轉向別位，ná 親像 in 彼此同意 ánne 做仝款。我坐 bē tiâu，to̍h 趕緊離開座位。

第五工，我心內充滿無法度表達 ê 不安。對方已經知影我 ê 存在，我一定 tio̍h ài 有進一步 ê 表示。我想，是 m̄ 是 tio̍h 對伊自我紹介，thang 來接近伊，m̄ koh，實際上，我卻無 ánne ê phah 算。我對伊 ê 感情真複雜。阮老母 ê 日記裡有 chit 段話：「武彥有回覆講：Siōng 好是去 kā gín'á the̍h 掉，ánne，你 kah 我 lóng ē 得 tio̍h tháu 放，我 ē kā 你感謝。To̍h 是 ánne lah，伊是一个顧人怨 ê 人，我討厭伊。我 kui 暝 lóng 睏 bē 去。」阮老母拒絕 kā gín'á the̍h 掉，chiah hō͘ 我有 chitê 活命。武田 m̄ 知 chitê 秘密。「Siōng 好是去 kā gín'á the̍h 掉」，這是啥物意思 leh ？ Chitmá 想起來，伊是 tī 55 年前計謀 beh kā 活跳跳 ê 我 thâi 死，kám m̄ 是？伊只不過是一个計謀「殺人」ê 共犯，我無勇氣，mā 無意愛去 kah chit 種非人類 ê 人講話，m̄ koh，既然我是專工為 tio̍h chitê 目的來東京，所以我 to̍h 照平常時 ê 時間 koh 去大廳。武田教授 tī hia teh 等我。我真清楚 ē 記得 hit 工 ê tāichì，阮 ê 對話 ê 內容如下：

「我叫武田，ánne 講有 khah 失禮，m̄ koh 我想我 bat tī tó 位看過你。」

「我無印象。」

「講是你 tòa tī 美國，是美國 ê 啥物所在？」

「是 tī 南加州。」

「讀 tó 一間大學？」

「我是 Stanford 大學 1975 年畢業。」

伊聽我 ánne 回答，to̍h 小 khóa khi 頭，講：「Ánne 真可惜，我 1977 年 bat tī hia 做客座教授。」

「教授是 tī tó 一間大學留學 leh ？」

「是美國 ê Columbia 大學（武彥是 1952 年 the̍h Fulbright 獎學金去 Columbia 留學，Arturo kiámchhái 是 beh 確定 chit 點）。」……Ánne 無停 ê 對話了後，chitê 話題 to̍h 來結束。了後，tī 糊裡糊塗之間 soah bē 記得 ê 名片交換 chiah 來開始。對方先 the̍h 出來，講：「失禮，這是我。」名片 ê 正面 kantaⁿ 寫「武田武彥」，地址寫 tī 後面；名片無寫頭銜，表示伊已經退休 ā。我 hō͘ 伊我 ê 名片：「Arturo Don Carlos，農場經營者，加州農業出口協會副主席。」

伊問講：「Arturo 是一个罕得有 ê 名，它 kám 有啥物特別 ê 意思？」

「因為我 ê 老母真迷 Arturo Toscanini[9]。」

「Ngh，這真有意思，我 bat 聽過一 pái 伊指揮 ê 現場演奏。1952 年 11 月 15，Saint Saens[10] ê 管風琴交響曲，he 是我一生難忘 ê 日子。」Beh kā 伊稱做「老父」，對我來講是一个衝擊。我無 ánne 做，因為養飼我 ê 老父 tī 厝裡 teh 等我 tńg 去，而且我認為稱呼別人做「老父」，ē 褻瀆「老父」chitê 字詞。武田先生伸手要求

9 譯註：出名 ê 意大利指揮家；1867-1957。

10 譯註：法國作曲家、管風琴師、指揮家 kah 鋼琴師，1835-1921。

握手，這 hō͘ 人感覺溫暖。Hit 暗，我 kā 行李整理好勢，第二工早起，我 to̍h 坐頭班飛機 tńg 去厝裡。

想 tio̍h chiahê tāichì，我 to̍h ē 起 kalúnsún，koh 感覺我 ê 手心忽然變冷。

Nancy 心內不安，問講：「你 kám 有好勢？」

「Hit 工，我 kah 武田先生握手了後，我 ê 手忽然冷起來，身軀 mā phi̍hphi̍h chhoah。接 tio̍h 伊 ê 郵便包裹了後，我幾 nā pái koh 有仝款 ê 經驗。」

「Ah，你 chitê 人。」

「Hit 工，我認為若是 kā 伊稱呼做老父，我 ē 對不起我 tī chia ê 阿爸，所以我用 ánne 做理由 tńg 來美國。實際上，伊 hitê 面 chhiuⁿ 是決定性 ê 因素；tùi 烏框 ê 老歲 á 目鏡後，伊 hit 兩蕊目 chiu 看起來 kahná 雄雄 beh 飛出來 ê 款，tī hit 一刻伊變成一位 m̄ 是受人敬愛 ê 教授，卻是一个兇手。伊 kahná 想 beh 對我講啥，m̄ koh，我 kantaⁿ ē tàng 聽 tio̍h 伊對我 ê 老母講 ê hit 句話：Siōng 好是去 kā gín’á the̍h 掉。Chit 款人 bē tàng 原諒 tit，chitmá koh 讀伊 ê phoe iáu 有啥物路用 leh？因為我已經 kā 它 khǹg tī 糞埽桶裡，明 á 載你 kā 它 the̍h 去回收 kám 好？」

Nancy kā 我攬 tiâu leh，講「無 nơh，你 tio̍h kā 它保存起來！」她實在是一个非常好 ê 牽手。

續落來 ê 兩禮拜，我受 tio̍h 惡夢 ê 困擾，連續幾 nā 工睏眠不足。原本 ta̍k 工騎鐵馬 se̍h 農場兩 liàn ê 工作，因為 thiám，soah 減少一 liàn，我 ê 手 mā 無想 beh 做 khangkhòe。Nancy 看 bē 過心，to̍h 對我講：「你有受 tio̍h 武田博士 ê tāichì 所困擾 ê 款，ánne，kui 氣 kā 伊 ê phoe 讀讀 leh。」她 to̍h tùi 她 ê 屜 á 底 the̍h 出小包裹。Gāigio̍h ê 感覺並無消失，我用 phi̍hphi̍h chhoah ê 手，kā 小包裹 phah 開。

Phah 開小包裹 ê 時，內底有附數字 1, 2, 3 ê 三个 phoe 囊，koh 有三本日記。頭一个 phoe 囊 ê 內容真簡單。Tī 東京虛情假義 ê 武田教授，chitmá ê 風格 ná 像是一个硬 piàngpiàng koh 粗魯 ê chapo͘ 人。伊使用真簡潔 ê 文體。

Arturo 先生，我是 tī 東京 kah 你見面 ê 武田，雖然 hit 工 iáu m̄ 知，m̄ koh，我想你是我 ê 親生 kiáⁿ。你若有心 beh 關注，請你讀下一張 phoe；若是你無心意，to̍h 請你 kā in 寄 tńg 來。

我隨時 phah 開第二張 phoe。

Arturo 先生：

我想，你 ē 想 beh 知影你親生老父 ê tāichì，所以 tāi 先 tio̍h tùi 我 ê 身世講起。我出世 tī 台灣 ê 嘉義市，它 ê 位置是 tī 北迴歸線 ê 頂面，是一个趣味 ê 南部小鎮。當我行出城鎮 ê 時，四界 lóng 是王梨園，我 chitmá iáu ē 記得 hit 種芳味。小學畢業了後，我進入台北高等學校 ê 尋常科。這 kah 普通 ê 中學無仝，是舊制七年制高中[11]一部分 ê 尋常科，是一个真好 ê 學習所在。Tī 戰前 ê 日本，tùi 公立高校畢業 to̍h 保證 ē tàng 進入帝國大學，而且若是進入尋常科，to̍h 無需要參加高校 ê 入學考試，所以若是進入尋常科，ē sái 講 to̍h 是 tùi 升學考試 ê 地獄解放出來。我 ê 老父是嘉義市市長，伊 bat ánne kā 我講：「你 ê 老師 kā 你褒獎 ê 時，想講伊是 teh kā 你講好聽話 niāniā，其實，你是真正有好頭腦。」我聽了，歡喜 kah bē 講 tit。當地 ê 報紙寫講：全台灣有 462 人申請 beh 進入 kanta^{n} 有 40 个名額 ê 班級，副標題 iáu 有寫講：「武田市長 ê 公子武彥合格」。我是嘉義市頭一个通過 chitê 狹門 ê 人。

Hit 時 tú tī 太平洋戰爭 siōng 劇烈 ê 期間，難忘 ê 四年尋常科生活是我 siōng 快樂 ê 時期。Tī hia ê 同學成做我一世人 ê 朋友，in tiā^{n}tiā^{n} 出現 tī chit 張 phoe kah 我 ê 日記中間。M̄ koh，chit 種幸福 ê 日子並無持續 gōa 久。

阮尊敬 ê 英語老師真早 to̍h hông 召去做兵，tī 風聲中，阮聽講伊已經過身 à。根據傳說，tùi 菲律賓運送美國戰俘 ê 船去 hō͘ 美國潛水艦 phah 沉去，伊是軍隊中尉，而且負責護送，所以伊注定 tio̍h kah 運輸船同齊無命。Bat 質疑講大東亞共榮圈 kah 歐美 ê 帝國主義之間，根本上有啥物區別 ê 一位歷史教授，tī 約兩禮拜後，以陸軍二等兵 ê 身分 kah 阮告別。Ta̍k 年三月初十 ê 陸軍記念日，學生 lóng tio̍h 去總督府 kah 台灣陸軍司令部頭前遊行，koh 接受軍事指揮官 ê 閱兵。一 kóa 衫褲 kah 帽 á 慣勢 lili-laklak ê 高中生，in

11 譯註：日治時期 ê 七年制高等學校，包括四年制尋常科 kah 三年制高等科（日治時期等於大學預科）。

ē thiau 工 kā 腳 kiáu（華語 ê 綁腿）放 lēng，hō͘ in tī 遊行中 làu 落去土 kha。這若去 hō͘ 司令官看 tio̍h，tāichì to̍h 大條 ā，指派 ê 軍官 ē hō͘ 軍事司令部送去塞班島，á 是一 kóa 偏遠 ê 島嶼。當軍隊 kā 觸角伸入來象牙塔 ê 時，iáu 少年 ê 阮，mā 用不安 ê 目神來迎接 in。

1945 年 5 月 31 是我一生難忘 ê 日子。因為台北受 tio̍h 地毯式 ê 空襲，致使總督府 kah 軍事司令部遭遇 tio̍h 破壞，真 chē 厝宅受 tio̍h 燒毀。Hit 工，我以傳令兵 ê 身分去到台北。Oh，我 tio̍h 先小 khóa 解說一下：阮已經 hông 編入高等科，而且隨時 to̍h 受徵召，成做義勇兵，變成陸軍二等兵。阮文科一年級 ê 小隊 hông 派去大屯山 kha ê 竹 á 湖，tī hia 起造真正是 lili-laklak ê 軍營，ta̍k 工 lóng teh 挖無聊 ê 戰壕，koh 接受軍事訓練。竹 á 湖 chitmá 是陽明山國家公園 ê 一部分，有真 chē 人 tī hia 健行 chhitthô，m̄ koh，對阮來講，tī 1945 年，它是 kā 阮 kah 軍事束縛結聯做伙 ê 監獄。

Tī 我向大隊總部報告了後，beh tńg 去竹 á 湖 ê 途中，空襲警報響起來。Hit 時，我 tú tī 台北車頭附近，m̄ koh 我用 pià^{n} siōng 緊 ê 速度，向新公園走去，bih 入去博物館前 ê 防空壕。Chitê 大約 ē tàng bih 25 人 ê 防空壕，chitê hō͘ 人批評講若無去 hō͘ 直擊彈直接 phah tio̍h to̍h 真安全 ê 防空壕，我 ē sái 講是它 ê 常客之一。兩年前，阮老父轉任新竹州 ê 州長，所以我有真 chē 機會 tńg 去厝裡。Tī tńg 去學寮 ê 路裡，空襲警報若響，我時常 ē 得 tio̍h chitê 防空壕 ê 照顧。Tī hit 一工，當我入去防空壕 ê 時，有一位身穿庄 kha 工作服 ê 國防婦人會 ê chabó͘ 人 mā tī hia，她講：「Chiâ^{n} 好，真久無 tú tio̍h ê 學生來 ā。」她來 kā 我迎接，而且 kah ta̍k pái 仝款，hō͘ 我

一粒糖 á。台灣是砂糖 ê 產地，嘉義地區有真 chē 甘蔗園。儘管是 ánne，當砂糖 tī 無意料中 hông 指定做軍需物質了後，它 soah tùi 商店 ê 貨架頂完全消失，致使不得不 tio̍h 靠配給。對 ài 食甜 ê 少年人來講，一粒糖 á 值千金。

為 tio̍h beh hō͘ 糖 á tī 嘴內保持 khah 長 ê 時間，我慢慢 á kâm leh。Chit 時，R，一个二等兵入來防空壕。伊一下見 tio̍h 我 ê 面，to̍h 講：「真 tú 好，tī chia tú tio̍h 你。真失禮！你 chitmá kám ē tàng kah 我做伙去竹 á 湖？」Tī 空襲警報 ê 時，準講是阿兵哥 mā bē tàng 獨行，而且兩个人 mā lóng tio̍h 穿軍服 chiah ē sái。若是我講 m̄，R mā 一定 tio̍h 停留 tī 防空壕。Hitê chabó͘ 人講：「危險，m̄ thang 出去。」M̄ koh，雖然仝款是二等兵，R 是 koân 我兩年 ê 先輩，我受過「先輩 ê 話 to̍h 是頂司 ê 話」ê 教育，所以 chitmá 我 tio̍h 遵守伊 bóngtóng ê 想法，勉強來開始行 15 公里 ê 路。

阮 tī 一條 ná 幽靈 teh 行 ê 曠闊 ê 欽差大道向北一直行，約五分鐘 lóng 無看 tio̍h 人影。我當想 beh 喘一下大氣 ê 時，突然 tùi 後面 piàng 出 kiōng beh hō͘ 耳 á 破去 ê 大響聲。我 oa̍t tńg 身一看，一股大 koh 厚 ê 烏煙 chhèng chiūⁿ 天。煙霧 tùi 博物館 ê 後面 chhèng 出來，我本能 tek 感覺我 túchiah teh 避難 ê 防空壕已經去 hō͘ 直擊彈 phah tio̍h à。戰爭結束了後，我去看它 ê 殘骸；防空壕 ê 所在已經變成一个埤 á，一个「禁止進入」ê 標誌寂寞 chhāi tī hia。

人講性命是目 nih'á 久 to̍h ē 消失。若是 hit 工 R 無來，我一定 bē 離開防空壕，而且一定 to̍h ē kah tī hia ê hit 25 人同齊失去性命。R ê 要求超出無合理 ê 常識，是 án 怎我 ē 老實接受 leh？Chitmá 想起來，he 真是不可思議 ê tāichì，kantaⁿ ē sái 講 kiámchhái 是有

一股看 bē tio̍h ê 力量 teh 引 chhōa。若是我 hit 工失去性命，當然 chitmá to̍h 無法度寫 chit 張 phoe，而且 Arturo ah，你 ê 存在本身 to̍h 無可能。性命是啥物？活 leh ê 目的是啥物？這 m̄ 是哲學 á 是信仰 ê 問題，hit 當時 chiah 16 歲 ê 我，kā 它當做是現實 ê 問題，koh 一直 teh 走 chhōe 答案。

戰爭是悲慘 ê tāichì，m̄ koh，卻有一股力量 hō͘ 人 kā 它想做 m̄ 是悲慘 ê；死亡已經成做 ná 日常 lim 茶食飯 ê tāichì。教育教阮 beh 死 ê 時 tio̍h hoah 講：「天皇陛下萬歲！」m̄ koh tī 高校時代，無半人做過 hit 款戇 tāichì。Tī 大空襲 hit 工，我 ê 一个同窗 tī 台灣人 tòa ê 大稻埕地區 ê 餐廳 tú tio̍h 災難。另外一名校友，伊 kahná 是 teh 研究蟲 thōa，tī beh tńg 去竹 á 湖軍營 ê 路中，伊順路去拜訪 tī 女學校做校長 ê 老父，he 成做 in 父 kiáⁿ siōng 尾一 pái ê 告別。伊離開了後，過無二十分鐘，tùi B29 轟炸機 tàn 落來 ê 炸彈直接炸 tio̍h 學舍，所有 in 老父 ê 遺體 kah 文物 lóng 無法度收 tńg 來。

Tī chit 種情況下，我差不多是九死一生，拾 tio̍h 性命。Hit 位身穿庄 kha 工作服 ê 國防婦人會 ê chabó͘ 人 ê 身影到 taⁿ iáu ē 浮 tī 我 ê 目 chiu 前，而且她講 hit 句：「Chiâⁿ 好，學生 á 兄」ê 聲音 mā iáu tī 我 ê 耳孔內。是 án 怎 hitê 善良 ê chabó͘ 人 ē 死去，我卻 iáu 活 leh？除了她以外，防空壕裡大約 iáu 有二十五人，ná ē kantaⁿ 我 ē tàng 得救 leh？若是你 kā 它重新思考，你 ē 感覺 he m̄ 是快樂，卻是有差不多接近懺悔 ê 心情。

Chitê 故事一旦開始講 to̍h bē 停止。Hit 工，看 tio̍h R kah 我 teh 行路，一台軍用卡車 to̍h 停落來，車頂有聲 hoah 講：「緊來坐車。」一个嚴肅面 chhiuⁿ ê 軍士坐 tī 車頂，帶一副 ē 驚死人 ê 面貌。

Tī 聽 tio̍h「戰爭結束」ê 天皇聖旨了後 ê 第二工，仝 hitê 軍士 khiā tī 台北車頭內面，kahná 是為 tio̍h 警備工作 hông 差派來 hia。伊看 tio̍h 我 ê 面，行 óa 來，我無經過大腦 to̍h kā 伊行禮。伊叫我免行禮，koh 親切 kā 我講：「學生 á 兄，你 beh 去 tó 位？」

我回答講：「我 chitmá beh tńg 去新竹，m̄ koh 我 m̄ 知 ē tàng tī 台灣 koh tòa gōa 久？」伊無意無意講：「真欣羨，你有厝 thang tńg 去。」聽講 chit 位野上中士是廣島人，伊 ê 父母 tī 廣島城內 teh 經營旅館，野上應該是 hông 差派來到南方 ê 劇烈戰場。經營旅館業 ê 父母，比其他 ê 人有 koh khah chē ê 配給，ē tàng tī 戰爭期間過 siōng 好 ê 生活。Hit 時，野上 ê 父母當 teh 遭受原子彈 ê 災難，m̄ koh，因為無運輸船 thang 坐，伊 soah tio̍h 留 tī 台灣生存落去。運命真正是不可思議。

Ánne 講起來，若是上帝拯救我 ê 性命，上帝是 beh hō͘ 我啥款 ê 特殊使命 leh？我試 beh 想 chitê 問題。照你所知，我擔任大學教授真長一段時間，教包括王子在內 ê 日本頂層階級 ê 子女英美文學，m̄ koh，這有啥物路用 leh？準講 he ē tàng 幫助 in 為教育做準備，m̄ koh，我感覺 iáu 欠缺某一 kóa 物件。Tī 我 ê 個人生活中，我 kah 幸子結婚，有養飼兩个 kiáⁿ。Chitmá 我 tī chit 張 phoe 中 kah 你見面，講我是你 ê 親生老父。Ánne，kám 講是為 tio̍h beh 養飼 lín chit 三个 kiáⁿ，所以 tī hitê 5 月 31，上帝 chiah ē 差派 R 來拯救我？Kám 講 he 是上帝 ê 旨意？

Chit 張 phoe 已經變 kah 真長。失禮，這以後 chiah koh 講。我想 beh 趕緊來小 khóa 描述我 án 怎 tú tio̍h 你 ê 老母 Andrea ê 細節。

戰爭結束了後，阮 tńg 來到台北高校。Tùi 犬養孝老師學 tio̍h《万葉集》[12]，成做我性命中 siōng 好字運 ê 遭遇之一，m̄ koh，我無法度真簡單學習。做一个戰敗國 ê 國民，我一定 tio̍h ài 離開我出世 ê 家鄉台灣，tńg 去日本。我 ta̍k 工 lóng tio̍h 煩惱無法度預料 ê 前途。另外一方面，台灣人 ê 同學 mā 真可憐。In 用日語所接受 ê 教育，chitmá lóng tio̍h kā 它 hiat 掉，koh 受強迫，改用中華民國語來受教育。In ê 心底話 teh 講：「真欣羨 lín ē tàng tńg 去日本。」

Tī 新竹，老父 teh 等待國民政府官員來接收新竹州。Chit 件 tāichì tī 戰後無 gōa 久 to̍h 開始進行，阮一家伙 mā tùi 州長官邸搬到熟 sāi 人提供 ê 公寓。我 ê 老父是一位真愛讀冊 ê 讀冊人，koh 收藏真 chē 冊，包括 Kant[13] 著作集、内村鑑三[14] 全集 kah 夏目漱石[15] 全集，koh 有為 tio̍h beh hō͘ 我讀英國文學所備辦 ê 大英百科全書（Encyclopaedia Britannica）kah Jowett 翻譯 ê Plato（柏拉圖）著作集，mā 有莎士比亞 ê 悲喜劇 kah Edgar Allan Poe 全集。Chiahê 冊一本一本 tùi 州長 ê 官邸消失，移交去到別人 ê 手中。阮無時間 thang 後悔；ē tàng 處理 kakī ê tāichì to̍h 是積極 ê 時代。我 kā chhun 落來 ê 冊 kah 家具用毯 á 包起來，帶去台北，tī hia ê 露天市場，kā in chhìnchhìn-chháichhái 賣掉。賣完了後，to̍h tńg 去新

---

12 譯註：まんようしゅう；Manyōshū，日本 siōng 古老 ê 詩歌選集。

13 譯註：Immanuel Kant；康德；1724-1804；出名 ê 德國哲學家。

14 譯註：内村鑑三，1861-1930，日本明治 kah 大正時代 ê 作家、基督徒 kah 傳教士。提倡以基於福音主義 kah 自身對社會 ê 批判 ê「無教會主義」。

15 譯註：夏目漱石，1867-1916，日本明治 kah 大正時代 ê 作家、時事評論家、英文學者；被認為是日本現代文學中 siōng 偉大 ê 作家之一，有“國民大作家”之譽。

竹，koh 帶另外一包毯 á 包袱到台北賣。好運 ê 是，鐵路無受 tio̍h 空襲摧毀，所以來往 iáu 真利便。Tī ánne 來來去去 ê 同時，我成做一个蝨母市場（flea market）ê 專業人士。

通常，我是透早 tùi 台北火車頭步 lián 5 分鐘，去到欽差大道，tī 由一排 hit 當時罕得有 ê 樹 á 分隔 ê 三線路邊，chhōe tio̍h 一个好所在了後，kā 毯 á 鋪開，開始展示 beh 賣 ê 物件。Tī 我 ê 附近，iáu 有大學教授夫人 kah 前警察官員，in 仝款 phah 開毯 á teh 賣，根本都看 bē tio̍h 戰前 ê 身分地位 kah 貧富差別。Tī 戰敗 ê 現實面前，戰敗 ê 國民 lóng 是平等 ê。顧客 ê 腳真 liúlia̍h，ē tàng 吸引 in ê 興趣，thang 緊 kā 物件賣掉，這 to̍h 是阮唯一 ê 目的。Tī 我晚年 ê 時，我 bat hông 招去參觀京都東寺 ê 蝨母市場，m̄ koh，我提早離開 hia，因為賣方叫客 ê 聲音 kah 我失去 ê 青春記憶重疊，hō͘ 我無法度忍受。

我 ê 家族是肥前 ê 武士，tī 阮 tau ê 樓梯頭有展示一支家族流傳落來 ê 寶刀。我 ê 老父 tī 我生日 hit 工，一定 ē 叫我坐 tī 寶刀 ê 頭前，kā 我教示講：「M̄ thang 侮辱祖先 ê 名。」我自細漢起，to̍h hông 教示繼承 ê 責任真重要。戰敗了後，我對 hit 支日本刀 ê 處理感覺困擾。阮當然 bē tàng 得 tio̍h 許可，thang kā 它帶 tńg 去日本。Tī 戰後，iáu 未送交國民政府 ê 警察 chìn 前，我 ê 老父穿正裝，chhōa 我去 H 同學 ê 厝裡，mā kā hit 支日本刀帶去。

我 ê 老父 kā H ê 老父講：「這送你做咱深交友誼 ê 記念。」

H ê 老父非常慎重回答講：「我 bē tàng 接受你 ê 傳家寶，m̄ koh 你 ē sái 寄我保管。」H tùi 排滿外國冊 ê 冊架頂，the̍h 出英日對照 ê 新約聖經，hō͘ 阮做記念。老父 kah 我 tī tńg 來 ê 路裡，tī 車底一再重複講：「Chán！」並無注意 tio̍h 司機 teh 聽阮 ê 對話。

Chitmá 來講一 kóa 發生 tī khah 後壁 ê tāichì。講 tio̍h 二二八事件，你可能 ē sa 無寮 á 門。這 bē sái kah 1936 年 ê 二二六事件攪 lām，後者是日本青年將校 ê 起義，是太平洋戰爭 ê 近因之一，lín 應該 tī 歷史課本有讀 tio̍h。前者是戰後發生 tī 台灣 ê tāichì，外面並無真 chē 人知。Hit 時，我已經 tńg 來到日本，m̄ koh，我想 tio̍h tī 台灣 ê 朋友 ê 時，to̍h ē 連續失眠。1947 年 2 月 27，tī 台北賣私煙 ê 一个 chabó͘ 人受 tio̍h 取締，她坐 tī 土 kha 求赦，卻 hō͘ 官員毆打，私煙 mā 被沒收，致使事件就 ánne 發生。官員對 hiahê 聚集做伙，同情 hitê chabó͘ 人 ê 人開槍，其中一个人被槍殺。第二工，抗議活動 tī 全島湠開。陳儀是 hit 當時台灣省 ê 國家政府 ê 長官，伊下令用機關槍掃射鎮壓，m̄ koh，示威活動繼續 teh 進行，有一段時間，台灣人占 tī 主導地位。陳儀要求進行對話，m̄ koh 這是伊 beh 拖延時間 ê 藉口。當國民政府 ê 正規軍 tùi 中國大陸派來到位 ê 時，鎮壓變 kah koh khah 激烈，已經成做一種恐怖政治，任何 ē tàng 成做台灣領導者 ê 人 lóng hông 除滅；kantaⁿ 聽 tio̍h 謠言，講某人「反對政府」，就 ē tàng kā 伊掠來處刑。我真擔心 H ê 處境。

Tú 親像我後來所聽 tio̍h ê，H ê 阿兄 tú 新婚 to̍h 不得不逃亡三個月。伊因為 túi 東京大學畢業，soah 成做國民政府 ê 仇人。In 阿兄 ê 婚禮約有 120 个人參加，其中有四个人 tī 事件發生了後隨時失蹤，in tī 暗中無經過審判 to̍h 被處刑。H ê 老父 mā 真不幸，因為 m̄ 知 tùi tó 位來 ê 傳言，講 H 先生有藏武器，所以 in 受 tio̍h 兩 pái 嚴格執行 ê 家庭搜查，he kiámchhái 是 in ê 司機 tī 無意中對人講出 hit 支日本刀 ê tāichì。私藏武器是死刑 ê 罪，好佳哉 H 先生有先見之明，kā 日本刀寄 tī 庄 kha 父母 ê 厝裡，m̄ koh，H ê 老母為 tio̍h 萬全起見，她 tńg 去庄 kha，半暝 kā 日本刀 tàn 落去濁水溪，ánne 她 chiah 有法度放心。真久以後，H 出現 tī 東京，伊 kā 我講：「真失禮，我無法度保存你祖傳 ê 寶刀。」友情 to̍h 是 ánne。對我來講，我應該感謝 hiahê 為 tio̍h 朋友，kā 性命 khǹg tī 危險境地 ê 人。

我對台灣 ê 記憶，真長一段時間 iáu teh 繼續，親像講 H kah E，以及其他台北高校 ê 同學，in mā lóng hông 編入台灣大學 ê tāichì。E 是校園內 ê 名人，是一位相當活動 ê 運動家，hông 選做學生自治會 ê 會長。伊 tī 自治會徹底批評 koh 主張廢除中國政府對「我 ê 母校台北高校」實施 ê 教育政策。隔 tńg 年二二八事件發生 ê 時，伊不得不 tio̍h 逃亡真長 ê 一段時間。了後，一 kóa 醫學院 ê 學生因為 kah 中國大陸通信，受嫌疑通敵，致使發生受掠 ê 事件。身為自治會 ê 會長，伊 tī 教授中間走 chông，要求聯署來釋放學生。結果，無半人簽署，所以 E 以個人名義發出請願書，因為 ánne，伊 soah mā 受掠。後來，伊 ē tàng 保全無事，是因為傅斯年校長用伊 ê 職位擔保，請求當局釋放。E 一生 lóng 無 bē 記得傅斯年校長 ê 救命之恩，對伊永遠存 tio̍h 感激之情。傅斯年是中國考古學 ê 大師，有真 chē 關係甲古文 ê 優秀著作。伊 mā 是促成中國現代化 ê 五四運動 ê 指導者之一，對學生運動相當了解，是青年人 ê 良友。當台灣大學 ê 學生事件發生 ê 時，伊寫一首追悼詩，oló 愛情不朽，所以，對國民政府來講，伊是一支「目內刺」。因為 E ê 事件是驅逐傅校長 ê 好藉口，所以 in 就 ánne kā 伊解除職務。Tī 傅斯年校長 ê 領導下，經歷過校園自由 ê 台灣學生，就 ánne koh 一 pái 陷落烏暗。我真懷念我出世 ê 故鄉台灣，我一直認為成做台灣人是好 ê，m̄ koh，當我 tùi H 聽 tio̍h E ê tāichì 了後，我感覺 iáu 是 tńg 來日本 khah 好，因為日本戰敗 ê「後遺症」之一，to̍h 是阮 ē tàng 享受自由。

蔣介石 tī 戰後受 tio̍h 日本高度重視。伊 m̄ nā 通過引用聖經 ê 話，講出「疼你 ê 敵人」，來對日本好意發言，伊 koh 熱情解說對天皇制度 ê 維護，而且說服反對維持天皇制度 ê 聯合國。伊看起來 ná 親像是一位偉大 ê 政治家，m̄ koh 根據 H ê 講法，伊 tī 台灣 ê 名聲真 bái，而且人看起來是一个小人物。Kám 講伊 m̄ 是借 tio̍h 陳儀 ê 手來鎮壓？總是，有真 chē 評論家批評講，是 án 怎伊有需要 kā 當 teh kah 共產軍爭鬥 ê 精英部隊調來鎮壓台灣 leh？是 án 怎 tio̍h ài 繼續戒嚴令？H 講：「Lín 戰敗顛倒 khah 好，阮 hông 編入勝利 ê 隊伍，soah 顛倒遭遇大損失。」當我引用戰後蔣介石對日本 ê 聲明 ê 時，H 回答講：「請你問伊：Teh 講 tio̍h 疼敵人 ê 同時，是 án 怎伊無法度疼台灣人？」這是一句痛苦 ê 話，m̄ koh 有講 tio̍h 核心。我開始思考倫理學 kah 文學 ê 問題，其中一个關鍵是統治者亂使用伊 ê 權力。

講 tio̍h 執政者，tī 戰爭中 kah 戰後，日本有兩位阮 siōng 關心 ê 首相：東条英機 kah 近衛文磨，兩者 lóng tio̍h 對開戰負責。下面是 1945 年九月中旬，阮 tńg 來到台北高校復學 ê 時發生 ê tāichì。一个同學 tùi 短波收音機聽 tio̍h 東条用手槍想 beh 自殺 ê 消息 ê 時，班裡 to̍h 隨時起大亂。東条是一个無友善 ê 軍人，因為對細節 siu^{n} 過死板，所以阮 tī 竹 á 湖軍營 ê 時，若無高級軍官在場，阮 to̍h ē 用土名稱伊「東条一等兵」。Hit 時，tī 軍事訓練 ê 時，阮 tio̍h ài 暗唸伊起草 ê「戰時訓」，官長大聲 hoah 講：「這是 kanta^{n} 比教育勅語[16] kah 軍人勅諭[17] khah 次要 ê 重要文件，tī 學習英語 chìn 前，lín lóng tio̍h ài 暗唸。」因為 ánne，阮 to̍h 對東条 koh khah 起反感，致使阮對伊 ê 自殺無成，用「東条所做 ê tāichì lóng mā 是 ánne」來 kā 伊侮辱。

阮 mā tī 台北聽講近衛 tī 12 月服毒自殺，阮對伊有流落同情 ê 目屎。Tī 撤離金沢 chìn 前，阮有讀 tio̍h 伊「努力和平」ê 說明。伊對天皇真親密，m̄ koh 伊 mā 有伊優柔寡斷 ê 一面。阮 iáu 有伊憂國熱情 ê 印象，所以滿心 m̄ 甘。以下是我 kah 幸子結婚了後 chiah 知 ê tāichì：近衛 ê 生母 kah 後母 lóng 是前田家 ê chabó͘ kiáⁿ，是幸子 ê 阿公 ê 叔伯姊妹。這 kiámchhái 是因為我對 chit 位貴公主感覺同情，á 是因為我感覺這是對一个遠親 ê 情感。Chit 兩位日本首相 ê 死亡 lóng 拖真久。生 kah 死就 ánne 成做我文學研究 kah 個人生活中 ê 重要課題。考慮 tio̍h chit 點，chitmá 來看我對 Hawthorne ê 研究。

插入來 ê 話題暫時按下。Tī 戰爭結束半年後 ê 1946 年 2 月，撤軍 ê 日子來到。因為 kantaⁿ 允准每一个人帶 40 公斤以下 ê 行李 kah 個人用品，所以這成做一个真大 ê 困擾。Ài 讀冊 ê 我，個人用品 kantaⁿ ē tàng 帶 tùi H the̍h tio̍h ê 英日對照 ê 新約聖經 kah 岩波文庫 ê 万葉集。阮老父因為新竹州 ê 接管 iáu 未完成，致使伊 tio̍h koh 留用一段時間，所以我 ê 老母、兩个小妹 kah 我，就 ánne 先

---

16 譯註：教育勅語是 1890 年（明治 23 年）10 月 30 頒布 ê 近代日本教育 ê 基本方針，1948 年（昭和 23 年）6 月 19 廢止。

17 譯註：軍人勅諭是 1882 年（明治 15 年）正月初 4，明治天皇親自向日軍頒授 ê 軍人訓誡，要求軍人誓死效忠天皇。

tńg 來日本。

2 月 18，載阮 ê 貨船離開基隆港了後，因為 tú tio̍h 暴風雨，所以經過六工 chiah 來到下關。三千噸左右 ê 貨船，ná 親像是一片樹葉 á teh 搖擺，gâu 暈船 ê 老母 kah 小妹實在是有夠可憐。船無窗 á，所以臭 mimơ；船 mā 無冷燒器 ê 設備，所以非常 hip 熱，ná 親像是 tī 活地獄 ê 感覺。船來到港口 ê 時，阮 tio̍h ài kā 四个人，每人 40 公斤重 ê 行李搬落船。故鄉 ê 歡迎真冷淡。

阮四人終其尾坐入去三陽線 ê 火車，經過京都，前往金沢。車窗外，chitê 國家 kahná 失去活力，四界 lóng 有火燒 ê 痕跡，kahná 作穡人 bē 記得田園 ê 耕作，連行路 ê 人 mā 無 lám 無 ne。人講「國破山河在」，m̄ koh，tī 經過廣島 ê 時，卻 hō͘ 我有山河 mā 已經消失 ê 錯覺。我想起野上中士 ê tāichì，in 父母 ê 旅館 to̍h tī 原子彈爆炸中心 ê 邊 á，伊 ē tàng 做啥物 leh ？伊感覺真遺憾，而且為 tio̍h hiahê 原子彈倖存者流目屎。當阮離開尾道（地名）ê 時，已經是暗時 ā，雖然我看 bē tio̍h 外面，m̄ koh，至少我感覺 kakī 得救 à。Tī 亂 chhauchhau koh lahsap ê 火車內，目 chiu 金金 teh 看顧 hiahê 行李 ê 時，睏神 to̍h 到。

早起時 9 點左右，阮來到京都。想 beh 搬徙四个人 ê 行李 ê 時，北陸線 ê 火車已經離開，後班車 tio̍h koh 等五點鐘。老母建議去京都 ê 街 á 行行 leh，m̄ koh 我 ê 兩个小妹真 thiám，koh tio̍h 顧行李，所以 in 講：「阮 beh 留 leh kah 老母做伙」，所以我 to̍h kakī 一个人去城內。

京都是一个和平 ê 城市，無 tú tio̍h 戰爭 ê 災難，而且保持平和強大 ê 優勢。Tī hia，我頭一 pái 感覺 tio̍h tńg 來祖國 ê 歡喜，我

ê 腳真自然行向太秦 ê 広隆寺。Tī chia，咱 tio̍h koh tńg 來到台灣 ê 話題。當我 tī 尋常科二年級 ê 時，tī 我回家鄉 beh 去台北車頭 ê 路裡，我去新高堂冊店，買一本朝日新聞出版 ê《上代 ê 雕刻》。我往往 ē kā 新冊掀開，來鼻它 ê 印刷油墨 ê 味，當我 teh 掀頁 ê 時，我 ê 目 chiu 停 tī 一張広隆寺 ê 彌勒佛 ê 凹版（gravure）相片頂面，soah 無法度徙離開。Hitê 微笑 kahná 是想 beh kā 我講一 kóa tāichì ê 款。Tùi hit 時起，已經四年過去 à，m̄ koh，我 chitmá iáu 是 ǹg 望利用 tī 京都 ê 機會，ē tàng 來 kah hit sian 彌勒佛進行一對一 ê 對話。

Hit 時 ê 広隆寺內差不多無看 tio̍h 遊客，恬 chihchih，無想 tio̍h 以後它竟然 ē hông 指定做國寶第一號。我進入去霊宝殿，kah 我所尊崇 ê 彌勒佛面對面。四周圍無 kah 一个人影，tī 封密 ê 房間內，我 kahná 頭一 pái kah 我 ê 愛人見面，我 ê 心臟 pho̍kpho̍k 跳。Hitê 微微 á 笑是一種 oh 得形容 ê 微微 á 笑。過一時 á，邪念入來。有一首叫做「Poe’s Raven」[18] ê 詩，你當然知影。其中有一節寫講：一隻大烏鴉展翅歇 tī Athena ê 半身雕像頂面。我想像若是仝 hit 隻大烏鴉停 tī 彌勒佛 ê 手股頭，he m̄ 知 ē 是啥款 ê 情景。我 m̄ 知時間過了 gōa 久，當我意識 tio̍h 有 chabó͘ 人 tī 我 ê 身後 teh chhichhi-chhu̍hchhu̍h ê 時，我 to̍h oa̍t 頭看，看 tio̍h 兩个舞妓 [19] tī hia 做伙 teh 講：「Oh，我感覺真 gāigio̍h，你 kā 伊看一下，chitê 人微微 á 笑 ê 時，看起來真 sêng 彌勒佛。」

---

18 譯註：Edgar Allan Poe ê《The Raven》（烏鴉之歌）。

19 譯註：日本藝妲 tī 見習階段 ê 名稱。

最後，阮 peh 起 lí 往金沢 ê 北陸線火車，空位真 chē，我 ē tàng 坐落來。我 kā 小妹借鏡，金金看我 kakī ê 面。我 ê 細漢小妹綾子講：「阿兄，你 ê 面有夠趣味。」大漢小妹文子講 kah koh khah 悽慘：「阿兄是一个大頭 á，有一副奇怪 ê 面。」老母啥物 lóng 無講，m̄ koh，tú 親像舞妓所講 ê，我 ê 面一定是有顯出一个微微 á 笑。Tī 學習院大學，he mā 變成笑談 ê 話題，我為 tio̍h ánne 來感覺自豪。Heh，Arturo，五年前我 tī 你 ê 面看 tio̍h ê to̍h 是 hit 款 ê 笑容，所以，我 ê 直覺 kā 我講：你是我 ê 親生 kiáⁿ！

我 koh hō͘ chitê 話題成做一个長篇故事 ā。Oh，我想 beh kah 你一對一講話，請耐心等待。無 gōa 久我 to̍h ē koh 繼續來講幸子。

去到金沢了後，阮去東北部 ê 三谷村 ê 阿舅 hia 借 tòa。阮老母 ê 小弟是一个小地主，m̄ koh koh khah 適當來講，伊是一个在地 ê 自耕農，teh 過一个樸素 ê 生活。Kiámchhái 是因為失聯 ê 關係，所以伊對 kah 阮團圓做伙感覺真歡喜，m̄ koh，伊 mā 有露出驚 kah gāng 去 ê 面容。伊 kah 阿妗生三个 gín'á，厝真狹，所以 kantaⁿ 有 6 塊榻榻米 kah 3 塊榻榻米大 ê 兩間房間 thang hō͘ 阮 tòa。當阮 tī 台灣 ê 時，市長 kah 州長 ê 官邸 lóng 有車庫，州長 ê 官邸 koh 有一間專門 hō͘ 傭員 tòa ê 厝。總是，tī 阮 ê 祖國，阮 kantaⁿ 是落魄貴族 ê 一員。三月，我通過四年級 ê 轉學考試。阿舅欠缺 chapo͘ 人 tàu 腳手，想 beh 叫我去野外做 khangkhòe，m̄ koh iáu 是打消 chitê 想法，來避免阮老母 ê 埋怨。半年後，阮老父 tńg 來，m̄ koh chhōe bē tio̍h 頭路。戰前監督官廳 ê 拓務部 kah 內政部 lóng hō͘ MacArthur（麥克阿瑟將軍）廢除，所以阮老父無法度利用 chitê 管道 chhōe tio̍h 頭路。

北陸 ê 寒天真冷，tio̍h 算門窗關 leh，mā ē 有一 chūn 冷風 sia̍p 入來。因為欠缺電力，致使一直繼續限電，所以無光線 ê 房間總是 hō͘ 人感覺真鬱卒。當時金沢 ê 人口大約是 23~24 萬左右，面積 kah 台北差不多，m̄ koh，南國開放 koh 有燦爛日頭光 ê 台北，北陸 ê 天氣 kah 它是無 tè 比 ê。我真思念我出世 ê 故鄉，我真不滿，是 án 怎我 bē sái koh tòa tī hia leh？Tī 美國，只要是 tī hia 出世 ê 人 lóng ē hông 承認是美國人，照 ánne 來講，我 mā ē tàng 成做台灣人，m̄ koh 中國政府 ê 國籍法 m̄ 允准 ánne 做。雖然這是一个封閉 ê 國籍法，m̄ koh 日本 mā 無啥物無仝。He 是一个阮不得不 tio̍h 忍受 iau 餓 ê 時代，我想 beh 知影為啥物人類一定 tio̍h ài 經歷 ánne ê 痛苦。若是有雙重國籍，我真想 beh 跳出去。除了入去高校四年級以外，金沢 ê 記憶中並無啥物好 tāichì。後來，我娶一个名叫幸子 ê 金沢 chabó͘ gín'á，她有利家公[20] ê 血統，意愛 chhōa gín'á 去兼六園[21] 散步，了後 koh hō͘ in 去忍者屋敷（厝宅）chhitthô。這是我眠夢都想 bē 到 ê tāichì，人 ê 一生真正是不可思議。

我真容易 to̍h 通過東京大學英語系 ê 入學考試，口試是關係 Shakespeare（莎士比亞）ê 問題。我 tī 台北高校尋常科二年 ê 時 to̍h 已經下決心，beh kā 坪内逍遥翻譯 ê 40 卷 Shakespeare 全集讀完。Tī 考官 oló 我「全集讀完，真無簡單」了後，有一 kóa 簡單 ê 問題，像講麥克白夫人（Lady Macbeth）kah 理查三世（King

20 譯註：前田利家是戰國時代到安土桃山時代 ê 武將、戰國大名、加賀藩主前田氏 ê 祖先、豊臣政權 ê 五大老之一。

21 譯註：位於石川縣金沢市，kah 水戶偕樂園、岡山後樂園，並列日本三大名園。

Richard III）ê 心理分析，King Lear（李爾王）ê chabó͘ kiáⁿ ê 態度等等。無論伊 án 怎問，我 lóng 回答 kah 真好勢。因為入學考試通過 ê 滿足感，我去早稻田大學，參觀坪内逍遥博士 ê 演劇記念博物館。Hit 間博物館 tī 1928 年 10 月成立，tú kah 我全年全月出世，這是一件 hō͘ 我心情非常好 ê tāichì。

決定 beh 進入東京大學 ê 前後，我 ê 老父成做佐賀縣煤礦 ê 經理，阮老母 kah 小妹 mā lóng 去佐賀。了後，我成做一个好運 ê gín'á，ē tàng óa 靠阮老父 ê 津貼生活，ē tàng 彌補我所欠缺 ê 英語輔導，mā 有錢 thang 買冊。自從 tùi 台灣撤退 tńg 來日本了後，我頭一 pái 感覺 kakī koh 有一个人 ê 尊嚴。我原本想 beh tī 本鄉校區 ê 附近 chhōe 厝來 tòa，m̄ koh chhōe 無，了後 chiah tī 三鷹車頭附近寄 kha h kha。這成做我 kah 幸子相 tú ê 機會。

He 是我 tī 東京大學做菜鳥 á 助教無 gōa 久 ê tāichì。我行出赤門[22]，入去附近 ê 一間咖啡館。這是我經常去 ê 所在，因為我 ài 聽古典音樂。Hit 時，in tú 開始 teh 放 Mozart ê G 小調第 40 號交響曲。一位我 tiāⁿtiāⁿ tī 往新宿 ê 中央線火車頂看 tio̍h ê chabó͘ 人坐 tī hia，kakī 一个人 teh 讀 Hawthorne ê "The Scarlet Letter" ê 原文冊。因為感覺她面熟面熟，我 to̍h 出聲對她講：

「你 kám 是 teh 讀一本 oh 讀 ê 冊？」

「是 ā，m̄ koh 這是學生大家選擇 ê。」

「你是老師？是 tó 一个學校？」

「是東洋英和。我叫做前田幸子。請多多指教。」

---

22 譯註：あかもん，東京大學本鄉校區 ê 一个大門，是日本政府指定的重要文化財。

「我是武田武彥，我 tiāⁿtiāⁿ tī 三鷹看 tio̍h 你，所以 bóngtóng 開嘴 kah 你講話，我 chiah tio̍h 請你多多指教。」

Tī 簡短 ê 自我紹介了後，阮真容易 to̍h 開始交談。Hit 時 Mozart ê 交響曲已經進入第二樂章，Andante（行板）tùi G 小調轉做 E 大調。Tī 我小學五年 á 是六年 ê 時，我記無 gōa 清楚 à，橫直是我 teh 讀冊，準備考試 ê 時，唱片行 ê 頭家 hō͘ 我看一塊唱片專輯，tī 它紅色封面 ê 正 pêng 有華麗舞蹈 ê 圖片，he 是由 Arturo Toscanini 指揮，由 NBC 交響樂團演奏 ê Mozart 第 40 號交響曲。對讀冊考試方面真嚴格 ê 老母，這是她唯一一 pái 提早 hō͘ 我點心，koh 坐 tī 客廳裡，kā chit 三塊新 ê Victor 牌唱片，做一睏聽完。Tī 嘉義市長官邸 ê 記憶，跟 tòe 歲月漸漸流失，m̄ koh hit pái ê tāichì 卻猶原 tī 我 ê 腦海中記 kah tiâutiâu。我 kah hit 位直到 hit 日 chìn 前 iáu m̄ 知她芳名 ê 妙齡女性，hit 時同齊 tī hia teh 聽仝款 ê 音樂。

Tú hit 時，咖啡館 ê 門 phah 開，一位駐紮軍隊 ê 軍官向 chia 行來，koh 向幸子請安，講：「前田小姐，我遲到 à，真失禮。」當她紹介我 ê 時，伊輕輕 á 回答講：「我頭 tú'á chiah 離開岸本老師 ê 研究室，你 ê 名有出現 tī 伊 hō͘ 我 ê 名單中。」了後，伊隨時 kā 話題轉向重點。我無必要 tī chia 記錄 in ê ta̍k 句對話，簡單來講，tāichì 是 ánne：幸子 tùi 青山學院英文科畢業，而且成做東洋英和女學院高等部 ê 英語老師；kah 她仝班 ê 兩个親密朋友 mā 成做其它高校 ê 英語老師。In 三人 lóng 想 beh hō͘ 學生閱讀名著 ê 原文冊，而且認為讀摘錄 to̍h ē sái。問卷調查 ê 結果，有 khah chē 學生想 beh 讀 Hawthorne ê “The Scarlet Letter”（《緋文字》），所以 in 三人分工合作，想 beh 做伙提出摘要，m̄ koh 有真 chē 方面，in lóng

無法度處理原著 ê 原始風格 kah 內容。三人中間，有一个叫智子，她 ê 老父是一个 kah GHQ[23] 有聯絡 ê 前外交官，而且 tī GHQ 中有談過 chit 件 tāichì。了後，tī hia ê 陸軍所屬 ê Chaplin 先生有提出 beh chhōe 人來幫贊，hitê 人 to̍h 是 tī 面前 ê chit 位 Austin 少校。

Chit 位少校有 kah in 三人見過兩 pái 面，m̄ koh 話 lóng 講 bē 通。伊來自美國中西部 ê Kansas 市，講話 ê 節奏並無緊，m̄ koh，伊是 Princeton 神學院出身 ê 牧師，有非常豐富 ê 詞彙，所以三位 bē 曉講英語 ê 英語女教師 soah tòe 伊 bē tio̍h。少校 to̍h 建議 in 應該去 chhōe 東京大學，請 in 紹介一个適合 ê 學生，幸子 chitmá to̍h 是 tī chit 間咖啡館裡，代表 in 三人 teh 等結果。

少校目 chiu 金金 teh 看我 ê 同時，隨時進入正題。若是 beh tùi Hawthorne ê《緋文字》中了解全部 ê 框殼（＝輪廓），koh chhōe 出高中生 mā ē tàng 閱讀 ê 四个所在，in tio̍h ài 先 kah 少校討論出結果。伊計劃 beh kah chit 三位女教師進行四 pái ê 特殊訓練，所以伊要求現場用日語解說。Tāichì to̍h 是 ánne，我有理解 à。少校講：「日本有一个講法：手 ńg 相 kha̍p，mā 是前世 ê 因緣。今 á 日我竟然 ē tàng tī chia kah 你見面，實在是真奇妙。岸本先生有提起三个人名，你是 siōng 頂級 ê，m̄ koh，伊叫我 tio̍h ài 注意 chit 點：你 ê 電話是呼叫式 ê，khah phái^{n} 連絡。M̄ koh，ta^{n} 無啥物 tāichì 需要 koh 再用電話連絡，我 ē tàng 節省我 ê 時間 kah 精力 ā。」

岸本先生是我研討會 ê 教授，tú 照少校所講 ê，伊真 oh 得 kah 我聯繫。若是我 hit 工無 tī hitê 現場，chitê 機會一定 ē hō͘ 另外

23 譯註：General Headquarters，盟軍最高司令部。

一个助教 the̍h 去。少校來日本 ê 第三年，就任了後 to̍h 隨時去訪問京都 kah 鎌倉 ê 古早寺廟，phah 拚 beh 了解日本文化。伊人善良 koh 有敏捷 ê 洞察力。Tī 岸本先生 ê 研討會中，阮經常討論《緋文字》chit 本小說，m̄ koh 其中大部分是 teh 討論作者 ê 寫作技巧。少校 tùi 神學 ê 角度 kah 罪 ê 意義 kā 我指導。Tī chitê 短期 ê 兼職工作了後，我 to̍h 無 koh kah 少校見過面，m̄ koh，我有 tùi 伊所展示 ê 角度來回顧，有修正我對 Hawthorn ê 看法，這 kah 我後來得 tio̍h 菊池寬獎有關聯。Tú 親像伊所講 ê，緣份真正是不可思議 ê tāichì。

少校講伊 beh 用 jeep 車載幸子 kah 我，m̄ koh 阮 kā 伊謝絕。阮 koh 繼續坐 tī 咖啡館，聽完 Mozart ê 樂曲了後，koh 聽到 Mahler ê 第五交響曲結束為止。Tùi hit 工開始，我 tī 中央線火車頂 ē tàng tú tio̍h 幸子，koh kah 她坐做伙，了後阮 koh 配合兩人 ê 時間，坐仝一班電車。武藏野忽然變 kah 光 iàⁿiàⁿ，阮享受做伙上下課 ê 時間。

Arturo 先生，我無 gōa 久以後 ē koh 一 pái 談論幸子，這是因為我想 beh khah 早 hō͘ 你知影我 kah Andrea— 你 ê 老母相 tú ê tāichì。請你 phah 開我 1952 年 11 月 16 ê 日記。Tī he chìn 前，我 tī 1951 年離開東京大學，去學習院大學就職。我想 beh 指出我得 tio̍h Fulbright 獎學金[24] 去美國 Columbia 大學讀冊 ê tāichì。

---

24 譯註：1946 年美國 Trumen 總統簽署 Fulbright 計劃，主旨是 beh hō͘ 世界事務帶來 koh khah chē ê 智識，koh khah chē ê 理由 kah koh khah chē ê 同情心，tùi án-ne 來增加各國學 ē 曉和平 kah 友誼 ê 機會。

我有一个請求。包裹內 iáu 有另外 hitê phoe 囊，chitmá 請暫且 mài phah 開，先讀日記，我 ē tī 適當 ê 時 chiah 叫你 phah 開，所以請你等到 hit 時。

伊講 mài phah 開 phoe 囊，ánne，人一定 ē 想 beh phah 開來看 māi，m̄ koh 我有照伊 ê 指示，忠實先看日記。下面是 hit 段日記：

1952 年 11 月 16，烏陰天，有時出日頭，氣溫 9 到 10℃

昨 hng 我 tī 外口過暝，所以今 á 日 chiah 補寫日記。真 chē tāichì lóng 已經發生，總是，我 chitmá 真平靜，想 beh 反省昨暗所發生 ê tāichì。

11 月 15，拜五，kui 工 lóng 烏陰天。

早起 7:30 醒起來，食早頓了後，我 tī 大廳閱讀紐約時報，koh 確認 êng 暗 Toscanini 指揮 ê 音樂會時間。我 kantaⁿ ē tàng tī 美國 tòa 一年，tī chit 中間，我強烈 n̍g 望 ē tàng 聽 tio̍h Toscanini ê 現場指揮。Tùi 我來到 chia 以後，我一 pái koh 一 pái 寫明信片 hō͘ NBC[25] 交響樂團，NBC 有兩 pái 回 phoe hō͘ 我，講 in 有寄 Toscanini ê 相片 hō͘ 我，m̄ koh in 並無附入場券 tī 內底。頂禮拜，我 tī Carnegie（卡內基）音樂廳前耐心 khiā 點半鐘，看是 m̄ 是 ē tàng tùi 某人 hia 得 tio̍h 一張入場券，m̄ koh 結局 lóng 是失敗。今 á 日，我 koh 想 beh 看是 m̄ 是 ē 有啥物好成果。

25 譯註：NBC=National Broadcasting Company，（美國）全國廣播公司。

簡單食中晝頓了後，我 tī 下晡點半去到 Carnegie 音樂廳。Boston（波士頓）交響樂團下晡 ê 演奏 tī 4:30 結束，我買 tioh 三樓 siōng 後壁座位 ê 票，了後入去音樂廳。NBC ê 演奏是 tùi 六點半開始，中間 hit 兩點鐘我應該 chhōe 一个所在來消磨。Boston 交響樂團是真優秀 ê 管絃樂團，Charles Munch mā 是一个一流 ê 指揮家，m̄ koh，我 ê 目的是 beh 聽 Toscanini ê 指揮，所以 Boston 樂團只不過是順續聽 ê。節目結束了後，我 chhōe bē tioh 藏身 ê 所在，tī 便所 bih 大約 15 分鐘，toh 受逼離開 hia。行出去外口了後，我真鬱卒。今á日是 m̄ 是 ē kah 頂禮拜仝款，以失敗來結束 leh？

大廳附近有一間花店，我看 tioh in 有一種包裝紙，ē tàng kā 它鋪平，hō͘ 它比報紙 khah 大張，所以我 kā in 討一張來，對半 áu 了後，tī 前後面寫真大字 ê "TICKET WANTED"（= 徵求門票），tī hit 下面寫細字 ê "in US only 1 year"（=kantaⁿ tī 美國一年），koh tī 紙 ê 正中央挖一个 ē tàng hō͘ 頭殼 lop 入去 ê 孔。我 kā 它 lok 入去頭殼了後，看起來 ná 像是一个罷工 ê 工人 teh 遊行示威，動作奇怪。我向前行 koh 向後行，來回行幾 nā pái，時錶一看，已經是 5 點 55 分 ā，我 kantaⁿ ē tàng 做出無奈 ê 表情，感覺 bē 有啥物效果。

Chit 時，tùi 我 ê 身後，突然有人 teh 叫 "Take chiàng"（= 武田 ê 暱稱）。我 chhoah 一 tiô，心內想講 tī hiah 闊 ê New York（紐約），應該無 bat 我 ê 日本人 chiah 對。我 oat 頭一看，一位金頭毛 ê chabó͘ gín'á teh kā 我 chîn。她看 tioh 我 ê 面 toh 講：「Ah，認 m̄ tioh 人 ā」，講了隨 oat 走，行 tùi 別 ê 方向去。Tú tī hit 時，有一台我想是 Imperial 牌 ê 高級轎車停 tī 音樂廳 ê 頭前，穿制服 ê 司機 phah 開車門，一位身穿毛皮領外套 ê 高貴婦人落車，koh 來就近

我。她講：「我有看 tio̍h 你 ê 牌 á。今 á 日我改變日程安排，所以請你 kā 票 the̍h 去。」講了，她 to̍h hō͘ 我三張入場券。Chit 位女士根本都無 hō͘ 我時間來 kā 她說謝，to̍h chiūⁿ 車去 à。我 soah bē 記得離開東京 ê 時得 tio̍h ê 忠告：Tī 美國 bē sái 頭 lêlê。我向 teh 離開音樂廳 ê 汽車，用最敬禮向她致敬。

當我 gia̍h 頭 ê 時，túchiah hitê 金頭毛 ê chabó͘ gín'á khiā tī 我 ê 面前，講：「若有 chhun，請 hō͘ 我一張。」我隨時回答講：「你若 beh kah 我坐做伙，我 to̍h hō͘ 你一張。」其他 iáu 有五六个人 óa 來 beh kā 我討 chhun 落來 ê hit 張入場券，我 to̍h kā 它 tàn 去 hō͘ 好字運 ê 人 khioh。金頭毛 ê chabó͘ gín'á kā 我 ê 告示牌 liah 破，講：「Chitê 物件無 koh 需要 à」，了後 koh 用她靈巧 ê 手 kā 它 jio̍k 做一丸，tàn 入去糞埽桶。她牽我 ê 手做伙進入音樂廳 ê 時，我 kahná 是一位凱旋 ê 將軍。時間是 6 點 15 分，kah 大師面對面 ê 時間 teh beh 到 à。

當 Toscanini 出現 tī 舞台頂 ê 時，伊 m̄ nā hō͘ 人有矮 koh 細 ê 老歲 á ê 印象，mā hō͘ 人想 beh 大聲叫講：「細膩，m̄ thang 去 hō͘ 伊 poa̍h 倒」，m̄ koh，一旦伊行起 lí 指揮台，當伊 ê 機智起磅 ê 時，伊 ê 雙手 ná 親像 hō͘ 聖靈充滿，活潑舞動，為 Rossini ê 第三號絃樂奏鳴曲帶出美妙 ê 聲音。當大提琴獨奏開始 ê 時，我注意 tio̍h 她 ê 正手靜靜 khòa tī 我 ê 大腿頂面。由管風琴伴奏 ê Saint Saens 第三交響曲[26] 是一部傑作。Tio̍h 算 tī 管絃樂優美 ê 所在 thap 入厚

26譯註：Saint Saens 交響曲第 3 號 C 小調「風琴」是法國作曲家、鋼琴家、管風琴家 Charles Camille Saint-Saëns（1835-1921）ê 作品。

重ê管風琴ê聲音，兩台鋼琴 mā ē tàng 傳達出鍵盤音樂ê風味來 kā 它支援。指揮 Toscanini tī 台頂看起來 ná 親像是一个巨人，卻 m̄ 是一个老歲 á。當第一樂章ê速度進入 poco adagio（稍慢板）ê時，她ê手 koh 一 pái khǹg tī 我ê大腿頂面，一直到音樂會結束，她 chiah hō͘ 她ê手離開 hia。

一行出門外，晚秋ê天已經烏暗 à。我問講：「Chitmá 你 beh 去 tó 位？」因為 Andrea 回答講：「我ê厝真近，我 beh 行 tńg 去。」我 to̍h 講：「Ánne，我送你 tńg 去。」我開始 kah 她做伙行，行出 59 街，oa̍t 過中央公園ê oat 角，tùi 第五大道ê綠樹通道行到 62 街，tī hia oa̍t 正 pêng，約行二十分鐘，來到她號碼 27 號ê公寓。這是一棟 9 層 koân ê典雅建築，穿制服ê守衛講：「Thompson 小姐，你 tńg 來 à。」to̍h kā 阮開門。電梯來到第八樓，我 tī 她ê門口講：「我送你到 chia 為止，我 tio̍h 失禮 à。」Andrea 講：「請入來坐，我請你 lim 茶，來報答你今 á 日ê好款待。厝內無其他ê人。」她看我有猜疑ê面 chhiuⁿ，想 beh kā 我解說，所以她講：「這是阮阿姨ê公寓。」

Andrea 真 gâu 講話，言語自然 koh liántńg。她 tùi Mills College 畢業了後，想 beh 成做一个兒童作家，to̍h 為當地ê報紙寫稿。她ê阿姨是她已經過身ê老母ê阿姊，替 in 老母 kā 她照顧 kah 真好勢。若是想 beh 成做一个作家，她ê阿姨建議她來紐約進修，所以她 tùi 頂個月 to̍h 來 tòa chia。她ê姨丈是一个貿易商，chitmá 她ê阿姨 kah 姨丈做伙去 tòa tī 巴黎。Teh 交談ê時，Andrea kā tomato 湯 thn̄g 燒，koh 為我做起士三明治。

我問講：「你是 án 怎 ē 叫我 “Take chiàng”？我ê全名是武田

武彥（Takeda Takehiko），你叫我 “Take chiàng”，hō͘ 我驚一 tiô。」公寓內面有二十世紀初期樣式 ê 壁爐，她 ná 點火，ná 回答講：「Take chiàng 是我 gín'á 時代 ê 朋友，因為伊 ê 紹介，我 chiah 有機會聽 tio̍h Toscanini 指揮 ê 音樂。」她續 leh 講：「若 m̄ 是認 m̄ tio̍h 人，我 ē 無勇氣 kā 你討票。」

Andrea ê 老父 tī 伊少年 ê 時 to̍h 受過大提琴手 ê 訓練，聽講伊一直 ǹg chitê 目標 teh 努力。全款是大提琴手 ê Toscanini 成做世界 siōng 好 ê 指揮家，chit 件 tāichì tiāⁿtiāⁿ tī in ê 厝內成做話題，所以厝裡 ê 人真自然 to̍h 偏愛 Toscanini。她 ê 老父後來因為有痛風病，致使放棄音樂生涯，去繼承家業，成做 tī 加州南部 ê Ventura ê 農場主人。Tī in ê 農場邊 á，一對日本夫婦 mā 有一个小農場，若是生產菜頭 kah 其它罕得有 ê 菜蔬 ê 時，伊 to̍h ē the̍h 來 pun hō͘ 厝邊，所以 soah kah 厝邊成做好朋友。Chit 對夫婦有一个比 Andrea 大兩歲 ê chapo͘ kiáⁿ，伊 ê 名叫做「毅（Takeshi）」。1942 年，太平洋戰爭開始了後，加州 ê 日本人被命令強制收容，m̄ koh，tī 戰爭結束了後，in mā 無 tńg 去農場。當 Andrea tùi 遠遠看 tio̍h 我 ê 時，她掠準我是伊 ê 朋友「毅」。

阮講話講 kah chhiāngchhiāng 滾。我看時鐘，已經十點 à。我認為 tio̍h ài 緊 tńg 去厝裡，所以我 khiā 起來準備 beh 離開。Chit 時，Andrea 講：「慢慢 á 來無要緊。今 á 日真歡喜，我想，我 tio̍h ài hō͘ 你啥物來 kā 你感謝。你 kám 有啥物願望？」

這是一間貿易商 ê 公寓，客廳裡有一塊真 súi ê 紫色檀香桌 á。當我看 tio̍h hit 種色彩光芒 ê 時，忽然想起學校宿舍 châng 浴 ê 浴間。因為我是 10 點上課，所以我 ē tī 大約八點半到九點中間去洗身軀。有一个烏人學生 mā tiāⁿtiāⁿ tī 仝 hit 時 ē 來。阮每一个學生 lóng tio̍h 注意金錢 ê 使用，bē 開 siuⁿ chē 錢，m̄ koh 伊一直保持奢華 ê 生活方式。詳細注意聽伊講了後，chiah 知影伊是 tī 一間夜總會 teh 跳踢踏舞[27]，而且 iáu 有一 kóa 額外 ê 小費收入，所以付 Columbia 大學 ê 學費了後 iáu 有 chhun。Chitê 人 bat tī chhâng 浴了後，赤 theh 跳踢踏舞 hō͘ 我看。Tùi 七樓窗 á 射入來 ê 日頭光照 tio̍h 伊 hit 身 tâm loklok ê 烏色皮膚，實在是極 súi 無比。我讀台北高校尋常科 hit 時 ê 畫圖老師 bat 講：thǹg 腹 the̍h ê 人體是絕對 ê 美麗。我無上過任何裸體畫 ê 課程，m̄ koh 當我看 tio̍h hitê 踢踏舞 ê 時，我明白畫圖老師 ê 話無 m̄ tio̍h。

Andrea 問我講：「你 kám 有啥物願望？」ê 時，我面紅 kòngkòng 回答講：「我想 beh 看你 ê 裸體。」Andrea 掠我金金看，koh hē 一塊柴箍落去壁爐，她講：「Ánne，你 mā tio̍h 裸體。」了後兩人 tо̍h 入去睏房。

出現 tī 我面前 ê 是一位比 Botticelli[28] ê「Venus（維納斯）ê 誕生」koh khah súi ê chabó͘。「Venus ê 誕生」chit 幅名畫 tùi 任何角度來看，只不過是靜態 ê 圖畫，m̄ koh，Andrea chit 位金髮女郎反映壁爐 teh to̍h ê 火焰，變 kah 紅 kòngkòng，帶來類似 hit 幅名畫 ê 感覺。我前到 taⁿ m̄ bat 看過 hiahnih súi ê 人體，一直金 iàⁿiàⁿ teh 閃

27 譯註：踢踏舞（tap dance）是一種舞蹈，特點是使用踢踏舞鞋 khia̍k 地板，當做打擊樂器 ê 一種形式；它 ê 聲音是利用鞋 ê 後 teⁿ kah 腳趾頂面 ê 金屬 khia̍k 地板來形成。

28 譯註：Sandro Botticelli 是意大利文藝復興早期 ê 畫家，「Venus ê 誕生」是伊 ê 名作。

sih。Tī「Venus ê 誕生」ê 畫中，女性 hông 圍困 tī 框殼內底，無法度 tín 動，m̄ koh tī 現實 ê 世界中，Venus 卻 ǹg 我行 óa 來。一目 nih 久，阮兩人赤身露體，繼續天南地北 teh 話仙。Hit 暗，我失去童貞。

第二章　三角關係

仝 hit 工發生 ê tāichì，阮老母寫落來 ê 是 ánne：

1952 年 11 月 16，禮拜日

我昨 hng 去聽 Toscanini ê 現場演出。阮老父一定 ē 真歡喜，m̄ koh 我想 beh kā 你講其它 ê tāichì。

當我去到 Carnegie 音樂廳 ê 時，kahná 是發生罷工示威 ê 款，有一个 tī 頭前 kah 後壁 lóng 掛一个大告示牌 ê chapo͘ 人 tī 音樂廳 ê 頭前行來行去。Kanta^{n} 有一个人參加 ê 勞資糾紛示威是真罕得看 tio̍h ê。當我行 óa 去 ê 時，發見 hitê 日本人 kanta^{n} 是 beh ài 一張入場券，是出 tī kah 我仝款 ê 原因來 tī chia。因為伊 kah Take chiàng[1] 生做真仝，所以我出聲叫伊，m̄ koh 結局這是一場誤會。我看 tio̍h 有人落車，kahná 是 hō͘ 伊入場券。伊向一台車致最敬禮 ê 模樣，非常可愛。當我接觸伊 ê 時，發見伊有 chhun ê 入場券，所以我 ē tàng kah 伊做伙入去音樂廳。

He 是 Toscanini ê 演出，實在是有夠 chán。伊指揮 ê Rossini 第三號絃樂奏鳴曲真罕得聽 tio̍h，大提琴 ê 部分有夠 chán。若是阮老父有成做大提琴手，kiámchhái 伊 mā ē 像 Toscanini ánne，成做指揮。阮老父自我細漢 to̍h tia^{n}tiā^{n} kā 我講 Toscanini ê tāichì，

1 譯註：Takeshi（毅）ê 小名。

chitmá，我當 teh 聽伊 ê 現場表演。我想起 Take chiàng ê tāichì。若是我無 kā 邊 á chitê m̄ bat ê 日本人掠做是 Take chiàng，我 to̍h 無法度入來 chia。世間事實在是真趣味。

我細漢 ê 時，老父 tiā^{n}tiā^{n} 演奏 Saint Saens ê「天鵝」hō͘ 我聽，m̄ koh，今 á 日 teh 演奏 ê 是仝作曲家 ê 管風琴交響曲。我一向有真好 ê 音感聽力。管風琴 tī 舞台頂排 kah 真好勢，我試 beh 看今 á 日是 m̄ 是 ē tàng 聽 tio̍h siōng kē 音域 ê 踏板音，m̄ koh 我無成功。坐 tī 我身軀邊 ê 日本人，kahná 真滿足，歡喜 kah 微微 á 笑。伊真 sêng Take chiàng，Take chiàng chitmá 是 tī tó 位 leh？

Chit 位日本人叫做武田武彥，領 Fulbright 獎學金來 Columbia 大學留學。Kah 美國 ê 少年人比起來，伊有小 khóa hàm 古 ê 禮貌，hō͘ 人感覺 gāigio̍h gāigio̍h，總是，我卻 tio̍h 感謝伊對我 ê 扶 thá^{n}。當我開始 beh 行向公寓 ê 時，伊講伊 beh 送我 tńg 去，to̍h 陪我行到公寓 ê 大門口。當伊講：「到 chia 為止，我 tio̍h 失禮」ê 時，伊 ê 微微 á 笑實在是有夠 sêng Take chiàng，所以我請伊 chiū^{n} 樓。伊人真客氣，我請伊食起士三明治 kah tomato 湯 ê 時，伊講幾 nā pái「好食，好食」。照講伊 ê 回答應該是：「m̄ 免，多謝。」因為習慣無仝，有一 kóa 方面 soah oh 得回應。伊講 tńg 去到日本了後，想 beh 成做一个大學 ê 老師。伊是一个真條直 ê 人。老實講，我 tī 仝 hit 暗 ē kah chitê 人分享肌膚接觸之樂，我 kakī 都 m̄ 敢相信。

我想起一件細漢 ê tāichì，he 是發生 tī 我 3 歲生日以後。我 ê 父母 chhōa 我去 Ventura ê 海水浴場，Take chiàng mā 有做伙去。這是真趣味 ê tāichì，泅水厭倦 ê 時，阮就倒 tī 沙灘頂，á 是起真 chē

沙堡，講這是 Take chiàng ê 城堡，這是 Dore chiàng[2] ê 城堡，sńg kah kākākún。了後，阮兩人 koh 做伙起一座大城堡，Take chiàng 大聲 hoah 講：「咱做伙 tòa，Dore chiàng，你嫁 hō͘ 我，我是國王，Dore chiàng 是女王。」Hit 時，阮天真浪漫，thn̄g 腹 the̍h teh 享受大海 kah 日頭光。

當武彥講伊想 beh 看我赤身露體 ê 時，我無認為 he 是無自然 ê 要求。我有一種幻覺，kahná 是 Take chiàng teh 細聲對我講話。潛在 ê 好奇心 hō͘ 我想講：若是 Take chiàng chitmá 出現 tī 我 ê 面前，ē 是啥款 ê 赤身露體 leh。我注意 kā 伊看，伊 ê 皮膚光滑光滑，kantaⁿ hit 所在烏 sìmsìm，kahná 是 hia 以外 lóng 無體毛 ê Adonis[3] khiā tī 壁爐 ê 火燄後壁。

日本偷襲珍珠灣了後，阮父母 kah Take chiàng ê 父母有繼續 teh 來往，m̄ koh tio̍h ài 盡量 mài hō͘ 人知，Take chiàng 來阮 tau chhitthô ê 次數 mā jú 來 jú 少。1942 年三月底，花園內 ê 三角花（九重葛）開 kah 紅 kòngkòng ê 時，Take chiàng kah in 父母來相辭，講 in 被強制收留，m̄ koh in 無 kā 阮講收留 ê 所在。Take chiàng ê 老父講：「阮暫時無法度 kah lín 見面。」我 kah Take chiàng 互相 lám teh 哭。Take chiàng 悲傷講：「Tio̍h ài ē 記得 hitê 沙堡 ê 誓約。」He 是阮 siōng 尾一 pái ê 見面。

Hit 工暗時，阮老父 m̄ nā 大聲 hoah 講：「Roosevelt[4]，你 chitê

---

2 譯註：Andrea ê 小名。

3 譯註：希臘神話中 ê 英俊 ê 神。

4 譯註：富蘭克林・羅斯福，美國第 32 任總統（1933-1945）；伊是唯一一位當選四 pái ê 美國總統，tī 1945 年 4 月 tī 任期間離世。

戇大呆！」來 tháu 氣，koh 真受氣講：「戰爭 kám m̄ 是 lóng teh 侮辱人權？」伊 ê 心情真 bái。第二工，我 ê 父母做伙去 Ventura 鎮 ê 辦公室，kā 選舉登記 tùi 民主黨改做共和黨。這是 in 對 Take chiàng kah in 父母受拘留 ē tàng 做 ê 唯一抗議。武彥有滿意 ê 款，講：「Eh，tī 美國 kám 有 chit 種人？」Sip 一嘴燒巧克力了後，伊 koh 講：「若是 tī 日本，憲兵 ē 來 kā lín 父母 hiat 入去豬籠內底。」阮 bē 記得阮兩人 lóng 赤身露體，話講 lóng bē soah。Hit 暗，我 kā 我 ê 處女貞節獻 hō͘ 武彥。我心內認為這是因為我失去 Take chiàng ê 消息 ê 關係。

我 ê 父母若認為我是 Venus kah Adonis ê kiáⁿ，我認為 ánne mā bē bái。我 kā 日記掀去下一頁。老母 11 月 15 ê 日記是空白 ê，kiámchhái 是因為 15 日發生 ê tāichì tī 隔 tńg 工 ê 16 日 to̍h 已經寫了，所以她認為無需要 koh 寫任何物件。11 月 17，阮老母去 Prentice-Hall 出版社上班，有人問她講：「Eh，你 kám 有 hō͘ 你氣色好 ê tāichì 發生，á 是有一 kóa 啥物好 khang ê tāichì 發生？」她講：「我有去聽 Toscanini 指揮 ê 現場演奏」，m̄ koh 對方 iáu 是滾 sńg 笑講：「你 kahná 有 teh 隱瞞啥物 ŏ͘？」Hit 工 ê 日記真長，所以我 kantaⁿ 提出要點。

1952 年 11 月 17，拜一

我沿路思考前兩工所發生 ê tāichì，沿路出門行去我當 teh 實習 ê 出版社。第五大道 ê 公共汽車今 á 日駛真慢，m̄ koh 我無感覺要緊。路裡 ê 人 ê 面看起來比平常時 koh khah 快樂。我行來到為

實習生準備 ê 細塊桌 á，ta̍k 人 lóng oló 我 ê 氣色真好……kám 講這 to̍h 是性 ê 體驗 ê 記號？我感覺有火焰 tī 我 ê 身軀內 teh 燒，hō͘ 我一種溫暖，一種我 chìn 前 m̄ bat 有 ê 快樂感。我並無因為失去貞節來感覺虧欠，á 是有 m̄ 好 ê 罪惡感。我食了禁果，這是非常好滋味 ê 果 chí。

M̄ koh，阮老母 ê 心情漸漸 teh 起變化。

1952 年 11 月 24，拜一

月經應該 tī 頂禮拜六來，m̄ koh 昨 hng á 是今 á 日 lóng 無影跡。Kám 講是有娠 ā？講 tio̍h 這，最近我 mā 無啥胃口，我頂工買 ê 草莓脆餅 iáu khǹg tī 冰箱內。

25 日，拜二

我早起七點起床，lim 一杯咖啡了後，iáu 是頭昏昏，想 beh 睏。Kah 感冒全款，我有倦倦 ê 感覺，當我洗身軀 ê 時，我感覺我 ê 奶房脹脹。我 khà 電話去實習 ê 出版社，講我今 á 日無法度去上班，就 ánne 繼續 koh 睏。

26 日，拜三

我無法度預約附近 ê 醫生，所以我去 114 大道 ê Saint Luke's 病院，看一个無熟 sāi ê 醫生。雖然無檢測無法度確定，m̄ koh 伊認為有 50 % 以上是確實有娠，所以伊 kā 我恭喜。我要求隨時進行檢測，m̄ koh 伊叫我二禮拜後 chiah koh 來，因為早期 ê 檢測結果並無可靠。我對 ánne ê 回答感覺失望。我行路去武彥 tī Columbia 大學 ê 宿舍，m̄ koh 伊無 tī ·leh。

27 日，拜四

今á日是感恩節，我 khà 電話 hō͘ 阮老父。當然我無講我有娠，我 kantaⁿ kā 伊講聖誕節 chiah ē tńg 去厝裡。我忍 bē tiâu，目屎 liàn 落來，koh 忽然感覺真孤單。我無食任何物件 to̍h 去睏。

12 月 ê 頭一工，拜一

我去 Columbia 大學，tú tio̍h 武彥。我想，若是我 kā 伊講我可能有娠 ā，伊一定 ē 問講是 án 怎 hiahni̍h 早 to̍h ē 知影。伊人真理智，我卻是迷失，躊躊躇躇。我 beh chhōe 求 ê 是同情 ê 話，卻 m̄ 知 thang 好追求愛情 ê 支持。Kah hit 工無仝，我感覺今á日 kahná 是去 tú tio̍h 一个無熟 sāi ê 人，伊 kahná 是 teh 思考啥物。我離開學校宿舍地下室 ê Lions Den 學生聚會區，行到 116 街地下鐵車站 ê 時，我 to̍h 想 beh 哭出來。

我小睏一下á中晝。一个少年 Take chiàng ê 聲 kā 我叫醒，伊講：「Dore chiàng，m̄ thang 哭。」

12 月初 2，拜二

我 m̄ 知 tio̍h án 怎 chiah 好。若是昨 hng 武彥 ê 結論是講：「除了 kah 你結婚以外，無其它 ê 選擇」，我想我 ē 隨時講好，m̄ koh he 是無可能 ê tāichì。我並無意向 beh 去日本，koh 再講，武彥 ê 父母 ē án 怎迎接我 leh？我是一个戇大呆，我 ná ē kantaⁿ 想 tio̍h hiahê 做 bē 到 ê tāichì leh？

我 iáu 無法度 kā 阮老父講 chit 項 tāichì。未婚生 kiáⁿ，á 是考慮墮胎 lóng 是驚人 ê tāichì。想來想去了後，當我 khà 電話去 hō͘ tī Paris（巴黎）ê 阿姨 ê 時，她回答講：「請緊來 chia。」我寫一張簡單 ê phoe hō͘ 武彥，kā 伊講：「我 beh 去 Paris，我想 beh 墮胎」，koh 附上阮阿姨 ê 地址，to̍h kā 它寄出去。

12 月初 3、初 4、初 5

我決定 beh 去 Paris 了後，to̍h koh 回復元氣。我去上班，kahná 無發生啥物 tāichì 仝款，照常 teh 做 khangkhòe，koh 申請 tùi 下禮拜到新年 ê 休假。Ta̍k 人 ê 眼神看起來 lóng 是真欣羨 ê 款。

12 月初 8，拜一

昨 hng 下晡 5 點，我離開 Idlewild 機場[5]，今 á 日早起 10:30 來到 Paris ê Orly 機場。這是我頭一 pái 坐 TWA[6] 橫跨大西洋 ê 直飛班機，這若是純粹 ê 觀光旅行，m̄ 知 ē gōa 快樂 leh？M̄ koh，頭前有 kah 阮阿姨 ê 重要諮詢，我 m̄ 知 beh án 怎切入問題。當飛機降落，開始 tī 跑道滑行 ê 時，我真擔心 chit 項 tāichì。

我 ê 阿姨比阮老母大兩歲，因為她 khah 慢結婚，soah 無生 kiáⁿ，所以她不時都 kā 我當做 kakī ê chabó͘ kiáⁿ teh 疼我。阮老母過身了後，阮阿姨 kah 我之間 ê 聯繫變 kah koh khah 親密，連阮老

5　譯註：紐約 JFK 國際機場 ê 舊名。

6　譯註：Trans World Airlines；環球航空公司，是 1930-2001 美國主要 ê 航空公司之一。

父都ē嫉妒。若是我tú tio̍h麻煩，我tiā^{n}tiā^{n}ē先kah阮阿姨參詳，m̄ koh，阮阿姨kám ē原諒我kah chhe^{n}hūn人ê性交？準講阮阿姨ē原諒，hit位嚴肅率直ê姨丈ē án怎想leh？因為ánne，我當teh考慮墮胎。若是犯錯誤，kiámchhái我ē失去阿姨ê疼。當我看tio̍h New York暮色中ê美麗天空向後漸漸消失ê時，我無論如何都無法度tùi hit種驚惶中醒過來。

我有試想過是m̄是ē tàng mài墮胎，kakī一个人來養飼gín'á？天下無難事，無啥物是做bē到ê。若是ē tàng成做一个兒童文學作家，tī厝裡寫作，to̍h ē tàng兼照顧gín'á；á是繼承阮老父tī Ventura ê農場，繼續種作果chí，這mā是一種辦法。M̄ koh，若是tùi teh beh出世ê gín'á ê角度來看，我無法度講he是正確ê選擇，因為當我ê kiá^n bat tāichì了後，伊一定ē問講伊ê老父是tī tó位。若是kahná童話故事kā伊講：「Lín老父去星辰國做國王」，he kiámchhái有一段時間有效，m̄ koh，當事實證明he是假ê ê時，gín'á ē失望，而且認為老母是一个無可靠ê人。若是老實kā伊講：「你ê老父叫做武田武彥，tī日本ê大學教冊。」Ánne，續落來伊kiámchhái ē問講：「伊是án怎無beh來看我leh？」若是kā伊應講：「咱來去lín老父ê所在」，結局mā是無伊法。Kám講我ē sái kā我ê kiá^n chhōa去東京，tī in bó-kiá^n kah同事ê面前講：「武彥，這是你失落ê kiá^n？」無論án怎，chitê gín'á實在是有夠可憐。

未婚生kiá^n，意思是講我以後永遠bē tàng結婚。我kám有決心beh為ánne ê犧牲付出代價？我想tio̍h這to̍h感覺真悲哀。美國kah法國lóng禁止人工墮胎。若無醫生ê幫贊，kakī想試beh墮胎，有可能ē喪失性命。總是，我ê阿姨tī Paris真容易to̍h為我chhōe tio̍h一个歐洲出名ê醫生。我ê姨丈代理ê公司包括頂級ê製藥公司，而且tī醫療領域有真好ê關係，tī醫療界ê交陪mā真闊。我現此時ê情況是，懷孕ê醫學檢測iáu未確認，所以bē hō͘ chitmá kā我診斷ê醫生造成困擾。Tī離開紐約chìn前，我對武彥叫我墮胎ê建議iáu未做出決定，m̄ koh當我來到Orly機場ê時，我認為he是正確ê結論。

我坐計程車去到公寓ê時，食飯桌頂有一蕊紅玫瑰，koh有為我準備ê葡萄酒kah cheese，邊á iáu有阿姨親手寫ê留言紙條：「我為tio̍h Henry姨丈ê tāichì出去，m̄ koh我一定ē tī 12點tńg來。非常歡喜你來Paris。」Lim一杯酒了後，當我坐落來ê時，時差kah厭siān做伙來，hō͘我感覺真ài睏。

當我有意識ê時，我ê阿姨已經坐tī我身邊，teh摸我ê頭。「你thiám à hoⁿh，Andrea。」He是我所懷念ê聲，阮隨時相lám。我kā詳細ê情形對阿姨講，無任何掩khàm，而且補充講：「Chitmá siōng大ê問題是beh墮胎á是m̄。」

「你講ài我chhōe一位好醫生，我當然ē替你chhōe。Andrea，你已經成年ā，m̄免我加講話，總是，我kantaⁿ beh替lín老母hō͘你一个建議。Tùi chitmá起二十年後，你m̄ thang後悔。Beh墮胎á是m̄，由你kakī決定，m̄ koh，你若決定beh墮胎，hitê小性命to̍h無法度koh活tńg來。你等待三工，詳細koh想看māi。三工後，若是決定beh墮胎，我chiah來chhōe醫生。」阿姨kah平常時仝款，充滿親情。我無行離開，kā阿姨lám tiâutiâu，koh chim她ê嘴phóe。有一段時間我無法度離開她。

我 ê 姨丈 tńg 來食飯，kahná 有感覺 tio̍h 我 ê 困境，m̄ koh 伊無講起，kantaⁿ 對我表示歡迎。

12 月初 9，拜二

有人問講：「你今 á 日想 beh chhòng 啥物？」我隨時回答講：「我想 beh 去 Louvre Museum[7]。」所以我 ê 姨丈駛車送我去博物館。我 ê 阿姨無 beh kah 我做伙去，因為她 beh hō͘ 我一 kóa 空間 thang 來思考我 kakī ê 問題。我 ê 姨丈對藝術真有興趣，in tòa tī Orsay[8]，雖然講是因為就近外交部，對工作真方便，m̄ koh 聽講真正 ê 原因是，伊意愛 Left-bank（左岸[9]）藝術家住宅 ê 氣氛。In 講今 á 日是去 Louvre Museum 真好 ê 天氣，m̄ koh，chit 工我去博物館 ê 目的並 m̄ 是 beh 欣賞藝術。

我 tī 某所在 bat 讀過一篇關係若 beh 防止流產 to̍h bē tàng peh 山，á 是 bē tàng 做粗重 ê 勞動。橫直 chitmá 天氣 siuⁿ 冷，mā bē tàng 去 peh 山。M̄ koh Louvre Museum 是一座大博物館，由兩座城堡連接做伙，我想 beh 入去行行 leh，se̍h 看 māi leh，無論行 kah gōa thiám，我 mā tio̍h kā 它行 hơ 透。入去博物館了後，我隨時開始我 ê 計畫。我無看 tio̍h Samothrace[10] ê Nike 勝利女神，he 是希臘

7 譯註：羅浮宮博物館，由建築大師貝聿銘設計。

8 譯註：奧賽，位於巴黎西南郊區 ê 法國小鎮。

9 譯註：Tī 巴黎地區，左岸指流過市區 ê 塞納河南岸地區，塞納河北岸地區稱做右岸；右岸輝煌奢華，左岸卻是人文藝術中心。

10 譯註：愛琴海北部 ê 希臘島嶼。

神話中 ê 勝利女神 Nike ê 雕像；我 mā 無看 tio̍h Mona Lisa[11] ê 圖。由 Catherine de Medicis[12] 起造 ê 長廊是畫廊，我去 hia se̍h 幾 nā pái。我 chiūⁿ 樓梯，koh 落樓梯，thiám mā 無想 beh 歇睏，kantaⁿ 一直行。

我坐地鐵 tńg 來到公寓 ê 時，tú 好是暗時七點，這是阮阿姨規定 ê 暗頓時間。Hit 暗，我檢查一下，m̄ koh，胎兒並無 kah 我分開。

12 月初 10，拜三

我 kah 阿姨做伙去 Champs-Elysees 大道[13] 買物件，她買一條真 súi ê phōa 鍊 hō͘ 我。我非常感謝 Helen 阿姨。

一張 tùi New York 來 ê phoe 送 kàu 位，he 是武彥 ê 回覆。「Khah 好是墮胎，ánne，咱兩人 lóng ē 得 tio̍h 自由。非常感謝你。」Ánne ê 回覆表示伊根本都無理解我 ê 苦惱。我 ē kah hit 種人發生關係，我實在是一个戇大呆，kā 伊 ê 種留 tī 我 ê 子宮內，我感覺真 m̄ 甘願。

12 月 11，拜四

我迷失 à。因為我有注意 tio̍h 阿姨 ê 話：一旦決心 beh 墮胎，

---

11 譯註：《蒙娜麗莎》；意大利藝術家 Leonardo da Vinci（李奧納多．達文西）ê 油畫。

12 譯註：1519-1589，法國王后，Valois 王朝國王亨利二世 ê 牽手 kah 隨後 3 个國王 ê 老母。

13 譯註：香榭麗舍大道；法國巴黎第 8 區 ê 一條大道，一般認為是世界 siōng 出名 ê 大道之一。

以後 kiámchhái ē 後悔。我想 beh tī 一个所在來靜靜思考 chitê 問題。

我中晝去巴黎聖母院[14]。彌撒曲[15] tùi 祭壇 ê 聖歌隊開始。真 chē 遊客無注意 tio̍h 這，m̄ koh 我 kah 一陣信徒做伙加入望彌撒[16]。Tī 分隔主祭壇 kah 聖歌隊 ê 壁頂有基督 ê 生涯圖，tī 目 chiu 前 to̍h 是耶穌 koh 活了後出現 ê 形象，m̄ koh 這 hō͘ 我想起耶穌 ê 受難，kah he 比較起來，我所 tú tio̍h ê 問題並無重要。這致使我 ē tàng 客觀來面對問題，mā 成做我 ē tàng 解決問題 ê 機會。昨 hng kah 今 á 日早起，因為我討厭武彥 ê 無情，所以堅固我對墮胎 ê 決定，m̄ koh，當我看 tio̍h 耶穌 ê 生涯 ê 時，我意識 tio̍h 我是 hiahnih 心肝狹，是一个無路用 ê 人。我決定 kā 武彥 ê tāichì khǹg 一邊，我 bē 為 tio̍h beh 責備伊 chiah 來墮胎，我想 beh 思考是 m̄ 是 ē tàng kā 它當做是我 kakī ê 問題，勇敢去解決。阿姨 ê hit 句「m̄ thang 二十年後 chiah 來後悔」，忽然有新 ê 意義。

彌撒 tī 12:45 結束，m̄ koh 我決定 beh koh 留 khah 久。聖母院有 800 年 ê 歷史，kah 其它 ê 大教堂仝款，m̄ koh chit 座老古早 ê 大教堂 ê 壁堵頂充滿有歷史淵源 ê 雕刻 kah 繪畫，in 是 teh 向無法度讀 kah 寫 ê 信徒傳授聖經故事。前日我 tī Louvre 博物館 ê 時，thiau 工拒絕看所有出現 tī 目 chiu 前 ê 藝術作品，行來行去，

---

14 譯註：正式名稱是「巴黎聖母院大教堂」（Cathédrale Notre-Dame de Paris），是 tī 法國巴黎西堤島 ê 天主教教堂。

15 譯註：Missa 曲原來是天主教、東正教 kah 聖公會 ê 彌撒儀式所用 ê 聲樂套曲，歌詞使用拉丁文，用 tī 葬禮、婚禮、就職、登基等無仝 ê 儀式。宗教改革了後，新教作曲家 mā 創作彌撒曲，m̄ koh 內容、形式 kah 天主教彌撒曲有無仝。

16 譯註：Missa，mā 稱做感恩祭，是天主教會拉丁禮 ê 祭祀儀式；參加 Missa 叫做望彌撒。

kanta^{n} 想 beh 墮胎。今 á 日我卻對墮胎抱 tio̍h 疑問 ê 態度，努力注神欣賞大教堂 ê 繪畫 kah 雕刻。我想講有一工我 ē tàng 留 tī chia，寫一 kóa gín'á ê 文學作品。

有講解員 ê 參觀 tī 下晡兩點開始，我加入講法語 ê 旅遊團。彌撒 koh 一 pái tī 主祭壇開始。當一切 lóng tī 下晡三點半結束 ê 時，管風琴 ê 獨奏 to̍h 開始。

這是我 bat 聽過 ê 一首慢慢 á chhu 出來 ê 樂曲，是 Saint Saens ê 管風琴交響曲。我想講 tī chia kiámchhái ē tàng 聽 tio̍h siōng kē 頻率範圍 ê 踏板聲，所以 to̍h à^{n} 耳孔來斟酌聽。我對 kakī chiùchōa，若是我 ē tàng 聽 tio̍h，我 to̍h beh 放棄墮胎。Tī Carnegie 音樂廳無法度聽 tio̍h ê 音域，tī 其它所在聽 ē tio̍h ê 機率並無 koân，何況大教堂內 ê 腳步聲 mā 成做 that 礙。我配合 Poco Adagio（稍慢板）kah 音樂 ê 節奏，行到以「Paris 聖母」出名 ê 聖母 Maria 雕像 ê 頭前。當我目 chiu 完全適應大教堂內部 ê 暗淡燈光了後，我 to̍h 注神看 chitê 14 世紀 ê 作品。To̍h 是 tī hit 時，我真清楚聽 tio̍h siōng kē 音階 ê 踏板聲。了後，Maria ê 雕像 hō͘ 五種色彩包圍，忽然間變 kah 光 ià^{n}ià^{n}。Chitmá 回想起來，hit 時玫瑰窗 ê 彩色玻璃當 teh hō͘ 日頭照射，tùi hia 有真 chē 色彩 ná 像彩虹 chhiō tī 壁堵 kah 地板。我並無堅強 ê 宗教信仰，mā m̄ 是天主教徒，m̄ koh，我偷偷 á teh 走 chhōe 上帝 ê 幫贊，祈求得 tio̍h 啟示。

相信創造主、耶穌 kah 聖靈三位一體 ê 基督教中，無空間 thang hō͘ Maria 成做受崇拜 ê 上帝之一。Tio̍h 算 Maria 是耶穌 tī 地 chiū^{n} ê 老母，她 mā m̄ 是上帝，ánne，天主教 ná ē 對 Maria 有 chit 種強烈 ê 尊崇 leh？Chit 座大教堂是獻 hō͘ Maria ê，tī 我來 chìn 前，

已經有千千萬萬 ê 信徒聚集，以後 mā koh ē 有千千萬萬 ê 信徒來 chia。當 Maria hō͘ 人講她有娠 ê 時，她 oló 上帝 ê 恩典，講：「連我 chitê 卑微 ê chabó͘ gín'á 祢都有 teh 致意，tùi chitmá 開始，ta̍k 代人 lóng ē 講我是幸福 ê chabó͘ 人。」無 m̄ tio̍h，對女性來講，無比成做老母 koh khah 珍貴 ê 使命，Maria to̍h 是 teh 象徵所有女性 ê 使命。Tī 我 ê 子宮內有一个幼 chíⁿ ê 性命，我 mā ē tàng 成做老母 à，m̄ koh，chitmá 我想 beh 用 kakī ê 雙手來毀滅上帝賜 hō͘ 我 ê chit 種特權。我 kā kakī 講：「停止墮胎，若無，將來你 ē 後悔。」這一定是上帝 ê 啟示。

我 ê 阿姨歡喜我 ê 決定。「Andrea，你 kám 知，當我聽講你有娠 ê 時，我非常嫉妒。你知阿姨 bat 四界去 chhōe 醫生，結局 mā 是無法度生 kiáⁿ。對 chabó͘ 人來講，bē 生是一件悲哀 ê tāichì。若是你順利生 kiáⁿ，beh hō͘ 人做養子有真 chē 方法。講實在，我有想 beh kā 你 ê kiáⁿ pun 來飼。」阿姨 chìn 前 lóng m̄ bat ánne 講，她自頭到尾 lóng 尊重我 ê 意見，這表示阿姨代替阮老母對我 ê 母愛。

阿姨 the̍h 葡萄酒 kah cheese hō͘ 我，講：「我提出 chitê 意見 kám thang？M̄ koh mā m̄ 免 chitmá 決定。」我想 beh 墮胎，是因為 kui 腹肚充滿 hō͘ 武彥棄 sak ê 感覺。伊變 kah hiahni̍h lahsap，我隨時都想 beh kā chitê 污穢洗清氣，我想 beh 對伊 kah 伊 hō͘ 我 tī 子宮內懷孕 ê 胎兒 lóng 講「再會」。總是，我 tī 聖母院所得 tio̍h ê 啟示是我 mā ē tàng 成做一个老母。胎兒是我 ê，mā 是武彥 ê，若無上帝賞賜性命，胎兒 to̍h bē 存在。我 bat 想過胎兒是我 kakī ê，m̄ koh，chitmá，我知影「墮胎」kah「thâi 人」是同義詞，所以我無法度「墮胎」。

「M̄ koh，阿姨，我前日 tī Louvre Museum ê 迴廊行來行去，想 beh hō͘ 我 ê gín'á 緊出來，khah 早離開我，緊去死。我有做恐怖驚人 ê tāichì，我是一个殺人魔，我想 beh thâi 死 kakī ê kiáⁿ。求主赦免我。」

我 ê 阿姨看 tio̍h 我 teh phihphih chhoah，to̍h 細聲 kā 我講：「坐來我 ê 邊 á，kā 面 phak tī 我 ê 肩胛頭頂。」我 ē 記得她有 kah 阮老母仝款 ê 氣味。阮阿姨唱出 Schubert ê 搖籃曲：「我 kā 你 hē tī 百合花 ê 搖籃，kah 老母兩人做伙享受你少年 ê 面容。你真緊 to̍h ē 長大，我 ánne teh 歡喜期待。」

就 ánne，我決定無 beh 墮胎，決心 beh kakī 培養 chitê gín'á，m̄ 管有啥物阻礙。

12 月 12，拜五

因為我來 Paris ê 理由消失去 à，所以我 to̍h 開始準備 tńg 去美國。我試 beh khà 電話去 hō͘ tòa tī Ventura ê 老父，m̄ koh lóng khà bē 通；beh khà 電話真無方便，因為 tī Paris 早起 7 點 ê 時，hia 是暗時 10 點。所以我 kantaⁿ khà 電報 kā 阮老父講下禮拜 beh tńg 去，有好消息 beh 通知伊。我真簡單 kā 武彥講，tāichì 已經結束 à。本來我想 beh kā 伊講，一切 ê tāichì 我 lóng 解決好勢 à，m̄ koh 我恐驚對方 kiámchhái ē 誤會我已經墮胎 ā。所以，ánne 講無要緊，因為若是我講我 beh 養飼一个 gín'á，伊 mā ē m̄ 知我是 teh 講啥物，伊可能 ē 誤解伊 ê 自由 ē 受 tio̍h 侵犯。

老母決定 beh hō͘ 我出世了後，她 to̍h 做出正面 ê 思考，行向

tńg 去厝裡 ê 路程。另外一方面，武田先生繼續失迷。咱 tùi 下面伊 ê 日記摘要來看：

12 月初 1，拜一

Andrea 今 á 日早起帶 tio̍h 操心 ê 面容趕來到宿舍，講她有娠 ā。我對她無使用避孕藥表示不滿，m̄ koh 我無 ánne 講出嘴。檢驗無法度隨時有結果，所以我 chitmá 無法度確認她有娠。若是這是事實，我 tio̍h án 怎 chiah 好 leh？我一定 tio̍h ài 冷靜，無冷靜思考 bē sái 得。

我 tī 日本有一个叫做幸子 ê 未婚妻，雖然 iáu 未完成正式 ê 婚約，m̄ koh 阮兩家之間已經有暗 tiāⁿ，一定 bē sái 毀約；若是毀約，我 tī 學習院大學 ê 聲譽 ē 變 bái。而且幸子是前田元爵 ê 外甥女，伊確實受 tio̍h 尊重儀式 ê 大學董事會 ê 器重，所以若是毀約，我 beh tńg 去東京大學 ê 門路 ē 受阻擋。若是去地方 ê 大學 leh？He 是降級。我 mā 擔心阮老母 kah Andrea 之間 ê 衝突。老母一定 ē 執守傳統 ê take 立場，ánne，tī 美國自由長大 ê Andrea ē 真可憐。

另外一方面，tī 戰後美軍進駐之下 teh 過大學生活 ê 阮 chit 世代，對美國人看真 bē 順眼。Koh 再講，受 tio̍h 戰爭苦楚 ê 父母 hit 代 ê 人，kā 美國人 kah 英國人看做是魔鬼 chengseⁿ，到 chitmá mā iáu teh 怨恨。所以，我一定 ē 受 tio̍h「你 ná ē beh kah 紅毛番結婚？」ê 受氣責罵，koh ē hông 講我是「敗壞家名」，來斷絕親情關係。若是 ánne，我來 tòa 美國好 à。M̄ koh，beh 成做美國大學 ê 教師，需要博士學位，我卻付 bē 起 hit 筆學費，tio̍h 需要 Andrea 想辦法去食頭路。Ánne，啥人 beh 看顧 gín'á leh？而且，我是一个日本人，若是 beh kah 美國優秀大學 ê 研究生競爭，我無信心 ē tàng tī 好 ê 美國大學教美國文學。

我 kiámchhái 有辦法成做一名高中教師，m̄ koh 這真恐怖。我對文學不止 á 有心得，mā 真了解英語文法，m̄ koh，無論 án 怎練習，我 lóng 無法度正確分別 “L” kah “R” ê 發音。Austin 少校 mā 叫我 tio̍h 注意 hit 兩音 ê 區別。講英語是日本人 ê 弱點，所以我 m̄ 知我是 m̄ 是 ē tàng 做高中 ê 老師。

我讀到 chia to̍h 忍 bē tiâu，出聲講話。

「Hitê 人 kanta^{n} 是 teh 考慮 kakī，是百分之百 ê 利己主義者。」因為我無想 beh koh 讀落去，to̍h kā 日記 tàn 落去土 kha。

Nancy 行 óa 來，講：「你 teh 受氣 ho^{n}h。」

「無 m̄ tio̍h。伊 kā 我 tī 老母子宮內 ê 需求 bē 記得，kanta^{n} 考慮伊 kakī ê 職業生涯，一聲 to̍h 講：『墮胎。』Kanta^{n} 想 tio̍h hitê chapo͘ 人是我 ê 生父，我 to̍h ē 起驚；結局我是一个殺人魔 ê kiá^{n}。」

「M̄ koh，武田先生 bat 考慮 beh kah lín 老母結婚，有 teh 愛她。雖然日記是為 tio̍h kakī 來寫，m̄ 是 beh hō͘ 其他 ê 人讀，總是，武田先生專工 kā 日記寄 hō͘ 你，向你告白，是 beh 求你赦免 kah 諒情。」

Nancy 冷靜 ê 話有她 ê 道理 tī ·leh，所以我 koh kā 日記 khioh 起來，繼續 koh 讀。

Chìn 前我有考慮 beh 以 tòa tī 美國做前提來 kah Andrea 結婚，

m̄ koh chitmá 我無容允 ánne 做。Fulbright 獎學金 ê 接受者一定 tio̍h ài tńg 去日本工作。若是接受者申請嫁 hō͘ 一个美國人，Fulbright 獎學金委員會 mā ē 強制接受者履行 in tńg 去日本就業 ê 義務。所以，我若是 kā Fulbright 獎學金委員會申請 kah 美國人結婚，雖然 in bē 反對 chitê 婚姻，m̄ koh in 一定 ē 要求我履行回國 ê 契約，所以 in 實際上是 teh 反對阮 chit 對少年人 ê 婚姻。

我 ê 情緒真複雜。Kantaⁿ 一 pái kah 她做伙過暝，我 to̍h 迷戀她，若是她今 á 日早起來 lám 我，kā 我求婚，我一定 ē 講好。今 á 日情緒冷靜，真好。

12 月初 4，拜四

Andrea 昨 hng 來 phoe，講伊 beh 去 Paris 墮胎。我 kui 工 lóng teh 想 chit 項 tāichì，了後我 kā 她回 phoe 講：Ánne 咱 lóng ē tàng 得 tio̍h 自由。

12 月 13，拜六

昨晚 Andrea tùi Paris 發電報來，kantaⁿ 寫 “C’est fini”[17]，我想講 hitê chabó͘ gín’á 去墮胎 ā。結局我 lóng m̄ 知她是 án 怎 kā 胎兒 the̍h 掉。Andrea，我真失禮，kám ē 痛？M̄ koh，她 ánne 是為我做一項好 tāichì。Chitmá 阮兩人 lóng ē tàng 自由 ā。

總是，我感覺有人 teh kā 我細聲講：「自由？武彥，你 kám 真正 hiahnih 致意自由？」Hitê 聲繼續講：「你是 thâi 死你 ê 情人子宮內 kakī ê kiáⁿ ê 兇手。」我 ǹg hitê 聲 hoah：「Khah 緊離開

17 譯註：法文，意思是「tāichì 完成 ā」。

chia。」Hit 時，我聽 tio̍h ê 是我驚人 ê háⁿ 勢 ê 聲音。

10 點過了後，我 ê 室友 Jim tńg 來到房間。伊問我發生啥物 tāichì，我 to̍h hō͘ 伊看電報。「Heh，taⁿ mā 好 ah，你 tùi 東京來，tī 我 m̄ 知 ê 中間，竟然偷偷 á tī Paris 有一个女朋友。Chitmá 她用最後通牒 beh 來 kah 你斷交 ho͘ⁿh？」

Jim 認為 chit 張電報是斷交 ê 通牒。好 lah，是 Andrea kā 我棄 sak à。因為 ánne，我討厭 chitê 世界。我無法度睏落眠，我看 tio̍h Edgar Allan Poe ê “The Raven”（烏鴉之歌）ê 夢想。Tī 半暝，我 thiám kah 耳孔內 ē tàng 聽 tio̍h tongtong ê 聲音，一場季節性 ê 暴風雨 m̄ 知厭 siān，一直 teh phah 我 ê 玻璃窗。

12 月 14，禮拜日

今 á 日早起，我去宿舍另外一 pêng ê Broadway 長老教會看 māi。我認為若是有基督教 ê 智識 thang 來理解美國、英國文學，he 是真重要 ê，m̄ koh，我並無 phah 算 beh 信教。Chit 間教會 ê 牧師是 McCombe 博士，伊 tī 聖誕節前 ê 講道，叫阮 tio̍h ài 好好 á 思考耶穌 tùi 在室女 Maria 來出世，以及咱需要 chit 位無罪 ê 救主來贖咱 ê 罪。我 tī hia 戇想：Andrea ê 有娠若是在室女懷胎 to̍h 好 à。我 kantaⁿ teh 想她 ê tāichì，「斷交」chitê 詞 ná 箭 teh 鑿，hō͘ 我 kui 身軀痛起來。M̄ koh 對我來講，這 mā kahná 是愛神 Cupid（邱比特）ê 箭，hō͘ 我比 chìn 前 koh khah 戀慕她。

12 月 17，拜三

我 ta̍k 禮拜三 ē 寫一張 phoe hō͘ 幸子。我今 á 日 mā 開始 beh

寫，m̄ koh 我 ê 筆寫 bē 落去，我 soah m̄ 知 Andrea kah 幸子之間，我是 khah 疼 tó 一个。若是講疼 chitê，對另外 hitê to̍h 感覺虧欠。罪惡感 tùi 心底 chhèng 起來，心肝頭真艱苦。Jim 邀請我，問我是 m̄ 是寒假 beh 去 Vermont 州 chhu 雪，m̄ koh 我 kā 伊謝絕。北美洲 ê 雪 kah 金沢討厭 ê 記憶重疊，同時，我想我可能已經拒絕 kah 金沢 ê 前田有深深血緣關係 ê 幸子。我 ê 思想過程 hō͘ 我感覺 m̄ 知 tio̍h án 怎 chiah 好。

血統 tī ta̍k 个國家 lóng 是真重要 ê，我勸 Andrea 墮胎是錯誤 ê。她懷孕 ê 是流我 ê 血 ê kiá^{n}，總是，chitê 意識並無 kā 我 tùi 幸子吸引過來，轉向 Andrea。

12 月 24，拜三

當其他 ê 人對聖誕節充滿熱情 ê 時，我卻利用學校歇睏 ê 期間，kā Poe ê “The Raven” 翻譯看 māi。Tùi 收 tio̍h Andrea ê 絕交 phoe hit 暗夢 tio̍h 烏鴉開始，我 to̍h 持續失眠，翻譯 “The Raven” 是一个走 chhōe 解放 ê 強力計畫。今 á 日我 chiah kā 它完成，結局 iáu 算 bē bái。

《烏鴉之歌》（The Raven）

By Edgar Allan Poe

早前一个悽清 ê 半暝，我沉思，困惑 koh 厭 siān
沉思 tī 真 chē 古怪、稀奇 koh hông bē 記得 ê 傳說中
當我厭 siān kah kiōng beh tuhku ê 時，忽然有輕輕 ê kho̍k 聲
Kahná 有人來輕輕 á kho̍k 門，kho̍k 我 ê 房門
我細聲 nga̍uhnga̍uh 念：「有人來 ā，teh kho̍k 我 ê 房門。」
Kanta^{n} ánne，其它 lóng 無別項

Ah! 我記 kah 真清楚，he 是 tī 暗淡 ê 十二月
四散 tī 地板 ê 火屎，各自鍛鍊 in ê 魂魄
我渴望明 á 載；因為我已經做 gōng 工
想 beh tùi 我 ê 冊中來終止我 ê 哀傷；hitê 失落 Lenore ê 哀傷
因為 hitê 稀罕 koh 動人，hō͘ 天使號名做 Lenore ê 少女
tī chia 無留落芳名，永永遠遠。

每一塊紫色 ê 絲綢窗 á 簾，悲傷，無常，sasa teh 哮
Hō͘ 我 phihphih chhoah，充滿前到 ta^{n} m̄ bat 有 ê 驚惶
為 tio̍h beh hō͘ 我 pho̍kpho̍k 跳 ê 心安靜，我 khiā ·leh，再三講
「這是有人 tī 我 ê 房門口，teh 懇求進入我 ê 房門
半暝有一 kóa 人 tī 我 ê 房門口，teh 懇求進入我 ê 房門
To̍h 是 ánne nātiā^{n}，其它 lóng 無別項」

Taⁿ 我 ê 靈魂變 kah koh khah 勇壯，無 koh 躊躇
我講：「先生 á 是夫人，我誠心誠意懇求你 ê 原諒
事實上，我 tng teh tuhku，你輕輕 á 來 kho̍k 門
Hiahnih'á 細聲，你來 kho̍k 我 ê 門
我真 oh 得確定我有聽 tio̍h 你 ê 聲」；
我 tī chia，kā 門 phah kah 開開
Tī hia，只有烏暗，其它 lóng 無別項

我 tī 烏暗中金金看，khiā tī hia 僥疑、驚惶
懷疑，夢想 hiahê 一般人從來 m̄ 敢夢想過 ê 夢
M̄ koh 寂靜無被突破，烏暗無啥表示
「Lenore ！」He 是我輕輕 teh 叫 ê 唯一 ê 字
「Lenore ！」我輕聲 teh 叫，迴聲 koh kā 它送 tńg 來我 chia
只有 "Lenore"，其它 lóng 無別項

我 oa̍t tńg 身入來房間，我心底所有 ê 靈魂 lóng teh to̍h 火
無 gōa 久我 koh 聽 tio̍h kho̍kkho̍k ê 聲，比以前有 khah 大聲
我講：「確實，確實有啥物 tī 我 ê 窗門。」
我來看是啥物 tī hia，來去探索 chitê 神秘
Hō͘ 我 ê 心平靜一下，來去探索 chitê 神秘
He kantaⁿ 是風，其他 lóng 無別項。
我雄雄 sak 開窗門，hit 時，tī hia 熱情 teh 展翼
一隻烏鴉踏入來，帶 tio̍h 早時聖日 ê 莊嚴
牠無鞠躬行禮，mā 無淡薄久 ê 停留

卻是用主人á是夫人ê架勢，歇tī我ê房門頂
歇tī我房門頂一尊Pallas ê半身雕像頂
Kanta^{n}歇tī hia坐leh，其他lóng無別項

阮ê客廳iáu有一尊Pallas[18] ê雕像，he是阮老父為tio̍h專攻古典文學ê Nancy，tī某一个phah賣店買hō͘阮ê。若是有一隻討厭ê烏鴉歇tī chitê女神ê雕像頂面，我一定早to̍h緊用掃帚kā牠趕出去à。Poe是一个怪人，m̄ koh，我mā bat想beh面對烏鴉來研究牠ê本性。Tī高中ê時，我有暗唸《烏鴉之歌》，chitmá iáu ē記得前六chōa，ē tàng真流利唸出來：

Once upon a midnight dreary, while I pondered, weak and weary,
Over many a quaint and curious volume of forgotten lore—
While I nodded, nearly napping, suddenly there came a tapping,
As of some one gently rapping—rapping at my chamber door.
“Tis some visitor,” I muttered, “tapping at my chamber door
Only this, and nothing more.”

Poe是一个使用語言ê天才，chit首詩mā有押韻，beh kā它直接翻譯做日語是無可能ê，m̄ koh，若是你按照日語音節來翻譯，你ē tàng tam tio̍h押韻ê滋味。我回想武彥ê想法kah伊ê文學才華。伊ê翻譯繼續如下：

18譯註：Pallas Athena，希臘神話ê智慧女神。

了後，chit 隻烏色 ê 鳥 hō͘ 我 tùi 悲傷 ê 幻想入去微笑
通過牠嚴肅 ê 面容 kah 嚴謹 ê 禮儀
我講：雖然你 ê 鳥毛被剪斷 kah 剃光，你 mā m̄ 是 lám khasiàu
Tùi 暗時 ê 海岸漂泊來 ê 恐怖 koh 嚴酷 ê 老烏鴉 ah
Kā 我講啥物是你 tī 烏暗陰府 ê 高貴 ê 名
烏鴉講：「永遠無 koh 再（Nevermore）」

聽 tio̍h chit 隻戇鳥 hiah 條直 ê 回答，我大 tio̍h 驚
雖然牠 ê 答案無啥意義，而且答非所問
因為咱不得不承認，m̄ bat 有活 leh ê 世間人
Bat 好運去看 tio̍h 鳥歇 tī 伊 ê 房門頂
鳥，á 是獸，歇 tī 伊房門頂 ê 半身雕像頂
牠 ê 名叫做「永遠無 koh 再」

M̄ koh，hit 隻孤單歇 tī 安靜 ê 雕像頂面 ê 烏鴉，kanta^{n} 講
Hit 一句，kahná 牠用 hit 句 teh pià^{n} 瀉牠 ê 靈魂
了後，牠無聲無說，連鳥毛 mā 無 teh ia̍t 動
直到我差不多是 teh ka̍uhka̍uh 念：「其他 ê 朋友已經失散
明 á 早起伊 mā ē 離開我，tú 親像我 ê n̄g 望已經消散」
烏鴉講：「永遠無 koh 再」

寂靜 hō͘ chitê 適當 ê 回答 phah 破，我驚一 tiô
我講：「免懷疑，牠講 ê chit 句 to̍h 是牠 ê 所有
Tùi 一位無快樂 ê 主人 hia 得來；無情 ê 災難

跟 tòe tī 主人後面，ná 來 ná 緊 — 所以，當伊懇求 ǹg 望，
回應 ê m̄ 是伊大膽懇求 ê 甜蜜 ǹg 望，卻是嚴苛 ê 絕望 —」
To̍h 是 hitê 哀傷 ê 回答：「永遠無 koh 再」

M̄ koh 烏鴉 iáu 是 hō͘ 我 tùi 悲傷 ê 幻想入去微笑
我 kā 一塊有軟 chū ê 椅 á 直直 sak 到鳥、雕像 kah 門 ê 頭前
當我坐 tī 天鵝絨軟 chū ê 時，我開始專心思考
幻想一个接一个，思考 chit 隻早時不祥 ê 鳥
Chit 隻嚴酷、笨 chhiâng、恐怖 koh 枯 tâ ê 早時不祥 ê 鳥
是 án 怎 teh 呱呱叫講：「永遠無 koh 再」

我坐 tī hia ioh，m̄ koh 無對 hit 隻鳥表達一言半語
牠火熱 ê 目 chiu chitmá 燒入去我 ê 心肝 íⁿ'á
我 koh 坐 tī hia 推測，我 ê 頭輕鬆自在
靠 tī hō͘ 燈光 teh 愛慕注視 ê 天鵝絨頂面
M̄ koh，hō͘ 燈光愛慕注視 ê 紫色天鵝絨內裡
她想 beh 靠，ah，永遠無 koh 再

了後，我感覺空氣 jú 來 jú 重，
hō͘ 看 bē tio̍h ê 香爐薰 kah jú 來 jú phang
揮動香爐 ê 天使 ê 腳步聲 tī 地板 tintong 響
我呼叫：「可憐 ê 人，你 ê 上帝已經差派 chiahê 天使賞賜你
安歇 kah 忘憂藥，hō͘ 你 tùi Lenore ê 回憶中解放出來
Lim lah，來暢飲忘憂藥，kā 失落 ê Lenore 放 hō͘ bē 記得。」

烏鴉講：「永遠無 koh 再」

我講：「先知！邪惡 ê 先知！—M̄ 管是鳥，á 是魔鬼，猶原是先知
M̄ 管是魔鬼，á 是暴風雨 kā 你 tàn 來 chitê 海邊
荒廢清清 mā m̄ 驚，tī chitê 魔法作祟 ê 荒漠
Tī chit 間 hō͘ 恐怖交纏 ê 厝裡，求你照實 kā 我講
Tī Gilead kám 有香膏？Kā 我講，求你 kā 我講。」
烏鴉講：「永遠無 koh 再」

我講：「先知！邪惡 ê 先知！M̄ 管是鳥，á 是魔鬼，猶原是先知
通過 tī 咱頭頂 ê 神明 kah 咱所尊崇 ê 上帝
求你 kā chitê 滿腹悲傷 ê 靈魂講，tī 遙遠 ê 伊甸園
伊是 m̄ 是 ē tàng lám tiâu 天使 kā 她號名叫 Lenore ê 聖潔少女
Lám tiâu 一个稀罕 koh 動人，天使 kā 她號名叫 Lenore ê 少女。」
烏鴉講：「永遠無 koh 再」

我突然大聲吱叫講：「鳥，á 是惡魔，chit 句成做咱分離 ê 信號！
退 tńg 去你 ê 暴風雨中，退 tńg 去你烏暗 ê 陰府！
M̄ thang 留落烏色羽毛，成做你靈魂講白賊 ê 記號！
Mài 來攪擾我 ê 孤單！緊離開我門頂 ê 雕像！
Tùi 我 ê 心底拔出你 ê 尖嘴！Tùi 我 ê 門頂 sóa 走你 ê 形影！」
烏鴉講：「永遠無 koh 再」
烏鴉並無飛去，iáu 是歇 leh，iáu 是歇 leh
歇 tī 我房門頂白蒼蒼 ê Pallas 半身雕像頂

牠 ê 目 chiu ná 親像是當 teh 做夢 ê 惡魔
照 tī 牠身 chiū^{n} ê 燈火，kā 牠 ê 影投射 tī 地板
我 ê 靈魂 kám ē tùi hitê tī 地板頂面 teh 漂浮 ê 蔭影
被提升？— 永遠無 koh 再！

12 月 31，拜三

今 á 日是新年 ê 前一日，一年就 ánne beh 來結束。我無法度 bē 記得 Andrea ê tāichì，m̄ koh 我一定 tio̍h ài kā 它結束。Tī 翻譯《烏鴉之歌》了後，我有得 tio̍h 自我滿足 ê 款，所以 chit 幾工睏 kah 真好。了後順 chitê 勢，我想 beh kā Poe ê "Annabel Lee"[19] 譯做日語。

海 ê hit pêng 岸，hitê 國家
我可愛 ê Andrea
無法度隔離咱 ê 愛
天使怨妒 ê súi

Ánne 用七五調[20] ê 字句 kā 它流露出來，我 chiah 發見我已經 tī 心內 kā Annabel kah Andrea 交插做伙。Edgar Allan Poe 是語言 ê 魔術師，jú 讀 ē jú 沉迷 tī 伊 ê 詩境。詩歌應該 ē hō͘ 人想起已故 ê 情人，當記憶 tńg 來 ê 時，情人 ē tī 咱 ê 目 chiu 前活跳起來。Oh，我知影，這 m̄ 是追魂曲，卻是愛情對唱 ê 曲。Poe 偷 the̍h in 牽手 ê

---

19 譯註：由美國作家 Edgar Allan Poe 創作 ê siōng 尾一首完整 ê 詩。
20 譯註：一種定型詩 ê 格律，主要使用 tī 日本詩歌。

目 chiu，用 chit 種方式來對愛人使目尾。我自細漢以來，to̍h 認為 Poe 是有洞察力 koh 理智 ê 作家，伊確實是 ánne。伊藉 tio̍h 伊 hitê 清楚 koh 科學 ê 大腦，繼續 oló 絕頂 ê 愛情。今 á 日是新年 ê 前一日，我 to̍h 來享受 kah Andrea 做伙 ê 愛情。明 á 載新年一到，我 ē tàng kā 它 hiat 去海裡，m̄ koh 今 á 日，我決定 beh 勻勻 á 來享受。

1953 年正月初一，拜四

Tī 今年 ê 年初，我 to̍h beh 完成一年 ê 學業，tńg 去學習院，而且 kah 幸子結婚，我 kakī 咒 chōa beh 全力 kā 阻止 chit 項 tāichì ê 所有阻礙排除。

Kā 父母 kah 幸子寫新年賀卡。

所以，武彥想 beh 擺脫 Andrea ê 愛情束縛，看起來 kahná 有成功。Tùi 元旦到 3 月 28 ê 日記中，伊無 koh 寫關係 Andrea ê 記事，m̄ koh，若是聽 tio̍h Toscanini ê 音樂，伊 ê 自我咒 chōa to̍h ē 隨時崩盤。以下是伊 ê 日記：

3 月 28，拜六

我已經有一段時間無聽 Toscanini ê 演奏，Beethoven ê “Missa Solemnis”（莊嚴彌撒曲）經過伊 ê 手指揮，to̍h 有特殊 ê 力量；所有 ê 男高音 kah 女高音變 kah ná 親像絃樂 hiah súi，kā 我 chhōa 入去到神秘 ê 境界。

我想起 kah Andrea 做伙去聽 Toscanini ê 演奏，而且一旦想起，她 ê 記憶 to̍h ná 親像憤怒 ê 海湧 teh 打擊我 kui 个身軀。Andrea，失禮 lah，實在真失禮，我竟然建議你去墮胎。

彌撒 tùi “Kyrie eleison”（求主憐憫）ê「主 ah，求祢赦免我」開始，我 mā tòe leh 唱「主 ah，求祢赦免我」。Andrea，求你原諒我。

第二工早起，武彥無食早頓 to̍h 去到 tī 東 62 街 27 號 ê Andrea ê 公寓。伊 chhih 電鈴了後，kah chìn 前仝款，是穿制服 ê 守衛出來開門。伊講：「我 beh chhōe Thompson 小姐」，守衛用無情 ê 目神回答講：「她已經無 tòa tī chia。」武彥問講：「Kám 有她新搬去 ê 地址？」守衛一面講：「He tio̍h 先徵求 in 阿姨 ê 同意。請問你 ê 大名？」koh 一面 gia̍h 起電話。武彥看 tio̍h chitê pān 勢，to̍h 緊逃走。伊昨暗有寫 phoe hō͘ Andrea，phoe 內講：「我有做對不起你 ê tāichì，請你原諒我。若是胎兒 iáu 活 leh，chitmá 任何人 lóng 知影你有娠 ā，八月咱 to̍h ē tàng 以父母 ê 身分來迎接 chitê súi gín'á ê 誕生。」Ánne ê 內容，伊寫了 to̍h kā 它 li̍h 破，重寫了後，mā koh 一 pái kā 它破壞，一直繼續到透早 2 點半。昨早起醒起來 ê 時，伊真想 beh 去看 Andrea。伊已經準備好勢 à，m̄ koh 結局卻是 ánne，soah hō͘ 伊陷落去絕望 ê 谷底。

伊無想 beh tńg 去學寮，腳 to̍h 自然行 n̂g 中央公園。因為是禮拜日早起時，所以 kantaⁿ 有一對夫婦 tī hia 行來行去，teh 享受新鮮 ê 綠色。In 是來散步 ê 款，án 怎行都 bē 感覺 thiám。武彥心內 teh 想 ê 是，若看 tio̍h Andrea，伊 to̍h beh kā 她 lám tiâu，koh beh 講：「我有做對不起你 ê tāichì」，來 kā 她會失禮，m̄ koh chitmá 已經無法度做到 à。忽然間，伊 ê 心內浮起「胎兒 iáu 活 tī 世間」chitê

詞，伊 jú 想 beh 拒絕，「bē tàng 否認 chitê 事實」ê 聲音 to̍h jú 強。我是殺害 kakī ê kiáⁿ ê 殺人魔 ê 自我意識 koh 再出現，這成做武彥一生受拖磨 ê 因果。

武彥想起 kah 老父 tī 嘉義公園散步 ê 回憶。伊小學五年 ê 時，一个大約五歲大 ê gín'á chhōe 無路，teh hoah：「阿母，阿母。」伊 ê 身為市長 ê 老父，無論聽 tio̍h gōa chē tāichì 都 bē 哭，顛倒是武彥聽 tio̍h to̍h 問講：「Gín'á kiáⁿ，你是發生啥物 tāichì leh？」Gín'á 應講：「我 kah 阮老母 bih 相 chhōe，m̄ koh 她無來 chia chhōe 我。」武彥確定 chitê chapo͘ gín'á tùi tó 位來以後，to̍h kā 伊安全送 tńg 去 in 老母 hia。Chapo͘ gín'á ê 兩蕊目 chiu 歡喜 kah teh 閃光，幾 nā pái 感謝講：「阿兄真 ló͘la̍t。」老父 kā 伊褒獎講：「武彥，幫贊弱者 ê 家庭是家訓之一，你 tio̍h 好好 á 做。」

武彥心內 teh 想：若是無勸 Andrea 墮胎，chitmá 我 to̍h ē tàng kā kiáⁿ 抱 tī 胸前，目 chiu ē 發出美麗 ê 光彩。講 tio̍h「弱勢者」，世界上無比胎兒 koh khah 軟 chiáⁿ ê 物件。公園內 ê chapo͘ gín'á ē tàng 清楚 kā 我講伊想 beh ài ê 是啥物，m̄ koh 胎兒無 hit 種自由。雖然伊 ê 性命 túchiah 開始，而且 teh 等待出世 ê 日子，m̄ koh 伊 ê 性命 ē 因為父母 ê 都合來切斷，胎兒 ê 意願完全被忽略。少年時代，我是一个幫贊「弱勢者」ê 模範生，m̄ koh，成做一个成年人，我 soah 變成 thâi 死人 ê「殺人魔」。Columbia 大學 ê 一位人類學教授 kā 我講，tī 法國墮胎是一種重罪，而且有一位女性 bat tī 1942 年被處極刑。He 是大戰期間罕得有 ê 執刑。He 是 10 年前 ê tāichì，m̄ koh 伊 iáu ē 記得，ná 親像是昨 hng chiah 發生 ê 仝款。Andrea 前往 Paris 去進行墮胎，he 是一个危險 ê 所在，我勸她

ánne 做，實在真失禮，我 m̄ 是人。

禮拜 ê 時間結束了後，公園 ê 人加真 chē。忽然感覺腹肚 iau ê 武彥，tùi 路邊擔 á 買一條熱狗 teh 食 ê 時，伊想起頭一 pái 看 tio̍h Andrea hit 工 ê tāichì。Hit 工早起，伊 mā 是食熱狗了後，to̍h 去 Carnegie 音樂廳。伊戀慕 Andrea，chit 位愛人 chitmá 卻 tī Paris 面臨受追捕，hông 處決 ê 風險。「我 kantaⁿ 是一个無聊 ê 利己主義者。」伊 ná ánne teh 自我嘲笑，ná 一直向前 teh 行，卻無意識 tio̍h 人 jú 來 jú chē。Hit 暗，武彥 tńg 來到宿舍 to̍h 小 khóa 發燒，了後二禮拜久，伊無寫 phoe hō͘ in 父母，mā 無寫 hō͘ 幸子。

前一工，Andrea kah 她 ê 翁婿 Alfonso tī Stanford 大學 ê 一个小公寓裡 mā teh 聽仝款 ê 音樂電台廣播。

三月 28，拜六，Andrea ê 日記 ánne 記載：

我聽 tio̍h Toscanini 指揮 ê "Missa Solemnis"，這是真精彩 ê 演奏。Alfonso 摸我 ê 腹肚，講：「Tio̍h 等到八月底 hiah 久，我 ǹg 望有一个 chabó͘ gín'á，因為 ē 像你 hiah súi。」伊是一个非常好 ê 翁婿。我講：「若是一个 chapo͘ gín'á，我想 beh kā 伊號名叫做 "Arturo"。」伊想一時 á，講：「Ánne 真好，我叫 Alfonso，你叫 Andrea，我 ê kiáⁿ 叫做 Arturo，咱親子三人 ê 名 lóng 是全款 ê 字母起頭。我 kā 伊講所有關係我 kah 武彥 ê tāichì，包括我若無去聽 Toscanini ê 指揮演奏，to̍h bē 受 tio̍h 傷害。當我想 beh kā gín'á 號做 Arturo ê 時，伊知影我對 hit 暗 iáu teh 思思念念，m̄ koh 伊 mā 是成全我 ê 願望。伊原諒一切，而且疼我。彌撒曲唱講：上帝 ê 羊羔 ē 帶走世間 ê 罪孽，赦免洗清阮 ê 罪。通過疼，Alfonso kā 我

洗清氣，hō͘ 我新 ê 性命，hō͘ 我有活落去 ê 力量。我真好字運。

話講 tńg 去到前一年 ê 12 月。阿母，無 lah，chitmá 開始 tio̍h 用真實 ê 姓名。Andrea tùi Paris tńg 去 Ventura 是 12 月 18，她 ê 老父問講：「Kám 有啥物好消息？」Andrea 回答講：「阿爸，你 beh 做阿公 ā。」老父驚一 tiô，m̄ koh，oh 得談論 ê 困難就 ánne 消失去，Andrea ē tàng 免隱瞞一切，來 kah 她 ê 老父交談。

Alfonso 是 tùi 西班牙來 ê 留學生，tī 1951 年 9 月來 Stanford 大學讀 MBA 學位[21]。伊是次男，留學 ê 特別目的是 beh 用美國 ê 管理系統來做西班牙農場 ê 管理。1952 年熱天，Stanford 大學紹介伊來 Andrea ê 老父 ê 農場實習。伊工作勤快，整理政府規定 ê 農產品報告 ê 時，ē tāi 先考慮 tio̍h án 怎 tùi 工人 ê 角度來減少浪費，thang 好 hō͘ 工人接納，koh ē tàng 消除浪費。Andrea ê 老父是一位老練 ê 經營者，伊對 chit 位少年學生 ē tàng 看 tio̍h 別人無注意 tio̍h ê 所在，而且 ǹg 望改進，印象深刻。這以外，伊 ê 西班牙語 ē tàng kah tùi 墨西哥來 ê 非正規移民工人溝通，所以伊成做 Andrea 老父 ê 好助手。當伊 beh tńg 去大學 ê 時，老父真自然邀請伊來 in tau 過聖誕節。Alfonso 比 Andrea 慢兩工，ia̍h to̍h 是 12 月 20 來到農場，伊 ê lak 袋 á 內有藏一 kha 鑽石 ê 訂婚手指。

隔 tńg 工，教堂彌撒結束了後，家庭 ê 暗頓結束 ê 時，Alfonso 向 Andrea 求婚。Andrea 講 tio̍h hō͘ 她一 kóa 時間。雖然伊有感覺 tio̍h 她奇怪 ê 面容，m̄ koh 伊耐心等待。Andrea 去見 in 老

---

21 譯註：MBA=Master of Business Administration，工商管理碩士。

父，而且 kā 伊講她 beh 拒絕，因為她有娠 ā。老父勸她好好 á 考慮 Alfonso，老實 kā 伊講她有娠 ê tāichì。Andrea 無法度 kakī 講出嘴，所以拜託老父去講，m̄ koh 伊拒絕。Andrea 因此決定 beh 拒絕 Alfonso ê 求婚。Alfonso 原本認為她是一个對伊有好感 ê 女性朋友，結果卻受拒絕，致使 hō͘ 伊大受打擊。

「是 án 怎，是 án 怎？」M̄ koh，Andrea 無回覆。

「Andrea，是 án 怎 m̄ leh ？講 hō͘ 我知。」

「我有娠 ā。」

Alfonso 離開 hitê 所在，離開農場。Andrea tńg 來到房間，關門，kui 暝啼哭。

前到 taⁿ m̄ bat kā Alfonso 看做是結婚對象 ê Andrea，她 kakī mā teh giâu 疑：「是 án 怎我昨暗 ē 啼哭？」她離開早頓 ê 桌 á，無 kah 老父講半句話，to̍h 行出去農場，kakī 一个人 tī hia 散步。冬天 ê 日頭光 tī 不知不覺中，hō͘ 人鑿目 ê 感覺。實習生 Alfonso hông 當做家庭成員，tī 厝裡做伙生活，m̄ koh，當伊 tùi 老父領 tio̍h 薪水袋 á ê 時，伊 ê 目 chiu ē 閃 sih 出歡喜 ê 光彩。Hit 時，伊 kantaⁿ 是一个工人，我 kah 伊講話 bē 投機，而且前到 taⁿ m̄ bat 牽手過。她想起 beh 去讀大學 chìn 前，父母有 kā 她警告講：「M̄ thang kā 男朋友講，chitê 農場將來 ē 是你 ê。」所以她懷疑「Alfonso 是 m̄ 是想 beh kā chit 片農場 the̍h 來手裡？」Chit 種 ê 懷疑持續真久。「你 ná ē beh kah 我結婚？你 kám 有愛我？」M̄ koh beh chhōe tio̍h 答案並無容易。這是有一 pái in 做伙去挽草莓 ê tāichì：Alfonso chhōe tio̍h 一粒真罕 tit 看 tio̍h ê 大草莓，伊 kā 它挽起來，chhàng ·leh，

了後出現 tī Andrea ê 面前，講：「Kā 目 chiu kheh 起來，嘴 peh 開」，了後 kā 它 khǹg tī Andrea ê 嘴內。當她目 chiu peh 開 ê 時，伊烏棕色 ê 目 chiu，因為滿意 teh 發光，m̄ koh，he kantaⁿ 是 teh 滾 sńg 笑，bē tàng 講是愛情 ê 開始。

事實上，tī Paris 決心 beh「kakī 一个人撫養嬰 á」ê Andrea 並無考慮 beh 結婚。Kah 武彥 ê 交往 kantaⁿ 是快感，m̄ koh，當她有娠 koh hō͘ 武彥拒絕 ê 時，hitê 交往變成一件 hō͘ 人 bē 爽快 ê tāichì，而且變 kah 真 lahsap，所以她無想 beh koh 有 ánne ê 經歷。結婚 kah 性有關係，所以，實在真失禮，她無法度答應。

拒絕 Alfonso ê 求婚是好，因為我講「我有娠 ā」，伊 to̍h 無 koh óa 近污穢 ê 我。我想 beh kā kakī 講安慰 ê 話，m̄ koh 無法度放落心內 ê 重擔，我 hō͘ 寂寞感打擊，無盡 ê 目屎滴落土 kha。我向四 khơ 圍看，發現 chia to̍h 是 Alfonso 今年熱天 kā 草莓 khǹg tī 我嘴裡 ê 所在。

三工後 to̍h 是聖誕節，暗頓結束 ê 時，Alfonso 出現，而且 koh 一 pái 向 Andrea 求婚。頂禮拜日，hō͘ Andrea 拒絕了後，伊 to̍h ǹg 北方趕車，beh tńg 去 Stanford。駛約四十公里，進入 Santa Barbara ê 時，伊想講 tńg 去無人 ê 大學是 beh chhòng 啥 leh，所以 to̍h 想 beh koh tńg 去 Ventura。伊 tòa tī Santa Barbara，看 tio̍h 日頭沉落去太平洋，伊繼續思考 Andrea ê tāichì：「她有娠，m̄ koh 我猶原愛她，想 beh kah 她結婚，m̄ koh 我 kám ē tàng kā 別人 ê gín'á 當做 kakī ê gín'á？」頭一个答案是：「無法度」，意思是講伊無法度 kah Andrea 結婚。伊試 beh 安慰 kakī，講：「Ánne 娶她 kám 好？

我 ē tàng chhōe tio̍h 其他 khah 好 ê 人。」M̄ koh 伊無法度 ánne 做，beh kah Andrea 以外 ê chabó͘ 人結婚是伊 bē tàng 想像 ê。伊 jú 想 jú 認為 Andrea 是 Alfonso kah 意 ê chabo͘ 人，是伊一世人 ê 同伴，而且一段時間了後出世 ê gín'á 是 Andrea ê gín'á，若是伊愛她，to̍h ē tàng 愛她 ê gín'á。伊 ê 想法就 ánne 固定落來。Andrea 決心無 beh the̍h 掉她 ê gín'á，這是母愛 ê 一種表現，她一定是一个 ē tàng 真誠疼 gín'á，而且愛她 ê 翁婿 ê chabó͘ 人。Tńg 來到 Ventura ê 時，Alfonso ê 決心 to̍h 是 beh kā chitê 永恆 ê chabó͘ 人變成 kakī ê 牽手。

Koh 再受 tio̍h 求婚 ê Andrea koh 一 pái 感覺困惑，她回答講：「請 hō͘ 我一 kóa 時間」，to̍h 行出去農場。我無想 tio̍h chitê 人 ē koh tńg 來；雖然知影我有娠 ā，iáu koh ǹg 望 kah 我結婚，伊一定是 tùi 心內深深 ê 所在 teh 愛我。前幾工，我認為伊是想 beh 藉 tio̍h 結婚來接管農場，he 是一个錯誤 ê 想法。Kiámchhái 我認為伊是工人中 ê 一个，soah 看伊 bē 起，我 kám ē tàng kah 愛翁婿仝款來愛 chitê 人？ Alfonso 是一个啥款 ê 人 leh？

若是詳細想，我前到 taⁿ m̄ bat 直接 kah Alfonso 談過伊 ê 背景，m̄ koh 阮老父真了解伊。伊 ê 家系是西班牙 ê 望族，tī 西班牙內戰（1936-1939）ê 時失去真 chē 資產，m̄ koh iáu 有夠額 ê 資金 thang hō͘ 伊來美國留學。阮老父 tiāⁿtiāⁿ 講：「Chitê 少年人，ē tàng 注意聽別人 ê 意見，tùi 別人 ê 角度來思考問題；伊有耐心，mā 有雅量原諒別人 ê 過失。伊 tī 內戰中食過苦，是一个好人。」講 tio̍h 我 kakī，我感覺我 kah 武彥 ê 交往是後悔 ê，而且我無法度 bē 記得 Take chiàng。Kiámchhái 我已經失去愛人 ê 能力，m̄ koh chitê 人愛我，想 beh kah 我結婚。Tio̍h 算是為 tio̍h 阮老父，我 mā 決定 beh kah Alfonso 談論。了後我入去厝內，邀請伊出來散步。

暮色漸漸變暗，Alfonso 催我講：「緊決定。」伊牽我 ê 手，真自然。來到某一个所在 ê 時，伊停落來，講：「Ē 記得是今年熱天，我 tī chia the̍h 草莓 hō͘ 你食。」講了，to̍h kā 伊 ê 嘴脣貼 tī 我 ê，熱情相 chim。「好，我 beh kah 你結婚。」Chit 句話不知不覺 tùi 我 ê 嘴裡溜出來。我感覺我 ê 胎兒 teh 對我講：「阿母，恭喜！」

雖然阮 tī 聖誕節 hit 工定婚，m̄ koh teh beh 決定婚期 ê 時，soah 出現問題，Alfonso ê 父母至少 tio̍h 等到四月 chiah ē tàng 出國。Franco[22] 政府 kah 美國政府之間 jûkàkà ê 關係 tī 舊年 chiah 得 tio̍h 恢復，所以 in kahná 真 oh 得 kui 家來美國探親。因為 Andrea 已經有娠，老父決定 tio̍h ài tī 年底前舉行婚禮，所以 to̍h 訂 tī 12 月 30 邀請一 kóa 非常親密 ê 朋友 kah 僱員參加，koh 請一个新教 ê 牧師來到農場，舉行一个簡單 ê 儀式 to̍h 好。Andrea 掛 hit 條她 tī Paris ê 阿姨買 hō͘ 她 ê phōa 鍊。Oh，原來她是為 tio̍h ánne ê 目的買 ê，我真欽佩阮阿姨 ê「先見之明」。

像 Alfonso hiahni̍h 細膩 ê 翁婿，tī chitê 世界上實在是真稀罕，伊盡全力 teh 對待我 chitê 有娠 ê 牽手。身為天主教徒，伊卻 hō͘ 一位新教 ê 牧師主持婚禮，m̄ koh 伊並無怨言。結婚了後，伊 hō͘ 先天 ê 好奇心吸引，想 beh 看新教 kah 天主教之間 ê 差別，所以伊 to̍h kah Andrea 做伙去教堂。Andrea tī Paris 聖母院有享受過無仝宗

---

22 譯註：Francisco Franco；1936-1975 ê 西班牙元首。

教 ê 體驗，m̄ koh，她對宗教並無感覺興趣。總是，kah 翁婿做伙去教堂是一種新 ê 體驗，hō͘ 人感覺 in 兩人是 hō͘ 人欣羨 ê 新婚夫婦。

Kiámchhái 應該講是挫折 á 是無幸福 khah 正確，m̄ koh 事實並 m̄ 是 ánne。4 月初 4，拜六，阮老父 ê 一張 phoe 寄來到 Stanford ê 公寓，phoe 內詳細寫講 Ventura ê 厝邊松本夫婦被強制收容了後，in tńg 去日本，chitmá tòa tī 山口縣 ê 一个名叫室積 ê 小漁村。Take chiàng 為 tio̍h beh 逃離強制收容 ê 束縛，而且表現出對美國 ê 忠誠，to̍h 志願進入美國陸軍，成做第四四二連隊 ê 成員，tī 意大利 kah 德軍作戰，tī 1944 年 10 月 30 戰死。第四四二連隊 hông 差派去救助 hō͘ 德軍圍攻 ê Texas 大隊。Hit 工，in tī Bosges[23] 樹林 kah 埋伏 ê 德軍勇敢對戰，成功救出 Texas 大隊。松本毅受頒授銀星勳章，松本夫婦講 beh kā chitê 銀星勳章送 hō͘ Andrea，當做她對 Take chiàng ê 回憶。Hitê 銀星勳章寄去 in 老父 ê 厝裡，koh 有附一張未開封 ê Take chiàng ê phoe。

Andrea，chitmá 我 tī 四面 lóng 用鐵線網圍 leh ê 強制收容所寫 chit 張 phoe hō͘ 你。到 taⁿ 我 lóng m̄ 准離開 chia，ná 親像一隻鳥 á hông 關 tī 籠 á 內，m̄ koh，kah hō͘ 主人所意愛 ê 鳥 á 比起來，阮 ê 生活真正是悲慘。做一個美國人出世，kah 美國人仝款長大，我卻 hông 看做是一个敵對國 ê 國民，hō͘ 守衛白目對待。有時我甚至 ē 使 khiohka̍k（= 自暴自棄），m̄ koh 我 ē 記得我 tī Ventura 海岸 kah 你 ê 誓約，he 是支持我 ê 心思意念。明 á 載我 beh 入營做兵，tio̍h

23 譯註：法國 ê 孚日山脈，hit 當時被德國佔領。

算是一工 mā 好，我想 beh 成做一隻遠離籠 á ê 鳥，自由伸展翼股。Kiámchhái 我 ē hông 送去歐洲 ê 戰場，tī chheⁿhūn ê 所在戰死，m̄ koh ánne mā 是真好，因為我 ǹg 望自由比啥物 lóng koh khah 重要。我心內 phah 算 ē tàng 平安 tńg 來，你 kám ē tàng 等我？戰爭結束了後，我一定 beh kah 你結婚。我永遠愛你。毅 /Takeshi

Andrea 讀完 chit 張 phoe，心肝亂 chhauchhau。到 taⁿ chiah 知影 Take chiàng ê 消息，m̄ koh 伊已經無 tī chitê 世間 ā。我真心愛伊，koh 為伊保持貞操，m̄ koh，tī 伊認為我等待 beh kah 伊結婚 ê 同時，我卻 kā 貞操獻 hō͘ 一个認 m̄ tio̍h ê 人，而且我 koh kah 別人結婚 ā。我結局 kám 有能力愛人？她 ánne teh 懊惱自責。

我 koh 繼續詳細讀老父 ê phoe。松本夫婦 tī Take chiàng 出世無 gōa 久 to̍h 搬來 in 農場 ê 邊 á，hit 時 California 州有「外國人土地法」，若無美國籍 ê 移民 bē sái 持有土地。Kah 阮老父頭一 pái 見面 ê 時，松本真驕傲講：「阮 kiáⁿ 有美國人 ê 身分，買 chit 片農場 ê 時，有簽訂一份合同，阮 kiáⁿ 成人 ê 時，tio̍h ē 讓渡 hō͘ 伊。」阮老父 kah 農場頭家 Richard mā 有熟 sāi，伊講有 chit 項 tāichì。松本夫婦真 phah 拚工作，ta̍k 年支付高額 ê 耕作租金，合同中有講 chitê 租金 ē sái 當做買農場 ê 錢。Richard tī 1941 年 ê 熱天往生，Max 是繼任 ê 頭家，伊講：「我 m̄ 知任何 ánne ê 應允」，而且想 beh 叫松本夫婦離開，m̄ koh 阮老父出面，伊 chiah 取消 ánne ê 念頭。Tī 太平洋戰爭開始，對日本人發出驅逐令了後，有一段時間無人種作 hit 片農場。Max 用拖欠農場 ê 租金做藉口，koh kā 農場收 tńg 去。阮老父 kā 我講，伊 beh 替 in 付租金來阻止收回，

m̄ koh Max m̄ 聽。阮四界走 chhōe 松本夫婦 hông 收容 ê 所在，m̄ koh，當局用戰時機密做理由，無 beh 協助。Koh 再講，松本夫婦入去強制收容所，啥物都無法度處理。戰爭結束了後，松本夫婦失去繼承土地 ê kiáⁿ— 毅，mā 已經失去 kah Max 戰鬥 ê 氣力，soah 真無奈 tńg 去日本。隔壁 hit 片農場，到 taⁿ iáu 無健全營運。Tī 土壤 teh 生長 ê 作物，反映出主人 kah 耕作者 ê 疼，阮老父講，Max ê 土地抛荒是自作自受，自食其果。老父用安慰 kakī ê 語氣，結束 chit 張 phoe。

隔 tńg 工是 Koh 活節，通常 in 兩人 ē 去赴新教 ê 禮拜，m̄ koh Andrea 選擇去參加 hit 工下晡 4:30 tī 大學 ê 記念教堂舉行 ê 天主教彌撒。她 ánne 做，是 beh 尊重天主教徒 ê 翁婿，mā beh 祈禱 Take chiàng ê 冥福，而且聽講道以外，她 mā 真意愛聽音樂。她有一種感覺，若是下晡做彌撒，早起時 to̍h ē tàng 自由。前一暗不安 ê 心情 iáu 未平靜，她想 beh 繼續 kah 翁婿講話。翁婿平常時真 kāu 話，m̄ koh hit 工早起卻差不多是無半句，ná 親像是一直 teh 考慮啥物 tāichì。

隔 tńg 工暗時，Alfonso 準備兩套響板（castanets；西班牙敲擊樂器），koh 有 gîtá（guitar）kah 風笛（bagpipe；蘇格蘭傳統吹奏樂器）ê 唱片，邀請大家來跳舞。Andrea 小 khóa 躊躇一下，講：「我 thiám loh」，m̄ koh，音樂一開始，她 ê 腳 to̍h 真神奇 tòe 音樂起動。她 kā 手 gia̍h 到比頭殼 li̍oh'á khah koân ê 所在，手 khà 響板，節奏真緊。Alfonso 真自豪解說講：「Chit 種舞叫做 “Jota Aragonesa”，是我出世 ê 故鄉 Valencia 特有 ê，聽講是 12 世

紀 hông tùi hia 驅逐出境 ê 詩人 Moore 發明 ê。她跳 soah 了後，Alfonso 講：「咱來去散步！」兩人 to̍h 做伙行出去。

這是一个星光閃 sih ê 暗暝。Alfonso 指向一條銀河，開始講：「Hitê 邊 á 有仙女星座」，然後漸漸 koh 講：「Chitmá 看 bē tio̍h，m̄ koh，它是一个大星雲，是一个獨立 ê 星系。自從頭一 pái 看 tio̍h 你以來，我一直單戀你，to̍h kā chitê 星座號名叫做 Andrea，而且我 tī 舊年 11 月 ê 一个暗暝下願講，若是 ē tàng 清楚看 tio̍h Andrea 星，我 to̍h 下決心 beh 向你求婚，結果我行出去一看，看 tio̍h 無比 he koh khah súi ê 夜空。了後，飛馬星座（the constellation Pegasus）出現 tī 我 ê 眼中，天馬叫我緊騎去 Andrea ê 所在。我 ê 心大歡喜。」

Andrea 輕輕 á chim 她翁婿 ê 正 pêng 嘴 phóe，講：「好 à lah，你是一个可愛 ê 浪漫主義者。」

Stanford ê 春夜真 súi，風輕輕 á 吹我 ê 面 ê 時，有一絲 á 清新 ê 綠色氣味，這 to̍h 是「春宵一刻值千金」ê 含義。Koh 行一時 á 了後，珠寶商 ê 櫥窗 to̍h 出現 ā。Alfonso 牽 Andrea ê 倒手，自豪講：「我 to̍h 是 tī chia 買手指 ê。」糖 á 店 iáu teh 開，所以 in 選 kakī siōng kah 意 ê 糕 á 餅，坐 tī 椅條頂食。Tī 滿天星辰 ê 星空下，這是一个 kantaⁿ in 兩人 ê 世界。Kahná tùi 束縛得 tio̍h 解放，Alfonso 坦白講出：「我前到 taⁿ m̄ bat kah 你談過 Natalia ê tāichì，她是我 gín'á 時代 ê 朋友，我 kah 她做伙讀到小學四年，阮做伙去仝一間教堂。」伊 koh 繼續講：「阮做伙跳舞，toh 是 hit 支 kah 你跳 ê 仝款 ê 舞，我是想 beh ánne 來開始講起她。」Andrea 回答講：「Ah，你 chitê 人有夠厲害！」M̄ koh 因為心中充滿愛意，所以

to̍h 無 kā 伊責備。

伊 koh 繼續講：「M̄ koh，in 全家搬去另外一个城鎮了後，to̍h 音信斷絕。Hit 時是西班牙內戰當厲害 ê 期間，連 siōng 親近 ê 人都無法度互相通信。我想起 tī 聖誕節 ê 戲劇中，她演 Maria，我演 Joseph；我 ē 記得阮之間 ê 真 chē tāichì。Tī 我來美國 chìn 前，有風聲傳講 Natalia 已經結婚 ê 消息，我感覺真遺憾，因為她是我 ê 初戀同伴。Tio̍h 算 kah 你結婚了後，我 mā 有時 ē 想起她 ê tāichì。我 kakī 知 ánne 做 ē 對不起 Andrea，m̄ koh 我無必要對你掩khàm，所以你 mā 無需要 kā Take chiàng ê tāichì 對我掩 khàm。無論發生啥物 tāichì，我 lóng ē 愛你。若是你有 ánne ê 感覺，請你 kā Take chiàng ê tāichì，一項一項講 hō͘ 我聽。咱來盡量 mài 彼此有任何秘密，過去若有做 m̄ tio̍h，咱應該互相赦免，ánne chiah 好。」伊 ê 告白是出 tī beh 用某種方式來安慰 Andrea ê 疼。

「疼心是寬容 koh 慈悲，疼心是 bē 怨妒，bē 誇口，bē 驕傲，bē 做見笑 ê tāichì，bē 求 kakī ê 利益，bē 快受氣，bē 拾恨，bē ài 不義，只有 ài 真理。疼心 ē 包容一切，對 ta̍k 項 tāichì lóng 有信心，lóng 抱 ǹg 望，lóng ē tàng 忍耐。」（哥林多前書 13:4-7）這是真 súi ê 話。Andrea 用保羅寫 hō͘ 哥林多教會 ê phoe 裡 ê 話來 chhōe tio̍h 她 ê 翁婿 ê 身影。她真歡喜 hō͘ chit 種無私 ê 疼所疼，她是幸福 ê 人。

話來到真久以後 ê tāichì。當我 kā Nancy chhōa tńg 來厝裡 ê 時，我 kā in 講想 beh kah 她結婚 ê tāichì。父母祝福阮 ê 決心了後，in 講 kantaⁿ 有一个忠告。我到 taⁿ iáu ē 記得 in 講 ê chiahê 話：「結婚是兩人相疼來結連做伙，成做一體。彼此之間一定 tio̍h 無秘密，m̄ thang 隱瞞，tio̍h ài 互相溝通。真理 ē hō͘ lín 自由，tùi 罪得 tio̍h tháu 放。」這成做阮 ê 家訓。父母 in 彼此有忠實執行 chitê 家訓。咱試想看 māi，若是老母對老父隱瞞有娠 ê 事實來結婚，ánne，tùi「啥物，你 teh 講白賊，kám 想講 chit 款 tāichì ē tàng 隱瞞」開始，到我出世 ê 時，阮老父 koh ē 大聲講：「He 是你 ê gín'á，你 kakī 去養飼。」離婚訴訟 kiámchhái 就 ánne 開始，阮三人一定 ē 過 tio̍h 悲慘 ê 生活。M̄ koh，阮老母是一个誠實 ê 人，tī chhōe 另外一个機會結婚 ê 時，有持守真實。她講「因為我有娠 ā」來拒絕求婚是正確 ê，這 hō͘ 阮老父有機會思考，koh 決定 kā 我當做 kakī ê gín'á 來養飼 mā ē sái 得。Ánne 做，家庭總是 ē 得 tio̍h 完滿。

我無 gōa 久以後 ē 提起父母之間無 gín'á ê tāichì。不孕 ê 原因是在 tī 老父，m̄ koh，老母 tiā^{n}tiā^{n} 認為 kah 武彥 ê 交往是對翁婿 ê 侮辱，想 tio̍h kakī bē 懷孕，深受苦惱 ê 打擊，感覺對所愛 ê 翁婿有所虧欠，chit 種心情往往 ē 出現 tī 日記中。我無法度 tī chia 紹介所有 ê 內容，kanta^{n} beh 舉一个例 to̍h 好。

1956 年 8 月 28

Arturo 明 á 載 to̍h 三歲 à。當我看 tio̍h 伊 súi ê 面模 ê 時，我 tiā^{n}tiā^{n} 想講伊若有小弟 á 是小妹 to̍h 好 à。我祈禱真長 ê 時間，mā 有看醫生。醫生解說講 Alfonso 童年 ê 墜腸（華語 ê 疝氣）手術無順利，致使不孕。M̄ koh 我 m̄ 相信，因為所有 ê 責任 lóng 在 tī 我，是我違反「M̄ thang 行姦淫」ê 誡命，我無法度顧守我 ê 身軀。仁慈 ê 上帝 hō͘ 一个 bē 生 ê 老婦人 Sarah 生一个 chapo͘ kiá^{n}，m̄ koh 奇蹟是賞賜 hō͘ hiahê 遵守上帝旨意 ê 人，阮 chiahê 無法度生 kiá^{n} ê 人，kiámchhái 是因為阮 ê 罪深，信心 koh 淺。我今 á 日 koh 一 pái

跪 leh 祈禱。

「我 ê 天父，求祢赦免我 ê 罪過，Alfonso 是一个善良無罪 ê 翁婿，求祢 m̄ thang kā 我 ê 罪牽拖伊，求祢賜伊一个 gín'á。」我 ê 祈禱 m̄ 知 tang 時 chiah ē 得成；我相信有奇蹟 ē 發生。

阮老母對別人 kah 對 kakī lóng 真正直。她無加要求別人，m̄ koh 對 kakī 真嚴格。她 tiāⁿtiāⁿ 思考 beh án 怎彌補 kakī 無夠額 ê 所在，所以繼續寫日記；這 mā 是她對翁婿 ê 疼 kah 對上帝 ê 信仰告白。

話 koh 脫離本題去 à，m̄ koh 當我頭一 pái tùi 西班牙 tńg 來 ê 時，我 ê 壁頂出現一个銀星勳章。我想起 Valencia，問講：「感謝老父，這 kám 是火節 hit 工 hō͘ 我 ê 星？」老父回答講：「老父 bē 堪得 taⁿ 重擔，m̄ koh，這是我 ê 好朋友 ài 我送 hō͘ Toro chiàng ê。」老父真誇耀 tī kiáⁿ ê 睏房妝 thāⁿ 一件傑作，he 是老母青梅竹馬 ê 毅（Takesi）下士 ê 勳章。

我 tio̍h koh 補充一點，he 是 tī 我幼兒園在學中所發生 ê tāichì。Max 破產了後，來拜託阮買伊 ê 農場。伊所有 hiahê chhèng kōakōa ê 氣勢 lóng 消失去 à，伊頭 lêlê 去阮阿公 hia。農場過名了後，阮全家去點收檢查 ê 時，有一間細間厝 á khiā tī hia。阮老母懷念 Take chiàng tòa tī hia ê 時 chūn；當她頭一 pái 來農場 ê 時，她 kā 我講妝 thāⁿ 我房間壁頂 ê 銀星勳章是 tùi Take chiàng 來 ê。第二 pái 來農場 ê 時，我 kā 銀星勳章 the̍h 去掛 tī Take chiàng ê 房間壁頂 ê 時，阮老母真歡喜 Take chiàng 攻擊敵人 ê 故事到 chia 結束 loh。以前 ê 松本農場成做阮農場 ê 一部分了後，水利有改善，土壤 mā 得 tio̍h 恢復，所以 koh 一 pái 產物豐收。阮老母 tī Take chiàng ê 厝四周圍開闢一个家庭專用 ê 菜園，種作菜頭等罕得有 ê 菜蔬。Tī 美國罕得有 ê 菜頭成做阮沙拉 ê 一部分，菜頭籤絲 mā 開始加入阮 ê 食譜中。

我 tī 1953 年 8 月 29 出世，我 ê 父母 kah 阿公 lóng 真歡喜。當我 bat tāichì 了後，阮老母 ê 心內 tiā^{n}tiā^{n} 無平靜。Tú 親像我後來了解 ê ánne，阮老母 tī 我兩歲 ê 時，她想 beh 有娠，想 beh 為心愛 ê 翁婿生伊 ê kiá^{n}，m̄ koh 無論 án 怎努力，她 lóng bē 有娠；她 ê 健康狀況真正常，無啥物不孕 ê 原因。阮老父認為 gín'á ē tàng 自然生出來，無需要計劃，m̄ koh，當伊去看醫生 ê 時，發見不孕 ê 原因是在 tī 老父，因為伊有阻塞性無精子症，是 tī 伊少年 ê 時，墜腸手術失敗所引起 ê。伊有去 hō͘ Stanford 大學 kah Los Angeles ê 醫生檢查過，m̄ koh 結論是無可能恢復。我看 ē 出我 ê 父母真失望，chitmá 是兩个 kiá^{n} ê 老父 ê 我體會 ē 出。Hit 時我 iáu 少年，tī 不知情 ê 狀況下，我當 teh 領受父母 ê 疼。

我 chìn 前 bat 提起阮老母 ê 遺書，m̄ koh，生我 ê 老父已經寫過關係 chit 點 ê phoe。想 beh 誠實陳述一切 ê 父母，in ê 心內 tiā^{n}tiā^{n} 掛意 tio̍h ài tang 時 kā 我講出 hiahê 事實。In 一再拖延 ê 主要原因是顧慮 tio̍h 武彥個人 kah 武田 ê 家庭。細漢 ê 時，我做 tāichì 真直接，若是 hit 當時有人 kā 我講 hitê 事實，我一定 ē 隨時飛去東京，出現 tī 武彥 ê 面前，講出我 ê 名 kah 身分。若是我 tī 重視體面 ê 學習院 ê 研究室 ánne 做，武彥 ē 無法度繼續留 tī hia。當我 kah Nancy 定婚 ê 時，阮老母原本想 beh 藉 chitê 機會談起 in 兩人所有 ê tāichì，m̄ koh，hit 當時，tī 檀香山 teh 舉行國際紅十字會會議，根據當地報紙報導，日本是由武田幸子理事參加會議，所以阮若想 beh kah 武彥見面，驚 ē 造成幸子 ê 困擾。阮老母忽然感覺幸子真可憐，就 ánne 取消 chitê 想法。

老母 ê 心境 tī 下面 ê 日記中有詳細描述。Hit 時美國當 teh 慶祝獨立 200 週年，鬧熱滾滾。

1976 年 7 月 11

Helen 阿姨過身。Chit 位阿姨真疼我，tùi 心底 teh 疼我。我經常 ē 記得她「二十年後，你 m̄ thang 後悔」ê 忠告，若無她 ê 提醒，我 to̍h 犯 tio̍h 墮胎罪 ā，而且我 ē 無意識 tio̍h chit 種行為 ē hō͘ 我艱苦一世人。阿姨無 kakī ê gín'á，無有娠 ê 經驗，當然 mā 無墮胎 ê 經驗，她 kanta^{n} kā 我講「M̄ thang 後悔」，用 ánne 來引 chhōa 我。Arturo 今年二十三歲 à，我 bē tàng 想像無伊存在 ê 生活。感謝 Helen 阿姨。我 tiā^{n}tiā^{n} ē 想起武彥 ê tāichì，我想 beh 對伊講 Arturo iáu 活 leh，m̄ koh，我無法度理解伊對我講去墮胎 ê 感受，而且幸子對這 mā ē 感覺遺憾。

附 tī 老母日記 siōng 尾頁 ê hitê phoe 囊頂，她 ê 遺囑有寫講：「Hō͘ Arturo，我死後 chiah phah 開。」內容 kah 日記有一 kóa 重疊，m̄ koh 咱來 kā 它讀一下。

我 siōng 親愛 ê Arturo：

開始寫 chit 張 phoe ê 時，我想起你出世 hit 工 ê tāichì，想講我

kám tio̍h 寫 chit 張 phoe hō͘ Toro chiàng，我可愛 ê 寶貝 kiáⁿ。Gín'á 是上帝 ê 恩賜，無其他比這 koh khah 美好 ê 禮物。你 chitmá 已經成做一个非常優秀 ê 大人，m̄ koh 你前到 taⁿ m̄ bat 有過 hit 工喜樂 ê 美妙經驗。Tī Toro chiàng 出世以後，你 ê 老父、老母 kah 阿公 lóng 用非常感激 ê 心來迎接你，我 ta̍k 日享受 Toro chiàng ê 做伙，而且為 tio̍h Toro chiàng ê 成長感覺自誇。

我若是有任何遺憾，to̍h 是當 Toro 出世 ê 時，你 ê 阿媽已經往生，Toro soah 看 bē tio̍h 阿媽。阿媽 43 歲 ê 時 to̍h 因為奶癌來過身，m̄ koh 阿母真好運，chitmá 我 mā 是 hitê 年紀 à，並無癌症 ê 影跡，總是，體質上 kiámchhái iáu 有 chitê 危險因素，受 tio̍h chiahê 病症打擊 ê 時，mā 可能會死。所以，chitmá 我寫 chit 張 phoe hō͘ 你。老實講，二十年前，我 tī 你三歲生日 hit 工 mā 有寫一張類似 ê phoe。有兩張 phoe 已經 li̍h 破，而且 hiat 掉 ā，m̄ koh 頭一張 phoe 是寫 hō͘ Toro ê。Tī 第三張 phoe ê 中間 mā 有傳達 chit 種心情。

你日記讀了，kám 知影 tī 你 ê 一生中，kantaⁿ 有一个秘密：生你 ê 老父是叫做武田武彥 ê 日本人？我 kah 你 ê 老父已經有講過 chiahê tāichì，若是我過身以後，你 ē sái kah 你 ê 老父談論，m̄ 免揜 khàm。

是 án 怎老母 ē 答應 kah 武彥發生性關係 leh？Kiámchhái 是因為幼稚無知。阿母有一个名叫做 Take chiàng ê gín'á 時代 ê 朋友，所以我可能是 kā 伊轉化做對 Take chiàng ê 認知。因為我無法度 kah 你 ê 老父生 kiáⁿ，所以你 ê 老父講託武彥之福，伊 chiah ē tàng 有一个 hiahni̍h 好 ê kiáⁿ；mā ē sái 講伊是 teh 對武彥說謝。你 ê 老父 tùi 心底深深 teh 疼 Toro chiàng，而且感覺自豪。其他 ê 人並無意識 tio̍h 伊 m̄ 是你 ê 親生老父，因為西班牙人 kah 日本人 tī 容貌上有小 khóa 類似。

我 m̄ thang siu^{n} 緊透露 chit 項 tāichì，因為我 m̄ 知 Toro 是 m̄ 是 ē 先讀 tio̍h chit 張 phoe。Tī he chìn 前，若是上帝應允我，我 to̍h ē 照顧 kakī ê 健康，永遠 kah 老父以及 Toro 做伙享受上帝 ê 恩典。

Siōng 疼你 ê 老母

1973 年 5 月初 5

Tī 日本 chitmá 是端午節，我一直認為 hit 工是 Toro ê 日子。

Tī 日記中，她講她對武彥叫她去墮胎真不滿，m̄ koh tī 遺書內面卻一句都無提起，顛倒是 teh 表達對我 ê 生父有真誠 ê 感激之情。阮老母是一位充滿疼心、受人尊敬 ê chabó͘ 人。照她 ê 遺書所擔心 ê，阮老母得 tio̍h 癌症，m̄ koh 因為現代醫學發達，她 ē tàng 維持性命到 2005 年，而且有得 tio̍h 家庭 ê 支持。

Chitê 故事前前後後已經完全講完。阮老父 tī 1953 年 5 月得 tio̍h Stanford 大學 ê 工商管理碩士學位，m̄ koh，因為伊有一个有娠 ê 牽手，soah 無法度 tńg 去西班牙，所以伊 to̍h 照阿公 ê 要求，擔任幫贊管理 Ventura 農場 ê 助手。Chitê kiá^{n} 婿後來成做阿公 siōng kah 意 ê 人，m̄ nā hō͘ 伊成做共同經營者，而且 kā 農場 ê 名改做 “Thompson and Don Carlos”，koh 成做伊申請永久居留 ê 保證人。老父是阮西班牙 ê 阿公阿媽 ê 第二 kiá^{n}，所以停留 tī 美國無問題。除了 in 無法度 koh 生 kiá^{n} chit 項事以外，父母 ê 生活並無欠缺。

第三章　長谷寺 ê 少女

Tùi 第三者看起來，武田武彥是一个真好字運 ê 人。伊 tī 1954 年 2 月 tńg 來到日本，而且 tī 四月 to̍h 成做學習院大學 ê 英美文學助理教授。伊以前 tī 東京大學 ê 競爭對手 — 岸本先生 ê 大門徒，chitmá 猶原是助手，所以比較起來，伊算是有一个非凡 ê 成就。

用 Fulbright 獎學金 tī Columbia 大學留學當然是伊一个真大 ê 優勢。Columbia 大學當 teh 推動學術交流，計畫邀請學習院 ê 安倍能成院長去演講，所以學習院 n̍g 望 chit 位 tùi Columbia 大學留學 tńg 來 ê 少年助理教授 ē tàng 成做聯絡點。武彥 tī Columbia 大學 ê 碩士論文題目是「科學小說 ê 創始人 E. A. Poe」，而且真難得受 tio̍h 英國文學大師 Mark van Doren 博士 ê 看重，m̄ nā oló 伊 ê 好主意，koh 推薦 hō͘ 伊 ê Fulbright 獎學金延長半年。為 tio̍h 培訓，伊 ē tàng 去美國國內旅行，m̄ nā 訪問 kah Poe 相關 ê 城市，親像 Boston kah Baltimore，mā 有去訪問 Nathaniel Hawthorne、Walt Whitman kah Henry Wadsworth Longfellow[1] 等等 ê 故居，加深伊對美國文學 ê 了解。當伊頭一 pái 接觸 tio̍h tī Walden Pond 湖邊 ê 樹林內，Henry David Thoreau[2] hit 間細間枋 á 厝 ê 時，武彥想起《方

1　譯註：三人 lóng 是 19 世紀美國出名 ê 作家 á 是詩人。

2　譯註：亨利・大衛・梭羅（1817-1862），《湖濱散記》ê 作者，美國作家、詩人、哲學家、廢奴主義者、自然主義者、超驗主義者，mā bat 擔任土地勘測員。

丈記》[3]，koh 發現 in 之間類似 ê 所在 kah 無仝 ê 所在，to̍h 真認真 koh 忠實 kā in 記錄落來，以後，比較文學 ài 用 tio̍h ê 時，to̍h 有真 chē 資料來源。

Tī 1952~53 年，美金對日幣是 1：360 ê 時期，無 gōa chē 人 ē tàng 出國旅行，所以 tī 外國真 oh 得看 tio̍h 日本人 ê 身影。Tī 文學旅行期間，chheⁿhūn 人經常邀請伊食中晝 kah 暗頓。當然 mā 有一 kóa 人看 tio̍h 日本人 to̍h oa̍t 頭離開，m̄ koh 美國人大部分 lóng 有善良、好奇 kah 開放 ê 態度。身為一名外國留學生，武彥經常 kā 美國社會 ê 開放性 kah 日本社會 ê 封閉性進行比較。

1952 年美國總統大選，Eisenhower 將軍當選。大家 lóng 知，第二次世界大戰期間，tī 1944 年 2 月，伊 hông 任命為西歐盟軍遠征軍 ê 最高指揮官，了後 tī 1948 年被任命為 Columbia 大學 ê 校長，1950 年離任。Eisenhower tī 1952 年 12 月初去 Columbia 大學訪問。Hō͘ 武彥感覺驚一 tiô ê 是，擔任紹介 ê hitê 烏人學生竟然稱呼將軍 “Ike, Ike”（Eisenhower ê 暱稱）。日本絕對無 chit 種 tāichì ē 發生，in 稱呼頭家 á 是先輩 lóng tio̍h 使用敬稱。無論階級 án 怎，美國社會 ê 開放 lóng 是 hō͘ 人欣羨 ê。我聽過 Roosevelt 夫人 ê 演講。夫人身穿一領長長無合軀，koh 無合季節性 ê 洋裝，出現 tī 觀眾面前，tī 日本 chit 種 tāichì 是絕對無可能發生。日本天皇雖然有宣布「人間宣言」[4]，m̄ koh 若是 kah 伊見面，仝款一定 tio̍h ài 行最敬禮，m̄ koh，tī Columbia 大學，m̄ 管是一个月後 beh 擔任國家元首 ê 將

---

3 譯註：是鴨長明所著 ê 鎌倉時代 ê 文學作品，是日本三大隨筆之一。

4 譯註：1946 年正月初 1，由日本昭和天皇裕仁所發布 ê 詔書，除了有關日本戰後發展 ê 內容以外，裕仁天皇 mā 否定身為天皇的「神性」。

軍，á 是受尊敬 ê 前第一夫人，並無任何一个學生對 in àⁿ 頭行禮。

Columbia ê 研究生中，有一位叫做 Joe Gordon，伊專攻政治學，bat tī MacArthur 司令部任職。伊講真罕得看 tio̍h 日本人，所以 bat 邀請武彥去參加晚宴。有人講，主人 ê 牽手 bat 參與過起草昭和憲法第 14 條 kah 第 24 條，m̄ koh，有一點 á hō͘ 人 oh 得相信 ê 是，chit 位名叫 Beate（Beate Sirota Gordon）ê 女士，她 khiā tī in 翁婿 ê 身邊，看起來只不過是一个小人物，想 bē 到她竟然 bat 扮演 hiahni̍h 重要 ê 角色。M̄ koh，她 ê 身世故事並 m̄ 是一直 hiahni̍h 趣味。她 ê 父母是白露西亞（White Russia; Republic of Belarus）人，m̄ 是猶太人。In 逃亡來到日本，她 ê 老父以鋼琴家出名。1939 年，她來到美國，進入 Mills 學院。Tī 兩年後，珍珠港事件發生了後，她 kah 厝裡 ê 人失去連絡，生活津貼 mā 停止。除了日語以外，Beate ē 曉講幾 nā 種語言。她 tī 情報部門工作，tī San Francisco 聽日本 ê 廣播節目，tī 1945 年正月得 tio̍h 美國國籍。美國 kah 日本 ê 戰爭 tī hit 年八月結束，m̄ koh 她 lóng 無 in 父母 ê 消息。因為除了軍事人員以外，其他 ê 人無辦法去日本，所以她 tī 日本東京 MacArthur 指揮部 chhōe tio̍h 口譯 ê 工作，beh tī hit 年 ê 聖誕節 hit 工就任。到日本無 gōa 久了後，她 to̍h 有父母 ê 消息，to̍h kā in 接過來 tòa 做伙。她寫 ê 是「憲法」草案，hitê 草案要求男女平等。因為憲法起草小組中並無其他 ê 女性，所以她被分配起草有關女性權利的條款（昭和憲法第 14 條 kah 第 24 條），hit 時她 chiah 22 歲。

武彥 kah Beate ê 相 tú hō͘ 伊了解 tio̍h 美國其他好 ê 方面。Beate m̄ 是憲法學者，mā m̄ 是律師，所以美國對 chitê 無經驗 ê 少

年人高度重視 ê 程度，hō͘ 武彥真感心，因為 tio̍h 算她無 tī 正規 ê 體制內，她 mā ē tàng 成做一个處理國家事務 ê 角色。總是，這 mā 有存在失誤 ê 風險，tī 某一 kóa 狀況下，它 ê 結果是想像 bē 到 ê。Tī 日本，一切 lóng 是以官僚做中心來處理 tāichì，所以 tio̍h 看頂司 ê 面色辦事。伊 ē 記得老父 tī 台灣擔任新竹州州長 ê 期間，伊一定 tio̍h 一直記 tiâu tī 台北總督府 ê 民政長官 ê 指示，bē sái 自由行動。接受頂司 ê 判斷是官僚 ê 工作，無可能獨立思考來做 tāichì。當然，我無法度講日本 ê 制度 bē 出差錯。太平洋戰爭 to̍h 是一个真大 ê 錯誤，m̄ koh，官僚 kantaⁿ 看頂司 ê 面色，所以無人敢反對。

武彥 chit 時偶然 tùi 心底浮出機緣 kah 緣份 chiahê 語詞。Beate kā 切碎 ê 刺瓜 á 加糖 koh 加沙拉，感覺 ná 親像是為 tio̍h 伊 chitê 日本人準備 ê 日本 kah 西洋折衷 ê 沙拉。若是她無 tī 日本長大，mā 無 tī 戰後志願去日本走 chhōe 她 ê 父母，ánne，日本憲法 to̍h bē 採取 chit 種形式。一位少年女士做出改變真 chē 日本人 ê 生活方式 kah 思想方面 ê 大 tāichì。Hitê 仝款 ê chabó͘ 人，chitmá tī 紐約 teh 做兼職工作，幫贊她 ê 翁婿讀研究所，而且 tī chitê 小公寓裡，坐 tī 武彥 ê 面前。

想 beh 融入留學 ê 當地社會 ê 時，有時 ē tú tio̍h 料想 bē 到 ê 經歷。Tī Columbia 大學 ê 邊 á 是 Union 神學院，hia 有一間叫做 Bonhoeffer ê 公寓。當伊要求 beh 訪問 hia ê 時，神學院 ê 一位學生 chhōa 伊去。Chit 間公寓佔建築物 ê 一部分，hitê 建築物 hō͘ 學舍圍 leh，所以 New York ê 噪音 lóng 無法度入來，hō͘ 你感覺 ná 親像

進入英國 ê 貴族花園。1939 年，Bonhoeffer[5] bat tī chia tòa 兩禮拜，伊若想 beh 保持半永久居留是有可能。Union 神學院聘請伊擔任講師，想 beh 保護伊免受 Hitler ê 迫害。Hitê 計劃是由世界聞名 ê 神學家 Reinhold Niebuhr 博士提出 ê，he 是一種榮譽，ē tàng 替身為神學家 ê Bonhoeffer phah 開成功 ê 道路。總是，Bonhoeffer 放棄 chiahê 一切，行向回國 ê 路。伊講：「若是我無 kah 德國人民做伙受苦，我 to̍h 無資格參加戰後德國 ê 重建。」伊 tī 1945 年 4 月初 9，因為 kah 暗殺 Hitler ê 事件有牽連，被判死刑。

引 chhōa 伊去 hia ê 神學生 bat tī 第二次世界大戰期間逃避兵役，soah hông 關 tī Pennsylvania 州 ê Lewisburg 聯邦監獄。伊真感慨講：「我曉悟若是去做兵，一定 ē 死 tī 戰場，m̄ koh，beh kā 所有 ê 物件放棄，我根本都做 bē 到。」Tio̍h 算伊 tī 監獄裡，伊 mā m̄ bat 欠缺三頓，而且勞動 mā 並無真嚴厲，這比 hông 送去 Saipan 島 á 是 Bulge 戰役[6] ê 戰場 koh khah 好。儘管伊已經因為 hông 定罪來入監獄，m̄ koh，當伊知影一 kóa 伊親密 ê 大學朋友戰死 ê 時，伊 chiah 意識 tio̍h 伊所謂 ê 和平主義 ê 想法實在是真淺薄，所以伊選擇成做一个牧師，行向贖罪之路。伊 kā 公司 ê 工作辭掉，chitmá teh 讀神學院。Tńg 來到日本了後，武彥 tiāⁿtiāⁿ ē 想起 chit

---

5 譯註：Dietrich Bonhoeffer；中華民國語譯做「潘霍華」，德國人，1906-1945；是反納粹 ê 德國神學家、牧師 kah 作家，因為反抗 Hitler 來為主殉教。

6 譯註：The Battle of the Bulge（突出部之役），又名 Ardennes Offensive（阿登戰役）；是二次大戰期間，12/16/1944-01/25/1945，西部戰線 siōng 尾一 pái 由德國納粹 tī 比利時阿登地區發動 ê 戰役；雙方傷亡慘重，尤其是首當其衝 ê 美國。

位神學生 kah Bonhoeffer。

幸子來羽田機場接機。經過真長一段時間無做伙，in 兩人感覺真幸福，m̄ 管機場 gōa 混雜，á 是地下鐵 gōa 雜亂。東京 ê 地下鐵 jú 來 jú 好勢，比 tī New York 坐舊式 ê Broadway 線 koh khah 爽快。東京 kah 日本當 teh 回復起來，武彥為伊 ê 祖國感覺自豪，而且 ē tàng 期待她 ê 未來；她已經無親像伊 tùi 台灣被遣送 tńg 來 hit 時 ê 情況。武彥向父母做回國 ê 請安了後，話題隨時轉移到幸子 ê 身 chiūⁿ。雖然 in 兩人已經應允 beh 結婚，m̄ koh chit 兩个家庭之間並無正式交換意見。武彥 ê 老母講 tio̍h ài 好事緊辦，所以已經選好吉日。Hit 工，身穿和服 ê 媒人來到厝裡，帶寫金字 ê 聘金紅包，iáu 有鮑魚、柴魚、海帶、友白髮清酒、折扇 kah 清酒桶等等，送去到幸子 ê 厝。十工後，幸子 ê 父母 mā 用仝款 ê 方式回禮。媒人 kā 男方講，幸子出世 tī 前田家 ê 分支，所以武彥 ē 成做加賀百万石 ê 親 chiâⁿ，m̄ koh，她 ê 父母因為土地改革，差不多已經失去所有 ê 土地。媒人 koh kā 女方講，幸子 ê 對象 ê 老父是前新竹州 ê 州長，是一國之尊。武彥是 án 怎 ē 願意受 tio̍h chit 款無聊 ê tāichì 拘束 leh？應該是因為伊對重視禮儀 ê 日本社會 ê 尊重超過個人 ê 意願。Teh 看聘禮 ê 清單 ê 時，武彥認為柴魚 ē 加強 chapo͘ 人 ê 形象，kám ē 是因為伊 kah Andrea ê 關係，以及她 ê 墮胎，hō͘ 伊失去 chapo͘ 人 ê 力量？伊非常懊惱。

另外一項 tāichì 是，「若是你放棄一切」chitê 神秘 ê 聲無所不在，m̄ koh，伊無法度對幸子死心。雖然伊有真 chē kah Andrea ê 回憶，m̄ koh，伊 kah 幸子有 koh khah chē ê 回憶，唯一 ê 區別是伊 kah Andrea 有肉體關係。In 之間 kantaⁿ 有一 pái，m̄ koh 已經有一个胎兒。Ánne 講，幸子 ē 被忽視，武彥認為這是無公平 ê，m̄ koh，Andrea ê 吸引力是 hiahnih 強烈。伊想 beh 痛恨 Andrea，想 beh 責備她 hit 時 ná ē beh 要求「hō͘ 我看裸體」，卻 lóng 無想 tio̍h 是伊 kakī 先要求 ê。

伊有想講 beh 試向幸子承認一切，koh 為 kakī ê 錯誤道歉，若是幸子 iáu 認為 ē tàng 結婚，ánne，in to̍h 來結婚。Andrea 講她有娠了後，已經做出無 beh 勉強伊 ê 結論，而且，既然定婚正式確立，hiahnih 重視社會觀感 ê 兩个家庭 to̍h 無法度 tèⁿ 恬恬。Tī ánne ê 前提之下，beh 建立成功婚姻 ê 可能性實在是真 kē。伊 kā kakī 講：「若是幸子講 m̄，當然我 ē 服從。」總是，伊有把握，幸子 bē 講「m̄」。武彥只不過是一个 lám khasiàu，雖然伊 mā ē 責備 kakī ê 良心，tiāⁿtiāⁿ ē 有 beh kah 幸子私底下講 ê 衝動，m̄ koh，tī 時間上，he 差不多是無可能 ê。In 兩家 lóng 是有體面 ê 家庭，一旦定婚書正式簽署，若無人陪伴，in 兩人 to̍h 無法度見面。武彥考慮 tio̍h chit 點，koh 無想 beh 失去幸子 ê 愛，所以 to̍h 打消告白 ê 意念。就 ánne，伊 m̄ 是帶 ǹg 望，卻是帶驚惶，拖拖沙沙 teh 等待婚禮 ê 日子來到。

M̄ koh，武彥 ê 父母真 kah 意幸子，伊 ê 姊妹 mā 真歡喜，kā 幸子當做是一个好朋友，卻 m̄ 是一个來成做家庭成員 ê 兄嫂。除了學習院 ê 同事以外，東大 kah 台北高校 ê 同窗，以及 tùi 台灣來 ê 父母 ê 朋友，mā lóng 來參加五月 22 ê 婚禮。Kah 台北高中科 ê 童年朋友團圓做伙，hō͘ 武彥非常快樂。離別六年後，大家 lóng 真積極 koh 主動 teh 參與企業界 kah 學術界 ê 先鋒活動，in lóng 真可靠。

Tī 伊豆過一暝 ê 蜜月旅行了後，in tńg 來到東京。In 先 tńg 來到學習院，等待學期結束了後，武彥答應幸子，beh kah 她去某一个所在旅行。In 有去過國外旅遊，而且 mā 有談起訪問台灣 ê tāichì。幸子是真 gâu 講話 koh ē 注意聽 ê 人，是無 thang 嫌 ê 同伴。In bat 談起 Allan Poe tī Baltimore ê 墳墓，當 in 講 tio̍h「Ta̍k 年正月 19，Poe 生日 ê 時，有一个人 ē tī Poe ê 墳墓 khǹg 三支紅色 ê 玫瑰花 kah 一支半空 ê Cognac 酒矸」ê 時，武彥講：「是 án 怎咱 chit 對新婚夫婦 ē teh 談 chit 種不祥 ê 故事 leh？」to̍h 想 beh 結束 chitê 話題，m̄ koh，幸子要求伊講 koh khah chē 有關 Poe ê tāichì，而且鼓勵武彥緊撰寫以 Poe 做主題 ê 博士論文。武彥認為 kah chitê 人設立一世人 ê 契約真好，所以對 Andrea 自然 to̍h 無 koh 再有啥物 siàu 念。

這是八月底暑假 beh 結束 ê tāichì。武彥 kah 幸子計劃前往湘南 ê 海水浴場，tī 鎌倉 ê 長谷寺度過早起時。In 參拜長谷觀音了後，行出寺外，進入一个叫做「弁天窟」ê 洞穴。Chitê 洞穴 ê 回聲真精彩，ná 親像兩个 gín'á teh 相 cheng，完全是 Poe ê “The Raven” ê 虛幻情境。武彥開始唸第一句詩文：“Once upon a midnight dreary, while I pondered, weak and weary”（早前一个悽清 ê 半暝，我沉思，困惑 koh 厭 siān），hitê 回聲傳倒 tńg 來，kahná 是別人 ê 聲。幸子講：「有夠 chán ê 原文正音！」to̍h 開始吟武彥 ê 日文譯文：「真夜中に戸惑う我が身」（半暝，我 kui 身軀感覺困

惑）。兩人 ê 聲 kah 兩个語言 ê 聲音混合做伙，hō͘ 回聲有一種不可思議 ê 響聲。幸子講：「古めきし本読み疲れ眠氣さしトントン誰か戸を叩く」（讀古卷 teh ài 睏 ê 時，tóngtóng，有人來 lòng 門）。回聲被擴散，koh 再成做一種 tóngtóng 響 ê 交響樂，致使密婆（華語 ê 蝙蝠）搬翼飛起來。幸子滾 sńg 笑講：「Poe 本人是 teh 為咱兩人吟唱 “The Raven” neh。」

若是出去 tī 外面，熱天 ê 日頭是真鑿目。當 in ê 目 chiu 慣勢日頭光了後，in 面 ǹg 花園，看 tio̍h tī 遠遠 ê 所在，有一个少女 khiā tī 一陣小地藏菩薩[7] ê 頭前，gia̍h 香 teh 拜。一開始，in 有想 beh 避開，m̄ koh 因為是順路，to̍h óa 近去。少女祈求 ê 聲聽 kah 真清楚。「Yoshi chiàng，真失禮。若是你 iáu 活 leh，今 á 日是你五歲 ê 生日。是老母 m̄ 好，是我 kā 你墮胎。」Hit 陣小地藏菩薩，其中一个身穿法師服，頭戴頭巾，tī 伊 ê 頭前有 khǹg 真 chē 糖 á kah chhitthô 物。因為 in óa 了 siuⁿ 近，soah 無法度 tńgse̍h，武彥靈機一動，講：「咱 mā 來拈香」，to̍h óa 去 hitê 少女 ê 邊 á，對幸子講：「咱 mā tio̍h 燒香。」少女 lóng 無講啥物，一直 khiā ·leh，目 chiu 金金看 hitê 小地藏菩薩。過一時 á，少女流目屎，頭 lêlê，講：「真 ló͘la̍t。」Chit 時，目屎 mā tùi 武彥 ê 目 chiu，大細滴流出來。

Hit 位少女離開了後，兩人 khiā tī 小地藏菩薩 ê 面前。Chiahê 小地藏菩薩 ta̍k 个 lóng 是圓面，手 gia̍h 禪杖，禪杖 ê 頂面有圓輪，有蓮花座。In 真細 sian，ná 親像後來 in tī 田庄 tú tio̍h ê 地藏菩薩

7　譯註：日本寺廟 ê 小佛像，是 gín’á ê 守護神；每一个地藏菩薩 lóng 屬 tī 一个早死 ê gín’á，所以 lóng 有一个悲傷 ê 故事。

雕像。Kiámchhái 是因為 ánne，in hitê 細細 ê 面露出微微 á 笑，hō͘ 武彥聯想 tio̍h tī 京都看 tio̍h ê 彌勒佛 ê 微微 á 笑，這 hō͘ 伊一種幻覺，感覺是胎兒想 beh 對武彥講啥物。幸子看 tio̍h 武彥 ê 目屎，講：「Ngh，你 ê 心真善良。」M̄ koh，tī 武彥心內 ê，卻是 beh kā kah Andrea 做伙懷胎 ê gín'á hiatka̍k ê 慚愧。

面對海邊吹來 ê 風，武彥認為下晡 hitê 少女 kah 伊是 teh 做仝款 ê tāichì，唯一 ê 差別是，少女為 tio̍h 贖罪當 teh 做一 kóa tāichì，m̄ koh，伊無 teh 採取任何行動。意思是講，若無發生啥物 tāichì，伊 to̍h 無 beh kā 任何人講；事實上，伊 mā m̄ 知 tio̍h 對啥物人講，這是伊苦惱 ê 所在。有人講：「告白對靈魂有好處。」無 m̄ tio̍h，m̄ koh 伊 m̄ 知 tio̍h 向啥人告白。伊 mā bat 想 beh 知是 án 怎伊 ná ē 有意識 teh 使用「罪」chitê 詞。Tī 日本，若是因為身體 á 是經濟 ê 原因，致使產婦健康受損，á 是因為被強姦致使有娠，墮胎 to̍h 受許可，tī 法律上 m̄ 是罪。

總是，考慮 tio̍h 宗教原因 ê 同時，伊忽然想起輪迴轉世 ê 想法。出世 tī chitê 世界 ê 人，in ê 慾望所引起 ê 行為 ē 成做善惡 ê 因果。佛教教導信徒「因果報應」，kah「勸善懲惡」，kā 違背真道轉化做下一世 ê 報應，chit 世若無法度潔淨身軀，to̍h ē tī 下一世重複一 pái，所以一定 tio̍h phah 開行向涅槃（極樂世界）ê 路。佛教當然禁止殺生，人工墮胎是 m̄ 是符合 chit 種殺生 leh ？若是 ánne，hitê tī 長谷寺 ê 少女 to̍h ē 永遠 bē 超生。

Ánne 講起來，胎兒 kám 有性命？若是有性命，墮胎 to̍h ē hō͘ in 失去輪迴 ê 機會。若是 kā chitê 無辜 ê 胎兒隨時 khǹg 入去涅槃，chitê 問題 to̍h ē 解決，m̄ koh，tùi 社會問題來看，咱無推廣 chitê

學說 ê 理由。若是佛法提倡 chit 種教義，to̍h ē 成做一種鼓勵人為墮胎 ê 宗教。幸子 kah 武彥 tī 長谷寺所看 tio̍h ê hit 陣大約有 300 sian ê 小地藏菩薩以外，其它所在 mā 全款有 ánne ê 小地藏菩薩雕像陣，chiahê 小地藏菩薩雕像 kiámchhái 是由一 kóa 家庭提供，因為真 chē 人使用人工墮胎來做避孕 ê 手段。所有 ê 小地藏菩薩雕像互相 lóng 真類似，kā 它刻 khah 大 sian mā bē tàng 成做普通 ê 地藏菩薩。Tùi 墮落 ê 父母來看，墮胎 ê 胎兒 mā 是有性命 ê，hitê tī 長谷寺 ê 少女 to̍h 是因為後悔奪去 hitê 性命來 teh 流目屎。

武彥 ê 頭殼失去真 chē 理路思考 ê 氣力。佛法講 he 是殺人，基督教 mā 講 he 是等於 thâi 人。武彥做一个無受佛教 kah 基督教教義影響 ê 智識分子，tiā^{n}tiā^{n} lóng 感覺真自豪。Tùi 理智上來講，伊認為贊成 Andrea ê 人工墮胎是正確 ê，m̄ koh，伊 ê 感性 hō͘ 伊行向另外一个方向。長谷寺少女 ê 目屎 hō͘ 伊今 á 日覺醒起來。結婚以來，伊 lóng m̄ bat 想過 Andrea，總是，tī hit 工，Andrea ê 胎兒變成一 sian 小地藏菩薩 ê 雕像，Andrea ê 身影 mā kah hitê 長谷寺少女 ê 身影重疊，雙雙顯示出來。Hit 暗，幸子要求行房 ê 時，武彥拒絕，講伊真 thiám à。幸子 kah 武彥 ê 蜜月 tī hit 時就 ánne 結束。

Hit 暗，武彥受 tio̍h 惡夢 ê 困擾，長谷寺是惡夢 ê 舞台。一个 chapo͘ 人 hō͘ 一陣小地藏菩薩中 ê 一 sian 穿法袍，法袍穿了後，hit sian 小地藏菩薩 ê 面變成彌勒佛 ê 微微 á 笑，目 chiu koh 金金 teh 看 chitê chapo͘ 人，而且一下知影 chitê chapo͘ 人是武彥了後，to̍h 變成鬼 á 面，大聲 hoah 講：「阿爸，你 ná ē kā 我 thâi 死？」Hit

時，大約三百 sian ê 小地藏菩薩，突然增加到六百 sian，koh 變成一千二百 sian，而且一个接一个增加落去，tī 不知不覺中，寺廟 ê 花園中形成五十个，á 是六十个 ê 小地藏菩薩群。In 全體大合唱：「老父，你 ná ē thâi 死我，thâi 死我？」Koh 有一个 chabó͘ 人身穿朝聖者 ê 服裝，行向一个永恆 ê 所在。伊忽然意識 tio̍h：「Oh，chia m̄ 是四國[8]。」當伊 oa̍t tńg 身詳細看 ê 時，發見 hitê chabó͘ 人是外國人，是一个金髮女郎。她行路 ê 姿態 ná 親像 Andrea，koh khah 確定了後，伊想 beh 出聲 ê 時，hitê chabó͘ 人 kahná 有意識 tio̍h chit 點，to̍h 徙去到下一个地藏菩薩陣。伊無論 án 怎努力，都無法度 jiok tio̍h 她，最後伊來到 siōng 尾 hitê 地藏菩薩陣。Hitê chabó͘ 人 kā 草笠 á kah 枴 á khǹg tī 地面，雙手合掌，金頭毛 tī 風中搖動；她 to̍h 是 Andrea。一開始，她面向武彥，手指身軀穿 ê 白衫，講：「Take chiàng，這是我死去穿 ê 服裝。」Hitê 穿白衫 ê 人 to̍h 行出廟寺，往海邊行去。Tio̍h 算行真緊，á 是用走 ê，武彥 mā jiok 她 bē tio̍h。她行入去大海，ǹg 海湧全速走去，海湧 chhèng koân，轉變做津波（つなみ；海嘯），Andrea to̍h 無 koh 再出現。這一定是 Poe 所布置 ê 惡夢，kahná 無屬 tī chitê 世界。伊大聲 hoah：「Andrea，mài 放 sak 我做你去！」伊 kui 身軀冷汗流 kah tâm loklok，就 ánne 醒起來。一旦醒起來了後，伊 to̍h 無法度 koh 睏。「Ná ē 有 Andrea 朝聖 ê 形影 leh？」伊開始分析 chitê 夢，答案真容易 to̍h 出來。「Andrea 當 teh jiok 我，想講若成做我 ê 牽手 to̍h ē tàng 成做日本人。她知影我已經 kah 另外一个人結婚，所

8 譯註：是日本四大本土島嶼之一，tī 九州 ê 東北、本州 ê 西南方。

以 to̍h 成做朝聖者。她聽講我 tī 長谷寺，to̍h 緊緊飛過來。」理論上，ánne 講 mā ē 通，總是，武彥注意 tio̍h chit 種分析是以自我做中心 ê，所以伊 koh 一 pái 受 tio̍h 自我討厭 ê 攻擊。幸子 kahná 睏 kah 真落眠。

幸子假做睏去，其實武彥 ê 叫聲她一句一句 lóng 無 làukau，lóng 聽 kah 清清楚楚。Hit 時，Andrea chitê 名 kahná 一支利刀，切入去她 ê 腦海。

Tī 這 chìn 前，in ê 婚姻關係真好；無 no̍h，ē sái 講是 khiā tī 幸福 ê 高潮。In 兩人仝款是讀英美文學，欣賞仝款 ê 作品，而且有仝款 ê 興趣，時常一講 to̍h m̄ 知 thang 好 kā 話題結束。Tī 蜜月 iáu teh 繼續 ê 期間，武彥 oló 伊 ê 牽手是完美 ê，世間無人 kah 她 ē 比得。總是，kah 長谷寺 ê hit 位少女相 tú 了後，chitê 夢 to̍h 破滅 à。Tī 小地藏菩薩雕像中燒香 ê 時，武彥無法度擺脫伊 bat 犯過仝款罪過 ê 罪惡感。Hit 時，幸子 tùi 武彥邊 á ê 海裡泅水 tńg 來；伊 tī 海灘 teh 曝日頭。Tio̍h 算是一个親像 kahná 天使 ê 少女，她 mā 一定 ē 做 m̄ tio̍h tāichì。武彥想 beh kā kakī ê 罪惡感轉去幸子 ê 身 chiūⁿ。當伊開始 beh chhōe 理由 ê 時，真 chē 不滿 ê 種 chí to̍h 一直 puh 出來。武彥知影伊 kakī 是一个利己主義者，當伊 kā 仝一个 khehsuh（case）應用 tī 幸子身 chiūⁿ ê 時，hō͘ 伊驚一 tiô ê 是，kakī 竟然 teh 夢想，若是無結婚，伊 to̍h ē 變 kah koh khah 自由。Chitê 想法清楚顯現 tī 伊 ê 目 chiu 前。

暑假結束，秋季學期開始 à。武彥 kah 幸子分別 tńg 去到學習院 kah 東洋英和女學院 ê 教學工作。Ta̍k 工早起，in 坐 tùi 三鷹到

新宿 ê 仝一班火車去學校，tńg 來 ê 時 to̍h 各自行 kakī ê 路，m̄ koh ē 不約而同 tī 六點前後 tńg 來到公寓。武彥 bat tī 美國留學，有煮食 ê 經驗，所以 ta̍k 工暗時 lóng ē tī 灶腳幫贊幸子；in 日常 lóng 是 ánne teh 生活。當幸子 khah 慢 tńg 來 ê 時，武彥有時 ē kakī 一个煮飯，mā ē 煮一 kóa 配菜。武彥 tī 灶腳是一个靈巧 ê 人。有一工看 tio̍h 幸子 khah òaⁿ tńg 到厝，伊 to̍h kā 馬薯切做一條一條，kā 青豆 á 切做斜面，先炒炒 leh，koh kā 豆腐 khǹg 入去 hit 中間，mā 準備 beh 烘魚，等待幸子 tńg 來 ê 時，beh hō͘ 她驚 kah gāng 去。

幸子目 chiu nih 一下，好禮 á kā 伊講：「好 à lah，lín 牽手若無 tī ·leh，你 mā 無要緊 à。」武彥 kahná 想 beh kā 她掠 ê 款式，卻 kā 她 lám 來 chim。Tī 長谷寺事件發生了後，武彥想 beh 用 chit 種方式來做補償。

Kah 任何所在仝款，女性工作人員對翁婿 á 是男朋友 tiāⁿtiāⁿ 有真 chē 閒 á 話 thang 講。當幸子談起前一工武彥煮 ê 暗頓 ê 時，東洋英和學院 ê 同事 to̍h 欣羨講：「我 mā 想 beh 有一个受美國教育 ê 翁婿。」Hit 時，日本 iáu 是大男人主義 ê 時代，「Oeh，kā 茶 phâng 來」ê 翁婿，ē sái 講是滿四界，m̄ koh ē 入去灶腳切菜 koh 煮菜 ê 翁婿，從來 to̍h m̄ bat 聽過。In 對武彥非常好奇，講：「Lín 翁 kám 是 tī 美國學 tio̍h hiahê 禮儀？」In m̄ 知 tio̍h tùi tó 位來停止 chit 款 ê 對話。

武彥談起 Beate Gordon ê 熱情好客 ê 時，in ê 目 chiu 加添光彩。「武彥竟然認 bat hitê ǹg 望日本女性 ê 福利 ē 比其他 ê 人 koh khah chē ê 人。」Tùi 同事 ê 眼中看起來，幸子是 siōng 幸福 ê chabó͘ 人，她真好字運，有 siōng 好 ê 翁婿。當然，若是武彥無去美國留學，伊 to̍h 無可能累積 hiahni̍h 好 ê 經歷。唯一 ê 懷疑是，伊 tī 美國留學期間，kah 一个名叫 Andrea ê chabó͘ 人到底有啥物關係 leh ？這是幸子 bē sái 講出嘴 ê 秘密，mā 無法度調查。她唯一 ê 安慰是，無證據顯示武彥 iáu teh kah Andrea 通 phoe。

有一个拜三，因為下晡無課，所以武彥提早 tńg 來到三鷹 ê 公寓，幸子當然是無 tī ·leh。Tī 伊 teh 考慮「m̄ thang ánne 做」ê 同時，伊 phah 開幸子 ê 屜 á，the̍h 出幸子 ê 日記。因為受 tio̍h 良心 ê 責備，伊有躊躇一段時間，暫時無 kā 幸子 ê 日記 phah 開，kanta^{n} kā 它 he tī 桌頂，m̄ koh，它 ê 引誘力一直真強。

Tùi 新婚頭一工 ê 日記所寫 ê：「我有無比這 koh khah 幸福 ê tāichì，世界上只有一个人是我所 ǹg 望 ê，今 á 日伊已經成做我 ê 翁婿」開始，tī 武彥目 chiu 前 teh 跳舞 ê 所有文字 lóng 是愛情，武彥讀了後，不知不覺流出感謝 ê 目屎。翁 bó͘ kám 講一定 tio̍h ài 成做一體？頭一 pái tam tio̍h 性 ê 喜樂是 án 怎 ē 銘刻在心？ Tio̍h án 怎做 chiah ē tàng hō͘ 翁婿 koh khah 歡喜？武彥感受 tio̍h tùi 幸子來 ê 無私 kah 獻身 ê 疼，當伊想 tio̍h「我面對 chitê 無污點 ê 純潔 chabó͘ 人，卻有 kah Andrea 發生過性關係」ê 時，伊 jú 讀幸子 ê 話，目屎 jú chho̍pchho̍p 滴 bē 離。

伊自責 ê 念頭 jú 強，對 in 牽手充滿愛情 ê 日記，to̍h jú 讀 bē 落去，m̄ koh，既然伊是為 tio̍h beh 偷讀日記 chiah 提早 tńg 來，伊唯一 ài 做 ê to̍h 是非達 tio̍h 目的不可。Tùi 長谷寺 tńg 來了後，伊 tī 一場惡夢中 bat 大聲叫出 Andrea ê 名，伊 kanta^{n} 想 beh 調查幸子是 m̄ 是有感覺 tio̍h chit 點。所以，伊 to̍h 掀開 hit 工 ê 頁面，m̄ koh，he 是空白 ê；事實上，愛 ê 日記 tī 前一工 to̍h 已經結束，所

有續落來 ê 頁面 lóng 是空白 ê。到底是發生啥物 tāichì leh ？Kám 講她已經知影 Andrea ê tāichì ？想 tio̍h 這，伊 to̍h 起雞母皮。

武彥使 khiohka̍k，受氣行出去。行一時 á 了後，「阿南」ê 銘牌引起伊 ê 注意，這是戰爭結束 ê 時，陸軍大臣阿南惟幾大將 ê 遺宅。伊主張本土決戰[9]，m̄ koh，天皇 ê 聖旨下令停戰了後，伊奉令整合陸軍。一 kóa 主張徹底抗戰 ê 將校計謀政變失敗，結果伊承擔責任 to̍h 切腹自殺。伊是 siōng 尾一个武士；實際上，to̍h 是照字面所講 ê：最後一个武士。

阿南惟幾大將有留落來辭世 ê 詩歌：「深受大君（指天皇）ê 恩惠，應該 tio̍h 有遺言，卻無半句話 thang 講。」

接受戰時教育 ê 武彥隨時 to̍h ē tàng 理解 chit 點。

Kā 天皇神格化 ê《万葉集》[10] hiahê 詩人 ê 主流講：「大君是神」，阿南將軍 mā kā 昭和天皇當做是「神」。Tī 武彥撤回到金沢了後無 gōa 久，in to̍h 迎接天皇 ê 生日。武彥想起 in 阿叔坐 kah 真四正，講：「雖然有真 chē thang 驚 ê tāichì，m̄ koh，武彥，你 án 怎看待陛下 ê 人間宣言？」In 阿叔是真硬 táu ê 人，武彥心內想 beh ánne 回答講：「這是理所當然 ê，陛下 mā 是一个人」，m̄ koh，伊無法度講實話，因為明治時代出世 ê 阿叔 kah 昭和時代出世 ê 武彥，兩人生活 tī 兩个無仝 ê 世界。

武彥 ê 腳 ǹg 禪林寺行去，太宰治[11] ê 墓 ê 正對面 to̍h 是森鷗

---

9 譯註：太平洋戰爭 ê 時，日軍 ê 戰略之一，beh tī 日本本土 kah 登陸 ê 美軍決戰。

10 譯註：現存 siōng 早的日語詩歌總集，收錄 tùi 第四世紀到第八世紀，4,500 gōa 首 ê 長歌、短歌，總共二十卷。

11 譯註：日本小說家；跳水自殺身亡；1909-1948。

外[12] ê 墓。武彥是受戰前教育 ê 人，伊致意 tī 鷗外翻譯 ê《ファウスト》（"Faust"=《浮士德》），所以 kakī 一个 khiā tī 鷗外 ê 墓前，m̄ koh 真 chē 少年人聚集 tī 太宰 ê 墓前。hiahê 少年人 kah 武彥 ê 年歲差不多，in 之間 ê 差別 kantaⁿ 是有 ê tī 戰前 kah 戰爭中長大，有 ê 是 tī 戰後長大，m̄ koh，武彥 kah in ê 興趣 to̍h 有無仝 ê 品味。日本經濟當 teh 快速發展，tī 經濟大躍進 ê 狀況下，chiahê 少年人無 ài 成做落伍族 ê 成員。武彥行 óa 去，kantaⁿ 聽 tio̍h in teh 講太宰 ê 跳水自殺事件。In 有人講 beh 去 chhōe tio̍h 遺體 ê 玉川上水 ê 現場，mā 有人講已經去過，各種話語參雜做伙。武彥看 bē 起「hiahê 少年人連愛 chit 字都 bē 曉寫」，m̄ koh 伊 tī 少年時期 mā 對 "Romeo and Juliet"（羅密歐 kah 朱麗葉）ê 故事執迷，所以伊無法度 kā in 嘲笑。有一位少年人講「我若失去愛，to̍h 應該跳水自殺」，chit 句話有 phah 動 tio̍h 伊 ê 心，因為 he 簡要 teh 表達伊暗中 teh 思考 ê tāichì。

幸子知影伊 kah 名叫 Andrea ê 女朋友之間 ê tāichì，她 kantaⁿ 是假做 m̄ 知。武彥 ná 行，ná 想 beh 去對她告白，m̄ koh，告白 ê 結果 kiámchhái ē 真恐怖。若是她 beh 哭，to̍h 好好 á 哭，若是 ē tàng ánne 收尾 to̍h chiok 好。伊想起 Beate。這是一个性別平等 ê 世界，若是幸子起怨 chheh，soah 來提出離婚訴訟，她一定 ē 贏。若 ánne，通常對我真友善 ê 丈人丈姆，in ê 眼神 ē án 怎改變 leh？ Tī 規規矩矩 ê 明治時代出世 ê 人，in 真重視名譽，若是去污穢 tio̍h 幸子 kah 前田家 ê 名譽，he 是真恐怖 ê tāichì。伊 ê 父母 mā ē 講仝

---

12 譯註：日本二次大戰前，kah 夏目漱石齊名 ê 文豪；1862-1922。

款 ê 話。Tī 伊生日 ê 時，in ē 叫伊坐 tī 樓梯頭前，摸祖傳 ê 寶刀，hit 時，in 老父 ē 對伊宣講家系 ê 重要性；伊是 hit 種明治時代 ê 人。伊 ê 兩个小妹，文子 kah 綾子 iáu 未出嫁，in 若是有一个敗壞門風 ê 兄弟，to̍h chhōe bē tio̍h 真好 ê 姻緣，所以，伊 iáu 是暫時 mài 告白有 khah 安全。當然，伊真清楚良心譴責 chit 件 tāichì。若是伊無法度忍受 hit 種責備，ánne，to̍h kā 所有 ê tāichì 寫落來，道歉了後，chiah 去跳水自殺好 lah。武彥 tùi 其它觀念 kah 伊無仝 ê 太宰，chhōe tio̍h 共同點。有人講太宰 ê 死無合理，m̄ koh，無論 án 怎，佳哉武彥並無勇氣自殺。

武彥行路行 kah 真 thiám 了後，tńg 來到公寓 ê 時已經七點 à。幸子來 kā 伊迎接，講：「Oh，今 á 日發生啥物 tāichì，看起來真 thiám ê 款。」武彥回答講：「我 tī 車頭前 ê 一間冊店 khiā leh 看冊，真有意思，soah bē 記得時間，khah 慢 tńg 來，請原諒。」伊想起幾點鐘前所偷讀 tio̍h ê 幸子日記中 ê 一段：「武彥，今 á 日我 ê 愛情誓約是：一生中無論發生啥物 tāichì，我對你 lóng 無隱瞞啥物，一切 lóng ē kā 你講，因為咱成做一體。」用 hitê 基準來看，伊是一个大騙子。

三鷹是武田 chit 對夫婦 tòa 起來感覺真爽快 ê 小鎮。Kah 市中心無仝，它猶原保持一種重視「厝邊頭尾」ê 風俗，所以 tńg 到下連雀（= 三鷹），in to̍h 感覺真輕鬆。Chit 對夫婦 tī 學校讀冊 ê 期間 to̍h 開始 tī chia 相 tú，而且 tiāⁿtiāⁿ tī chia 約會，chitê 記憶 hō͘ in 進一步感覺 chitê 城鎮 kah in koh khah 親密。In 婚後 beh chhōe 公寓 ê 時，一屑 á 都無躊躇 to̍h 選擇三鷹。武彥有學習院副教授 ê 名號了後，in 交際 ê 範圍自然擴大。Tī 三鷹，有國際基督教大學 ê

校園，伊 tiāⁿtiāⁿ ē 受邀請去 kah 外國教授以及學生互動交流，he 是一種喜樂。In mā 時常去校園散步。了解戰前 ê 東京 ê 幸子 kā 伊解說早前 ê 武藏野市是生做啥物款，而且一个一个詳細 kā 伊說明。Tī 戰後 chiah 知影東京 ê 武彥，有真 chē 所在伊無法度掌握。這 kantaⁿ 是 in 之間一个微細 ê 差別，m̄ koh，當武彥思考「咱 tī 無仝 ê 環境長大」ê 時，伊 kantaⁿ 強調 in 之間 ê 差別，致使 in 兩人之間 ê 鴻溝，跟 tòe 時間 ê 推移，soah jú 來 jú 加深。

以前，武彥 ê 老父 tī 嘉義 kah 新竹厝裡 ê 人客間有排一套完整 ê 夏目漱石[13] ê 作品，其中有一本《明暗》，武彥想講有一工 beh the̍h 來讀，m̄ koh lóng 無 hitê 機會。Chitmá 伊 mā 無 phah 算 beh 去神田[14] ê 二手冊店 chhōe 一套完整 ê 漱石作品集，kā 它 khǹg tī chit 間小公寓，thang 好來讀，m̄ koh，伊 iáu ē 記得一位優秀 ê 國文老師所教 ê《明暗》ê 概要。它是 teh 描述未成熟 ê 婚姻關係，伊 bat 大略看過，mā 有 kā 冊中牽手對翁婿 ê 不滿記落來：

津田是一个自私自利 ê 人，忽然間熱情充沛，peh 起 lí in 牽手 ê 胸坎。她認為 kakī 一向 lóng 真善良，koh 已經盡量努力工作，m̄ koh kiámchhái 是因為翁婿對她要求 ê 犧牲無限，koh 對她不斷 ê 懷疑，所以真緊 to̍h tī 她 ê 腦中出現 ánne ê 想法：「Kám 講翁婿只不過是一塊海綿，kantaⁿ ē tàng 活 leh 吸收 in 牽手 ê 愛情？」

---

13 譯註：日本明治 — 大正時代 ê 作家、時事評論家、英文學者；1867-1916。

14 譯註：日本東京都千代田區 ê 一个城市，tī 它 ê 神保町有世界上 siōng 大 ê 舊冊店街。

武彥意識 tio̍h 伊 ê 形像 to̍h ná 親像 hitê 津田，反映出利己主義者 ê 雙重影像，而且 tùi《明暗》ê 角度來看伊 kah 幸子 ê 關係。

第四章　苦惱 kah 求道

雖 bóng 講是《明暗》，其實光 ià^{n}ià^{n} ê hit pêng 總是 khah 強。武彥計劃 beh 用 hō͘ Van Doren 博士 oló ê《科學小說創始人 Edgar Allan Poe》做題目，通過重新深入研究來撰寫伊 ê 博士論文。幸子真早 to̍h 贊成，而且 beh 擔任伊 ê 研究助理。她 ê 閱讀理解力真強，koh 有好奇心。她 kā 一部十卷 ê Poe ê 著作，自頭到尾詳細讀過，而且做成一大本 ê 筆記。Poe ê 短篇小說中間，有真 chē 是武彥前到 ta^{n} m̄ bat 讀過 ê 故事，其中一个是《一禮拜有三个禮拜日》，這是幸子替伊 chhōe tio̍h ê 資料。

故事 ê 內容是 ánne：Bobby 出現 tī kā 伊扶養大漢 ê 大伯面前，求大伯答應 hō͘ 伊 kah 15 歲 ê 叔伯小妹 Kate 結婚。大伯講 bē sái，m̄ koh 伊有附一个條件：「除非一禮拜有三个禮拜日。」Bobby 怨恨 chit 位無人情味 ê 大伯，to̍h 離開伊。三禮拜後 ê 10 月初 10，禮拜日，有兩位人客來訪問大伯；兩个 lóng 是船長。其中一位是 Pratt 船長，伊 tùi Cape Horn[1] 一直向西航行，一年後 tńg 來到 London；另外一位是 Smitherton 船長，伊 se̍h tùi 好望角[2] ǹg 東航行，mā 是一年了後 ê 昨 hng tńg 來到 London。Bobby 有注意 tio̍h 當時 ê 氣氛，所以講請 in 第二工 chiah koh 來，thang 慢慢 á 放輕

1　譯註：Tī 南美洲大陸 siōng 南端 ê 海角。

2　譯註：Cape of Good Hope；tī 非洲西南端非常出名 ê 海角。

鬆。Pratt 回答講：「真 tú 好明 á 載是禮拜日，m̄ koh 明 á 載我一定無法度來。」Tī 聽 tio̍h chitê 聲明 ê 時，Smitherton 船長回應講：「你講啥物？禮拜日是昨 hng neh。」Chit 位大伯露出感覺奇怪 ê 面 chhiu^{n}，因為今 á 日明明是禮拜日。Poe 借用 Kate ê 嘴講：一禮拜連續有三个禮拜日是正確 ê。Smitherton 船長為大伯解說講：「當我 kā 船向東航行 1,850 公里 ê 時，hit 工 ê 日頭提前一點鐘升起；若是航行 3,700 公里，to̍h 提前兩點鐘。Se̍h 地球一 liàn 是 44,400 公里，所以我昨 hng tńg 來到 London ê 時，日頭 kah 我出發 ê 仝一个時間升起來，m̄ koh tī 我 ê 日程表內面，是比 lín ê 曆日加一工 ê 禮拜日。Pratt 船長是向西航行，每行 1,850 公里，日出 to̍h ē 慢一點鐘，所以，伊昨 hng tńg 來到 London ê 時，伊失去 24 點鐘，照伊 ê 曆日是拜六到位。」Chitê 故事講到 Bobby kah Kate ê 婚姻得 tio̍h 許可，to̍h 來結束。

武彥注意 tio̍h ê 事實是，chit 篇短篇是 tī 1841 年 11 月 27 出版 ê。Chit 篇小說簡要解說時差，而且 kā 咱講，若無用某一个所在做標準時間，ánne，所有 ê 時間表記法 lóng 是相對無路用 ê。Poe 有伊 ê 先見之明。英國鐵路設定標準時間是 tī 1847 年 12 月 11，to̍h 是 tī Poe chit 篇短篇出版六年了後 ê tāichì。美國 koh khah 慢，一直到 1883 年 10 月 11，鐵路公司 chiah 同意採用標準時間。風謗文明開化 ê 明治政府，mā 到 1886 年（明治 29 年）chiah 開始施行標準時間。

武彥 ê 論點是：「Poe 有聰明 ê 頭腦，ē tàng 用科學來分析各種事物。」Poe 出世 tī 1809 年（文化 6 年），tī 1849 年（嘉永 2 年）

往生。Tī 日本，有一个名叫江戶川乱步[3]（Edogawa Ranpo）ê 人，伊 kā Edgar Allan Poe ê 日文發音取來做伊 ê 筆名，用 ánne 來表示伊對 Poe ê 傾心。這 hō͘ 江戶川 ê 作品看起來 kahná 是過水貨，ē tàng 煽動 kah 扭曲讀者 ê 想像力。事實上，武彥有想起伊 bat tī「少年俱楽部」雜誌讀過江戶川 ê 偵探小說。M̄ koh，因為武彥想 beh 指出 Poe 是一个活 tī 真久以前 ê 老人，所以，伊 kā 日本年標示 tī 伊 ê 出世年 kah 死亡年。伊 ê 一生 to̍h kah 日本開國[4] 以前 ê 時間一致，mā 是 tī 美國南北戰爭[5] 前，iáu 未進入先進國家 ê 時期。Hit 時，Poe to̍h 已經是一位提倡建立標準時間必要性 ê 聰明 ê 作家。

Poe tī 伊 ê 短篇小說《金色昆蟲》（The Gold-Bug）中有使用換字式 ê 密碼，這是 tī 1843 年 ê 時前所未聞 ê 用法，超出 kantaⁿ 是一部偵探小說 ê 範圍。無論 án 怎，武彥 ê 論說力 m̄ nā 是來自《金色昆蟲》等出名作品 ê 引用，而且 iáu 有用真 chē 未翻譯 ê 短篇小說中摘出 ê 事例來做實證。Poe m̄ nā kantaⁿ 寫一部推理小說，伊 iáu 有其它以科學智識做前提來創作 ê 短篇，這 to̍h 是武彥堅持認為 Poe 是科學小說創始人 ê 原因。

武彥 jú 讀 Poe ê 作品，對 Poe ê 風格 ê 印象 to̍h jú 深刻。Poe 經常 tī 文書內插一 kóa 英語、拉丁語、法語、西班牙語、德語 kah 意大利語等等。Tī 東京大學 ê 時期，武彥 tio̍h 使用字典來閱讀

3　譯註：1894-1965，本名平井太郎，大正 — 昭和間 ê 推理小說家。

4　譯註：1853 年，美國海軍准將培里帶領艦隊進入江戶灣，一年後 kah 德川幕府簽訂「神奈川條約」，phah 破了日本維持 200 gōa 年 ê 鎖國政策，mā 致使德川幕府統治正式終結，koh 促成後來 ê 明治維新，創造一个文明開化 ê 國家。

5　譯註：1861-1865。

Poe ê 著作，所以，伊感覺真討厭 Poe chit 種 ài 展風神 ê 人物。M̄ koh，為 tio̍h 寫伊 ê 學位論文，teh 讀 Poe ê 著作 ê 時，伊意識 tio̍h 作者絕對 m̄ 是一个 ài 展風神 ê 人，卻是有伊其它 ê 意圖。讀者慣勢 kā 外國語 kah 本國語做伙閱讀，而且 kā 外國語 tī 心內翻譯做本國語，來讀取全部 ê 內容。一種外國語 beh 翻譯做本國語 ê 時，若是有五个讀者，in lóng 翻譯出仝款 ê 本國語 ê 可能性真 kē；真有可能是五个人 lóng 使用無仝 ê 語詞。考慮 tio̍h chit 點，武彥推測 Poe 是想 beh hō͘ 讀者成做創作者 ê 助手，而且 hō͘ in 有各自 ê 故事情節。武彥收 tio̍h Andrea ê "C'est fini" 電報 ê 時，伊 kā 它看做是「墮胎完成」，室友卻 kā 它解釋做是絕交。對有 chit 種痛苦經驗 ê 武彥來講，伊 kantaⁿ ē tàng 認為天才 Poe ē 使用外國語，是想 beh 試一 kóa 無仝 ê 方式；Poe ê 文學 tiāⁿtiāⁿ 有雙重 á 是三重 ê 含義。

作者 ǹg 望 ē tàng hō͘ 無仝 ê 讀者有無仝 ê 印象，而且有無仝 ê 結論；kiámchhái ē sái 講，讀者是 teh kah 作者做伙寫一本冊。Tī《烏鴉之歌》siōng 中央 kah siōng 尾六 chōa，烏鴉歇 tī Pallas 雕像 ê 柴座，是一个降 kē。十九世紀初 ê Pallas 雕像有戴頭盔，看起來 ná 親像戰神，所以，起初為 tio̍h beh 掠 tiâu hitê 形像，武彥 kā 它翻譯做軍神像。雖然這 kah 現實 ê 世界有一致，m̄ koh，若 kā 它詳細觀察，Pallas 是 Athena ê 別名，Athena 無可能 ē 成做戰神。Athena 是一位女神，代表智慧，所以武彥 kā 戰神 ê 雕像翻譯做智慧女神。一旦全部翻譯好勢，kui 首詩 ê 意義 to̍h ē 改變。受 tio̍h 烏鴉困擾 ê，並 m̄ 是有力 ê 人，卻是親像武彥 ánne ê 智識分子。通過使用人所 m̄ 知 ê Pallas chitê 名，Poe 是 thiau 故意 beh hō͘ 意思無明，thang 留 hō͘ 讀者去想像，hō͘ 讀者留落來無仝 ê 印象，伊

ánne 成功做到 à。Tī 文學世界中，kiámchhái kantaⁿ 日本 ê 俳句 ē tàng 做全款 ê 各別 ê 解說。武彥 tùi chitê 角度來觀察 Poe，想 beh 描述 kah 意 Poe ê 日本人 ê 心理。Tī 日本 ê 文學中，有一種稱做「折句」ê 技巧，to̍h 是平安時代[6] ê 貴族 tī 一句話 á 是一首詩中，插入去另外一種意義 ê 文字 ê 寫作技巧。Tī 英國 kah 美國文學中，mā 有 kā 它稱做 acrostic（藏頭詩）ê 寫作手法，Poe 是 chit 方面 ê 大師。武彥解說講，Poe 是適合日本本土文化 ê 優秀作家，而且伊預言講，Poe 開拓 ê 科學小說型態壓倒日本 ê 日子 teh beh 到 à。

武彥 ê 論文提交 hō͘ 東京大學，1962 年 ê 教授會審查通過，hō͘ 伊得 tio̍h 文學博士 ê 頭銜。

Tī teh beh 離職 ê 岸本教授 ê siōng 尾一 pái 教授會中，有人形容這是伊對所疼 ê 弟子 ê 告別禮物，m̄ koh，學界 ê 接受度 bē bái。1964 年，chit 篇論文成做冊出版，而且對科學小說型態 ê 確立有貢獻。Chit 本冊雖然賣了無好，m̄ koh tī 1973 年，小松左京 ê 科學小說《日本沉沒》卻成做空前 siōng 暢銷 ê 冊，結果武彥就 ánne hō͘ 人認為是預測正確 ê 學者。Hit 本冊有增補版 kah 第三版，koh 一直再版。不知不覺中，武彥成做一位受邀請出現 tī 電視 ê 出名學者，知名度真 koân。

Chiahê 所有 ê 成功背後，內助 ê 幸子功勞 siōng 大。她 m̄ nā 是一位優秀 ê 研究助理，mā 是伊 ê 研究成就 ê 批評者，koh 是撰寫 kah 發表文章 ê 校對者。Tī chit 段時間，chit 對夫婦成做兩个 chapo͘ gín'á ê 父母。Tī 實行新 ê 育兒義務 ê 同時，幸子對做翁婿研

6 譯註：Tùi 794 年桓武天皇 kā 首都 tùi 奈良遷徙到平安京（現在 ê 京都）開始，到 1192 年源賴朝建立鎌倉幕府，一攬大權為止。

究助手 ê 工作 mā lóng 無偷工減料。若無她 ê 努力獻身，武彥 ê 成功是無可能 ê。

除了這以外，chit 對夫婦當然看起來真幸福。得 tio̍h 博士學位 ê 武彥 beh 成做學習院 ê 正教授，kantaⁿ 是時間問題，chit 對夫婦 ê 未來有得 tio̍h 保障。M̄ koh 因為某種原因，兩者之間有 oh 得解說 ê 鴻溝。

In ê 大 kiáⁿ tī 1955 年 7 月 30 出世，he 是一个炎熱 ê 熱天。頭一个孫 á ê 誕生，hō͘ 武田 kah 前田兩家 lóng chhiāngchhiāng 滾起來。幸子 ê 老父非常歡喜，來 at 武彥 ê 手。當伊講：「Kā 伊號做洋太郎 án 怎？我想 beh 推薦 chitê 名」ê 時，武彥 ê 目 chiu 轉向別 ê 所在。儘管是 ánne，丈人 iáu koh 繼續歡頭喜面講：「洋是太平洋，意思是講你已經 tī 美國留學，而且大成功 tńg 來。」第二个 kiáⁿ 兒 tī 兩年後 ê 8 月初 10 出世，伊 tī 幸子 ê 老父推薦下，號名叫做健次郎。Kah chìn 前仝款，武彥無啥物興趣。Tī 幸子 ê 眼中，武彥看起來 kahná 無 ài 伊 kakī ê gín'á。

武彥無 koh 再有研究 ê 念頭，kantaⁿ tī 必要 ê 時 chūn，chiah chhìnchhái 指示幸子查這查 he。幸子 lóng 無半句怨嘆 ê 話，只是順從翁婿 ê 要求去做。Tī 新婚當初，武彥一定 ē kā 她說多謝，koh 加添愛意 ê 話。當健次郎出世 ê 時，所有這一切 lóng 消失 à，她 kantaⁿ ē tàng 等候下一个任務。In 二人 lóng iáu 未三十歲，對中年危機來講，年紀 iáu siuⁿ 少年。Tī 回顧新婚 ê 歡喜 ê 同時，幸子有反省她是 m̄ 是有 tó 位做無夠額，m̄ koh，她想無。

她想起 Andrea chitê 名，he 是 tī in 新婚後無 gōa 久 tùi 鎌倉 tńg 來 ê 時，她 ê 翁婿做一場惡夢，大聲 hoah 出 ê hitê 名。她想

beh phah 開 chitê 秘密，to̍h 試 beh 去關心注意她 ê 翁婿 ê 來 phoe，m̄ koh，無證據顯示她 ê 翁婿 kah 女方有任何書信來往，á 是任何其它 ê 聯繫。結局，受 tio̍h hitê 名 ê 困擾 soah hō͘ 她感覺 ài 笑，所以她 to̍h koh 倒 tńg 去思考是 m̄ 是她有無好 ê 問題。不滿 ê 日子一直持續。

有一工幸子出去買物件 ê 時，她無 tú 好 tú tio̍h 岡本善行禪師。岡本是她學生時代 ê 朋友，tòa 仝一間宿舍，tī 東京大學經濟學院落榜了後變成一个失學 ê 人。這 to̍h 是是 án 怎伊 ē 改變心志去讀駒澤大學，了後 koh 去 tòa tī 一間小寺廟任職。伊是一个開朗 ê 人，to̍h àⁿ 耳孔聽幸子 ê 運命故事。針對幸子問伊講：「是 án 怎二个彼此相愛 ê 人 ē 變成 chit 種情況 leh ？」ê 問題，伊 hō͘ 她真趣味 ê 答案：「幸子，當然你知影這是一个轉世 ê tāichì。Chitê 世界並 m̄ 是偶然 ê，因為前世發生 ê tāichì teh 制約咱 ê 日常行動。夫婦 ê 結緣是前世所定 tio̍h ê。有一个理論講：戀愛 ê 人為 tio̍h beh 繼續前緣，tio̍h tī chit 世重頭生，m̄ koh 我 m̄ 相信 chitê 理論。顛倒另外有「夫婦是前世 ê 冤仇人」chit 種理論，認為通過 tī chit 世成做夫妻，to̍h ē tàng 做伙消除前世 ê 冤仇，我認為這是佛陀 ê 憐憫。」原來如此，ánne ē tàng 解說武彥對我 ê 冷漠。M̄ koh，出世 tī 曹洞宗[7] ê 家族，幸子卻無法度接受輪迴 kah 前世 ê 存在。

儘管 ánne，岡本 ê 話是一个好題材，所以 hit 暗幸子 kā 武彥講一部分 ê 故事。幸子講：「這 kiámchhái 有可能」，m̄ koh，武彥 kah 以往仝款無講話。Hit 暗，幸子就 ánne 決定 beh 放離養飼 kiáⁿ

7 譯註：禪宗的五个主要流派之一。

兒、家事 kah 研究助理 ê khangkhòe，去外口走 chhōe kakī ê 空間。無 gōa 久，幸子因為前田利家公 ê 血緣關係，受任命成做日本紅十字會 ê 理事，幸子 to̍h 全力投入 chitê 慈善事業。根據岡本禪師 ê 話，她 teh 積聚功德。

另外一方面，武彥卻真悲慘。伊真歡喜洋太郎 ê 出世，當伊 kā 出世 ê 嬰 á 抱 tī 胸前 ê 時，伊感激神 ê 創造，創造 ê 神秘 kiámchhái mā 是 ánne niāniā。M̄ koh，伊想講已經 bē 記得 ê 麻煩人物 Andrea koh 浮起來 tī 伊 ê 腦海中，她 ê 子宮內 ê 小性命 mā teh 叫講：「C’est fini」，而且 koh kahná 有人 tī 伊 ê 耳孔邊 teh 講：「你 thâi 死我。」當伊 ê 心肝當 teh 煩 ê 時，幸子 ê 老父問伊講：「名號做洋太郎，án 怎？」伊真想 beh 回答講：「Mài lah，伊 m̄ 是太郎，應該是洋次郎。」佳哉伊無講出嘴，m̄ koh 已經 hō͘ 伊 kui 身軀 chhìn 汗。Hit 工，所有 ê 家庭成員 lóng 歡頭喜面，m̄ koh，武彥變 kah 真鬱卒，而且 kui 暗 lóng 睏 bē 去。真無簡單 chiah beh 睏去 ê 時，烏鴉來到，tongtongtong teh phah 門。伊叫烏鴉 mài koh khà 門，m̄ koh，牠 iáu 是繼續 khà bē 停，koh 對伊講耳孔話：「你是兇手。」武彥講：「拜託 leh，mài koh 講 à」，m̄ koh 牠回答講：「永遠無 koh 再！」這是 Poe 設計 ê 一場惡夢，健次郎出世 ê 時 mā 是 ánne，這是我講「若無健次郎」ê 因端。tī 學術界，Poe 是一位文學大師，伊 hō͘ 武彥成做一位傑出 ê 教授，m̄ koh tī 私人生活中，tùi 黃泉國升起來 ê 閻羅王 ê 冷酷兵卒忽然變成虎豹，teh kā 伊折磨，hō͘ 伊真痛苦。

幸子所傳述 ê 岡本禪師 ê「夫婦是前世 ê 冤仇人」ê 講法是一个真趣味 ê 假設，武彥完全贊成，而且想 beh chhōe 出 kah 幸子

進行新對話 ê 線索。Hō͘ 伊困擾 ê 是，Andrea ê 身影一直漂浮 tī 伊 ê 目 chiu 前，她 mā 是伊前世 ê 冤仇人之一。伊為 kakī 無法度逃離 Andrea ê 束縛來感覺悲哀。伊想 beh 向某人告白伊 kah Andrea ê 關係，thang 好 kah 幸子建立新 ê 關係，m̄ koh，伊想 bē 出啥人是 hitê「某人」。伊若是對幸子告白，ánne kiámchhái ē hō͘ 她意識 tio̍h 伊 ê 痛苦，總是，mā ē 正面破壞 in 兩人之間 ê 關係。Tio̍h 算她 ē 赦免伊，m̄ koh he kantaⁿ 是表面上 ê，實質上她 kiámchhái mā 無法度真正赦免。而且，準講實質上 ē tàng 赦免，她 mā 一定 tio̍h 承擔新 ê 負擔。伊無任何親密 ê 朋友 thang 來告白；雖然生活 tī 東京 chitê 大都市內，武彥卻 kakī 一个真孤單。

Tio̍h 算做一个學者真有名氣，koh 受 tio̍h 學生 ê 好評，m̄ koh，武彥 hō͘ tī 伊 ê 心內存在，koh 一屑 á 都無意義 ê 邪念纏絆。Ta̍k pái 伊去台北高校時代 ê 老師厝裡，beh 看伊 ê 藏書 ê 時，伊 ê 印象 to̍h 是著冊 ê 人 lóng 是偉大 ê 人物。M̄ koh，當伊以作者 ê 身分出現 ê 時，伊改變伊 ê 觀點，心內認為：「啥物，kantaⁿ ánne 而已。若是我 ē tàng 做到，ánne，寫冊 ê 人 to̍h 無啥物偉大。」當一个人身為智識分子存在 ê 評價減少 ê 時，to̍h ē 成做降 kē kui 个智識分子身價 ê 起頭。畢竟，戰後 ê 智識分子對日本有啥物貢獻 leh？武彥 ánne teh 自問自答。

經過 tùi Chiná 撤退 kah 建立日美安保體制[8] 了後，經常 ē 看

8　譯註：1951 年 4 月，《日美安保條約》生效，美軍繼續駐軍日本，日本形同美國 ê 附屬國。1960 年 1 月，日美兩國簽署新 ê《日美安保條約》，因為日本國民 siōng 關注 kah 敏感 ê 幾个問題並無得到解決，致使引起戰後 siōng 大規模 ê 社會運動 —「安保鬥爭」。

tio̍h 反美、反帝國主義 ê 示威，而且 koh 發展做學園鬥爭等等。這 tútú to̍h 是所謂 ê 進步文化人士 teh 使弄，m̄ koh tī 武彥 ê 眼中，in 只不過是一陣「曲学阿世之徒」[9]。武彥想起伊 tī 戰爭期間經常 teh 唱 ê「海行かば」(若是往大海前進)[10]，伊沉迷 tī 大伴家持作詞 kah 信時潔作曲 ê chit 首歌曲。武彥 chiūⁿ 電視抨擊古老 koh 差謬 ê 階級爭鬥論，堅持 kakī 是一个反帝國主義者，而且質問 hiahê「曲学阿世之徒」。伊問講：「你 tī 戰爭期間 kám bat 唱過『海行かば』？」In ê 答案一定 lóng 是講：「Bat。」武彥想起伊 tī New York 參觀 Bonhoeffer 公寓 ê tāichì。Bonhoeffer 準備 beh 赴死，離開安全 ê 流亡之地，tńg 去德國，繼續參加反 Hitler ê 運動。這 to̍h 是是 án 怎伊 ê 話真有份量，而且 ta̍k 个人 lóng 認同伊 ê 誠實。總是，tī 日本，chiahê 觀念左傾 ê 進步文化人群中，看 bē tio̍h chit 種誠實 ê 人。畢竟 in kantaⁿ 是出名 ê 自欺欺人，而且伊 kakī mā 是 chiahê 非常無聊 ê 智識分子 ê 之一。Ánne teh 想 ê 時，伊 ê 孤獨感變 kah 真強烈，而且一切 lóng ē 變 kah 真討厭，致使伊 soah tio̍h 去 hō͘ 醫生診斷。

「你 ê 胃口 án 怎？」

「真無胃口。」

「性慾 leh ？」

「Mā 無。」

「精神好無？」

「Hō͘ 霧霧無明 ê 操心所包圍。」

---

9 譯註：指 hiahê 為 tio̍h 扶 tháⁿ 掌權者，á 是為 tio̍h beh 迎合大眾 ê 低級趣味，soah 無惜歪曲 kakī ê 學問 ê 人。

10 譯註：二次大戰 ê 日本軍歌。

Ta̍k 个答案 lóng 是憂鬱症 ê 初期症頭。

另外一方面，幸子繼續 teh 操煩。Tùi 長谷寺 tńg 來 hit 暗，她清楚聽 tio̍h Andrea ê 名，he 一定 to̍h 是翁婿 tī 美國留學期間 ê 親密女朋友 ê 名。她並無準備 beh 去追究，簡單講 to̍h 是 kantaⁿ beh 有一个對話 ê 開始。

「你，eh，你有女朋友，請 kā 我講。」

「你聽 siáng 講 ê ？」

「我有聽 tio̍h Andrea ê 名。」

武彥苦笑，講：「可能是你 kā Poe ê Annabelle Lee 聽 m̄ tio̍h 去。」Kiámchhái iáu 是恬恬 mài 講 khah 好，因為若是烏白講，翁婿總是 ē 起來反擊。

「Mài 講 hiahê 無聊 ê tāichì lah。你 kakī kám 無仝款 ê 經驗？」若是 hō͘ 翁婿 ánne 問倒 tńg 來 to̍h 慘 loh。

幸子 tùi 東洋英和女學院 tńg 到三鷹 ê 路中，經常有機緣去 tú tio̍h 一位名叫細野 ê 慶應大學學生。幸子 mā 知影伊對她有興趣；he bē sái 講是機緣 tú tio̍h，是伊詳細調查幸子 tńg 來 ê 時間，而且 koh 創造一个 kah 她見面 ê 機會。知 bat 是 tùi chabó͘ 人本能 ê 細聲話來，m̄ koh，hông 講扶 tháⁿ ê 話 mā 是 ē 歡喜。Tńg 來到三鷹車站 ê 時，幸子有幾 nā pái 受邀請 kah 伊「做伙來 lim 咖啡」。她無法度拒絕，只好講：「Ánne 五分鐘 to̍h 好」，to̍h 做伙入去車頭前 ê 咖啡廳。她對伊解說講：「我有一个 tī 美國留學 ê 未婚夫」，了後 to̍h 離開。細野憢疑 ê 大目 chiu kah 伊 hit 領精美 ê 外套，留 hō͘ 她快樂 ê 回憶之一。了後，細野 to̍h m̄ bat koh 出現。總是，當幸子進入新宿 ê 中央線 ê 時，她意識 tio̍h 她 ê 目 chiu 卻 teh chhiauchhōe

細野 ê 身影。

幸子是一个自出世 to̍h 誠實 ê 人，若是 hō͘ 武彥一下質問，to̍h ē 講出全部 ê tāichì。當她 tī 腦海中決定「亂 sú 來，我無想 beh 講 ánne ê 話」ê 時，beh 探索 Andrea ê tāichì ê 勇氣就 ánne 雲消霧散去。

洋太郎出世了後無 gōa 久，幸子 to̍h 成做全職 ê 家庭主婦。有 gín'á 了後，所費加 khah siongtiōng，失去她 hit 份薪水 ê 收入，hō͘ 她感覺心痛。武彥對幸子疼洋太郎，願意盡力來 kā 伊撫養，koh 幫贊翁婿 ê 研究，心內真感謝，m̄ koh，看 tio̍h 忽然變 kah khah ân ê 家庭收支，伊感覺有重擔。續落來，兩年後健次郎出世了後，tio̍h 縮 ân 褲帶成做是 in 真 sù 常 ê tāichì。雖然是 ánne，m̄ koh，武彥 ê 薪水有改善家庭預算，而且 ta̍k 年一步一步 teh 改善。健次郎進入幼兒園 ê 時，in ē tàng tī 經濟上 kah 時間上加減有 khah lēng。Hit 時，in 開始有幸子是 m̄ 是 ē tàng 成做日本紅十字會 ê 理事 ê 話題。幸子有機會做社會服務，她非常歡喜。

日本紅十字會主辦 ê 活動中，有 ta̍k 年 tī 富士山 kha ê 御殿場市（tī 本州 ê 靜岡縣）舉行 ê 交流活動，聚集來自亞洲 22 个國家 ê 青少年。受邀請 tī hia 進行主題演講 ê 幸子，前一工去到會場 ê YMCA[11] 東山莊過暝，kah 青年交談。

她問講：「對日本，lín 感覺 án 怎？」in ê 回答一定 lóng 是「真 chán」，á 是「好所在」。她若問講：「有啥物無夠額 ê 所在無？」有 ê 人 ē 回答講：「我專工來到日本，卻無看 tio̍h 富士山，真可

11 譯註：YMCA= Young Men's Christian Association= 青年男子基督教協會。

惜！」幸子臨機應變，講：「當然 mā 看 bē tio̍h。富士山是日本旅行社所創造 ê 一个神話，它並無存在。」大家聽了 lóng 大驚一 tiô。

有人出聲講：「武田老師，這 kám 是一个笑話？」她回答講：「我明 á 載 ē hō͘ lín 答案，大家先好好 á 去歇睏。」她就 ánne 結束 hit 場座談會。

Tī 日本，大人物 ê 主題演講中有真 chē 儀式，所以觀眾並 m̄ 是感覺真有興趣。M̄ koh，hit 工卻大無仝，大家 lóng 充滿對幸子所 beh 講 ê 內容 ê 期待。

「大家 gâu 早，今 á 日早起，kám 有人出去看富士山？請 gia̍h 手。」幸子一開始 to̍h 用對話式 ê 演講，而且差不多所有 ê 人 lóng 隨時 gia̍h 手。

「你 kám 有看 tio̍h ？ Kám 有人無看 tio̍h ？」觀眾 lóng tìm 頭。

「M̄ koh 昨暝，我有講富士山是日本旅行社創造 ê 神話，lín kám 有相信？」聽眾 lóng 無人 gia̍h 手。

「Chit 位夫人確實有可能 ē hông 稱做 pián 仙 á，kám m̄ 是？」笑聲終其尾 giâ 起來。

「Lín 大家 lóng iáu 真少年，koh bat 道理，雖然一向 lóng 無法度看 tio̍h 富士山，m̄ koh 並無懷疑它 ê 存在。Lín ē tàng 相信看 bē tio̍h ê，因為 tùi bat peh 過山而且實際看過富士山 ê 人，lín ē tàng 得 tio̍h 實際證明。

「國際交流 to̍h ná 親像目 chiu 看 bē tio̍h ê 富士山，雖然咱無法度用目 chiu 看 tio̍h 它，m̄ koh 若無它，國家之間 ê 關係，以及人 kah 人之間 ê 關係，to̍h ē 受 tio̍h 干涉 kah 攪擾。價值無法度用看 ē tio̍h ê 錢幣來表示；ē sái 講是因為看 bē tio̍h，chiah 有它無限 ê 價值。Hiahê 昨暝 bē 了解 hitê 價值 ê 人，tio̍h ài 親像我昨暝 ánne 來盡力提出疑問。請相信 kakī，請盡力來進行國際交流。」

兩年後，印尼「紅新月會」[12] ê 職員寫一張 phoe hō͘ 幸子，講：「聽你 ê 演講了後，tī 回國 chìn 前，我有去看富士山。Tī 十一月 ê 日落 ê 時，看 tio̍h 出色 ê 景緻，kahná 是 teh 叫我 tio̍h 跟 tòe 武田老師 ê 話。」伊 mā 有詳細報導 in 近來 ê 狀況。幸子 to̍h 是 hiahnih 有吸引人 ê 力量。

幸子 ê 成功當然 hō͘ 翁婿真歡喜，m̄ koh 背後卻有翁婿 ê 犧牲。幸子一出門，厝內 to̍h 變 kah 亂七八糟，in koh 無 liōngsiōng 錢 thang chhiàⁿ 傭人，所以武彥 ê 肩胛頭 tio̍h 承擔所有 ê 餐點、清潔工作 kah 所有 ê 家事。幸子 tī 出門 chìn 前，tio̍h 做一 kóa sandwich，koh 準備一 kóa 額外 ê 食物，努力來減輕翁婿 ê 負擔。M̄ koh，he 真有限，因為 gín'á 講 in 無想 beh 重複食仝一 chhut 菜。武彥若 kā in 責備，in to̍h ē hoahhiu：「阿母，阿母。」Koh khah 討厭 ê 是監督 gín'á 做家庭作業。武彥雖然自豪講伊是一位好老師，m̄ koh 伊卻無信心 tī 厝裡教 kakī ê gín'á 小學教科書。Tī 完成家庭作業，hō͘ in chiūⁿ 床了後，武彥 kantaⁿ 想講若是幸子 ē tàng 早日 tńg 來厝裡 to̍h 好 à。

中世紀 ê 神秘主義者 Meister Eckhart 有提倡講：「Khah 欣羡馬大贏過馬利亞」，這有脫離正統 ê 基督教教義。路加福音 10:34~42：「有一个名叫做馬大 ê 婦人人，接待耶穌入去 in 厝。

---

12 譯註：世界上大多數國家 lóng 使用白底紅十字做標誌，而且稱做紅十字會；m̄ koh，有一 kóa 伊斯蘭國家卻使用白底紅色 ê 新月形做標誌，而且稱做“紅新月會”。

馬大有一个姊妹，叫做馬利亞，坐 tī 主 ê 腳前 teh 聽祂 ê 教示。馬大因為接待 in，tāichì chē，soah 心肝亂 chhauchhau，to̍h 來 kā 耶穌講：「主 ah，我 ê 姊妹放我 kakī 一个 teh 無閒，祢 kám 無 teh 要緊？ Tio̍h 叫她來 kā 我 tàu 腳手。」M̄ koh，主應講：「馬大 ah，馬大 ah，你為 tio̍h tāichì chē teh 操煩。M̄ koh，所需要 ê kantaⁿ 一項；馬利亞已經揀 tio̍h 好 ê hit 份。」Eckhart 提出倒 péng ê 理論。Chit 位神秘主義者提倡 ê 道理是「實踐超越知性」。M̄ 管 he 是 m̄ 是異端，武彥意愛親像 Eckhart hit 款 ê 教義。伊帶 óa 近祈禱 ê 心情，祈求幸子有親像馬大 hit 款 ê 熱情，永遠留 tī 厝裡。

武彥無做家事，mā 無 io gín'á，伊 thiám kah 想 beh 放棄一切。這可能是智識分子 ê 一个特徵，mā 是弱點。幸子有聰明 kah 才智，武彥卻 kantaⁿ 是一个智識分子；武彥真欣羨 in 牽手，mā 同時感覺 kakī 輸 in 牽手 thiámthiám。東洋有「知行合一」ê 講法，幸子 ē tàng 達到 chitê 理念，m̄ koh 武彥卻無法度有 n̂g 望達到。

60 年代 kah 70 年代是學園鬥爭 ê 時期，武彥 ê 母校東京大學 kah 幸子 ê 母校青山學院 lóng 遭遇 tio̍h 打擊。好字運 ê 是，學習院佳哉免得受難，m̄ koh hō͘ 人不安 ê 狀況 iáu 是時常 hō͘ 伊 khiā tī 危險 ê 中間。武彥 tiāⁿtiāⁿ 對「全面鬥爭」ê 組織提出批評。伊懷疑 in ê 智慧，怨恨 in ê 暴力，koh 藐視 in。M̄ koh，身為教授，伊 bē sái 對這無關心。伊 tio̍h 一再驚驚惶惶，看學生 ê 面色來推薦講義。Tī 1972 年 ê 春天，伊 tī 一間冊店偶然看 tio̍h《二十歲 ê 原點》chit 本冊，hō͘ 伊 chhoah 一 tiô。這是一位叫做高野悅子 ê 女學生留落

來 ê 日記，她是立命館大學[13] ê 校友，她因為自我討厭來自殺。武彥注目 ê 重點是：「她是獨處，無成熟，這是二十歲 ê 原點。」雖然所在無仝，立場無仝，年代無仝，m̄ koh，我 mā 是獨處 koh 無成熟，我 kah 她無啥物無仝 ê 所在。Kiámchhái 是因為學園鬥爭，伊 kah 同事 ê 討論 kantaⁿ ē tàng 停留 tī siōng 表面層，bē tàng 有任何深入 ê 探索，致使 lóng 無結論 ê 狀態一直 teh 持續。Tī 呼求學園自由 ê 同時，為 tio̍h 明哲保身，in to̍h 成做一陣 pián 仙 á ê 烏合之眾。武彥以前 kah 幸子無所不談，m̄ koh，一旦伊開始感覺虧欠，koh 用欣羨 ê 態度 teh 看待對方 ê 時，伊 to̍h 開始感覺緊張，致使 hit 種自由 soah mā 雲消霧散。武彥真孤單，伊知影 hit 種孤單是因為伊身為學者卻 bē tàng 實現真正 ê 人性，而且伊 mā 無治療 ê 技巧。伊 kantaⁿ ē tàng 吐一个大氣，講：「雖然甚至已經到 chitê 年紀，我卻 iáu 無成熟。」孤單 kah 無成熟，致使高野選擇自殺 ê 方式，武彥 mā 充滿 kiámchhái ē 行 chit 條路 ê 危機感，伊成做《明暗》ê「烏暗」ê 俘虜。

武彥並無 hō͘ 目 nih'á 久 ê 餒志所淹滅。伊去鶴見 ê 總持寺[14] tòa 暝禪修，kā 它當做是一種自我療法。M̄ koh，連「只管坐禪，kantaⁿ 一心一意坐 leh」都真無簡單。雖 bóng 伊想 beh 棄 sak kakī，放棄慾望，總是，一下坐落去，自我中心 ê 話題 to̍h koh 隨時浮起來表面。Tī beh 來總持寺 chìn 前，武彥有先讀《碧巖錄》[15] 來做心理準備。《碧巖錄》ê 第五十三則有講起「百丈野鴨」ê 故

13 譯註：關西四大私立名校之一，本部 tī 京都市，1900 年創立。

14 譯註：tī 神奈川縣橫濱市鶴見區 ê 曹洞宗大本山寺院。

15 譯註：佛教禪宗語錄，由南宋圜悟克勤禪師編輯而成，總共十卷。

事：當修道大師 kah 弟子百丈沿田庄路 teh 行 ê 時，看見一陣野鴨飛過去。問答就 ánne 開始：

大師：「He 是啥物？」弟子：「一陣野鴨。」

大師：「飛去 tó 位？」弟子：「飛走去 à。」

老師 la̍k tiâu 弟子 ê 鼻頭，koh kā 它扭起來。弟子痛 kah 忍受 bē tiâu。大師：「你講啥物？你講野鴨飛走去 à，in kám m̄ 是 iáu tī chia？」弟子因為老師 ê chiahê 話來得 tio̍h 曉悟。M̄ koh，武彥無 chit 款 ê 慧根，伊 ê 苦惱一工兩工 lóng 無法度解決。「我」總是跟 tòe 伊。若是 hō͘ 伊困擾 ê Poe ê《烏鴉之歌》ē tàng 親像 chitê 故事 ê 野鴨離開伊 ê 心底，伊 to̍h ē 真好，m̄ koh，伊 kahná 無可能 ē tàng bē 記得過去 ê tāichì。伊無法度消除罪惡感，致使欠缺睏眠 ê 情況猶原 teh 繼續。對無耐性 ê 武彥來講，坐禪是無適合 ê 療法。Tùi 鶴見 tńg 來了後 ê 第二暗，武彥想 beh kā 下面 ê 兩節歌曲加添到伊 chìn 前翻譯 ê 五七調 ê《烏鴉之歌》來做附屬短歌，看是 m̄ 是 ē tàng hō͘ 伊遠離 Andrea kah 胎兒 ê 惡夢。

紫色 ê 小妹 ê 氣味 ê
傳言中潛在 ê 戀情，chitmá mā 完全無去
早起時 ê 日射　做陣 ê 野鴨飛走去
渡烏鴉 ê　無展翼股

武彥想 beh tī《碧巖錄》了後，koh 試 beh 接觸《歎異抄》[16]。

16 譯註：《歎異抄》是日本淨土真宗祖師親鸞的語錄。

咱 tiā^{n}tiā^{n} 聽人 ánne 講：「好人 mā ē 往生，何況是 phái^{n} 人。M̄ koh，世間人時常講，phái^{n} 人 mā ē 往生，何況是好人。若是 ánne 講，本願 soah 變成顛倒，因為自認是好人 soah 欠缺 óa 靠別人 ê 心，這並 m̄ 是佛陀 ê 本願。」M̄ koh chit 時，對熱心求道 ê 武彥來講，伊 ê 心感覺真興奮。「無 m̄ tio̍h，是我做 m̄ tio̍h 去 à，óa 靠 kakī ê 力量無法度解決 chitê 問題。我是一个 thâi 死胎兒 ê 罪人，像我 chit 種 phái^{n} 人，比好人 khah ē 往生。親鸞上人有 ánne teh 教導，我 tio̍h 來試看 māi。」武彥有 ánne ê 想法。伊是 in 老父真正 ê 後嗣，tī 台灣 ê 時，伊 ê 老父身為市長 á 是州長，lóng 真致意 teh chhōa 頭去參拜神社[17]，所以少年 ê 武彥 lóng 無意識 tio̍h 伊 kah 寺廟[18] ê 聯繫。

武彥 ê 性格是想 tio̍h to̍h ē 隨時去實踐。像講 kah 家族做伴，去京都奈良 ê 朝聖之旅，á 是去 ta̍k 所在演講 ê 時，伊 lóng ē 盡可能去訪問正宗 ê 寺廟。Tī 京都 ê 東西本願寺裡，伊 kah 幸子以及 gín'á 做伙跪 tī 本尊 ê 阿彌陀佛前，m̄ koh，伊感覺 bē tio̍h tī 広隆寺 ê 彌勒佛頭前所經歷過 ê hit 種親密感。鎌倉大佛是阿彌陀如來佛，m̄ koh 奈良 ê 大佛是盧舍那佛，m̄ 是阿彌陀佛。Hō͘ 武彥感覺不安 ê 是，阿彌陀如來佛是相對 ê 存在，只不過是佛陀之一。伊有試讀過「佛說阿彌陀佛經」，內面有描述宇治平等院[19]ê 極樂世

17 譯註：有鳥居、祭拜日本神道神靈 ê，to̍h 是「神社」;「神宮」是神社 ê 一種，m̄ koh 規模 khah 大，祭祀 ê 神祇通常是皇室祖先或是 kah 皇室相當有關係。

18 譯註：無鳥居，祭祀佛教神明，ē tàng 用香祭拜，koh 有和尚 ê to̍h 是「寺」。

19 譯註：平等院是 tī 日本京都府宇治市的佛寺，沿宇治川邊興建，1053 年完成，是日本早期 ê 木構建築，是古代日本人對西方極樂世界 ê 具體實現。

界，mā 有宣揚阿彌陀如來 ê 美德，聽講受 tio̍h 若恒河沙數 ê 各種佛所崇拜。武彥 hō͘「ná 恒河沙數 ê 各種佛」chitê 詞驚一 tiô。無 m̄ tio̍h，像伊 chit 種罪人 mā 有佛性，有一工伊 mā ē tàng 成佛。M̄ koh，chitmá 伊 n̍g 望 ē tàng tùi 絕對 ê 罪中得 tio̍h 赦免。持有阿彌陀如來佛 ê 佛性，若是成佛，to̍h 成做同位格 ê 一 sian 佛。伊 ê 知性 bē tàng，kantaⁿ óa 靠一个阿彌陀如來佛 ê 本願。對《歎異抄》感激 ê 當初時，伊有認真考慮 beh 轉向佛陀，皈依佛法，成做和尚。伊模仿 tī 小學教科書學 tio̍h ê 一隻叫做「佛法僧」[20] ê 鳥 á ê 喉叫聲，唱了 koh 再唱。總是，一旦發見阿彌陀如來佛 m̄ 是一个絕對者 ê 時，伊 ê 熱情瞬間 to̍h 冷落來，一種講 bē 出 ê 孤單感又 koh tńg 來伊 ê 身 chiūⁿ。

20 譯註：佛法僧鳥又名三寶鳥，因為牠 ê 叫聲親像日語 ê「佛、法、僧」，所以叫做佛法僧鳥。佛教三寶是佛寶、法寶 kah 僧寶。

第五章　南國失落 ê 身影

1969 年，武彥升做正教授。Hit 時伊 chiah 41 歲，講起來，ánne ê 升等是有 khah 緊。平常時對 in 牽手真冷淡 ê 武彥，見若有升等 ê 時，伊 lóng ē 講好家後幸子 ê 功勞真大，koh 感謝幸子是一位好教育 ê 老母，hō͘ 長男 kah 次男 lóng ē tàng 順利進入麻布中學校。對 bat tī 戰前讀七年制高中 ê 武彥來講，伊非常歡喜 in ē tàng 直升進入麻布高中。生活變 kah 真富裕了後，in to̍h tī 麻布十番買一間公寓，gín'á 去學校讀冊 to̍h 真方便。幸子 tī 無計較 kakī 利益 ê 狀況下，為家庭盡 siōng 大 ê 努力。Tī 東洋英和女學院，她是一位真受學生敬仰 ê 好老師，m̄ koh 她放棄一切，選擇做一位養飼 kah 教育 kiáⁿ 兒 ê 老母。Kā 性別平等引入日本憲法 ê Beate 女士，她對 chit 種以犧牲 kakī 做代價來幫贊全家 ê 做法，她 ē án 怎想 leh？日本 chapo͘ 人以女性做腳踏枋，來追求 kakī ê 利益。武彥 tiāⁿtiāⁿ teh 想：「我 mā teh 做仝款 ê tāichì，Beate 一定 ē 講我是一个 m̄ 知見笑 ê 人。」平常時一直對幸子感覺虧欠 ê 武彥，伊想 beh 前往長崎、雲仙等所在旅遊，而且想 beh 成做一个疼牽手 ê 翁婿。M̄ koh，tio̍h 算旅行 ê 時彼此 ê 熱情有 teh 燒，tī 旅行結束了後，mā 是 ē 隨時 to̍h 消失。伊一定 tio̍h ài chhōe 出 hō͘ 熱情 ē tàng 永遠持續 ê 辦法。

一開始做 Hawthorne ê 研究 ê 時，伊 to̍h 對幸子透露；he tútú to̍h 是 tī 1970 年熱天，伊 kah 全家做伙去台灣旅行 ê 時。對武彥來講，這是 in 撤退 tńg 去日本了後頭一 pái 訪問伊出世 ê 家鄉，mā 是 in 頭一 pái 家族做伙出國旅行。雖然戰前人口只有 20 萬，m̄ koh 台北 chitmá 已經變成一个有 200 萬人口 ê 大都市。雖然伊 ê 母校台北高校已經變成國立台灣師範大學，m̄ koh 紅磚 ê 本館、禮堂 kah 教學大樓猶原無變。Khiā tī 中庭 ê 檳榔樹 kha，tī 南國 ê 景觀背景下，武彥真歡喜用犬養調吟唱 tùi 犬養孝[1] 老師學來 ê《万葉集》ê 歌。Tú 開始 teh 學習《万葉集》ê 健次郎想 beh 知影，以大和（やまと；Yamato）族 ê 國家做中心所創造 ê 老古早日本歌曲，是 án 怎 ē tī 20 世紀 ê 亞熱帶 ê 國家 mā teh 流行，這實在是不可思議 ê tāichì。伊對老父講出伊 ê 疑問，武彥 to̍h 對伊說明文學 ê 普遍性。川端康成得 tio̍h Nobel 文學獎了後無 gōa 久，日本文學 to̍h tī 世界上漸漸被肯定。Tī 南方國家 ê 日頭光下面，gín'á 聽 in 老父 ê 比較文學，聽 kah 入迷。當武彥談起伊 tī 尋常科二年 to̍h 閱讀 Shakespeare ê 悲劇 kah 喜劇 ê 時，洋太郎問講美國文學，親像 Poe kah Hawthorn ê 作品 án 怎。當然，當伊 ê 回答講 tio̍h "The Scarlet Letter" 等 ê 時，幸子 kah 武彥 ê 目 chiu teh 相對 siòng。

因為想 beh 留落來一 kóa 美好 ê 回憶，所以雖然有小 khóa khah 奢侈，in tòa ê 旅館 iáu 是選擇圓山大飯店。這是一座宮殿式 ê 建築，起 tī 台灣神社 ê 舊址頂面。以下是武彥 tī 尋常科四年 ê 十月底發生 ê tāichì：台灣神社升格做神宮，已經起造一座新 ê 社殿，

---

1 譯註：1907-1998；是一位 kui 世人投入日本 siōng 早 ê 詩歌集《万葉集》研究 ê 出名國文學者；tī 台北高校任教期間，用伊獨特 ê 犬養調朗讀《万葉集》，引起學生 ê 喜愛。

日本第一 ê「大鳥居」[2] mā 接近完工 ê 時，有一台民航客機墜落，soah kā 社殿 kah 鳥居 lóng 燒毀。日本當局有動員全體學生去清理現場，hit 時大鳥居 iáu teh 燒，屍體 mā iáu 留 tī 破損 ê 客機內底。這是不吉 ê 前兆；事實上，tī 隔 tńg 年，日本 to̍h 戰敗。戰爭結束了後，台灣所有 ê 神社 lóng 被廢除，chit 間大飯店 to̍h 起 tī 台灣神社 ê 遺址頂面。若是 chit 片土地是屬 tī 某一个寺廟，中國政府 to̍h bē kā 它轉用做其它 ê 用途。Tī 台灣，佛教真普遍，m̄ koh，神道 to̍h 無 ánne。所有 ê 日本文化 beh tī 世界上被接受，hitê 日子 iáu 真遙遠。Tio̍h 算 kantaⁿ beh 向兒童傳播日本文學 ê 普遍性，目前 ê 事件 mā 無符合 kakī 本身 ê 理論。

儘管是 ánne，長期以來真難得 ē tàng 呼吸 tio̍h 伊出生地 ê 空氣，mā 是 hō͘ 伊有懷舊 ê 心思。日本撤離台灣已經有四分之一世紀，m̄ koh，日本話 iáu ē tàng tī 大飯店 ê 大廳、觀光景點，以及買物件 ê 百貨公司 kah 街頭 ê 商店自由使用。有真 chē 人看 tio̍h in 是日本人 to̍h 來 kah in 親密講話。除了這以外，in iáu ē tàng 聽 tio̍h 台語 kah 北京話。這是真熟 sāi ê 聲，這是我 ê 故鄉。武彥真興奮，感激 kah phi̍hphi̍h chhoah，koh 非常享受 chitê 時刻。M̄ koh 幸子 kah gín'á kahná 對外國話有感覺困惑。老父說明講：「北京話有四聲調，to̍h 是講仝一个 A 有四種發音，m̄ koh 台灣話有八聲調。」伊 koh 模仿八聲調 ê 發音，健次郎聽 kah gānggāng，kantaⁿ 目 chiu 掠武彥金金看，講：「阿爸有夠厲害！」Koh 問講：「若 beh 成做

2　譯註：鳥居，chhāi tī 日本神社 ê siōng 頭前，是進入神域 ê 入口；鳥居成做一个「結界」，分開神界 kah 人界。

一个語言學家，kám tio̍h 一个一个音去調查清楚？」武彥想起 hit 當時 tī 台灣 ê 情境，講：「無 m̄ tio̍h，我 ê 故鄉 tī lín gín'á ê 眼中完全是 chhe^{n}hūn ê 國家；lín 是 100% ê 日本人，m̄ koh，我 hit 當時差不多是 60% ê 日本人，40% ê 台灣人。」武彥是一个雙重國籍 ê 人，伊感覺不止 á 感傷。

Hit 暗，台北高校尋常科 ê 兩个同窗夫婦請 in 做伙坐桌。A 是大學教授，in 牽手是花道 ê 老師；B 是出名 ê 內科醫生，mā 是台灣万葉集歌壇 ê 主要人物之一。真久無見面 ê 同窗做伙真歡喜，soah 講 kah m̄ 知 thang 結束。幸子 kah 初見面 ê hit 二位同窗 ê 夫人 mā kahná 是長期 ê 朋友，講話真投機。她真感心 in 翁有 chiah 好 ê 朋友。當武彥提出雙重國籍 ê 故事 ê 時，伊 ê 同學 mā 講：「阮 mā 是雙重國籍；台灣日本人 kah 日本台灣人。」Ah，án 怎講 lóng ē sái lah，to̍h 互相乾杯。In 欣羨武彥享受日本 ê 自由、繁榮 kah 和平；hit 當時台灣是 tī 戒嚴時期。

Gín'á chiū^{n} 床去睏了後，武彥 kā 幸子講伊想 beh 研究 Hawthorne。當然，幸子無意見。Tī 台灣家鄉 ê 咖啡館聽 Mozart 樂曲 ê 同時，in mā teh 談論 Hawthorne，這是久長以來，in 兩人頭一 pái ê 約會。若是思考一下，in 兩人 ê 緣份 ná 親像是因為 Hawthorne chiah 來結聯做伙，所以做伙來學習 Hawthorne，一定 ē hō͘ 兩人 ê 聯繫 koh khah 燒 lō，koh khah 堅忍。兩人一面 teh 享受 tùi 高台看台北夜景 ê 喜樂，一面 teh n̄g 望有一个新 ê 開始。

武彥想 beh 研究 Hawthorne ê 另外一个重要潛在原因是：無論伊 án 怎努力，伊 lóng 無法度消除 Andrea ê 束縛 kah thâi 死胎兒 ê

罪惡感。Tī 學習院 ê 課堂，伊 bat 教學生 án 怎 tī 心理計算中來主觀解讀小說，成做小說 ê 主角。伊用《緋文字》中 ê Dimmesdale 牧師做例，kā 伊 kakī ê 苦惱完全交託 hō͘ hit 位牧師。伊有得 tio̍h 學生 ê 熱烈掌聲。Tī he 了後，伊開始認為「Dimmesdale 牧師 to̍h 是我」，而且 jú 想 beh 進一步來解明 Dimmesdale ê 心理，n̂g 望通過這來 chhōe tio̍h 解決問題 ê 線索。

隔 tńg 工，in kui 家族去嘉義。老父做嘉義 ê 助理官員 ê 時，武彥 tī hia 出世。老父 hông 調去台南市做助理官員 ê 時，伊 tī 台南 tòa 三年久，m̄ koh，當老父 hông 調 tńg 來做嘉義市長 ê 時，伊 koh tī 嘉義度過小學校 ê 日子。真久無鼻 tio̍h 甘蔗 ê 氣味 ā，chitmá 一鼻 tio̍h to̍h 隨時想起童年 ê 記憶。北迴歸線（北緯 23.5 度）經過嘉義 ê 小鎮。武彥 kā gín'á 說明講：「Tùi chia 以南算是熱帶。夏至 hit 日 ê 透中晝，日頭 thánkhiā 照射 tī 北迴歸線，所以所有 ê 陰影 lóng bē 出現。」嘉義以南，kui 片 lóng 是真肥 ê 田園。武彥講：「Ánne，咱 koh 來去享受一下 á 熱帶風情！」所以，in to̍h 租車 n̂g 南，來到烏山頭水庫。Chit 座水庫是 1930 年完成，he 以後，一直到美國 ê Hoover 水庫 tī 1936 年完成為止，它一直 hông 誇耀是世界第一大 ê 水庫。Hit 當時，嘉南平原雖然 tī 五月到九月 ê 雨水期 ē 落大雨，m̄ koh，炕旱 ê 時 to̍h ē 有水源不足 ê 煩惱。Chitê 大壩 ê 灌溉設施提供安定 ê 水源，致使二期稻作 kah 冬天 ê 菜蔬，實際上甚至是三季 ê 種作 lóng 成做有可能。烏山頭水庫是嘉南大圳的源頭，起造 chit 座水壩 ê，是一位名叫八田與一 ê 日本技師。八田夫婦 ê 墓 to̍h tī 大壩 ê 邊 á，是當地 ê 人為 tio̍h 記念八田技師起造 ê，台灣人民到 taⁿ iáu teh 深深敬佩伊 ê 偉大貢獻。武彥特别扶 thán 伊 ê 夫人講：「八田夫婦 lóng 是石川縣 ê 人，聽講是 tùi 金沢來 ê；tùi hia 來 ê 老母 lóng 真偉大。」幸子看起來真滿意。

雖然參觀八田夫婦 ê 墓，而且 hō͘ 幸子心情好，m̄ koh 事實上，武彥有另外一个目的。八田與一技師完成大壩了後，koh 繼續扮演台灣總督府唯一 ê 勅任[3] 工程師 ê 角色，非常活動。太平洋戰爭開始，日本佔領菲律賓 ê 時，八田與一被軍方調去促進當地 ê 灌溉事工。M̄ koh，tī 前往菲律賓 ê 途中，船 hō͘ 美國 ê 潛水艇 phah 沉，伊 soah 失去性命。1945 年 9 月初 1，日本 tī Missouri 號軍艦簽署投降文件 ê 前一工，八田夫人跳落去烏山頭水庫自殺，結束她 45 歲 ê 性命。武彥輕輕唸出近松門左衛門[4] ê 名言：「Tī chit 世有留名，暗時 mā 有留名，若是面臨死亡。」伊想 tio̍h《曾根崎心中》[5] ê 主角 kah 伊心中所意愛 ê 人，兩人 ē tàng 一步一步做伙行向死亡，m̄ koh，八田夫人卻 kakī 一个寂寞 teh 行，伊 ê 目屎 tio̍h 恬恬 á 流落來。

接受戰時教育，而且唱「海行かば」軍歌 ê 武彥 chit 輩 ê 人，in lóng 慣勢認為「死 m̄ 是啥物大 tāichì」。Tī 接近戰爭結束 chìn 前，有一位尋常科 ê 同學，伊放棄精英學生 ê 特權，自願參加神風特攻隊。Tio̍h 算 tī 戰爭結束了後，伊 hitê pháiⁿ 癖 mā 無結束，tī 伊感覺鬱卒 ê 時，幾 nā pái 想 beh 自殺。參觀長谷寺 hit 暗，伊夢見 Andrea 跳水自殺 ê 時，伊 hō͘ 一種「我 mā 是」ê 妄想操弄，

---

3 譯註：帝王任命 ê。

4 譯註：1653-1725；是日本江戶時代前期 ê 歌舞伎劇作家。

5 譯註：近松門左衛門 ê 劇作，描述遊女阿初 kah 豆油店 ê 店員德兵衛 tī 深夜，兩人牽手行到曾根崎 ê 露天神樹林中殉情 ê 故事。

soah m̄ 知 kakī 是 tī tó 位。伊 mā hō͘ hitê 無相 bat，名叫高野悅子 ê 無成熟 ê chabó͘ 人 tī 自殺前所寫 ê 日記 bú kah 糊裡糊塗，he to̍h 是 bih tī 心內 ê「我 mā 是」teh 作怪。伊參觀烏山頭水庫 ê 主要目的是 beh 探討「八田夫人為啥物 beh 跳水自殺？」以及「當地 ê 人有啥物看法？」

日本過去有一種殉死 ê 習慣，武彥隨時想起乃木大將[6] kah 伊 ê 牽手 ê 故事。八田夫人 ê 死 kám 是為 tio̍h in 翁，á 是為 tio̍h 國家 ê 淪陷？Kiámchhái 她是因為 tú tio̍h 戰後 ê 混亂，soah 失去活落去 ê 氣力。她留落來包括四个未成年在內 ê 六个 kiáⁿ，ánne kám m̄ 是無負責任？武彥無法度做出結論。水庫 ê 水面 ná 親像湖 ánne 湠開，真安靜。伊恬恬 teh 看 hit 座墓，內面有隱藏台灣人對八田夫婦 ê 敬疼心情。所以，夫人 kah in 翁做伙埋葬 tī 台灣，台灣人想 beh kā kui 世人奉獻 hō͘ chit 片土地 ê 夫妻，當做 chit 座水庫 ê 守護神。武彥 gia̍h 頭看 tio̍h 南國 ê 熱帶天頂，想講順 chitê 勢來台灣真好，m̄ koh 伊 iáu 是無辦法 kā 性命 kah 死亡分開來思考。若是講 tio̍h 性命，伊 to̍h 開始重新思考《緋文字》主角 ê 生活方式。

Tùi 台灣 tńg 來 ê 武彥，精力充 phài teh 教學。Hawthorne ê 研究工作一步一步 teh 進行，而且伊不時 kah 學生分享新 ê 想法；m̄ 是講課 ê 方式，卻是繼續 kah 學生進行對話，hō͘ 伊非常受 tio̍h 學生 ê 歡迎。仝 hit 年 ê 11 月 25，發生一件 hō͘ 人難忘 ê 事件：三島

6　譯註：乃木希典，1849-1912；日治時期台灣第 3 任總督。1912 年 7 月 30，明治天皇駕崩了後，乃木希典 kah 牽手靜子 lóng tī 1912 年 9 月 13 為明治天皇自殺殉職。

由紀夫[7] tī 防衛廳[8] 切腹自殺。武彥熱天去看八田夫人跳水自殺身亡 ê 所在，寒天來 tú tio̍h 三島 tī 東京 ê 自殺。武彥 ê 自殺念頭並無消失。「若是選擇死亡，所有 ê 問題 lóng ē 得 tio̍h 解決。我是一个軟 chiáⁿ 無膽 ê 人，所以無法度自殺，m̄ koh，實際上我是一个強 koh 有力 ê 自殺候補者。」武彥一直是 chit 款 ê 心情。芥川龍之介[9] ê 自殺 kantaⁿ 是因為伊陷落 tī「矇矇 ê 不安」ê 困境。文人 kiámchhái 是一種真危險 ê 職業。

武彥個人前到 taⁿ m̄ bat kah 三島見過面，m̄ koh 伊差不多 lóng 有讀過伊所有 ê 著作。伊讀《宴のあと》（盛宴之後）了後，tòh chhōe 線索想 beh 證實小說假設 ê 真實性，所以伊去 kah 做主角 ê mo͘téluh（model）ê 前外交部長有田八郎有關係 ê 銀座一間餐廳食中晝。Chit 間餐廳 ê 頭家娘 ē hiahni̍h 愛慕有田，其實是她認為若是 kah 有田結婚，她 tòh ē tàng 葬 tī 有田家族 ê 菩提寺。這是文學研究人員常用 ê 手段之一，m̄ koh 武彥對 kakī 講，m̄ thang 對三島 ê 投入超出 chitê 範圍。Tī 三島 ê 著作內底有自嘲 ê 方面，m̄ koh，koh khah chē ê 是對抗死亡 ê 場面。總是，伊一屑 á 都無意識 tio̍h 伊 ē kā kakī ê 性命投入去軍國主義 ê 盾會[10] ê 理想中。

Tī 三島自殺一禮拜後，武彥一直致力 tī 學生 ê 請求，上課 ê

---

7 譯註：1925-1970；日本戰後 ê 文學大師之一，代表作是《金閣寺》。

8 譯註：東京日本自衛隊東部方面總監部。

9 譯註：1892-1927；日本知名小說家；一生為 tio̍h 病痛、憂慮來艱苦，致使 35 歲 ê 時自殺；代表作是《羅生門》。

10 譯註：1968 年 tī 日本東京成立，由三島由紀夫組織 kah 領導，是一个提倡維護傳統天皇制度 ê 團體，有明顯 ê 軍國主義傾向。

全部時間 lóng teh 討論三島文學。為 tio̍h beh kah 學生保持同步，武彥開始閱讀三島 ê《豊饒之海》四部曲；第一部《春の雪》（春之雪）是用「意志薄弱、抒情」ê 大正時代做舞台。三島 ê 唯美主義 tī chit 本冊內四界 lóng 看 ē tio̍h，m̄ koh，真 chē tāichì lóng 是無合理 ê。松枝侯爵 ê 嫡子清顯是一个好看頭以外，無啥物可取 ê 人，mā m̄ 是一个有同情心 kah 同理心 ê 人。伊 hō͘ 一个 kah 宮家[11]已經有婚約 ê 少女總子有娠，m̄ koh 直到 hit 時伊對她並無愛情。總子 to̍h 剃光頭，隱遁 tī 關西 ê 月修寺。Tio̍h 算清顯想 beh kah 她見面，m̄ koh 她總是 kā 伊拒絕 tī 門口，致使伊 to̍h 破病，koh tī 伊 tńg 去東京 ê 兩工後過身，hit 時伊 chiah 20 歲。三島引用 Manu 法典[12]，真巧妙論述輪迴 ê 思想，m̄ koh 有小 khóa khah 誇耀 kakī ê 學問。以輪迴 kah 夢做主題 ê 第二部《奔馬》中，清顯輪迴成做昭和 ê 愛國少年飯沼勲；到第三部《暁の寺》（黎明之寺）ê 時，輪迴成做泰國 ê 月光姬；第四部《天人五衰》中，koh 輪迴成做孤兒安永透。Ta̍k 部 ê 主角 lóng 是 tī 二十歲 ê 時死亡。

因為武彥對《春之雪》ê 期待真大，所以當伊讀完 ê 時，失望 mā 真深。伊本來考慮 beh 徹底讀完學生熱情 teh 推動，而且 kakī 到 taⁿ iáu 無機會讀 ê《豊饒之海》四部曲，m̄ koh chitmá 伊放棄 à。三島 tī《春之雪》中所描寫 ê 大正時代[13] ê 社會，kah 現實差真遠；he m̄ 是武彥所讀 tio̍h ê 大正時代 ê 社會，mā m̄ 是日本 ê 社會。伊無想 beh kā 它當做是文學，來欣賞 chit 部作品，今後 mā 無 beh 學

11 譯註：宮家是日本皇室 ê 一種制度，起源 tī 12 世紀 ê 鎌倉時代，是皇室 ê 分家。

12 譯註：印度古老法典中 siōng 好 ê 法典。

13 譯註：1912-1926。

習。伊本來想 beh 通過三島 ê 四部曲來試做「世界詮釋」，m̄ koh chitmá，伊服從三島 ê 解說 ê 熱情已經消失去 à。

武彥 tī 課堂對三島 ê 評論真嚴厲，hō͘ 學生真 bē tàng 理解，因為三島 ê 冊 tī 市面上 ná 親像 teh 飛 hiahnih 暢銷，而且新聞傳講伊應該得 tio̍h 諾貝爾文學獎。

有人問講：「老師 kahná 對《春之雪》無真好印象？」

武彥回答講：「確實是 ánne。我認為三島有一種自負，想 beh 用 chit 部四部曲來 kah《源氏物語》[14] 相比並，所以勉強用大正時代 ê 宮廷來 kah 王朝時代 ê 宮廷做比較。紫式部 [15]，她是日本平安時代 ê 女性文學家，她 ê 世界充滿深沉 ê 感觸，m̄ koh，tī 三島 ê 作品中卻無 ánne ê 感覺。《源氏物語》是 kui 千年來持續有人 teh 讀 ê 世界經典文學，m̄ koh，到 21 世紀 ê 時，到底有 gōa chē 人 ē 讀三島 ê 作品 leh ？」

Koh有學生問講：「是án怎老師ē hiahnih強烈teh抨擊三島？」

伊回答講：「因為伊 ê 作品無普遍性。」武彥是 án 怎 kakī 對三島 ê 想法 ē 有 ánne ê 改變 leh ？伊不得不 tio̍h ánne 自問自答。

三島根據輪迴 ê 思想，創作一部名叫《豊饒之海》ê 四部曲，而且試 beh 寫出 kakī ê「世界詮釋」。武彥批評它「欠缺普遍性」，kiámchhái 是有 khah 嚴酷。佛教是一種世界性 ê 宗教，輪迴 ê 思想 mā 有超過佛教以外 ê 真 chē 信奉者，所以問題 m̄ 是在 tī 佛教，

---

14 譯註：是紫式部創作 ê 長篇小說，mā 是世界上 siōng 早 ê 長篇寫實小說，代表日本古典文學 ê 高峰，成書 tī 約 1001 年至 1012 年間。

15 譯註：《源氏物語》ê 作者；約 973-1014；是日本平安時代 ê 小說家、歌人 kah 宮廷女房。

mā m̄ 是在 tī 輪迴 ê 思想，是在 tī 三島 ê 解說。三島 ê 唯美主義要求主角 tī 少年 iáu súi ê 時 to̍h 死去，所以以輪迴做主題 ê 四部曲，lóng 是以設定 ta̍k 个主角 tī 二十歲 ê 時往生做前提。Tī chitê「無常 ê 世界」中，kám 講有「二十歲 ê 時 tio̍h ài 死去」ê 規定？《豐饒之海》ê 構成 siuⁿ 過人為，作者用技巧做先鋒，真實性 soah 被犧牲。

武彥結論講：「順續問一下，lín 今年幾歲？應該是大約 20 歲左右。若是 lín lóng 二十歲 to̍h 死去，ánne，chitê 世界 to̍h ē 變 kah 真寂寞。」伊吐一个大氣，koh 補充講：「Tio̍h 算作者真實在，kā 小說假做 m̄ 是真正 ê tāichì 來寫，ánne mā 是一種寫作方式，m̄ koh，三島是 kā 虛構 ê 物件當做是真實 ê 物件 teh 傳播。」

有一个女學生質問講：「Ánne，老師當 teh 研究 ê Hawthorne，kám 講 to̍h 有普遍性？」

武彥開始 tī Hawthorne kah 三島之間做比較，講：「當然有，m̄ koh，咱先小 khóa 來做一个踏話頭。三島 tī 寫作 ê 技術方面比 Hawthorne 加好真 chē，這是因為伊 ê 學術智識好，koh 真 gâu 使用詞彙，所以無人 ē 贏過伊。Hawthorne kah 伊比起來，ē sái 講是幼稚 koh hanbān。雖然伊小說 ê 主角不止 á 有學術智識，m̄ koh 伊 teh 講述故事 ê 精彩程度 ê 時，soah 無法度用主角 ê 語言來表達，所以，我 tiāⁿtiāⁿ 感覺失望。Lín 當 teh 讀《緋文字》kah《春之雪》，tī 解釋 in ê 普遍性 chìn 前，咱先來做一个問卷調查。」

當武彥問講 kám 有人認同《春之雪》ê 松枝清顯 ê 時，ta̍k 人 lóng 講無。若是 tī 總子 ê 問題頂面，有一个聲講：「我討厭她剃光頭去做尼姑」，所以 mā 是 lóng 講無。講 tio̍h《緋文字》ê

Dimmesdale ê 時，三分之二 ê 男生 gia̍h 手，講 tio̍h 女主角 Hester ê 時，差不多所有 ê 女生 lóng gia̍h 手。

「Ē tàng kā 男主角 kah 女主角看做 kah kakī 仝款，he to̍h 是普遍性。《緋文字》是 tī 大海 hit pêng ê 作者，tī 頂世紀寫 ê，雖然有真 chē 方面表現了無夠周至，m̄ koh，lín 若同情男主角 kah 女主角 ê 立場，to̍h ē tàng 認同 in ê 生活方式。《春之雪》ê 主角是日本人，應該 ē 象徵日本文化，m̄ koh lín 卻 iáu 是無法度認同主角是 kakī。Tùi 我 ê 立場來看，這是三島文學 ê 悲劇。」

武彥繼續講：「作者有能力用筆感動人，m̄ koh 無法度強迫人閱讀。總是，三島選擇一種 kā 自我概念強迫灌輸 hō͘ 人 ê 方法。Tùi 自衛隊指揮官 á 是副官 ê 立場來看三島切腹 ê 事件，in hông 束縛，koh 受逼成做伊自決 ê 證人。伊 kám 有 teh 注重人權？伊 bē 記得作家 ê 本分，這是 bē tàng 赦免 ê。」伊 teh 講話 ê 時，對三島行為 ê 討厭，soah 變成對自決 ê 討厭，以及對到 taⁿ iáu teh 美化 ê 自殺行為感覺 giâu 疑。

學生有接納伊 ê 講法，武彥對包括 Hawthorne 在內 ê 美國文學 ê 研究 to̍h koh tńg 來到正確 ê 軌道。武彥真歡喜伊 tī 自殺 ê 惡夢中，就 ánne 恬恬 á 得 tio̍h 解放。

咱 koh tńg 來《緋文字》。男主角 Arthur Dimmesdale 是 Oxford 大學出身 ê 優秀牧師，1642 年 tī 清教徒占主導地位 ê 波士頓，伊擔任領導者 ê 地位。伊比老練 ê Wilson 牧師 koh khah 有口才，講道充滿熱情，儘管伊 iáu 少年，m̄ koh 伊 ê 學問真飽。市民認為

若是通過照伊所講 ê 一言一語做 tāichì，in 相信 to̍h ē tàng 遵循上帝 ê 旨意。Chit 位 kahná 是完美 ê 少年牧師 kantaⁿ 有一个弱點，to̍h 是伊 kah 一位美麗 ê 有夫之婦 Hester Prynne 通姦。當事人 ê 一方 —Hester 因為通姦罪，hông 罰 tī 示眾 ê 高台 khiā 三點鐘，受 tio̍h 民眾 ê 侮辱，koh 被命令 tī 胸前掛一个紅色 ê 字母 "A"[16]，而且關入去勞動監獄。她若是講出啥人是她通姦 ê 對象，她 to̍h ē tàng 減輕監獄 ê 刑罰，m̄ koh 她保守秘密。她 ê 審問是由 Wilson kah Dimmesdale 兩位牧師來進行。Khiā tī 高台頂 ê Hester 注意 tio̍h 一个 chapo͘ 人 ê 舉動。無 m̄ tio̍h，伊 to̍h 是她久長無消息 ê 翁婿，她已經幾 nā 年無聽 tio̍h 伊 ê 消息。她 ê 翁婿 tī 監獄裡質問 Hester，而且催迫她講出姦夫 ê 名。伊已經化名叫做 Roger Chillingworth，而且 kā 她講，伊來 tòa tī 附近是 beh chhōe 出姦夫，koh 約束她 bē sái kā 任何人講伊是她 ê 翁婿。若無，in 一發見伊 teh chhōe 姦夫，in to̍h ē 威脅 beh thâi 死伊。

有草藥智識 ê Chillingworth 來 chia 成做一个醫生，受 tio̍h 歡迎，就 ánne mā ē tàng 親近 Dimmesdale 牧師。伊看 tio̍h 牧師破病，to̍h 去 kah 伊 tòa 做伙，kā 伊照顧。關心牧師健康 ê 市民感謝 Chilingworth ê 奉獻精神，所以不止 á 歡迎伊。M̄ koh，he kantaⁿ 是表面上 ê。有一工，Chillingworth tī 牧師 ê 胸坎 mā 發見字母 "A" 了後，伊 to̍h 一直計畫 beh án 怎來折磨 chitê 冤仇人。Hester 一直 teh 做裁縫 kah 刺繡來 thàn 食，維持 in 母女基本 ê 簡單生活，m̄ koh 她 mā 真願意照顧 sànchhiah 人。她 ê gín'á Pearl 有 bē 輸 in 老

---

16 譯註：A 代表 Adultery；行姦淫 ê 意思。

母 ê 美麗，而且快速成長 kah 真勇壯。有時她 ē 對大人問一 kóa 問題，hō͘ 老母困擾，m̄ koh，Hester 認為 Pearl 是上帝賞賜 ê 禮物。因為受 tio̍h 良心 ê 責備，有一工 Dimmesdale 牧師 peh 起 lí 高台，koh 招 tú 好路過 ê Hester kah Pearl 起 lí hia，而且 tī hia 承認 kakī ê 罪。Pearl 誓言 beh 認牧師做伊 ê 老父，m̄ koh 父母並無同意。

Hester 擔心 Dimmesdale ê 健康狀況 ē koh khah 惡化，所以有一工 tī 附近 ê 樹林內，她 kā 去探訪會友 tńg 來 ê 牧師講 Chillingworth 是她 ê 翁婿。Dimmesdale 想 beh 離開 Chillingworth，所以決定 beh 去 tòa tī 英國 á 是啥物所在，三人做伙生活。Hester 準備 beh 坐 tī 波士頓靠岸 ê 船，m̄ koh，出發前她知影 Chillingworth mā 是 hit 台船 ê 船客之一，koh 無法度違抗船長 ê 決定，結局 in 不得不 tio̍h 放棄 in ê 計劃。Hit 時 tú teh 舉行新州長 ê 就職典禮，Dimmesdale tī hia 做伊一生中 siōng 精彩 ê 講道。儀式結束了後，Dimmesdale siān tahtah，soah 無法度跟 tòe 遊行 ê 腳步。最後，伊手牽 Pearl，tī Hester 的扶持下，用伊 kakī siōng 尾 ê 氣力，peh 起 lí 高台，kā 烙印 tī 伊胸前 ê 紅字 “A” 顯示 hō͘ 大家看，koh 認罪告白，了後伊 tī Hester ê 懷抱中，結束伊 tī chit 世間 ê 性命。

有傳說講，Hawthorne 夫人聽 tio̍h chit 段故事了後 to̍h 大聲哮，因為 he 實在是真悲慘 ê 結局。武彥 m̄ 是基督徒，m̄ koh 伊經常 kā 聖經當做文學來讀，對它 ê 內容真清楚，所以伊隨時想 tio̍h 耶穌受難 ê 時講 ê 話：「我 ê 上帝，我 ê 上帝，你是 án 怎棄 sak 我？」Dimmesdale 牧師行 tī 死亡 ê 道路 ê 時，伊一定 mā 仝款感覺 ē hō͘ 上帝棄 sak。上帝 kám 講真正是一个無情 ê 神？真久 chìn 前，伊已經 kah Austin 少校討論過 à。Chitê 問題 chitmá 暫時按下，武彥

tāi 先 tio̍h ài 解決到底是啥人 teh 迫害 Dimmesdale ê 問題。伊真緊 to̍h 想 tio̍h Chillingworth ê 名。M̄ koh，kiámchhái 是因果報應，報復 ê 對象死亡 ê 時，Chillingworth soah 失去生活 ê 目的，tī 一年後 to̍h 往生。伊是一个無仁慈 ê 人，kantaⁿ 是一種蟲一般 ê 存在。Dimmesdale 非常擔心 chitê 秘密 ē piak 孔，因為伊是傳講上帝道理 ê 牧師，卻無遵守上帝 ê 誡命，所以 tāichì 若 piak 孔，伊 to̍h 無法度 koh 做牧師。對伊來講，無比這 koh khah 慘 ê 未來 ā。Chitmá Hester kám m̄ 是 teh 受勞動處罰？這以外，到 taⁿ 一直 teh 信賴 Dimmesdale 牧師 ê 群眾，chitmá in ē 感覺 hông 出賣，in ê 敬畏 ē 變成仇恨，koh ē 引起 in ê 憤怒。所有 chiahê tāichì 一一浮現 tī 武彥 ê 腦海中。

武彥用 chit 種方式行過 Dimmesdale ê 腳步，而且 koh 一 pái 陷落去「Dimmesdale to̍h 是我」ê 不安。伊 kā kakī 講：「請以一个學者 ê 立場來冷靜分析。」Dimmesdale 並無在意 Chillingworth ê 無 tapsap ê 人類報復，m̄ koh，伊所驚 ê 是被排除 tī 清教徒 ê 社會之外。Ánne，清教徒社會 ê 本質是 tī tó 位 leh ？武彥試 beh 專注 tī chit 點。

研究進行到目前 ê 坎站 ê 時，武彥有機會 koh 一 pái 去台灣。台灣大學計畫招集世界各國英美文學 ê 學者來舉辦研討會，武彥 mā 受 tio̍h 邀請。1971 年，台灣失去聯合國 ê 席位，而且被孤立。Hitê 研討會 tī 1972 年夏季舉行，是國民黨政府新文化外交 ê 一部分。台灣大學 chitê 計畫 ê 背後，有得 tio̍h 日本文部省教育部 ê 大力支持。

Beh 出發去台北 ê 三工前，武彥接受一位無相 bat ê 有影響力

ê 自民黨國會議員邀請，去赤坂 ê 餐廳同坐桌。伊無意願，m̄ koh bē tàng 拒絕。去到餐廳 ê 時，其他三位保守派 ê 議員當 teh 等候伊。Tī 1972 年 ê 初夏，田中角榮繼承佐藤榮作 ê 長期執政，成做首相。田中 kah 一直 teh 支持台灣 ê 佐藤無仝，伊 ê 目標是 beh kah 北京 ê 關係正常化，而且日本經濟團體聯合會 ê 大人物 mā kah 這仝步調。Chiahê 保守派 ê 議員是 ǹg 望繼續 kah 台灣建交 ê 保守主義者。招待餐會 ê A 議員說明意向，講：「武田先生已經 kah 台灣結緣真深，無啥物特別 ê tāichì 需要注意，m̄ koh 你去到台北 ê 時，請去見 chitê 人。」講了，就 the̍h 出某一間報社社長 ê 名片，koh 繼續講：「請你聽伊講 ê 話，tńg 來 koh 講 hō͘ 我知。因為若是阮出面去見伊，ē siuⁿ 過影目。」講 soah to̍h 乾杯，koh 講一 kóa 五四三 ê 話了後，to̍h 結束餐會。

武彥去到台北 ê 時，感覺 chitê 城市比二年前 koh khah 鬧熱，而且真豪華。唯一無仝 ê 是，蔣介石 ê 銅像，無像前一年 hiahni̍h 光 iàⁿiàⁿ，已經失去光彩，銅像頭前 ê 公園 mā 無好好 á 清理。儘管 chit 座城市維護 kah 真好，m̄ koh 有一 kóa 糞埽卻 thiau 故意留 tī hia，這是一个真奇怪 ê 現象。

武彥去到指定 ê 台北 Hilton 大飯店了後無 gōa 久，伊有一位訪客，是中央日報 ê S 社長。伊是江蘇省 ê 人，因為伊 kah 美國 ê 關係，hō͘ 伊 tī 國民黨內面受 tio̍h 高度 ê 重視。伊講話 lóng 是用英文。伊講：「辛苦你 loh，你對 Hawthorne ê 研究 án 怎？我 mā bat 好好 á 讀過 Hawthorne ê 作品，mā bat 前往伊 ê 家鄉訪問。」聽起來真思念 ê 款。伊 koh 講出伊 tī Harvard 大學留學 ê 回憶。

S koh 講：「武田先生出世 tī 台灣，若照美國 ê 國籍法，你有

台灣 ê 國籍。若是台灣宣布獨立，你 ê 看法 án 怎？」

武田應講：「我當然同意，ē gia̍h 手贊成。我對政治無真了解，m̄ koh he 可能真困難 ê 款。」

S 真熱心講：「克服困難 ê 責任 m̄ 是在 tī 政治家，卻是 tī 咱智識分子 ê 身 chiū^{n}。Hitê Kissinger 只不過是一个大學教授，m̄ koh 因為坐 tī hitê 權力 ê 座位，伊 to̍h 有法度講 kahná 真偉大 ê 話，而且做一 kóa alíputta̍t ê tāichì。無其他英語人士 ē 講 hiahnih phái^{n} 聽 ê 英語。Hitê 人無節操。」伊講 kah 一个面臭 ko͘^{n}ko͘^{n}。

Hit 年二月，由 Kissinger 主導 ê Nixon 訪問中國之行，tùi 台灣人 ê 眼光來看，he 是對同盟國 ê 背叛。Nixon kah 伊 ê 牽手 khiā tī 萬里長城頂面，he 是 teh n̂g 全世界傳播，表明美國人 ê 關注真明顯當 teh tùi 台北徙去到北京。雖然加州 ê 州長 Reagan 擔任總統 ê 特使，來台灣做說明，m̄ koh，蔣介石總統 ê 憤怒並無得 tio̍h 解決。因為局勢變 kah jú 來 jú 不利，所以蔣介石講：「中國是一个，台灣是正統 ê 政府」，堅持無 beh 讓步。國民政府內部 mā 有人強烈主張「一个中國，一个台灣」，m̄ koh，蔣介石一直反對，聲稱北京政府是漢奸。S 吐一个大氣，講：「蔣介石若落台去隱居 to̍h 好 à。」伊 koh 補充講：「我 bē sái 大聲講 chit 款 ê tāichì，這是重要人物 teh 思考 ê tāichì。」台灣獨立 beh 成功 ê 關鍵是，美國 kah 日本隨時承認台灣，伊拜託武彥向 A 議員通報 chitê 意思。這是一 pái 武彥料想 bē 到，有意外交談內容 ê 會面。

講再會 ê 時，S 社長問伊有 beh 去台北近郊 ê 所在參觀 á 無？武彥答講：「故宮博物館 kah 新竹」，所以 S 社長 to̍h 去準備一台車 kah 一个司機。伊講：「新竹 beh 建設做台灣 ê Silicon Valley。」武彥收 tio̍h 一个 beh 送 in 牽手做記念品 ê 小禮物，tńg 來到大飯店 ê 房間，伊 phah 開一看，是一个清綠色美麗 ê 翡翠胸針，頂面有用心寫「武田幸子女士惠存，蔣經國」。

隔 tńg 工早起，教育部長發表開會致詞了後，óa 來輕輕 á 招呼武彥，講：「行政院蔣院長 kā 你請安。」武彥回答講：「請代替我 kā 伊說多謝，多謝伊 ê 記念品」，了後 koh 繼續小 khóa 講一 kóa 話。Chiahê 情景 tī 國際會議上引起公眾 ê 注意，當伊意識 tio̍h 外國代表 ê 目 chiu lóng tńg ǹg 伊 ê 時，伊感覺真 bē 自在。

Hit 工下晡兩點半，武彥完成論文發表了後，決定 beh 隨時離開。Tùi 伊身後，有真 liàntńg ê 日本話 teh 叫講：「武田先生，S 社長有交帶我 kā 你 ànnāi。」He 是一位姓吳 ê 三十 gōa 歲 ê 少年人。Tī 伊小學三年 ê 時，戰爭結束，了後，tī 小學，教科書忽然改做北京語，老師 kah 學生 lóng 感覺真困惑，m̄ koh tī 厝裡，日語 iáu 是日常 teh 用 ê 語言。聽講有一 kóa 狀況下，kiámchhái 老父是中學 ê 教師，á 是老母是小學 ê 教師，因為所有日語 ê 教科書 lóng iáu tī 厝裡，所以 tī 學校若有 bē 了解 ê 所在，父母 to̍h tī 厝裡用日語 ê 教科書教 in 代數 kah 物理等等。看 tio̍h 日本文化用 chit 種方式留 tī 台灣，武彥真自然感覺歡喜。Tī 坐車去故宮博物館 ê 車內，武彥 kā hitê 姓吳 ê 青年表明講：「台灣 mā 是我 ê 祖國。」Hitê 對日本人真親切 ê 吳姓青年來到博物館入口 ê 時，to̍h 改用北京話，來到賣店 to̍h 改用台灣話。Hitê 瞬間，武彥感覺台灣是一个外國。

Tī 第二个展覽室無啥物人注意 ê 角落，有一个清代檔案文獻 ê 特別展示，檔案文獻是一份保存 tī 深宮內 ê 秘密文件，一下讀 to̍h ē 知有陰謀 tī ·leh，一目了然。武彥想 beh kā 它 the̍h 起來讀，而且

koh 想講：若是 kā 它 khǹg tī Edgar Allan Poe ê 手裡，to̍h ē 發展出真 chē ê 推理小說；若是 kā 它 khǹg tī 司馬遼太郎[17] ê 手裡，一部偉大 ê 歷史大河小說 to̍h ē 誕生。Hawthorne ê《緋文字》kám m̄ 是 mā tùi 海關 ê 角落 hông bē 記得 ê「檔案文學」來 ê？Tī 文學世界，無分東洋 kah 西洋，人性 lóng kah 文學結聯做伙。武彥 tī 欣賞所展示 ê 文獻 ê 同時，產生出 kakī ê 文學理論。順續講一下，武彥 chitmá 所做 ê，以及伊身為保守派 ê 使者 tī chia ê 想法，kiámchhái ē 記 tī 國民政府 ê 檔案文獻。這忽然 hō͘ 伊有 chit 款 ê 想法。Hit 工暗時，武彥 khà 國際電話 hō͘ 幸子，kā 她講收 tio̍h 行政院長送 ê 記念品 ê 時，伊真清楚聽 tio̍h 她 ê 聲講：「Oh，我真歡喜。」

隔 tńg 工早頓了後，武彥九點行出大廳 ê 時，吳姓青年 to̍h 已經 tī hia teh 等，koh kā 伊講：「我來 ànnāi 你去新竹。」Tī 戰爭 chìn 前，武彥離開台北 beh 去新竹 ê 時，若來到一个叫做板橋 ê 車站了後，無 gōa 久 to̍h 是田園景色。今 á 日 chit 台汽車所行 ê 路線差不多 kah 鐵路平行，m̄ koh，武彥以前看慣勢 ê 田庄風景卻無 koh 再出現，除了高樓林立以外，四界 lóng 是分散 ê 工業區。台灣 ê 工業化確實有 teh 繼續進行。吳姓青年問講：「你 kám 有想 beh 看 tó 一間工廠？」伊謝絕。伊去新竹，kantaⁿ 是想 beh 看 in 老父 hit 時 ê 官邸，這只不過是霧霧無明 ê ǹg 望。

吳姓青年 ànnāi 伊去參觀 ê 是 chitmá 新竹市長 ê 官邸，he m̄ 是早前州長 ê 官邸，卻是一个 chheⁿhūn ê 所在。有兩位先生 tī hia teh 等武彥。因為無 beh hō͘ 別人在場，所以 in kā 吳姓青年辭退了

---

17 譯註：日本出名 ê 歷史小說家；1923-1996。

後，一位高階 ê 紳士 the̍h 出名片，講：「這是我 ê 名。」伊是中華民國 ê 參謀總長 L 將軍，伊紹介做伙來 ê hit 位是伊 ê 副官。伊 koh 慎重講：「勞煩你來 chia，真 pháiⁿ 勢，因為若 tī 台北，ē hō͘ 媒體 kôkô 纏。」伊 ê 英語是 tī 美國陸軍大學鍛鍊出來 ê，聽起來真 ha̍h 耳。

L 將軍踏話頭講：「舊年台灣退出聯合國是悲慘 ê tāichì，因為中華民國是聯合國起草國之一，koh 是一个常務理事國」，了後 to̍h 針對台灣 ê 外交事務開始談論。伊繼續講：「為 tio̍h beh 促進一个國家 ê 利益，tio̍h ài 繼續推動外交，m̄ thang 受 tio̍h 意識形態拘束。國民政府遷徙來台灣，中國大陸淪陷，hō͘ 共產黨政府接管，m̄ koh，蔣介石總統聲稱中國是一个，主張反攻大陸是國家 ê 最高實務。M̄ koh，阮軍事部門卻專心致意 tī án 怎來保護台灣，所以 kah 伊 ê 觀點無仝。若是同時 beh 實現兩个目標，無合理 ê tāichì to̍h ē 累積，浪費 mā ē 增加。若是向蔣經國行政院長做 chit 類 ê 投訴 ê 時，伊 to̍h ē 指示盡 siōng 大 ê 努力來防衛台灣。」

「半年前，有一个呼聲講：『我反對總統 ê 意見，m̄ koh，若講 beh 放棄反攻大陸，軍方 kám ē 支持？』若是詳細調查，無 beh 支持 ê 已經縮小 kah chhun 五分之一，m̄ koh，由舊國民政府軍官所組成 ê 大陸派卻拒絕支持，而且保證絕對 ē 對總統忠誠。有人講：『蔣經國真偉大，伊主張為台灣人民創造一个美好 ê 國家，thang 來彌補中國大陸 ê 失敗。』蔣經國講：『這我 ē kā 總統講，你 tio̍h kā 軍隊招集 óa 來。』我 chitê 角色實在是有夠為難，我陷落 tī in 父 kiáⁿ 反目 ê 情況中。」

L 將軍繼續講：「Tú 親像 S 社長所講 ê，退出聯合國是頭一个國難，日本承認中國是第二个國難。我 kantaⁿ 想 beh 通過各種方式來避免 chit 種狀況，為 tio̍h ánne，台灣當 teh 認真考慮宣布獨立。Tī chit 種狀況下，真費氣 ê 是蔣介石總統 ê『中國是一个』chit 種固執 ê 想法。」講到 chia，L 將軍請武彥 lim 茶，kakī mā lim，koh 指示副官繼續說明。

「L 將軍當 teh 準備服從蔣院長 ê 命令行動，m̄ koh 大陸派 ê 勢力 iáu 留 tī 海軍 ê 一部分 kah 分散 tī 各所在 ê 陸軍部隊。In 主張 tī 緊急狀況下，若無總統 ê 命令，to̍h bē 採取行動，若違反 to̍h 是反叛。阮 kah 中共 á 是蘇聯無仝，阮無肅清反對者 ê 手段。」

「所以將軍考慮 ê 對策是 beh tī 陽明山官邸 kā 總統軟禁，前日有得 tio̍h 蔣經國 ê 許可。做人 ê kiáⁿ 雖然是不忍心，m̄ koh 這是為 tio̍h 國家。」T 副官目屎 kâm ·leh，做 ánne ê 說明。武彥想起戰前日本阿兵哥 ê 面容。解說 iáu teh 繼續：「陽明山總統官邸 ê 警備由三大隊編成，八點鐘久換班交替。各大隊長 kah 兵士 lóng 是宣誓 100% 效忠蔣經國院長 ê 人，頂禮拜阮已經完成 chiâuchn̂g ê 安排工作。」

L 將軍繼續講：「經國先生 ē koh 一 pái kah 總統面會，而且努力 beh 得 tio̍h 獨立政策 ê 許可，若是無得 tio̍h 許可，to̍h beh 下令軟禁；預定決行 ê 時間是拜一暗時九點。阮 beh 拜託武田先生 ê 是，請 kā chiahê 計畫轉達 hō͘ A 議員 kah 其他重要官員。Tī 宣布獨立 chìn 前，阮 tio̍h 先徵求美國 ê 同意，而且日本 mā tio̍h 仝步調。你若有機會見 tio̍h 田中首相 kah 大平正芳外交部長，請報告 hō͘ in 知，講阮台灣 ê 海軍 kah 空軍當 teh 保護日本 ê 經濟命脈 — 台灣海峽。」

L 將軍講：「多謝你 ê 專工撥駕。我 chitmá beh 去見蔣院長，tio̍h 先失禮 à。」了後伊 to̍h 離開。武彥行出客廳，chhōe 無 hit 位吳姓青年 ê 身影。T 副官講：「我受交帶來陪你」，to̍h 招待伊去食中國料理。料理實在是真好滋味，因為是正 káng ê 氣味，m̄ koh 伊 bē 記得食啥物 à。武彥 ê 腦內真興奮，kahná 是 teh se̍h 走馬燈。Tī 回程途中 ê 車裡，T 副官恬靜 kah 真不可思議；tī 透露國家 ê 所有秘密了後，若是私下 koh 談論一 kóa 五四三 ê tāichì，kiámchhái 是一件 óa 近褻瀆 ê 行為。告別 ê 時，T 副官 hō͘ 武彥一張紙條，講 he 是總統下禮拜 ê 行程安排。紙條頂面 koh 寫講：「拜二 ê 行程有畫紅線。必讀早報，明瞭一切。」

進入大飯店了後，武彥無 beh hō͘ 同僚看 tio̍h，非常小心入去房間。伊有準備，萬一需要 ê 時，伊 beh 講：「我去訪問少年時代充滿回憶 ê 所在。」M̄ koh 伊真好運，m̄ 免使用 hitê 藉口。出席國際會議，而且 kah 歐美以及亞洲 ê 學者同僚交換意見，原本是真趣味 ê tāichì，m̄ koh chitmá 伊卻 tio̍h 為政治上 ê tāichì 操心，莫怪受 A 議員招待去赤坂 ê 喜樂 soah 消失去，顛倒 tī 闊 bóngbóng ê 大廳行來行去，kui 腹肚 lóng 是怨言。總是，伊一入去房間，to̍h tńg 來到「這是台灣 ê 國家大事」ê 現實。伊對政治 kah 外交完全無 teh 關心；武田武彥 chitê chapơ 人是無意中 hông khǹg 入去 hitê 漩渦中間，伊無法度擺脫。伊自言自語講：「無 m̄ tio̍h，這是為 tio̍h 你 ê 國家 teh 效勞。」伊 koh se̍hse̍h 唸講：「我 kám m̄ 是一个台灣人？」Hit 時，伊有一个「台灣 ê 國家利益超過日本 ê 國家利益」ê 念頭。

學術會議日程 iáu 有一工，m̄ koh 武彥決定 beh 跳過 hit 工，坐隔 tńg 工 ê 班機 tńg 去東京。伊對台灣真思念，講：「M̄ 知 tang 時 chiah ē tàng koh tńg 來台灣？」Tī 前往機場 ê 路中，伊注意 tio̍h 掛 tī 蔣介石銅像頭前 ê「蔣總統萬歲」ê 布條 tùi 正中央裂開。伊感心 L 將軍注意 tio̍h 用 chit 種無 tapsap ê 方法，想 beh 得 tio̍h 人民 ê 歡心，來促成政變成功，而且 teh 用心準備。武彥 tī 中晝前 tńg 去到羽田機場了後，to̍h 倉倉 pōngpōng 趕去到議會大廳，向 A 議員報告一切，koh kā T 副官 hō͘ 伊 ê hit 張「必讀早報，明瞭一切」ê 紙條交 hō͘ 伊。A 議員 khà 電話 hō͘ 幾位同事，koh 命令秘書去連絡外交部長。回覆 ê 電話真緊 to̍h khà 來，A 議員歡喜 kah bē 講得，回答講：「好 tāichì。咱今晚是 m̄ 是來去 lim 酒慶祝一下？」A 議員招伊中晝做伙食飯，m̄ koh 武彥 kā 伊謝絕講：「我 tio̍h 先 tńg 去厝裡」，所以 A 議員 to̍h 用議員公務車，送伊 tńg 去到麻布十番，結束 chitê 頭尾 lóng 是充滿激情 ê 旅行。

幸子真歡喜 ê 款，講：「你 khah 早 tńg 來 neh。」To̍h kā 伊 lám 起來。

「我思念你 lah。」

「你真 gâu 講 oló ê 話。」

小別勝新婚，武彥絕對有受 tio̍h 幸子 ê 歡迎。M̄ koh chit pái 有無仝 ê 氣氛。

「你 kám ē tàng kā 我講有啥物特別 ê tāichì 發生？」

武彥講：「講 chìn 前，你先 phah 開 chitê 盒 á。」伊 to̍h kā tùi 蔣院長得 tio̍h ê 盒 á 交 hō͘ 幸子。He 真正是國家領導人送 ê 禮物，翡翠 ê 綠色 chiah ē 有它特殊 ê 光彩 kah 深度。

幸子講：「Oh，實在有夠 súi」，to̍h kā 胸針 the̍h 來目 chiu 前

看，致使她 ê 雙眼忽然變 kah 帶有綠色 ê 光芒。

武彥笑講：「你已經成做一个青目 chiu ê súi chabó͘ gín'á à，緊來照鏡看 māi。」In 兩人真久無 ánne 大笑 à。Hit 暗，雖然 in 結婚已經過幾 nā 年 ā，m̄ koh in koh 再感受 tio̍h 新婚蜜月 ê 火焰 teh 燒。武彥續 leh 講：「這是秘密中 ê 秘密，絕對 bē sái kā 任何人講」，就 kā S 社長 kah L 將軍 ê tāichì，全部對幸子講明。

拜三早起，幸子 tāi 先起床，讀 tio̍h 日經新聞有三頁 ê 記事講：「Canada 大使 kah 蔣總統 ê 會面延期。」她心內明白：「Wah，to̍h 是 chit 件 tāichì lah ！」她 to̍h 去叫醒武彥。武彥無時間 châng 浴，衫褲穿 leh，咖啡做一嘴 lim 落去了後，to̍h chông 出去，快速 peh 起 lí 鳥居坂，行入去 khiā 家附近 ê 國際文化會館 ê 大廳。幸子已經看過日經新聞，所以伊 to̍h 無 koh 看，kantaⁿ 緊 chhōe 其它報紙頂面 ê 記事。讀賣新聞有四頁，朝日新聞有三頁，每日新聞 mā 有三頁，產經新聞有二頁；in lóng 有記載仝款 ê 新聞。產經 ê 記載比其它報紙 koh khah 詳細，補充講蔣總統感冒，伊 ê 眾助手當 teh 強調 kah 加拿大等國家建立外交關係 ê 重要性。Kah T 副官告別 ê 時，伊有交帶武彥注意 chit 五大報 ê 報導，以及日本時報頂面若無報導，ē hông 懷疑 chit 篇文章 ê 真實性，所以伊最後 to̍h 去注意看日本時報。伊所期待 ê 報導終其尾 tī 第六頁 ê 邊角 chhōe tio̍h à。報紙篇幅 kiámchhái 原本無刊登 chit 篇小文章 ê 空間，m̄ koh kahná 有人強強 kā 它插入去 ê 款。武彥感覺 S 社長確實是一个 gâu 人。「我做到 à，我完成 ā。」武彥進入咖啡館，舉杯祝賀 L 將軍 kah 台灣 ê 三軍將士。

Tńg 來到公寓無到五分鐘 to̍h 有電話來，A 議員 ê 來電講：

「台灣 ê 朋友 tāichì 辦了真 súi 氣。大平外務大臣 mā 想 beh kah 你講話，講伊 ē khà 電話 hō͘ 你。感謝你 kā tāichì 辦好勢。」Hit 工，武彥頷頸伸長長 teh 等外務大臣 ê 電話，m̄ koh 終其尾 lóng 無 khà 來。後來，田中首相 kah 大平外務大臣按照計劃，tī 九月底訪問北京，而且 tī 29 日簽署「日中共同聲明」，承認中共政府，koh kah 台灣斷交。蔣院長 kah L 將軍 ê 努力 lóng 無效去 à，tú 親像後來所聽 tio̍h ê 仝款，大平外務大臣收 tio̍h A 議員 ê 報告了後，kahná 有努力 beh 避免 kah 台灣斷交，m̄ koh，聽講 Kissinger 強烈表示無必要 ánne。Chit 位學者型 ê 總統助理是一个奸巧 ê 人，伊指示 Nixon 訪問中國，來交換「美國無贊成台灣獨立」ê 聲明，m̄ koh 卻使用雙面講法，講議會無密約。「伊 ná 親像是 kah Chillingworth 仝類 ê 惡黨。」武彥吐一个大氣。

這是武彥第一 pái，mā 是 siōng 尾一 pái 參與政治 kah 外交活動。Tùi 伊長期學者 ê 角度來看，這 ná 親像是一个改道，m̄ koh，這 hō͘ 伊看待社會 ê 眼光 koh khah 開闊，tī 無意識中發展出 tùi 無仝角度來分析 Hawthorne ê 力量。Tī chitê 案例中，唯一成做有形記憶 ê，只有 hitê 翡翠胸針。它妝 thāⁿ tī 幸子 ê 胸前，不時都真 súi teh 閃 sih 出光芒。若有人問講：「真 súi，這是 tùi tó 位來 ê？」ê 時，in lóng m̄ bat 明講是蔣經國院長送 ê，kantaⁿ 回答講：「是台灣 ê 朋友送 ê。」幸子舉止端莊，是日本女性 siōng 好 ê 一面 ê 代表，武彥暗中為 tio̍h ánne 感覺自豪。

武彥 tú 考慮 beh koh 一 pái 試做一个「驚 bó͘ 大丈夫」ê 時，Stanford 大學邀請武彥去做一學期 ê 訪問教授。這是 bat 教過

Arturo ê Seidensticker 教授所發出 ê 邀請。《源氏物語》有一本風評真好，由 Arthur Waley 翻譯 ê 英語譯本，m̄ koh，Seidensticker 教授認為伊使用 siuⁿ 過華麗 ê 文字，對原作無忠實，所以 kakī mā 做一个現代語 ê 翻譯。Chit 位教授 bat 偶然中 tī「同人誌」[18] 讀 tio̍h 武彥 ê《The Raven》ê 五七調翻譯，伊講：「武彥 kā 19 世紀 ê 美國詩翻譯做第 7 世紀 ê 万葉調 ê 日語，he kah 我 kā 十一世紀平安時代 e 日語翻譯做 20 世紀 ê 英語完全倒 péng，實在是真趣味。」Seidensticker 教授來東京 ê 時，bat 邀請武彥食中晝，這 to̍h 是伊邀請武彥去 Stanford ê 起因。

武彥 tī 1977 年 ê 春季學期去到 Stanford 大學，kah Seidensticker 教授做伙開一个研討會，叫做「翻譯文學 ê 應用」，hō͘ 專攻日本文學 kah 英國文學 ê 學生，kā in tī 翻譯過程中所 tú tio̍h ê 日語無 sêng 日語，á 是英語無 sêng 英語 ê 問題，lóng 帶來研討會討論。不可思議 ê 是，tī 問答之間，有人 ē 講出 kah 提出問題 ê 學生類似 ê 觀點，兩人意見完全符合；kakī 一个人用幾 nā 點鐘 á 是幾 nā 工 teh chhiauchhōe ê 話語，tī chia 真輕鬆 to̍h ē tàng 解決。研討會有 ánne ê 好處。學期中 ê 時，in 做伙共同翻譯 1611 年出版 ê 欽定本聖經，ta̍k 个人 kā 分配 tio̍h ê 部分翻譯結束 ê 時，學生輪流大聲朗讀，koh 一直修改到所有 ê 其他譯者 lóng 接納為止。而且學生建議 tī chit pái ê 研討會，mā kā chit 種方法應用 tī Seidensticker 教授 ê 源氏 kah 武彥 ê Poe ê 分析。兩位教授 lóng 對

---

18 譯註：「同人」是指有仝款志向 ê 人；同人誌是同人文化 ê 產物，是指一群同人所共同創作出版 ê 書籍、刊物。

學生 oló kah ē 觸舌，成做教學 ê 人 ê 好經驗。

1977 年春天，洋太郎 21 歲，teh 讀慶應大學經濟學院；健次郎 19 歲，teh 讀早稻田大學 ê 工程學院。武彥本來 ǹg 望幸子 ē tàng 陪伴伊去 Stanford，m̄ koh 實際制定計劃 ê 時，發見真 chē 方面 lóng 有困難。美國春季學期 tùi 正月開始，遺憾 ê 是，洋太郎 tio̍h 到三月 chiah ē 畢業，父母若 lóng 無參加典禮，伊 ē 感覺無伴。當然，有一種方式是 hō͘ 幸子 kah 武彥做伙去 Stanford 大學，到畢業典禮 ê 時 chiah koh 做伙 tńg 來，m̄ koh，若是 ánne，武彥一定 tio̍h ài 向 Stanford 大學請假一禮拜。身為一个短期 ê 客座教授，ánne 做有 khah pháiⁿ 勢。除這以外，幸子 ê 日本紅十字會工作，mā ta̍k 工 lóng 排 kah 滿滿。所以，武彥只好 kakī 一人赴任，kantaⁿ 留幸子 tī 日本參加畢業典禮，了後計劃 tī 四月 chiah 來美國會合。

因為日本紅十字會 ê 關係，幸子經常 kakī 一个人出國旅行，m̄ koh，這是 in 頭一 pái 無 gín'á kah in 做伙出國。武彥並無 tòa 海外 ê 緊張感，顛倒是感覺 ē tàng tùi 日常工作中解放出來。舊金山灣區四月 kah 五月 ê 平均溫度 siōng kē 是 10℃，siōng kôan 是 24℃。若是 tī 東京，chit chūn 是梅雨期，是 hō͘ 人感覺真煩 ê 季節，m̄ koh，Stanford ta̍k 工 lóng 是有日頭光 ê súi 天氣，ē tàng 去舊金山灣散步，á 是享受坐遊輪 ê 趣味。若是 tī 無仝 ê 環境中，kantaⁿ 兩人做伙，kiámchhái 新婚夫婦 ê 火焰 ē koh 淡薄 á 回復 tńg 來，mā ē 增強彼此是終身伴侶 ê 感覺。

因為六月份有一 kóa liōngsiōng ê 時間，武彥 ǹg 望 tī tńg 去日本 chìn 前去旅行，所以伊選擇加拿大 ê Rocky 山脈之旅，幸子 mā

想 beh 踏一 pái 冰河。伊想起《奧之細道》[19] 有寫講：「一片雲 ê 風引誘我，忍 bē tiâu 想 beh 漂泊。」伊 hō͘ 進入未知世界 ê 興奮包圍。武彥 kah 幸子 tùi 舊金山經過溫哥華，來到 Calgary 機場，koh ǹg beh tòa 暝 ê Banff 鎮行去。Banff 鎮是加拿大 siōng koân ê 城市，海拔 1,383 公尺。隔 tńg 工，in tùi hia 去參加哥倫比亞冰原 ê 旅遊團。哥倫比亞大冰原是 tùi 海拔 3,745 公尺 ê 哥倫比亞山延伸到 siōng kē 海拔 365 公尺 ê 盆地，面積約有 325 平方公里，是真 chē 冰河 ê 源頭。Hia ê 冰融去變成水，流入去太平洋、大西洋 kah 北極海。武彥 kah 幸子 ē tàng 參觀 ê 位置是 tī 海拔 2,210 公尺 ê Athabasca 冰河，面積是 6 平方公里。大約一萬年前，siōng 尾 ê 一个冰河時代結束，所以 in 是 khiā tī 一萬年前形成 ê 冰頂面。愛音樂 ê 幸子開始靜靜á teh 唱海頓（Haydn）ê "Die Himmel erzählen die Ehre Gottes"（諸天述說上帝 ê 榮耀），tùi「天地創造」，唱到詩篇第 19 篇 ê「眾天講起上帝 ê 榮耀」。武彥並 m̄ 是 teh 做信仰 ê 表達，kantaⁿ 是因為詩歌 ê 優美 chiah kā 它背起來。In khiā tī hia hō͘ 大自然 ê 力量推動，hō͘ 伊不得不 tio̍h 認真思考親像「創造之謎」，以及「時間 kah 永恆」之類 ê 問題。

遊覽巴士 tī 橫貫加拿大 ê 公路頂，向北駛 chiūⁿ 延伸到大冰原

---

19 譯註：日本古典文學重要著作之一；tī 1702 年印行，是日本俳諧師松尾芭蕉（1644-1694）所著 ê 旅行記事，是伊 siōng 有名 ê 代表作。冊中記述伊 kah 弟子河合曾良 tī 1689 年 tùi 江戶（東京）出發，遊歷東北、北陸到大垣（岐阜縣）為止 ê 見聞，以及沿途有感而發所寫 ê 俳句。「奧」是道路深處之意，「細道」是綿延 ê 小路。另外一種講法是：「奧」是指日本本州東北，它有奧州 ê 別稱。

ê 路，連綿不斷 ê 山脈 tī in ê 目 chiu 前展開。雪已經融了 à，tī 山頂 á 是山坡頂，有一 kóa 所在是曠闊 koh 深入，有一 kóa 所在卻 kahná 是一條索 á 長長；有時看起來 ná 親像雪猶原 tī 山 ê 附近，m̄ koh，其實 he lóng 是冰河。過一時 á，ē tàng 看 tio̍h 山脈，tī 正手 pêng 有真 chē kahná Macbeth ê 城堡，頂下相疊，看 ē tio̍h n̄g 橫展開 ê 山脈，叫做 Castle Mountain（城堡山）。第二次世界大戰了後，加拿大政府 beh kā 它號名做 Eisenhower Mountain，m̄ koh，因為美國 Eisenhower 總統無來參加號名儀式，就 ánne 改倒 tńg 去舊名[20]。女導遊有不滿 ê 款，講：「若是總統想 beh 來，to̍h ē tàng 來 ā。」M̄ koh，武彥想起伊 bat tī Columbia 大學看 tio̍h 無受污染 ê Eisenhower ê 面，hitê 卑微 ê chapo͘ 人 kám m̄ 是無 beh 接受任何 ê 榮譽？伊真想 beh 反駁。Tī 戰爭 chìn 前，Eisenhower 是一名萬年少校，m̄ koh 伊猶原認真工作，並無表現出任何不滿。Tio̍h 算 tī 戰爭開始了後，伊不斷受 tio̍h 非凡 ê 晉升，m̄ koh，伊 mā 無 tī 人看 bē tio̍h ê 所在，做出特別 ê 表現。伊無 ài 做表面 ê 工作，這為伊成做盟軍高級指揮官 ê 成功奠定基礎。

另外一方面，擔任伊 ê 副總統 ê Nixon mā 是步步行向高升 ê 路途。伊 33 歲當選眾議員，37 歲當選參議員，39 歲當選副總統，致使伊 soah 變 kah siuⁿ 過自信，相信伊未來 ê 身分是通過伊 ê 才能得 tio̍h ê。伊 tī 1960 年 ê 總統選舉中 hō͘ Kennedy phah 敗，有傳言講，Eisenhower 是投票支持 Nixon ê 對手；事實上，Eisenhower

---

20 譯註：因為它看起來 ná 像城堡，所以號做城堡山。Tùi 1946 年到 1979 年，它 hông 稱做「艾森豪山」，以紀念第二次世界大戰 ê 艾森豪將軍。後來因為公眾壓力，致使恢復原名，m̄ koh，kā 山 ê 東南側 ê 頂峰號做「艾森豪塔」。

並無信任 Nixon ê 人格。

Nixon 是一个疑心真重 ê 人。當伊 tī 1968 年當選總統 ê 時，伊擊退伊 ê 政治對手，kā kakī ê 權力提升到一个叫做「帝王總統」ê 水準，這致使伊因為水門事件，受逼 tī 1974 年 8 月初 9 辭職。1976 年，接替伊 ê Ford tī 總統選舉中有 bē bái ê 政績，m̄ koh 伊卻 hō͘ Carter phah 敗，因為有人懷疑 Nixon 辭職了後，原本 ê 副總統 Ford 繼任，to̍h 隨特赦伊 ê 前任，kiámchhái tī 背後有一 kóa 政治交換，所以這成做伊 ê 致命傷。自從 1954 年 2 月 tńg 去日本了後，武彥已經將近 23 年 chiah koh 頭一 pái 成做美國 ê 住民將近半年，m̄ koh，當 Eisenhower ê 名出現 tī 加拿大之旅 ê 時，最近 tī 美國發生 ê chiahê 事件卻 kahná 是日本 ê 事件，一件一件浮起來 tī 伊 ê 腦海。武彥 tī 伊《緋文字》ê 研究中，受 tio̍h「是 án 怎清教徒社會無法度原諒 Dimmesdale 牧師 ê 罪」chitê 問題所困擾。Ford 舊年 ê 失敗 hō͘ 伊一个暗示：赦免人 ê 罪是一種重大 ê 責任，赦免 ê 人 tio̍h 對罪負起完全 ê 責任。赦免罪 ê Ford 不得不 tio̍h ài 替 Nixon ê 罪惡付出政治代價，m̄ koh，清教徒社會 ê 領導者 iáu 未準備好勢 beh 赦免 Dimmesdale 牧師 ê 罪。

松尾芭蕉 kah 李白 lóng 有講過：「歲月是百代 ê 過客，行過 ê 歲月 mā 是旅客。」旅遊超越場所，超越時間，hō͘ 旅客一種新 ê 感受。隔 tńg 工，武彥 tī Rocky 山脈中心部分 ê Louise 湖邊散步，伊好禮 á 問幸子講：「Tī 學問上、生活上，咱來脫離定型 ê 束縛，試想出一个新 ê 出發點 kám 好？」幸子回答講：「好 ā，當然 mā 好。」幸子 kí 發出綠光 ê 湖面，行 óa 武彥講：「Hiahnih súi ê 翡翠 ê 色彩，我 ê 胸針看起來 to̍h ná 親像 ánne。」兩人真幸福 ê 款。當

in 看 tio̍h 湖邊美麗 ê 草埔 ê 時，迎接日頭光 ê 高原，充滿各種無仝 ê 色彩。

日本學術界有一種「類型束縛」ê 風俗，認為 kantaⁿ 純文學 chiah 是文學，流行文學 to̍h 無夠可取，所以 soah kā 它歧視。Ánne，啥物是純文學 leh？若是問百人，to̍h 有百樣 ê 答案，chiahê 論點雖然無實用性，m̄ koh 對寫博士論文卻真有路用。所以一个得 tio̍h 學位 ê 學者，伊 / 她 ē kā 不時都 teh 重視私人 ê 小說，á 是偏重心理描寫 ê 作品，tùi 研究中排除，kantaⁿ 採用處理社會問題 ê 作品。武彥 tùi 台灣 tńg 來了後，頭一 pái 意識 tio̍h 伊 ê Hawthorne 研究，mā 是 kantaⁿ 使用 chit 種象牙塔式 ê 研究方法。像講，關係 Dimmesdale teh 想啥物，á 是 Hester ê 心境是 án 怎 chiahê 方面，武彥 ê 研究當然真深入，koh 真完美，m̄ koh，Hawthorne 想 beh 通過《緋文字》對讀者講啥物，武彥卻無答案。伊 tùi 加拿大之旅 mā 有吸收 tio̍h「無關心政治 bē sái 得」ê 教示。Tńg 來到日本了後，武彥開始 tùi chitê 角度積極進行伊 ê 研究。

Hawthorne 生前一直有 teh 關心政治。伊 1804 年出世，tī 讀 Bowdoin 大學 ê 時，kah 美國第 14 任總統 Franklin Pierce 有深交。Tī 後者參加總統大選 ê 時，伊有為伊寫一本選舉用 ê 傳記。1864 年，Hawthorne 因為破病去 New Hampshire ê White Mountains 療養，了後 tī 睏眠中 tī hia 往生；伊 siōng 尾 ê 旅行同伴 to̍h 是 Pierce。Hawthorne bat 擔任過海關 ê 管理員 kah 領事 ê 職務，是 Pierce 靠政治關係為伊安排 ê khangkhòe。《緋文字》是根據一位老管理員留 tī 海關角落 ê 一份文件 kah 一塊破舊 ê 紅布做 ê A 字來完成 ê。Tī 實施租稅制度 chìn 前 ê 美國，關稅是聯邦政府 ê 主要財源，所以 hit 位海關管理員是一位重要 ê 官員，作者一直重複 teh 替伊做 ánne ê 紹介。

雖然 kantaⁿ 有四工旅遊 ê 時間，m̄ koh，tī 台灣有政治經驗 ê 武彥意識 tio̍h Hawthorne ê 政治活動 kah 伊 kakī 之間有特殊 ê 聯繫，所以伊 to̍h 試 beh 用政治 kah 社會問題 ê 觀點來解說《緋文字》。

Hawthorne 出世 tī 麻州 Salem 鎮 ê 舊厝，伊 ê 太祖公 John Hathorne[21] 是清教徒第二代，是擔任 Salem 尪姨（witch；華語 ê 巫婆）審判 ê 法官，有 hō͘ 一个被執刑 ê 尪姨咒詛過 ê 經歷，這 to̍h 是《緋文字》對清教徒社會提出嚴厲批評 ê 原因之一。M̄ koh，mā 有人認為 Hawthorne 是為 tio̍h beh 消滅犯罪 ê 目的 chiah 來寫《緋文字》，這是一个有趣味 ê 論說，m̄ koh 真 oh 得相信。武彥認為是 Hawthorne 提出清教徒 ê 社會問題，beh 藉 tio̍h 小說來批評伊 tī 現實世界中所面對 ê 美國社會。伊經過種種調查，提出 chiahê 問題 ê 各種事實了後，chiahê 問題 to̍h 一个接一个出現 ā。

1850 年 “The Scarlet Letter” 出版 ê 時，siōng 大 ê 事件是「大妥協」ê 確立。美國 kah 墨西哥戰爭結束了後，Zachary Taylor 總統[22] 制定新領土加州、新墨西哥州 kah 猶他州 ê 州憲法，準備 beh kā in 加入美國。Chit 三个地區 lóng 制定一部 m̄ 承認奴隸制 ê 憲法，因為 ánne，奴隸制被排除 tī chit 一大片 ê 土地外面，致使南方 ê 權力 to̍h 大大減弱，所以南方政客開始宣稱 in beh 離開美利堅合眾國（United States of America）。仝 hit 年，tī 參議院 ê 辯論，

21 譯註：家族原姓是 Hathorne；Hawthorne 是後來開始寫作 ê 時改名。

22 譯註：美國第十二任總統。

代表北方、南方 kah 西方三个地區 ê 三位雄辯家 ê 口舌之戰，成做 siōngkài hō͘ 人難忘 ê 會議。為 tio̍h beh 維護美利堅合眾國，代表西方 ê Henry Clay 提出一个妥協方案，建議 hō͘ 加州以一个自由州 ê 身分來加入，m̄ koh，hō͘ 新墨西哥州 kah 猶他州 kakī 去決定是 m̄ 是 beh 採用奴隸制度。代表南方 ê John Calhoun tùi 病床 peh 起來反問講：「Kám 講 Clay ê 妥協方案 ē tàng 拯救美利堅合眾國？」

為 tio̍h 維護美利堅合眾國，北方代表 Daniel Webster 主張無必要刺激南方人，逃走 ê 奴隸 tio̍h 歸還 in，thang 來促成妥協方案。Ánne 做，有可能 ē tàng 阻止內戰，m̄ koh，它變成是暫時性 ê，後頭留落來 ê 禍根，成做阻礙 Hawthorne ê 朋友 Pierce 總統連任 ê 原因之一。南方 kah 北方 lóng 成做一个「所有 kah 奴隸制度有關 ê 議題」lóng bē tàng 有異議 ê 封閉社會。Walt Whitman[23] kah 其他 ê 人嚴厲批評 Webster 對妥協方案，包括「逃亡奴隸法」ê 支持，講伊是「bē 靠 tit ê 人、pián 仙 á，kah 講白賊 ê chapo͘ 人」。順續講一句，Taylor 總統是一个清教徒，有傳說講，伊 kā 總統就職典禮延期一工，因為原底 beh tī 1849 年 3 月初 4 舉行 ê hit 工是禮拜日，伊 tio̍h 嚴守紀律來守主日。以上是《緋文字》出版前 ê 社會狀況。興 chhap 政治 ê Hawthorne，伊通過文筆寫作，真 chē 題材 lóng 是 teh 批評社會現狀。

日本 mā 有 chit 款 ê 例。近松門左衛門 ê 歷史小說，to̍h 是 kā 古早 ê 事件改名，koh 改時間了後，光明正大 teh 批評德川社會 ê 現實情況。武彥 kakī 感覺東洋 kah 西洋真類似，koh 進一步想 beh

---

23 譯註：1819-1892；美國詩人、記者 kah 散文家。

試用《緋文字》ê 倫理道德來批判現此時 ê 日本社會，而且進行理路 ê 判斷，所以就 ánne 產生「文學是社會 ê 木鐸[24]」ê 新文學論。Thomas Carlyle[25] á 是啥人有 ánne 講過：文學者是 teh 思考 ê 人，學習文學 to̍h 是 teh 學習文學者 ê 思想。「思考 ê 人」chitê 詞 hō͘ 武彥回想起 tī Columbia 大學 ê 正門前，Auguste Rodin 所雕塑 ê 銅像——The Thinker（思考 ê 人）。Rodin bat 講過，作家是一个哲學家，武彥 chitmá mā 想 beh kā《緋文字》當做是一个評論現狀 ê 哲學家 ê 作品來讀。

有一工，tī Hawthorne 講座結束前大約 10 分鐘，武彥 tī 烏枋頂面寫「木鐸」兩字，有 bē 少學生 khi 頭 beh 注意聽它 ê 意思。Chiahê 學生 lóng m̄ bat 漢語，伊 to̍h 無做解說，kantaⁿ 隨時講：「這是作業，請詳細查考」，to̍h 轉到另外一个話題。兩工後，in tī 仝一節課開始討論「社會 ê 木鐸」。這是《論語》中 ê 語言，意思是指 hō͘ 社會 ê 眾人覺醒，來引 chhōa kah 領導社會中 ê 人。《緋文字》kám 有發揮 chit 種作用？辯論分做兩 pêng，漸漸 to̍h 進入 hoah thiám ê 時 chūn。Chit 時，有鐘聲 m̄ 知 tùi tó 位傳入來教室，原來是 tùi 大阪來 ê 柴田，當 teh kā 有木製 ê 舌 ê 鐵鈴搖出聲。伊自豪講：「這 to̍h 是木鐸 lah」，koh tī 教室 hō͘ 大家看 hitê 木鐸。伊講 he 是 tī 浅草 ê 夜市 á chhōe tio̍h ê。Tī 武彥 ê 課堂，學生習慣自動學習主題，而且進行自由討論。Kah 日本 ê 課程比起來，它 koh khah óa 近美國 ê 教學方式。武彥對料想 bē 到 ê 木鐸實物 ê 出現感覺真

24 譯註：木鐸是以木為舌 ê 大銅鈴，是古代用來警告眾人 ê 響器；比喻宣揚教化 ê 人。

25 譯註：1795-1881；蘇格蘭評論、諷刺作家、歷史學家。

滿意，所以伊 tī 課堂突破性宣布講：「Chitmá 開始，咱來用《緋文字》ê 倫理問題來分析日本社會 ê 現狀看 māi；mài 用理論，tio̍h 用常識。這是一種根據 René Descartes[26]（笛卡兒）tī 世界通用 ê『明智』ê 方法論。Lín tio̍h 用種種方法來 chhiauchhōe，kā 想 tio̍h ê 物件帶來課堂，大家做伙來討論。」其中 ê 一 kóa 學生，後來有去參加武彥 ê 菊池寬賞 ê 頒獎典禮，hit 時，武彥向 in 鞠躬致敬，做結論 ê 時講：「我受 tio̍h 學生 ê 指教，chit 本冊 chiah 有法度完成。」Mā 有新聞報導 chit 件 tāichì，成做一篇真 súi ê 故事。對 khiā tī 教壇 ê 武彥本身來講，這 to̍h 是伊 ê 幸福。

伊講：「世界上 chhōe 無 chiah 好 ê 工作，m̄ nā kantaⁿ 做 kakī 歡喜 ê tāichì，koh 有得 tio̍h 夠額 ê 薪水。」伊尊重 kah 學生 ê 互動，tùi 現代社會 ê 眼光來看 ê《緋文字》ê 研究，mā 得 tio̍h 真好 ê 發展。

Arturo 讀到 chia，伊對 Nancy 出聲講：「伊是一个趣味 ê 人；伊 chìn 前 bat n̂g 汽車行最敬禮，chit pái 是 n̂g 學生行最敬禮。」

In 牽手回答講：「無 m̄ tio̍h，to̍h 是因為 ánne，你 ê 目 chiu chiah ē teh 閃 sih 發光。」

桌頂 ê 小鏡露出 kakī ê 笑容，Arturo 想起頭一 pái 見 tio̍h 武彥 ê 面，he 是溫柔 koh 溫暖 ê 學者 ê 面容。伊心中 hitê 殺人魔 ê 面，不知不覺 to̍h 已經消失去 à。

武彥 ê 故事待續。

---

26 譯註：1596-1650；法國的哲學家、數學家、物理學家，西方近代哲學創始人之一；留落來名言「我思故我在」。

第六章 《緋文字》kah 倫理學

Hawthorne 所描寫 ê 清教徒社會是一个封閉 koh kantaⁿ 注重細節 ê 社會，簡單來講，to̍h 是一个以法律主義做中心 ê 社會。雖然 tiāⁿtiāⁿ 聽 tio̍h in 講 tio̍h 照上帝 ê 旨意來遵守誡命，koh beh tī chitê 世界建立上帝 ê 國度，m̄ koh in ê 心內卻無完全 ánne。Siōng 重要 ê 是，in 一直灌輸成做虔誠信徒 ê 信念，尤其是 tī 神職人員 ê 眼中 koh khah 是 ánne，親像講禮拜日一定 tio̍h 去做禮拜，因為 he 是十條誡之一。Kám 講 he 是 teh 傳達基督教 ê 本質？Hawthorne 通過伊 ê 寫作對清教主義（Puritanism）提出批評，mā 對受 tio̍h 奴隸制度困擾，koh 面臨國家分裂危機 ê 社會做不滿 ê 描述。接受奴隸制度 ê 人 kah 反對奴隸制度 ê 人，in lóng 主張 in 有 kakī ê 聖經根據。新約聖經 [1] 有傳講下面 ê 故事：有一个安息日，耶穌 tùi 麥園經過，祂 ê 門徒摘麥穗，用手 jôe 來食。有一 kóa 法利賽派 ê 人對 in 講：「Lín ná ē tī 安息日做律法規定無應該做 ê tāichì？」耶穌應講：「Lín kám 無讀 tio̍h 大衛 kah 跟 tòe ê 人腹肚 iau ê 時所做 ê tāichì？」法利賽派 ê 人 kantaⁿ 重視形式，soah bē 記得 tio̍h tùi 心底敬拜上帝。17 世紀 ê Boston 住民 mā 是 ánne，tī Hawthorne ê 好朋友 Franklin Pierce 成做總統 chìn 前，美國基督徒 mā 是 ánne，in ê 信仰只不過是一種用形式 teh 引 chhōa ê 信仰。

---

1 譯註：馬太福音 12:1-3；馬可福音 2:23-25；路加福音 6:1-3。

清教徒已經 bē 記得基督教義 ê 本質，因為 in kanta^{n} 重視戒律。若 kā 這應用 tī 日本，內村鑑三[2] 是一个非常好 ê 例。真理 ná 親像富士山 hiahnih 壯大，人無法度 tùi 任何一个角度來掌握 kui 个景觀；tùi 駿河、甲斐 á 是相模看 tio̍h ê 富士山，in ê 姿態是無仝 ê。駿河人 kiámchhái ē 對甲斐人講：「你 ê 富士山是假 ê 富士山」，一直到 in 去甲斐了後，chiah 意識 tio̍h 甲斐人講 ê 話是正確 ê。人類 bē 記得真理是「無窮無盡」ê，soah 用 in 認為 ê 真理來迫害別人。內村因為提倡 kakī ê 觀點，soah hō͘ 教會驅逐，這是伊提倡無教會主義 ê 動機，後來 koh 發展成做日本式 ê 基督教。

內村 kah Dimmesdale 之間有一 kóa 共同點，其中之一是兩人 lóng 是 tī 疼 ê 體制內 hō͘ 人放 sak。Dimmesdale 意識 tio̍h 牧師 tī 清教徒社會 ê 生活劇場中 ê 重要角色，m̄ koh 伊 mā 知影一旦 hông 發見有罪，伊 to̍h ē hō͘ 人趕出去，完全無逃閃 ê 餘地。Tī 明治維新 ê 變動時期，內村 phah 開「無教會主義」ê 道路，m̄ koh 根據伊著作 ê《基督徒の慰め》(基督徒 ê 安慰)，這是一个充滿痛苦 ê 選擇。武彥不得不問講：「為啥物人類 tio̍h 重視形式，棄 sak 實質，來拖磨 kakī？」

形式主義並 m̄ 是 kanta^{n} 限 tī 法利賽派 ê 人 kah 清教徒。武彥想起 hit 當時伊 kah 幸子受邀請，去參加昭和天皇陛下 ê 春季遊園會 ê 時，雖然 he 是一種榮譽，m̄ koh 因為身 chiū^{n} ê 燕尾服 kah 和服 hō͘ in 感覺真緊張，soah 無心 chiâ^{n} thang 去注意櫻花 ê 美麗。

---

2 譯註：1861-1930，是明治 kah 大正時代 ê 日本作家、基督徒 kah 傳教士，以伊 ê 無教會主義出名。

武彥知影 chitê 榮譽是屬 tī 幸子 ê，她比 kakī ê 地位 koh khah 重要。外交部長 kah 衛生福利部長來對幸子致意講：「最近 hō͘ 你真照顧」，á 是「今後 mā 請多多關照」。這是因為幸子為日本紅十字會 tī 富士山召開 ê 國際交流會所做 ê 努力，以及 tī 80 年代 beh 設立國際協力非政府組織（NGO=Non-Governmental Organization）ê 時，幸子利用日本紅十字會 ê 經驗來指導各項活動，lóng 真受 in ê 肯定。武彥 teh 表示感謝 ê 同時，mā 意識 tio̍h 伊暗中 teh 嫉妒 in 牽手 ê 名聲，而且對 kakī ê 膚淺，感覺有無法度承受 ê 壓力。

春季遊園會 ê 目的是觀賞櫻花，m̄ koh 兩千名參加者中間，有 gōa chē 人有實現 chitê 目的 leh？Kiámchhái lóng 無半个。M̄ 管是老古早 á 是現代，m̄ 管是美國人 á 是日本人，lóng 只不過是為 tio̍h 形式。Tī 遊園會接觸 tio̍h ê 是天皇陛下溫柔 ê 面容，m̄ koh，戰爭 ê 時，有 gōa chē 日本人是以 chitê 人 ê 名義來犧牲性命 ê leh？若是詳細思考，kiámchhái 世界上 ê 矛盾 to̍h ē koh khah 明顯。武彥 kah Oxford 大學 ê Storry 教授 bat 對戰前 ê 日本 ê 看法有過幾 pái ê 對話。Storry 教授有寫一本《雙重愛國者》（The Double Patriots）ê 冊，批評戰前 ê 日本充滿極端 ê 愛國主義，像講「我 ê 忠誠度比你 khah 強，大約兩倍強」，這 to̍h 是 chiahê 200 % 愛國者 ê 藉口。武彥有想過 chit 種 200 % ê 觀念 kám m̄ 是 mā 適用 tī Dimmesdale ê 身 chiū^{n}？牧師 tī 17 世紀清教徒世界 ê 權力是絕對 ê，小 khóa 受承認 ê 公民參政權 kanta^{n} 限 tī hiahê 忠實 ê 教會會友，而且絕對 tio̍h 向牧師請求證明。Boston 地區 ê 州長 kah 牧師非常親近，儘管 Dimmesdale ê 年紀 iáu 輕，伊 mā 是 tī 新州長 ê 就職典禮講道，而且 tī 講道中 mā 有傳達新州長 ê 施政方針。伊審問 Hester，koh 決定 kā Pearl 交 hō͘ Hester 扶養 ê 時，伊 mā 是以清教徒立場 ê 權柄 teh 發表聲明。伊是清教徒 ê 忠實牧師，koh 是 200 % ê 清教徒。伊成做律法主義 ê 受害者，m̄ koh 伊同時 mā 是對 kakī 本身 ê 加害者。

Hawthorne 並無透露 Dimmesdale ê 神學觀點。《緋文字》講伊有強烈 ê 罪惡意識，koh 講 he kah 亞當夏娃 ê 原罪有關係。武彥 mā 繼續受罪惡意識 ê 困擾，所以伊有 teh 詳細考慮罪 ê 問題。

早期 ê 神道並無罪 ê 觀念，hō͘ 神 á 是社會所拒絕 ê，kantaⁿ 是用「污穢」á 是「邪惡」來表達而已。根據了解，佛教是 tùi 外國引進 ê，律令國家形成了後，罪是一種受 tio̍h 國家 kah 佛教 ê 律法規範 kah 處罰 ê 行為。通姦是偏離清教徒社會規範 ê 行為，若是被發見，Dimmesdale 當然絕對 tio̍h 受處罰。對武彥來講，tio̍h 算伊有協助 Andrea 墮胎（雖然事實並 m̄ 是 ánne），根據日本現行法律，伊 bē 有罪。若 ánne，伊是 án 怎 ē kah Dimmesdale 仝款，一直受 tio̍h 罪惡感 ê 困擾 leh ？答案真簡單，這是因為武彥 iáu 未對基督教 ê 罪有基本上 ê 理解。

武彥 siōng tāi 先接觸「禁果」chitê 詞並 m̄ 是 tùi 聖經，卻是 tùi 西田幾多郎[3] ê《善 ê 研究》ê 序言來 ê。Tī 戰時 ê 尋常科三年級，iáu hiahnih 少年 ê 時，to̍h 讀過 chit 本冊 ê 武彥，伊想 beh kah 西田老師做伙行 chiūⁿ 哲學 ê 道路。當西田老師想 beh 親像西行法師[4] ánne，「願 tī 鮮花下 ê 春天死去」ê 時，武彥文學青年 ê 血氣

3 譯註：1870-1945；日本哲學家，是京都學派 ê 開創者 kah 領導者，同時也是一位俳人。

4 譯註：1118-1190；是平安時代末期至鎌倉時代初期 ê 武士、僧侶、詩人。

chhèng 起來。若是「禁果」是哲學之路 ê 指南，ánne，伊想 beh tī 任何人 ê chìn 前來 tam tio̍h 它 ê 滋味。

聖經所講 ê「禁果」有深刻 ê 意義。亞當 kah 夏娃食了 tio̍h hông 趕出伊甸樂園，he 是因為 in 違背上帝 ê 旨意。「是，我明白，我絕對 bē 食」，in 有 ánne kah 上帝約束，m̄ koh，in 卻 phah 破 chitê 約束。這是一種原罪，tī 這以後，亞當後代 ê 人類一定 tio̍h 承擔 chitê 罪。罪等於是反抗上帝，致使 kā Dimmesdale chhōa 入墜落 kah 死亡，mā 帶來武彥自責 ê 懊惱。武彥認為「Dimmesdale to̍h 是我」，伊一定 tio̍h ài 用啥物方式來清除 chitê 罪。

M̄ koh，「禁果」mā hō͘ 人類智識。亞當 kah 夏娃原本 lóng 是赤身露體，並無掠這做見笑，m̄ koh 食了「禁果」了後，in soah 驚 khiā tī 上帝 ê 面前。Hông 趕出伊甸樂園了後，in tio̍h phah 拚，thang 來爭取食物，tio̍h 流汗 chiah ē tàng 得 tio̍h 麵包。人類歷史就 ánne 開始，苦難 mā 一直 teh 繼續。M̄ koh，in 通過犯罪來得 tio̍h 智識，ē sái 講是因為 ánne，chiah 開始創造人類發展 ê 歷史。這是原罪 ê 意外結果。

Hester kah Dimmesdale 犯 tio̍h 通姦 ê 大罪，he mā 有料想 bē 到 ê 結果。Hawthorne hō͘ 一个無正經 ê chabó͘ 人 Hester 服「掛紅字」ê 刑罰 ê 時，用犧牲 kakī 做代價，來幫贊 hiahê 像她仝款，無受祝福 ê 人，最後她成做受大眾喜愛 ê 人，koh kā 一目了然 ê tāichì 記錄落來。另外一方面，Dimmesdale 用一種容易 hō͘ 人理解 ê 方式向普通人傳教。伊真理解普通人 ê 痛苦，所以伊 ê 講道 ē tàng 宣揚「對罪惡世界 ê 同情」，而且 kā 牧師 ê 迷惑 kah in ê 迷惑 khǹg tī 仝步調。通過通姦 ê「禁果」，in 兩人 lóng 得 tio̍h 智識，

ē tàng 了解其他 ê 人，而且為 in 盡力。咱認為這是上帝 ê 攝理，m̄ koh 上帝是 m̄ 是有先原諒 in ê 罪 leh ？武彥 kā 它應用 tī 伊 kakī ê 案例，to̍h 是 kah Andrea 通姦，而且勸她墮胎。因為用 ánne 所得 tio̍h ê 智識做媒介，伊 ē tàng koh khah 理解 Poe kah Hawthorne ê 文學，ē tàng 比其他學者 koh khah 進一步來解說。伊 m̄ 知 ánne 對社會 kám 有啥物貢獻。

Dimmesdale 是悲劇 ê 主角，伊 ê 生活真悲慘。伊 kám 有得 tio̍h 救恩？ Dimmesdale peh 起 lí 高台死 tī hia，m̄ koh，武彥並無想 beh kā 伊送落去地獄。因為若是 kā 伊送去地獄，是 m̄ 是 to̍h ē 成做 kā 武彥送去地獄 ê 前兆 leh ？ Dimmesdale 牧師 ê 清教徒社會，人相信 tī 地 chiū^n 所犯 ê 罪 ē 阻礙伊 chiū^n 天堂，所以一定 ē 用殘酷 ê 方式來裁判伊 ê 罪。

武彥心內驚惶，問幸子講：「Oeh，你對 Dimmesdale chitê chapo͘ 人 ê 看法 án 怎？」武彥 tī 伊 ê 日記中有詳細記錄 chiahê 對話，所以咱來加減記一下。

「我感覺伊是一个花言巧語 ê 人。」

「是 án 怎講 leh ？」

「因為 Hester 保守伊 ê 秘密，m̄ koh 牧師卻成做她 ê 審判者，這是真驚人 ê tāichì。東洋英和 ê 學生 mā 認為是 ánne。Chitê chapo͘ 人 kahná 無了解情人 ê 犧牲。」

「是 ánne oh。」

「請 ē 記得當你寫 Poe ê 論文 ê 時，你真 phah 拚 teh 寫，tio̍h

算我當 teh kā 健次郎換尿 chū'á，á 是 teh 準備一頓飯，你 mā 是 kanta^{n} 催我緊查資料，一屑 á 都無 beh kā 我 tàu 腳手，chiahê chapo͘ 人 to̍h 是 ánne。Pearl chitê gín'á 看起來真可憐，她想 beh 叫一聲『阿爸』，卻無法度。」

「Mài 講我 ê tāichì lah。Kám 講 Dimmesdale 有得救？」

「當然 ā，因為有 Hester tī hia。Siōng 尾一幕，Hester kā 伊 lám ·leh，吐一个大氣 ê 時，hō͘ 我想起 Michelangelo ê Pietà[5]。Pietà 是母性 ê 疼，Hester ê 卻是對情人 ê 疼，m̄ koh，疼是 m̄ 是 ē tàng 洗清一切，hō͘ 人得 tio̍h 赦免 leh ？你 kám iáu ē 記得 Austin 少校 ê 話？Tio̍h 算清教徒 ê 誡命無許可，m̄ koh 上帝 ê 恩典 iáu 是 ē 比 he koh khah 深。學生聽 tio̍h 我 ánne 講了後，ta̍k 人 lóng 歡喜 kah kā in e 手 gia̍h 起來。」

「我真欣羨，你 ê 學生有好 ê 智識 thang 來判斷事物。In 有純粹 ê 心，m̄ koh 我 ê 學生 lóng kanta^{n} ē 曉講理論。」

武彥聽慣勢 ê "Beethoven ê Misa solemnis"（莊嚴彌撒曲）最後 ê「上帝羊羔」，伊用嘴吟出：「上帝 ê 羊羔 kā 世界 ê 罪孽帶走，求祢憐憫。」基督教 ē án 怎審判 Dimmesdale ？我 tio̍h 用啥物形式來 kā 學生解說 chiah 好 leh ？伊 ê 心內 ánne teh 想。上帝 ê 羊羔是 teh 指耶穌 ê 贖罪，tú 親像以賽亞書 53:7 ánne teh 預言耶穌 ê 受難：「伊受壓迫 tú tio̍h 艱苦，iáu koh 無開嘴；伊親像羊 á hông 牽到受 thâi ê 所在，koh 親像羊 tī 剪毛 ê 人 ê 面前無出聲，伊 mā 全

5 譯註；米開朗基羅 ê 聖母憐子雕像；坐落 tī 梵蒂岡 ê 聖彼得大教堂。

款 ánne 無開嘴。」上帝 ê Kiáⁿ 順從上帝 ê 旨意，雖然 kakī 並無罪，卻接受十字架 ê 極端處罰，來擺脫人類 ê 罪惡。亞當違背上帝食「禁果」ê 罪真重，ē tàng 為 chitê 罪來贖罪 ê，一定 tio̍h ài 是無罪 ê 人 chiah 有法度。M̄ koh，tī chitê 世界上並無 chit 種完美 ê 人，所以，上帝 hō͘ 祂 ê Kiáⁿ 成做人類 ê kiáⁿ 來出世，用無罪之身來為世人贖罪。武彥對美國 hiahê 研究 Hawthorne ê 學者 tiāⁿtiāⁿ 引用原罪感覺奇怪：亞當一个人帶罪進入世間，tio̍h 用耶穌一个人 ê 贖罪來引 chhōa 人進入永生。若是遵循 chit 種基督教 ê 思考，to̍h ē tàng 得出 Dimmesdale 一定 ē 得救 ê 結論。

認為「Dimmesdale 是我」ê 武彥得出 chitê 結論了後，吐一个大氣。M̄ koh，m̄ 是基督徒 ê 伊，對 chit 種神學思想 iáu 是感覺有 teh 抗拒，總是，武彥 ê 探討 tī chit 時並無可能停止。

耶穌是慈悲上帝 ê Kiáⁿ，kah 祂同時受釘十字架 ê 罪犯罵講：「祢 kám m̄ 是基督？Tio̍h 救祢 kakī，mā tio̍h 救阮。」另外一个罪犯認為 in 是自作孽，m̄ koh chitê 人[6] 無做一件 pháiⁿ 事，to̍h 對耶穌講：「祢做王來臨 ê 時，請 ē 記得我。」耶穌 ê 回答是「今 á 日你 ē kah 我做伙 tī 樂園。」[7] 用 chit 種極端 ê 方式為萬惡 ê 罪人救贖，kah《歎異抄》ê「好人 mā tio̍h 死，何況邪惡 ê 人」chiahê 詞，有一 kóa 意思相通 ê 所在[8]，m̄ koh，《歎異抄》缺欠罪人 ê 懺悔 kah 告

---

6 譯註：指耶穌。

7 譯註：路加福音 23:39-43。

8 譯註：《歎異抄》是紀錄親鸞上人關係念佛 ê 言行；冊中講，凡若 beh 往生淨土，唯一 óa 靠 ê 是佛 ê 本願力，除這以外，再無別項；彌陀大悲本願，徹底平等，絕對無條件。

白，iah to̍h 是認罪來歸依耶穌。用佛法 ê 話 tī《歎異抄》chhōe bē tio̍h ê 觀念，tī「路加福音」中卻 chhōe ē tio̍h，m̄ koh，這是直到幸子指出了後，武彥 chiah 注意 tio̍h ê。

Óa 靠耶穌 ê 憐憫，十字架頂 ê 罪人得救 à。M̄ koh，是 án 怎 Dimmesdale m̄ 遵循仝款 ê 道路 leh？答案真簡單。伊 tùi Oxford 大學畢業了後，to̍h 擔任牧師 ê 工作，所以，受 tio̍h 眾人扶 tháⁿ ê Dimmesdale 牧師 to̍h kā chit 種行為看做是幼稚 ê。因為智識分子 siōng gâu kā 智識分子應該有 ê 簡單事項，當做是複雜 ê 事物來思考；to̍h 算 in ē tàng tī 面前看 tio̍h ê 真理，in mā 是 ē 通過彎 oat ê 道路 se̍h tńg 去到原點，koh kā tī hitê 過程中得 tio̍h ê 差不多是無路用 ê 智識，當做學術理論來 kā 它 chhìnchhái 應付。In 用 ánne 來欺騙 kakī kah 同事，m̄ koh kakī kah 同事卻 lóng 無注意 tio̍h chit 點。In 教導來教會 ê 信徒 tio̍h「ánne 祈禱」，m̄ koh，kakī 卻無法度 tùi 心底來獻身。墮落 kah 跋倒是 tùi 人 ê 心底出來 ê。Kah 這比起來，Hester ê 生活顛倒有一種安定感。她誠實接受社會所施加 ê 處罰，而且 ē tàng 單純來面對現實，這 to̍h 是救贖。她通姦了後唯一 ê 錯誤 to̍h 是她無向 Dimmesdale 透露她前翁 ê 身分，總是，tī 附近 ê 樹林內，她 kā 伊講了後，to̍h 無 koh 再自責。另外一方面，Dimmesdale 最後 mā khiā tī 高台頂來承認 kakī ê 罪惡，達成伊 kah 上帝，以及清教徒社會 ê 和解。

仁慈 ê 上帝一定 ē 赦免 Dimmesdale ê 罪，m̄ koh，清教徒 ê 律法社會是無人情 ê，而且已經 kā chit 位受人尊敬 ê 牧師推向死亡。武彥 tī《緋文字》中發現 Hawthorne 對清教徒社會 ê 強烈批評，tùi hit 點來做起點 ê 武彥，感覺 Hawthorne kah 伊 kakī ê「倫理學」

有相仝。為 tio̍h 追求信仰自由，離開舊大陸 ê 拘束，beh tī 新大陸建立一个理想社會 ê 清教徒，為啥物 ē 成做一个 hiahnih 封閉 koh 無情 ê 社會 neh ？ He 是食「禁果」ê 人類 ê 驕傲所帶來 ê 結果。Hawthorne 所描寫 ê 17 世紀 ê 波士頓，牧師成做統治者 kah 立法者。In bē 記得 in 是 teh 做上帝 ê 奴僕，是 beh 為普通人服務，m̄ koh，in 卻成做百分之二百 ê 清教徒，kantaⁿ 想 beh 爭權奪利。正當合法 ê 批評 ē hông 看做是褻瀆上帝，受人排斥，致使無人敢挑戰 in ê 權力。雖然 in 原本是 beh 追求宗教自由，m̄ koh，實際上，除了神職人員所傳 ê 以外，in 無容允其它 ê 教義。Tio̍h 算一般人民 ê 心內並無滿意，in mā kantaⁿ ē tàng 選擇服從頂層神職人員 niāniā。

Ánne ê 社會 m̄ 是 kantaⁿ 限 tī 17 世紀 ê 波士頓，武彥 kā 伊 ê 分析 mā 應用到日本社會。戰前 ê 日本有百分之二百 ê 愛國者縱橫出入，in 成做天皇陛下 ê 寶貝 kiáⁿ，向中國、滿洲出兵，而且呼籲 tio̍h kah 美國開戰，in 解說講這是 beh 創造一个「八紘一宇」[9] ê 理想社會。反對 ê 人 ē hông hiat 入去豬籠，甚至 mā ē 有比這 koh khah 悲慘 ê tāichì 發生。總是，kantaⁿ 山本五十六海軍副司令敢提出反對。為 tio̍h beh 保護伊 ê 安全，海軍部長米內光政 kā 伊 khǹg tī 盟軍艦隊指揮官 ê 位置。後來，山本卻成做偷襲珍珠港，對美國開戰 ê 指揮官，這實在是歷史 ê 諷刺。

下面是武彥 tī 1970 年熱天買一台新車 ê 時發生 ê tāichì。Hit 間車行銷售部門 ê 主管是前陸軍上校 A，伊用無頭神 ê 面迎接武

---

9 譯註：意思是「四海一家」。

彥。A 是前陸軍司令部 ê 軍事部課長，伊猶原真懷念舊情，有時 ē 講起以前 ê tāichì。伊講伊有聽 tio̍h 天皇陛下身邊 ê 親信計劃 beh 接受「波茨坦宣言」[10]，所以 kah A 仝黨 ê 人計畫 beh 軟禁天皇陛下，hō͘ 皇太子接位，來進行一場徹底 ê 火燒埔作戰（華語 ê 焦土作戰）。A 感覺真可惜，講，若 m̄ 是 tī 最後一分鐘，一 kóa 頂司無踏腳到，結局 to̍h ē 無仝。伊一方面講是天皇陛下盡忠 ê kiáⁿ 兒，一方面 koh 一屑 á 掩 khàm 都無，想 beh 軟禁天皇，而且伊講 ánne 是真正 ê 忠誠。雖然這是一个主客顛倒 koh 互相矛盾 ê 理論，m̄ koh chit 種 200 % ê 愛國者，in 無 kā 矛盾當做是矛盾。

人類若是坐 tī 權力 ê 座位，tī 不知不覺中，to̍h ē 亂 sú 使用權力；戰後 ê 日本 mā ē sái 講是 ánne。Tī「日本成做第一」ê 經濟高速增長 ê 時代，經濟部 kah 財政部 ê 官僚講話 tú 親像 ánne。若是經團連（日本經濟團體連合會）ê 大人物同意，to̍h 成做 kahná 帶金條 ê 惡魔；若是有人提出反對 ê 意見，to̍h ē hông 當做是愚戇 ê 骨氣。有人講經濟 ê 本質是「經世濟民」，一定 tio̍h ài 改進人民 ê 生活。雖然企業、銀行 kah 官僚機構 hō͘ 經濟繁榮起來，hō͘ 日本 bat 一時誇耀成做「第一」，m̄ koh，土地 ê 價數 chhèng 高，致使普通人 ê 生活並無 khah khùiⁿ 活。武彥 kā 伊 ê 批評目標指向「官僚領導」ê 制度，因為 hông 看做官僚 ê 機構有特權了後，to̍h 想 beh khiā tī 企業 ê 頂 koân，這 ē 致使新 ê 想法無出頭 ê 餘地。

武彥 ê 批評 m̄ nā 限 tī 官僚機構，mā 包括日教組（日本教

---

10 譯註：The Potsdam Conference；是中美英三國 1945 年 tī 德國波茨坦會議 ê 時，聯合發表 ê 一份促使日本投降 ê 公告。

職員組合）。日教組是啥物？是為 tio̍h 啥人來組織 ê ？武彥手裡 koh 加添一支利劍 ê 手術刀。Chaihê 提倡「阮照科學 ê 真理[11] 做 tāichì」ê 教師，in 想 beh kā 學校變成階級爭鬥 kah 洗腦 ê 所在。武彥開始對工會組織做一个整體 ê 批判，是伊 tī Columbia 留學 ê 時。Hit 時，tī 校內 ê McMillan 劇院[12]，當 CBS 交響樂團演奏結束 ê 時，指揮 Stokowski 對坐 tī 前排座位 ê 武彥 hoah 講：「Encore(安可)，án 怎？」武彥回答講：「當然 lah，拜託！」Stokowski kā 指揮棒 the̍h leh，koh 再面 ǹg 管絃樂團，音樂會 ê 大師 mā khiā 起來開始調音。Hit 時，一个伸縮喇叭手（trombonist）tùi 後壁匀匀 á 行出來，phak tī 指揮 ê 耳孔講細聲話。了後，Stokowski 真失望對聽眾宣布講：「我 kah 管絃樂隊 lóng 想 beh encore，m̄ koh 工會講 bē sái，所以我不得不停落來。」武彥認為 he 是 teh 反映工會 ê 橫霸。CBS 交響樂團工會主張這是工會 ê 權限，soah tùi 指揮 kah 觀眾 ê 手裡奪去音樂 ê 喜樂。Tī 管絃樂團中，伸縮喇叭手 ê 地位算是無 tapsap，總是，伊用工會 ê 名義來對指揮下命令。日教組 ê 教師 mā bē 記得 in ê 教學專業，卻去從事政爭，in 只不過是通過 m̄ 知身分者 ê 命令，來提出無理 ê 要求。

Ngh，下面 chit 三个社會 ê 共同點是，in lóng bē 記得 in siōng 起初 ê 使命。為 tio̍h beh hō͘ 一般人民逃閃犯罪 chiah 來建立 ê 清教徒社會，是一个 kantaⁿ ē 處罰罪 ê 社會；戰前 kah 戰爭時期 ê 日本社會，tùi 起初擁護天皇 kah 保守日本免受國難，變成 kā 天皇當做

---

11 譯註：指馬克思主義（Marxism）。

12 譯註：1988 年改做 Kathryn Bache Miller Theatre。

藉口來滿足軍隊 ê 要求；經濟快速增長時期 ê 日本社會，kā「經世濟民」ê 本質 tàn tī 架 á 頂無 beh 用，tùi siōng 高層到 siōng kē 層，tùi 總裁到一般員工 ê 勞動階級，lóng kā 世界市場當做擴大日本 ê 資金 teh 使用。Ta̍k 个社會階層 lóng 已經形式化，tùi 內部崩盤 ê 元素一直 teh 活動，hiahê 有注意 tio̍h chit 點 ê 人 hông 看做異端，不時 hông 忽視 kah 迫害。

武彥主張為 tio̍h 保護社會免遭受 chit 種偏見，一定 tio̍h ài 賦予個人自由。清教徒社會應該為 Dimmesdale 牧師提供一个清除罪惡 ê 方法。耶穌 bat 行 óa 一个 teh beh 因為通姦罪 hông 用石頭 tìm 死 ê 婦女，講：「Lín 中間無罪 ê 人 thang 先用石頭 kā 她 tìm。」[13] m̄ koh 處罰通姦罪 ê 清教徒社會卻無 chit 種同情心。Tī 戰前 kah 戰爭期間，日本用憲兵來壓制反對軍方 ê 聲音。中野正剛[14]計畫 beh 推翻東条英機內閣，結局卻是 kakī 切腹自殺。若是像伊 ánne 持有無仝政見 ê 人 ē tàng 得 tio̍h 言論自由，日本 ê 歷史一定 ē ǹg 無仝 ê 方向發展。日本 tī 經濟高速增長 ê 時代雖然有享受言論自由，m̄ koh 並無真心 teh 聽取異議，應該成做社會木鐸 ê 媒體，soah 成做一个官僚機構 kah 企業 ê 廣告代理商。雖然有人提出異常 ê 土地 koân 價 ē 致使經濟泡沫破滅 ê 警告，m̄ koh 並無受 tio̍h 接納。武彥藉 tio̍h Hawthorne ê 嘴，一直 teh 正面挑戰掩 khàm tī 社會中 ê 有形 kah 無形 ê 虛假潮流。

發見社會邪惡，而且想 beh kā 它糾正 ê 個人，一定 tio̍h ài 是

---

13 譯註：約翰福音 8:7。

14 譯註：1886-1943；日本記者、政治家；太平洋戰爭中，因為對戰爭持反對意見，受 tio̍h 特別高等警察逮捕，釋放後因為悲憤，自殺身亡。

一个負責任 ê 人，而且 koh 需要有使命感。武彥用中野正剛 ê「我 beh 觀看日本來成佛」，以及 Bonhoeffer ê 話，chhōe 出一个有使命感 ê 人物 ê 形象。伊確信為 tio̍h 死亡做好準備 ê 人 ê 行為是 siōng súi ê，tī 成做人類 siōng súi ê 犧牲 ê 背後，中野保證 ē 成佛，Bonhoeffer 保證 ē 有永生。

受 tio̍h 中野 ê 犧牲所感動 ê 武彥，伊想 beh 調查 tī 封建時代，用切腹自殺來對主君「諫諍」ê 武士，in kah 中野之間有啥物區別。武彥發見 in 受 tio̍h「準講君無 sêng 君，臣 mā beh 盡忠」ê 絕對忠誠 ê 思想所感動。Tī 中國，卻有「君無 sêng 君，我 to̍h 離開」ê 做法，用 he 成做個人推卸責任 ê 藉口。日本 tī 封建時代並無 chit 種思想，in 不准藩主 kā in ê 藩屬轉去另外一个藩屬；in tī 一个受限制 ê 框殼內，kā 扶 bē 起 ê 阿斗君王培養成做名君。In 堅持為主君 phah 拚，koh tio̍h 賭命來諫諍。問題是 chit 種諫諍是 m̄ 是 ē tàng 糾正藩屬內 ê 社會邪惡 leh？受 tio̍h chitê 問題 ê 困擾，武彥轉向學生求助。

一位學生發表批評 ê 聲明講：「中野正剛橫直 ē hō͘ 東条 thâi 死，伊 kám 一定 tio̍h ài kakī 出手？」武彥肯定中野，講：「M̄ tio̍h，中野真偉大。切腹自殺 tī 大戰時期被美化做武士 ê 真道，切腹 ê 人受肯定是 teh 做美好 ê tāichì，而且全國 ê 人民認為東条 ê 獨裁 bē sái 得，紛紛起來諫諍。」

「Ánne，三島由紀夫 mā 是仝款 loh。」

「事實並 m̄ 是 ánne。三島已經 tòe 時代 bē tio̍h，伊 kantaⁿ 想 beh kā 伊 ê 偏見強加 tī kui 个國家。」辯論繼續進行，有真 chē 學生 ē tàng 自由談論 in kakī ê 理論，hō͘ 武彥 tiāⁿtiāⁿ 感覺真驕傲。伊

改變話題，講：「咱已經有講過『戰爭期間』chitê 詞，我無法度分析其它所在 ê 時代環境。Chitmá 咱來講封建時代。」

「老師講『準講君無 sêng 君，臣 mā beh 盡忠』是封建時代 ê 理想，m̄ koh he 真 hō͘ 人討厭。我隨時想起 hitê 殘酷 ê《阿部一族》。」討論來到真意外 ê 層面。武彥問是 m̄ 是有人無讀過森鷗外 ê《阿部一族》，結果專修文學 ê 學生 kantaⁿ 有三个人 gia̍h 手。

《阿部一族》ê 故事內容是 ánne：阿部弥一右衛門對病床頂 ê 肥後藩主細川忠利講伊願意殉死，m̄ koh 無受許可，這是因為盡忠 teh 努力工作 ê 阿部，偏偏無受 tio̍h 藩主 ê 接納。藩主過身 ê 時，有十八名家臣 lóng 真有尊嚴來殉死，死者 ê 家屬 mā 得 tio̍h 藩主 ê 恩賞。阿部 kah 以前仝款 teh 盡職，卻 hông 看做是惜性命 ê lám khasiàu。伊忍受 bē tiâu，mā 切腹自殺，m̄ koh 伊因為違命，soah 受 tio̍h 譴責。阿部 ê 嫡子權兵衛 tī 伊 ê 老父頭一年做忌 ê 現場剪頭毛，表示有意 beh 進入佛門，m̄ koh 伊無受尊重，而且被下令絞死。Chitê 家庭是堅定不移 ê，阿部一族決意 tī 厝裡，面對藩主 ê 武士，戰到全部被誅滅。Kantaⁿ ánne ê 解說，to̍h hō͘ 討論 koh 再 chhiāngchhiāng 滾起來。

「我真想 beh kā 細川藩主釘 tī 柴架頂。伊 hiahnih 殘忍，根本 to̍h m̄ 是人。」

「伊是 hitê 總理 ê 祖先。」（Hit 時是離 1993 年秋天，細川護熙內閣成立了後無 gōa 久 ê 時 chūn。）

「果然照所料想 ê，無人 beh 為 chitê 內閣來犧牲 kakī。」

「殉職，殉道，一屑 á 意義都無，kám m̄ 是？」

「Tī 武士 ê 世界，殉職受 tio̍h 美化。Tio̍h 算 tī hit 世 kah 藩主

做伙行，chit 世 mā tio̍h 一世人為伊服務。」

「Ánne ê 想法拖真長 ê 尾溜，tī 太平洋戰爭中 to̍h 產生神風特攻隊。這是危險 ê 想法，kah 這比起來，古墳時代[15] ê 日本人 khah 聰明，in kantaⁿ 用各種型態 ê 人造物來陪葬。」

「有一種理論認為森鷗外暗中對乃木大將 kah in 牽手 ê 殉職表示懷疑。」

「Tùi 森鷗外 chit 位對德國文學有深入了解 ê 醫學者 ê 眼光來看，伊 kiámchhái 是 kantaⁿ beh 反映封建時代 ê pháiⁿ 習慣。M̄ koh，tī 明治 kah 大正 ê 社會，伊 bē tàng 公開 ánne 講。」

「原來如此，文學是社會 ê 木鐸，森鷗外 kám m̄ 是武田老師 ê 理論 ê 先驅？」

討論到目前為止，已經引起爭論。武彥有講過：「Bē sái kā 中野 ê 切腹自殺 kah hit 種殉職做伙比較」，學生回答講：「當然是 ánne。」針對學生問講：「Ánne，中野 ê 死諫是 beh án 怎講 leh ？」武彥回答講：「有時 ē tàng 看做是仝款，有時卻 bē tàng。」「是照啥物標準 leh ？」有二三人 gia̍h 手 beh 回答。

「看它是 m̄ 是 ē tàng 得 tio̍h siōng koân ê 利益；看它是 m̄ 是有 m̄ nā 肥後藩主、日本全體，甚至全世界 lóng ē tàng 適用 ê 價值；看它是 m̄ 是一个 ē tàng 實現 ê 問題。」學生回答了真好，in teh 走 chhōe 普遍性。

「無 m̄ tio̍h，咱來 kā chitê 問題應用 tī chitmá ê 時代。藩主雖然已經消失，m̄ koh 有權威 ê 企業已經 kā 伊取代。Lín ê 社長若有歪

---

15 譯註：是大和時代 ê 一个階段；西元 250 年到 710 年；因為當時 ê 統治者大量營建「古墳」來得名。

chhoa̍h ê 行為，lín tio̍h án 怎處理？現代版 ê 諫諍是啥款 ê 物件？」武彥 kā 問題移轉到學生將來必須面對 ê 場面。答案並無容易。武彥繼續講：「Chitmá 咱來 kā 場面搬來學校。若是我 chitê 武田 teh beh 促成學生行後門來入學，lín koh 發見我 tī 瑞士銀行有加一大筆存款 ê 時，kám 有人 ē 對我講：老師，你 bē tàng ánne 做？ Tio̍h 算我 ē hō͘ 伊落第 ê 分數。講看 māi，你 ē án 怎回答。」

柏木隨時大聲 hoah 講：「老師，ánne 做 m̄ 好。」

「柏木先生，我絕對 bē hō͘ 你畢業。」全班同學同齊大笑起來。

順續講一下，中野 kah Bonhoeffer 有 gōa chē 無仝 ê 所在？雖然中野因為批評東条獨裁統治 ê 無能，soah 受逼死亡，m̄ koh 伊對 Hitler kah Mussolini[16] ê 評價卻是偉大 ê 政治家，伊並無批評 in ê 獨裁統治本身。換一句話講，中野 m̄ nā 無 tùi 普遍 ê 立場批評東条 ê 獨裁統治，koh siuⁿ 過批評東条 tī 日本 ê 特殊狀況。另外一方面，Bonhoeffer ê 反 Hitler 運動 tùi 一開始 to̍h 釘根 tī 普遍 ê 立場，to̍h 是德國人 bē sái 迫害仝款是上帝子民 ê 猶太人，所以伊聲稱一定 tio̍h 糾正 chitê 錯誤；釘根 tī 聖經教導 ê 信仰促成伊 ê 決心。武彥對中野 ê 反東条獨裁統治 jú 了解，to̍h jú ē tàng 接受中野 ê 行為。M̄ koh，為 tio̍h tùi 道德 ê 角度來建立普世價值，伊不得不 tio̍h 選擇 Bonhoeffer ê 案例。

永生 ê 保證 teh 支持 Bonhoeffer 充滿勇氣 ê 行動。武彥 kā 這

16 譯註：墨索里尼，1883-1945；意大利國家法西斯黨 ê 黨魁，法西斯獨裁者，第二次世界大戰 ê 元兇之一，法西斯主義 ê 創始人。

定位做倫理學 ê 必要條件，這類似 Kant[17] tī 伊 ê 實踐理性批判 ê 道德哲學中所提出 ê 必要條件之一：「靈魂不滅」。設使 Kant 有做一件 pháiⁿ tāichì，tio̍h 算 tī 在生 ê 時無 hông 發見，mā 無受 tio̍h 處罰，m̄ koh，若是靈魂不滅，伊 to̍h 一定 ē 受 tio̍h 處罰；人一定 tio̍h tī 永恆 ê 存在中，對 kakī ê 行為負責。武彥是一个走 chhōe 永生 ê 人，tio̍h 算伊犯 tio̍h Dimmesdale hit 款罪，m̄ koh，伊 ē 後悔，koh ē 重新補償，而且採取倫理 ê 行動。伊強調，無論犯 tio̍h gōa 大 ê 罪，通 n̂g 永生 ê 道路 lóng 是開開。Kant kah 武彥 ê 倫理學，tī「呼籲上帝 ê 存在」chit 方面是完全一致 ê。

Tī 20 世紀下半葉，當武彥做教授 ê 時，是道德相對主義[18] ê 全盛時期。Tī 寬容 ê 名義下，tiāⁿtiāⁿ 看 ē tio̍h 一 kóa 常識無法度接受 ê 行為。武彥認為，為 tio̍h 建立反對 chit 種道德趨勢，koh 確立倫理，一个絕對 ê 裁判者是有必要 ê。Hit 位裁判者 to̍h 是清教徒 ê 上帝，Hawthorne ê 上帝 mā 是。Tiāⁿtiāⁿ teh 批判清教徒社會 ê 武彥，ná ē 做出 ánne ê 發言 leh？伊 ê 學生 tī 研討會上無法度理解，所以 in ê 疑問 to̍h 隨時出現 ā。

武彥回答講：「無 lah，清教徒社會 ê 錯誤是在 tī 人 ê 傲慢態度，in kā kakī ê 意思當做是上帝 ê 意思。」清教主義吸收新教 ê 潮流，m̄ koh，Hawthorne 對 Boston ê 描寫卻忽略宗教改革 ê 基本精

17 譯註：Immanuel Kant；康德；1724-1804；出名 ê 德國哲學家。伊所著 ê《純粹理性批判》、《實踐理性批判》、《判斷力批判》三大巨著奠定德國古典哲學 ê 基礎。

18 譯註：道德相對主義 ê 頭一个核心思想是：世間並無絕對 ê 道德真理；世間 mā 無存在「m̄ tio̍h」á 是「無應該做 ê」chiahê 絕對 ê 道德特性。

神之一：「萬人皆祭司」。In 為 tio̍h beh kā 上帝 ê 話教導 hō͘ 信徒，soah kā kakī ê 話當做是上帝 ê 話來解說 hō͘ 信徒理解，致使包括牧師在內 ê 支配階層 soah 制定嚴格 ê 戒律，m̄ koh 這 m̄ 是 Martin Luther á 是 Calvin 所想 beh ài ê。基督徒 ê 自由是新教 ê 重要教義之一，倫理學 ê 使命是 beh 消除現有社會中 ê 虛假 kah 束縛，為社會成員提供自由。

啥物是「自由選擇」ê 意義？當然是指 ē tàng 自由選擇，m̄ koh，選擇 tio̍h 有限制。「Lín tio̍h tùi hitê 狹門入去，因為透到滅亡 ê 門真闊，hit 條路真好行，tùi hia 入去 ê 人真 chē。透到永生 ê 門真狹，hit 條路真 pháiⁿ 行，chhōe tio̍h ê 人真少。」[19] 武彥 kā 學生紹介 Martin Luther 所著 ê《基督徒 ê 自由》(1520 年)，其中有兩个原則：「第一，基督徒 tī 所有 ê tāichì 頂面是一个自由 ê 人，lóng 無屬 tī 任何人，無受任何人管轄。第二，基督徒是服務萬物 ê 奴僕，受一切管轄。」Chit 兩个原則看起來 kahná 互相矛盾，其實是互相補足。Hit 工結束研討會 chìn 前，武彥補充講：《緋文字》ê 角色中，kantaⁿ Hester 是唯一實行 chit 兩个原則 ê 人物。

武彥寄 hō͘ 我 ê 三本日記中，第二本 ê 記述到 chia 結束。Tī hit 本日記 ê siōng 尾，伊有插入一个 phoe 囊，頂面寫「Phah 開第三本 chìn 前，請讀這」。伊 koh 有附一張菊池寬獎頒獎典禮 ê 邀請函，伊 ê 作品得獎 ê 理由是：「一本超越文學評論框殼 ê 優秀學術著作，mā 是倫理學 siōng 先進 ê 突破性作品，ē tàng 成做思考日本未來所不可缺欠 ê 重要哲理。」武彥 kahná 真歡喜。

19 譯註：馬太福音 7:13-14。

第七章　上帝 ê 羊羔

Chit 張 phoe 用 chiahê 話做起頭：

Arturo：

Hit 工，你專工來看你 ê 生父，我非常感謝。M̄ koh，你 ná ē 無 kā 你 ê 來意明確 kā 我講，無 hō͘ 我有機會 thang kah 你相認 leh？雖然 hit pái ê 見面成做我操心 ê 起源，m̄ koh，我心內充滿歡喜。

我 tńg 來到公寓 ê 時，感覺真興奮，to̍h 出聲唱：「我知我 ê 救贖主活 leh」(I know that my redeemer liveth)[1]。散步了後先 tńg 來，身軀已經洗好 ê 幸子講：「Oh，你 kahná 真歡喜 ê 款 neh」，to̍h kah 我做伙唱。Chit 首詠嘆調（Aria）ê siōng 起初是由女高音唱 ê，我 kantaⁿ 是 kā 它借用，chitmá 暫時換欣賞幸子 ê 歌聲。我 ê 救主確實 iáu 活 leh，我 ê 罪過被洗清氣 ā。上帝 ah，我 m̄ 是 thâi 死胎兒 ê 兇手，袮今 á 日 hō͘ 我看 tio̍h chitê 印記，我 ê 心底充滿無法度形容 ê 喜樂。五年前，見過你了後，你 ê 形影一 pái koh 一 pái 出現 tī 我 ê 面前。

無 gōa 久了後，當我 koh 思考 chit 項 tāichì ê 時，我感覺 hit 時我應該向幸子承認一切，koh 求她 ê 赦免，而且 kah 她分享 hit

---

1　譯註：作曲者是 George Frideric Handel，出現 tī 聖樂 Messiah, HWV 56, 1741。

工ê喜樂。Kah Hester 仝款，她為我犧牲，m̄ koh，我卻 lóng 無報答她。看 tio̍h 她 kahná 天使ê無辜ê面容，我忽然有一種 beh 對她告白ê決心。總是，我 koh 為 kakī chhìnchhái 加一个理由：「Koh 等一下 khah 好，因為 Arturo 並無 kā 我講伊是我ê親生 kiáⁿ。」我是一个真 gâu 自欺欺人，而且是無膽 koh 奸巧ê人，tī chit 方面，我 kah Dimmesdale 牧師並無啥物區別。

咱 koh tńg 來 Hester ê故事。我 chìn 前提起她ê時，有講過我ê講義 bat 寫講她是唯一符合「基督徒ê自由」兩个條件ê人。我寫 chit 份講義ê時，kahná 是我 tńg 來到厝 hit 工，kahná 我 hō͘ 魔鬼掠 tiâu ·leh。Tī「Kā Hester 當做是日本 chabó͘ 人」ê標題下面，我有寫講貞淑 koh 順從ê日本女性 tī 各方面 lóng tio̍h 犧牲，而且不幸ê是，Beate tī 憲法中所賦予女性ê男女平權ê條文，真可惜 lóng 無實踐，所以我有寫一 kóa chiahê tāichì。女性佔日本人口ê一半，總是，有實例指出，chiahê 一半ê人口 lóng hông khǹg tī 無生產力ê kē 層。當然，我感覺我對幸子 kah Andrea 真虧欠，而且 kiámchhái 我已經 ánne 寫過 à。

Tī 我寫《清教主義ê倫理學》chit 本冊ê時，我感覺我一步一步 óa 近基督教ê思想，做我助手ê幸子 mā 是 ánne。阮想 beh 閃避 chitê 想法，所以 bat 幾 nā pái 前往京都 kah 奈良ê古廟朝聖。大和[2]是日本人ê心ê故鄉，若去 hia，m̄ nā ē tàng 離開城市ê塵埃，而且 koh ē tàng kah 古早時代日本ê偉大靈魂接觸。和辻哲郎[3] tī 山

2 譯註：大和國，tī 現今ê奈良縣。

3 譯註：1889-1960；日本哲學家、倫理學家、文化史家、日本思想史家。

村 ê 一間小寺廟發見「滋潤心 ê 疼」，hit 間寺廟 kám m̄ 是所謂 ê「桃花源」ê 理想鄉 kah 幻想中 ê 淨土 ê 組合？伊一直 teh 空思妄想。日本 ê 寺廟 kah 自然融為一體，hiahê hō͘ 人放鬆 ê 所在 ē tàng kā 人 chhōa tńg 來到 gín'á ê 心。若是認為這是日本人 ê 本質，ánne，in 想 beh 成做基督徒 ê 感覺 to̍h ē 消失去。

M̄ koh，《緋文字》無法度 kah 基督教 ê 教義分開來思考，所以，我對基督教 ê 倫理學研究 iáu teh 繼續。我根據人 kah 創造主上帝 ê 絕對關係、人 kah 人 ê 關係，以及人 kah 自然 ê 關係 chit 三方面，集中來發展倫理 ê 理論。

Tāi 先來講人 kah 上帝 ê 關係。清教徒社會 ê 錯誤在 tī kā 牧師當做絕對 ê 上帝 kah 市民之間 ê 中間人。我認為一个 bē 記得除了耶穌以外無其他中間人 ê 社會，tī hitê 時間點 to̍h 已經失去存在 ê 理由，hitê 社會已經變成一个 hō͘ 形式 ê 偽善者欺騙 ê 社會。我 mā 對戰時 ê 軍事部 kah 戰後 ê 財經界有嚴厲 ê 批評。Tī 人 kah 人之間 ê 關係中，我根據 Martin Luther ê《基督徒 ê 自由》繼續進行討論。福沢諭吉[4] 引用美國 ê 獨立宣言，koh 根據基督教教義 ê 話，講：「天無造人上人，mā 無造人下人，是人人平等。我質疑是 án 怎日本猶原 teh 堅持階級 kah 世襲？Kiáⁿ 接管老父 ê 地盤成做國會議員，伊 ê kiáⁿ koh 續落去接管 hitê 地盤成做大臣，這 kah 以前 ê 諸侯並無啥差別。Tī《緋文字》中，Hester tī 附近 ê 樹林中 kah Dimmesdale 牧師秘密見面，她通過大自然，來對牧師承認她 kah

4　譯註：1835-1901；日本近代重要啟蒙思想家、教育家、慶應義塾大學 ê 創立者、明治六大教育家之一，影響 tio̍h 明治維新運動。

前翁 ê 關係，m̄ koh 除了這以外，她無講 tio̍h 人 kah 自然 ê 關係。我指出這是一个缺點，而且得出一个結論：現代社會中 ê 環境污染是 teh 違背上帝 ê 旨意，而且 koh 無適當擴大政府 ê 權力，來當做防治環境污染 ê 藉口，ánne mā 是 teh 褻瀆上帝。當然，我真歡喜同事 oló 講這是一本有開創性 ê 著作，m̄ koh 對我有利 ê 是，它 ē tàng 幫贊幸子 kah 我形成世界觀，而且重新 hō͘ 阮結聯做伙。

Tú 親像你 tī 我 ê 日記中讀 tio̍h ê，我 bat 想 beh 轉向佛法，m̄ koh，我 tī 兩个本願寺參拜阿彌陀佛 ê 時，我無感覺 tio̍h 親密性，顛倒是 khah hō͘ 人驚畏。講 tio̍h 基督教，教徒 kā 創造主上帝，當做是「阮 ê 天父」，是 ē tàng 來親近 ê，m̄ koh，tī 我腦中 ê 是受氣 ê 上帝，所以我驚去 óa 近上帝。Tio̍h 算我 ê 理智想 beh 崇拜 chit 位絕對 ê 上帝，我 mā 無法度 ánne 做，因為我驚祂 ē 受氣。總是，五年前我 tú tio̍h 你 ê 時，我所有 ê 驚惶 lóng 消失去 à。

當然，我真正知影基督教有一條「m̄ thang 行姦淫」ê 誡命，m̄ koh，我一 pái koh 一 pái 讀 tio̍h 耶穌對行姦淫 ê chabó͘ 人所講 ê 話：「我 mā 無 beh kā 你定罪，你 thang tńg 去，taⁿ 以後 m̄ thang koh 犯罪。」[5] Ánne，我 kah Andrea 一暝 ê 做伙，kiámchhái mā ē tàng 得 tio̍h 赦免 chiah tio̍h。Hit 件 tāichì 了後，我一直對幸子忠實，tńg 來到日本了後，我 mā m̄ bat koh kah Andrea 通過 phoe。若是她墮胎，ánne to̍h 違反「m̄ thang thâi 人」ê 誡命，而且是比通姦 koh khah 嚴重 ê 罪。我認為做幫兇 ê 我，救贖 ê 門一定 mā 對我關起來 à，所以 to̍h 繼續忍受 hitê 痛苦。Andrea 是一个偉大 ê 人，她

5 譯註：約翰福音 8:13。

無 kā 你 the̍h 掉，顛倒已經 kā 你養飼長大，成做一个真善良 ê 人。Arturo，你來了真好，真多謝。

女性未婚生 kiáⁿ，這 ē hō͘ 她錯過婚姻 ê 機會。Andrea 無 kā 你 the̍h 掉，這是一種無顧 kakī 本身利益 ê 行為，實在是真偉大，我真感激。若無她 ê 自我犧牲，你 ê 存在 to̍h ē 消失。我 mā 有得 tio̍h 女性自我犧牲 ê 疼 ê 支持；tī 我性命 ê ta̍k 種十字路口，幸子一直放落她 kakī ê 利益來幫贊我。聖經中有一句意義深刻 ê 話：「總是，chitmá 做 tāi 先 ê 人，真 chē ē 變做路尾；chitmá 做路尾 ê 人，ē 變做 tāi 先。」[6] Chapo͘ 人有強烈要求自我肯定 ê 慾望，而且 khiā tī 頭前；chabó͘ 人犧牲 kakī，而且 tòe tī chapo͘ 人後壁 teh 行。Chiahê chapo͘ 人 tī chitê 世上受益，所以 tī 天堂做路尾 ê 是真合理。我 teh 研究 Hawthorne ê 時，發見 Hester 是唯一忠實執行《基督徒 ê 自由》ê 兩个原則 ê 人；我提出 chitê 結論是正確 ê。Tī 我 ê 老父往生 chìn 前，伊有留落來一个遺囑：「武彥，你 tio̍h 好好 á 照顧你 ê 老母，這是 tùi 江戶時代開始 to̍h teh 支持武田家族 ê 女性力量。」儘管我 ê 老父出世 tī 明治時期，m̄ koh，自我 bat tāichì 以來，我知阮老父一直 phah 拚做工，koh 用心 teh 疼我 ê 老母，he 是阮 tau ê 好風範。我想 beh koh 一 pái 見 tio̍h Beate，我想 beh kā 她講：tio̍h 算無寫 tī 憲法內底，女性 tī 一 kóa 傳統家庭中是 kah 男性平等 ê。無論 án 怎，我前到 taⁿ m̄ bat 親像 kah 你見面 hit 工，hiahni̍h 感受 tio̍h Andrea kah 幸子兩个 chabó͘ 人 ê 愛情。

Hit 工，我一 pái koh 一 pái 試 beh 來 kah 幸子談 Andrea kah 你

---

6 譯註：馬太福音 19:30。

ê tāichì，m̄ koh，幸子招我去麻布十番食外食，所以，阮 tī 韓國餐廳食中晝，而且談論一 kóa 五四三 ê tāichì，soah hō͘ 我失去勇氣。我 kah 幸子談所有關係 Andrea kah 你 ê tāichì，是 hit 工了後大約一年半。我 tùi 宮內廳[7]得 tio̍h 參觀修學院離宮[8] ê 許可，tī 紅葉 ê 季節去遊覽京都。Tùi 離宮 ê 隣雲亭 ē tàng 看 tio̍h 北山 ê 連綿山脈，以及京都市內 kah 近郊。其它所在無有 hiahnih súi ê 人造風景園區，它秋天 ê 紅葉極 súi 無比。我牽幸子 ê 手，kah 幸子交談，lóng 無掩 khàm，我講起 Andrea kah 你 ê tāichì。幸子恬靜無出聲。我講：「請原諒我」，m̄ koh，她 kantaⁿ 回答講：「請 hō͘ 我一 kóa 時間。」了後，我 kakī 一个用 hit 雙腳 tńg 來到東京，幸子去金沢拜訪她 ê 叔伯小妹。

二禮拜後，幸子無事先通知 tńg 來。她用平常時 ê 口氣講：「我 ē 原諒你。Hō͘ 你等 hiah 久，真失禮！」我就 ánne 安心落來。我 tī 長谷寺 ê 地蔵菩薩群 ê 面前流目屎 ê 時，她 kahná 有懷疑我 kah 啥人有關係。我 iáu ē 記得 hit 暗 tī 眠夢中，我有叫出 Andrea ê 名，m̄ koh，幸子 kakī chiùchōa beh 打消 hitê 懷疑 ê 念頭，無 koh beh 想起 hit 件 tāichì。Beh 原諒 á 是 m̄ 原諒不貞 ê 對方，tio̍h tāi 先考慮離開對方是 m̄ 是 khah 好 ê 問題。幸子認為我是一个好翁婿，所以無想 beh kah 我分開。Ánne，是 ē tàng 赦免 á 是 bē tàng 赦免 leh？有人 kiámchhái ē 認為 tio̍h ài 親像清教徒社會 hiahnih 無情，hō͘ Hester 成做犯罪 ê 人。所以，「原諒你」chitê 詞，tī 幸子 ê 腦海

7 譯註：日本政府中掌管天皇、皇室 kah 皇宮事務 ê 機構。
8 譯註：修學院離宮是 tī 京都市左京區比叡山腳 ê 宮內廳所管轄 ê 離宮。

內已經重複講幾 nā pái 了後，她 chiah tńg 來到厝裡。我感覺這是上帝 ê 憐憫。

幸子繼續講：「我感覺 Andrea 是大好人，她若 m̄ 是 ánne，你 to̍h bē 對她一見鍾情。她無 kā Arturo the̍h 掉，koh kā 伊養飼大漢，實在有夠偉大。」她用 chiahê 話 kā 我安慰；她 m̄ nā 無 hō͘ 我失意，koh 顛倒鼓勵我。我想起老父 bat 講過 ê 話：「武田家有得 tio̍h chabó͘ 人 ê 力量支持。」阮老父、阿公、阿祖 kah 祖先世代，一定有 tùi chabó͘ 人得 tio̍h 心內 ê 一 kóa 鼓勵。Chitmá，hitê 血 mā tī 我 ê 身軀 teh 流，我滿心感激。

Hit 工 ê tāichì，我記 kah 真清楚。幸子 kā 面 phak tī 我 ê 胸前，阮做伙倒 leh。我講：「我有做對不起你 ê tāichì，我比 Dimmesdale 牧師 koh khah 軟 chiáⁿ，koh khah 無膽。Hester 為 tio̍h 愛人 ê 名聲 kah 地位，自我犧牲來保守秘密，她是無辜 ê 幫兇。Kah 她比起來，我差一大碼，因為有罪 ê 我卻 hō͘ 無罪 ê 你 teh phāiⁿ『紅字』。」幸子平靜回答講：「無要緊 lah，mài koh 講起 hiahê tāichì。」她 koh 用手 tī 我 ê 胸前畫一字大 A，koh 用嘴 chim 字 ê 每一个角落，了後 koh 講：「Chitmá，你 ê『紅字』已經完全消失 à。」Tú 親像 Hester kakī 一个人 teh 承擔 Dimmesdale ê 罪，幸子表示她 mā 決意 beh 對我展示她 kakī 一个人 beh 承擔我 ê 罪惡 ê 決心。

幸子起床，對 kiōng beh 應付 bē 來 ê 我講：「來坐我邊 á，kā 頭靠來我 ê 胸前。」她 to̍h 開始摸我 ê 頭。有一時 á 久，我 kui 身軀體會 tio̍h 細漢 ê 時 bat 有 ê 快感。

「我 kantaⁿ 有一个怨言：你是 án 怎無 khah 早講出來？」

「我驚你 ē 離開我。」

「我一屑 á 都無想 beh kah 你分開。」

「He 是因為你是以我無犯罪做前提。」

「M̄ koh，chitmá 你老實對我講出一切，ánne to̍h 好 à。」

「多謝你赦免我。」

「上帝原諒咱 ê 罪，而且賜 hō͘ 咱 chit 種氣力。我真歡喜所有 ê 心結 lóng tháu 開 à。」

幸子 hit 當時所表現出來 ê 愛，是超出平常時夫婦之間 ê 愛情。我忽視 kah 她約定 ê 婚約來犯 tio̍h 姦淫，她卻 m̄ nā 赦免我，koh 無顧她 kakī ê 利益，kantaⁿ 為我 teh 設想，我 soah m̄ 知 tio̍h án 怎講，thang 來表達我 ê 感受 chiah 好。當我講「我愛你」ê 時，我無法度完全表達我 ê 心意。我對 kakī ê 言論 kah 寫作充滿信心，m̄ koh kantaⁿ chit 時，我漏氣 kah 感覺我 ê 日文無夠 thang 用。

古早時代 ê 希臘人是表達愛情 ê 天才，in 真慣練 teh 使用 "agape"（無私 ê 大愛）、"eros"（情愛）、"philia"（友愛）kah "storge"（親愛）四種疼。父母 kah 親族之間 ê 情感無一定是「血濃於水」，用 "storge" to̍h 有夠額；朋友 kah 朋友之間 ê 關係，á 是對共同目標 ê 關心 ē tàng 用 "philia" 來表達。講 tio̍h "eros"，隨時 ē hō͘ 人想起充滿激情 ê 男女之間浪漫 ê 愛情；柏拉圖（Plato）kā 無性 ê 愛情 mā 包括在內，m̄ koh chitê 詞有包含以自我做中心 ê 元素。若是 "eros" 用 tī 虔誠疼上帝，he 是因為伊想 beh hō͘ 上帝 mā 疼伊；若是男性疼一个女性，he 是因為伊想 beh hō͘ hitê 伊所意愛 ê chabó͘ 人 mā 來疼伊。比較起來，"agape" 是崇高 ê，是無條件犧牲 kakī，照上帝 ê 旨意來疼對方，lóng 無要求任何補償。幸子 chit 種盡量安慰我，koh 赦免我過去所有錯誤 ê 疼，hō͘ 我 tī hia 看 tio̍h 幸子 ê "agape"。Kah 她比起來，hō͘ 我感覺見笑 ê 是，我 kanta^{n} 有 kakī 本位 ê "eros"。

續落來，是 tio̍h án 怎 kā chitê 信息傳 hō͘ 阮 ê gín'á。我拜託她講：「幸子，勞煩你 kā gín'á 講」，m̄ koh，她無 beh 讓步，講這 kanta^{n} 是我 kah gín'á 之間 ê 問題，tio̍h 算她想 beh 講，mā 無應該講。

Arturo，你 mā 已經做老父 ā，應該 ē 理解 chiah tio̍h；做父母，無比這 koh khah 艱難 ê 任務。Tio̍h 算父母是一个無完美 ê 人，in mā ē n̍g 望 in tī gín'á ê 眼中看起來是完美 ê。這 m̄ 是驕傲自滿，卻是因為父母想 beh 成做 gín'á ê 模範。In bē tàng 失格講：「老父 tī 少年 ê 時 bat 犯 tio̍h 通姦罪。」所以，我躊躇兩年 gōa；起初，我想 beh 父 kiá^{n} 三人做伙去旅行，當面 kā in 講，m̄ koh beh 設定時間卻非常困難。Chitê 原因以外，我 iáu bat 有一个痛苦 ê 經歷──我 tī 修學院離宮對幸子 ê 告白，結局是失敗，所以我無想 beh koh 繼續安排旅行。就 ánne，我決定 beh 寫 phoe hō͘ 兩个 gín'á，m̄ koh 我寫了 koh 改，改了 koh 再寫，tio̍h 算我重寫幾 nā pái，mā 無法度寫出 hō͘ 人滿意 ê 物件。最後，我寫 hō͘ 兩个 gín'á ê phoe 如下：

洋太郎、健次郎：阿爸少年 ê 時，有做一項無法度 kā lín 明講 ê tāichì，我真抱歉。He 是我 tī 美國讀冊 ê 時，我 tú tio̍h 一位名叫 Andrea ê 好 chabó͘ gín'á，我 hō͘ 她有娠。我想 beh tī chia tāi 先 kā lín 講，lín 有一个叫做 Arturo ê 仝父各母 ê 兄弟。事實上，老父原本並 m̄ 知伊 ê 存在。Andrea 講她 beh 前往巴黎，去進行人工墮胎，老父有同意。了後，我收 tio̍h 她一張電報，講一切 lóng 已經完成 ā。老父喘一口氣，感覺 kakī 已

經自由 ā，m̄ koh，結局是我一直 hō͘ 懊惱所困擾，認為 kakī 是 hitê thâi 死胎兒 ê 人。收 tio̍h 電報了後，老父 lóng m̄ bat tùi Andrea 聽講她無墮胎，而且已經結婚，koh 撫養她 ê gín'á 大漢 ê 消息。大約四年前，我頭一 pái tī 國際文化會館 kah Arturo 見面 ê 時，我隨時 to̍h 意識 tio̍h 這是我 ê 親生 kiá^{n}；chit 種感覺 kah 我對 lín 兩人 ê 感覺無啥物無仝。我真歡喜，因為伊 kā 我解除 thâi 死胎兒 ê 罪惡感。M̄ koh，beh án 怎 kā chitê 信息傳達 hō͘ lín 老母 kah lín 兩人，成做老父 ê 一个新課題。我有對 lín 老母講明一切，koh 有得 tio̍h 她 ê 赦免。我 mā 想 beh 當面 kā lín 講，m̄ koh，我無 hit 種勇氣。所以，我寫 chit 張 phoe hō͘ lín，而且附上 kah Andrea 見面 hit 工 ê 日記。我 ǹg 望 lín ē tàng 原諒我 hit 時 ê 幼稚無知。無論 lín án 怎看待 chit 項 tāichì，ǹg 望 lín 相信老父一直 tùi 心內深深 ê 所在 teh 疼 lín。

這是一篇幼稚 koh hanbān ê 文章，m̄ koh 我無法度 koh 再寫落去。

我真久 lóng 無收 tio̍h in ê 回 phoe；有一段時間，in teh 逃避 kah 我見面。我得 tio̍h 一个 Arturo，m̄ koh，我 kám ē 失去洋太郎 kah 健次郎？我 soah 陷落驚惶 ê 境遇。幸子為我排解。她問 in 兩人：「老母 ē tàng 赦免，是 án 怎 lín bē tàng leh？」洋太郎重新考慮 chiahê 話，了後通過電子郵件，簡單回答講：「我真理解。」洋太郎身為一个 senglí 人，有得 tio̍h 穩定 ê 發展。伊有趣味讀哲學 ê 冊 kah 露西亞文學，我真歡喜 kah 伊談論柏拉圖

（Plato）、康德（Kant）、托爾斯泰（Tolstoy）kah 杜斯妥也夫斯基（Dostoyevsky）。伊 ê 回 phoe kantaⁿ 講：「我真理解」，伊 kahná 有不滿 ê 所在，這 hō͘ 我感覺真寂寞。我 kah 我 ê 大新婦雅子真有話講，m̄ koh，我真擔心 beh án 怎 kā teh 讀大學 ê 孫 á— 康 kah 明子講；m̄ koh，其實 mā 無必要自作孽去講。《罪 kah 罰》[9] ê 主角 Raskolnikov 所犯 ê 是完全犯罪，tio̍h 算伊受調查，mā 免煩惱 ē 受關監，總是，tī 伊告白了後，伊得 tio̍h 安心 kah 自由。當我 tī《The Brothers Karamazov》[10] 讀 tio̍h Dmitri[11] 講：「我是一个 pháiⁿ 人，有做真抱歉 ê tāichì」ê 時，我對伊 ê 討厭情緒，真奇怪 soah 轉變做同情。Tī 小說 ê 世界裡，用 chit 種告白 ê 方式 ē tàng 解決問題，m̄ koh，tī 現實社會中，kahná 無可能 ê 款。我 ē tàng 理解洋太郎 ê 不滿。父母 ê 角色是真痛苦 ê 角色，這是因為 gín'á 成年了後，父母 to̍h 無法度命令 á 是要求 in 做啥物 tāichì。若 beh 講是 hō͘ gín'á 背叛，不如講是因為 gín'á 知影 hō͘ 父母背叛了後，雖然 ta̍k 工 lóng 感覺對父母無滿意，卻不得不 tio̍h 忍耐來繼續生活；無比這 koh khah hō͘ 人艱苦心 ê tāichì à。前往 Raskolnikov ê 公寓 ê 樓梯總是昏昏暗暗。Hō͘ 洋太郎厝裡 ê 人感覺絕望 kah 不安，我真後悔，kiámchhái 我 siōng 好應該是 mài 告白。

另外一方面，健次郎 m̄ 知情形。健次郎想起 tī 伊 tùi 麻布高

---

9 譯註：杜斯妥也夫斯基 ê 長篇小說，1866 年出版，kah 托爾斯泰 ê《戰爭 kah 和平》並列，被認為是 siōng 有影響力 ê 露西亞小說。

10 譯註：卡拉馬佐夫兄弟，1880 年完成，是杜斯妥也夫斯基 ê 最後一部長篇小說。

11 譯註：Dmitri 是卡拉馬佐夫兄弟中 ê 老大。

校畢業 chìn 前，伊 bat 為 tio̍h 某一位 chabó͘ gín'á ê tāichì hō͘ 老父指責。所以伊講：「阿爸，你叫我 tio̍h 行正路，m̄ koh，你做 ê 是比我 koh khah 恐怖 ê tāichì；這真 óa 近偽善。」我真後悔 hit 當時我做了 siuⁿ 過超過。佳哉，幸子真有技巧替我回答。

「健 ah，健 ah，你受氣 ê 款 ná 親像 lín 老父。你 gín'á ê 時，我 bat 講 chitê 故事 hō͘ 你聽：有人 chhōa 一个欠伊千萬銀 ê 人來。因為還 bē 起，主人 to̍h 命令 tio̍h 賣伊本身，kah 伊 ê bó͘-kiáⁿ，連伊一切所有 ê lóng 賣來還債。Hitê 奴僕就跪落來求講：『主 ah，請 hō͘ 我 ān 一下，我 ē 還你所有。』Hitê 主人 to̍h 憐憫伊，赦免伊 ê 債，放伊去。Hitê 奴僕出去，tú tio̍h 一个平平做奴僕 ê，hitê 人欠伊一百个銀 á，to̍h kā 伊掠 teh，tēⁿ 伊 ê 領頸，講：『你所欠 ê lóng tio̍h 還。』Hitê 奴僕就仆落去求講：『請寬容我，我 ē 全部還你。』M̄ koh，伊 m̄ 肯，顛倒 kā hitê 奴僕關落監，關到所欠 ê 債務還清為止。[12] 這是一个聖經故事，阿母為 tio̍h 健 á，kā 它改做日本童話。Hiahê 無法度原諒人 ê 人無資格得 tio̍h 上帝 ê 赦免。你大漢了後，見若有人問你，tī《緋文字》中你 kah 意啥人 ê 時，你 ê 回答 lóng 是 Hester；當 in koh 問你是 án 怎 leh？你 ē 回答講，因為她心內 ē tàng 赦免全部，所以你真佩服她。阿母通過赦免 lín 老父，真歡喜知影我 tùi 心底 teh 疼伊。健 ah，請你 mā 原諒對你來講，m̄ 是真完全 ê 老父。」

二禮拜後，健次郎寄來一張長 phoe。He m̄ 是一篇原諒我 ê 內容，卻是 teh 反省伊做 kiáⁿ 無夠額 ê 所在。健次郎 tī 一間商社上班，

---

12 譯註：馬太福音 18:24-30。

是資訊部 ê 成員。伊 m̄ nā bat 前往北美 kah 中國，而且 mā bat 前往非洲，得 tio̍h 豐富 ê 經驗，所以成做海外部 ê 部長，koh tī 二年前成做公司 ê 董事。伊是下一任副社長 ê 有力候選人，所以伊驚若 tī 別所在洩漏老父 ê 見笑 tāi，soah ē 失去 chitê 機會。伊 tī phoe ê 頭起先寫講：「阿爸，請原諒」，了後伊提起童年 ê 回憶，phoe 中充滿做一个家庭成員 ê 歡喜 kah 滿心 ê 疼，koh kā 想 beh 見面 ê 文字 kah hiahê 喜樂結聯做伙。

幸子以前 bat 講：「疼 ē tàng 洗清一切。」保羅寫 hō͘ 哥林多教會會友 ê phoe 講：「若女信徒 kah 無信主 ê 人結婚，ē hō͘ 翁成做聖潔 ê 人。」[13] Kā 罪惡真深 ê 我變成聖潔 ê，是我 ê 牽手幸子 ê 疼。她一生 lóng teh 擔（ta^{n}）我性命中 ê 重擔（tà^{n}）。她 hō͘ 我 ê 想法轉向，若無人承擔罪惡滿滿 ê 我 ê 重擔，我 ē 變成 án 怎 leh？“Agnus Dei, qui tollis peccata mundi, dona nobis”（上帝 ê 羊羔除去世間 ê 罪，賜咱歇睏），這是真 súi ê 話，我就 ánne koh khah 深入研究基督 ê 教導。

M̄ koh，hit 時我並無成做基督徒，因為我 ê 知性無許可。身為一个智識分子，我想 beh 知影，若是上帝是萬能 ê，是 án 怎需要犧牲上帝 ê 羊羔？若是全能 ê 上帝 ē tàng 赦免一切，kám m̄ 是 ánne to̍h lóng 結束 à？Chitmá Obama 成做美國頭一位烏人總統，有關美國 ê 冊 tī 店頭滿四界 lóng 是。我買一本美國歷史 ê 冊，瀏覽 ê 時，我 hō͘ 下面一段話吸引：「Nixon ê 特赦成做 Ford 總統 ê 咒詛。雖然伊 phāi^{n} Nixon ê 罪，致使無法度競選連任成功，m̄ koh，

---

13 譯註：哥林多前書 7:13-14。

tùi 悠久 ê 歷史來看，chitê 特赦卻 hō͘ chitê 國家保持穩定，而且回復總統制 ê 權威，所以是一个偉大 ê 決定。」

Ford ánne 講：「憲法是國家至 koân 無上 ê 準則，頂 koân kantaⁿ 有上帝 ê 律法。我若 m̄ 是一个總統，我 to̍h 只不過是一个上帝 ê 僕人，我若無法度對人慈悲，ánne，上帝審判 ê 時，我 to̍h ē 失去懇求憐憫 ê 資格」；這是決策者 ê 決定。Ford 特赦 Nixon 所犯 ê 罪，伊一定 tio̍h 付出大代價；赦罪 ê 人一定 tio̍h phāiⁿ 罪人 ê 罪。Kantaⁿ 上帝 ê Kiáⁿ ē tàng phāiⁿ 犯大罪 ê 人類 ê 罪，這 to̍h 是基督 ê 使命；基督是成做人子出世 tī 世間。約翰福音 3:16 講：「上帝 chiahni̍h 疼世間，甚至賞賜獨生 Kiáⁿ，hō͘ 所有信祂 ê 人 bē 沉淪，反 tńg ē 得 tio̍h 永遠 ê 性命。」我明白 chitê 意思，m̄ koh，tio̍h 算我已經行來到 chia，我 iáu 是 teh 躊躇，無法度做出成做一个基督徒 ê 決定。健次郎 ê 電話改變這一切。

「阿爸，m̄ 好 à。順 chitmá 意識不明，我用救護車 beh 送伊去立川病院。」Kantaⁿ chit 點 to̍h hō͘ 世界變 kah 黯淡無光。健次郎 kah 節子有 21 歲 kah 18 歲 ê chabó͘ kiáⁿ，順是 in siōng 細漢 ê 後生，mā 是伊 ê 繼承人，kah 我大約差 70 歲。對阮老夫婦來講，孫 á 是至親，順 tiāⁿtiāⁿ 有伊特別存在 ê 意義。伊時常來阮 tī 麻布十番 ê 公寓 sńg，真 gâu 模仿人。當我 teh 讀一本冊 ê 時，伊 mā ē kā 它 the̍h 起來讀；我寫物件 ê 時，伊 mā ē tòe leh 寫。若問伊：「大漢了後 beh 創啥？」伊 to̍h ē 隨回答講：「我 beh 像阿公做大學 ê 老師。」Tùi 幼兒園到小學，我並無認真 teh 看待 chit 項事，m̄ koh，tī 中學二年級結束 ê 時，伊讀完我主要著作 ê 兩本冊，to̍h 用伊 kakī ê 觀點來 kah 我討論。我 hō͘ 伊驚一 tiô，因為伊 ê 推理能力 kah 想像力

lóng 非常出色。這以外，伊 ê 英語成績優秀，我根據 Mendel[14] ê 隔代遺傳法則，認為順 ê 誕生是 beh 繼承我 ê 血脈，mā ē sái 講是我 tī 學術界 ê 繼承人。

我 ê 腦海浮起順 iáu 嬰 á ê 時，伊露出微微 á 笑 koh 得人惜 ê 面容，kā 頭 khǹg tī 我 ê 肩胛頭頂面，安祥 teh 睏 ê 情景。伊讀幼兒園 ê 時，我 chhōa 伊去京都參觀仁和寺。幸子 kā 伊講：「Chit 座寺廟是照皇宮 ê 樣式起造 ê。」我 kā 伊講：「無 m̄ tio̍h，我是王子，tī 一个面向花園 ê 建築物下聖旨，等待 bih tī 別 ê 建築物 ê 柱 á 後 ê 公主來訪問。」Hitê 可愛 ê 情境，kahná 走馬燈 koh 再 se̍h tńg 來面前。伊 iáu ē 記得京都 ê 旅行，koh ē 記得講過「我 beh 試寫一本假設 Poe 來訪問仁和寺 ê 推理小說。」Taⁿ 支持伊性命 ê 火燭，kah 我對未來 ê 所有 ǹg 望，lóng teh beh 消失去 à。對我 kah 幸子來講，這是一 pái 無法度忍受 ê 試練，ē hō͘ 人斷腸 ê 想法 kiámchhái to̍h 是 teh 指這。

Hit 暗，我 tī 冊房跪 leh，持續不斷 teh 向創造主祈禱；已經過半暝一點，到二點 iáu 無睏，一再重複我 ê 祈禱。我大聲祈求：「求祢赦免我 ê 罪，改變 chit 種舊生活！求祢 hō͘ 順活起來！」Tī 二點半左右，我 ê 心神忽然光起來，kiámchhái 是 tī 一个有意識 ê 狀態，我聽 tio̍h 有聲講：「武彥，你應該 iáu ē 記得 1945 年 tī 台北防空壕 ê tāichì chiah tio̍h。」「Heⁿh，我當然 ē 記得。」「Hit 時幫贊你 ê 是我，因為 iáu m̄ 是你死 ê 時 chūn。Chitmá mā iáu m̄ 是順死亡 ê

14 譯註：孟德爾，1822-1884，奧地利遺傳學家，天主教聖職人員，遺傳學 ê 奠基人。

時 chūn，所以做你放心。」這 to̍h 是全部。我忽然感覺 ài 睏，to̍h 行入去睏房。幸子已經 teh 睏，我倒 tī 她 ê 身邊，頭一 pái tam tio̍h 睏眠 ê 滋味。

隔 tńg 工，健次郎 khà 電話來，講順已經 tùi 立川病院轉到國立癌症研究中心中央病院，因為難治性 ê 病，立川無法度診斷 kah 治療 ê 款。我 kā 健次郎講我昨暝祈禱 ê tāichì，m̄ koh，伊無要無緊，講 he m̄ 是事實。Tú 親像我後來所聽 tio̍h ê，健次郎 kah 節子 mā 有祈禱，m̄ koh，in kah 我 ê 祈禱無仝，in 祈禱 ê 對象是藥師如來佛。順 kah 我仝款，細漢 ê 時有去過仁和寺，ē 記得伊 bat tī hia 裝扮做光源氏[15]。悲哀 ê 故事 kám m̄ 是 kah he 仝款？若相信 chit 座門跡寺院[16]所供奉 ê 藥師如來佛，chiah 來誠心祈禱，ánne kiámchhái mā ē 有靈驗 ê 好處。問題是 hit 尊藥師如來佛 ê 坐像並 bē 出現 tī 參拜者 ê 目 chiu 前，因為被指定做國寶 ê hit 尊坐像是寺院 ê 秘寶，kantaⁿ bat 公開展示過一 pái，所以健次郎 kah 節子當然 m̄ bat 看過。我 koh kā 我 ê 想法轉移到法隆寺金堂 ê 藥師如來佛，它 m̄ 是本尊釋迦 ê 佛像，只是一尊供奉 tī 正 pêng ê 佛像。Ánne，對 m̄ 是本尊 ê 佛像祈禱，ē 有 gōa chē 功效 neh？雖然心內感覺 gāigio̍h gāigio̍h，m̄ koh in iáu 是繼續祈禱。節子對藝術史有詳細 ê 了解。大家 lóng 知：為 tio̍h 祈求用明天皇病體康復，chiah 來起造法隆寺 ê 聖德太子 ê 願望 mā 是空空，因為 tī 佛像開眼供養 chìn 前，伊 ê 父君用明天皇 to̍h 已經駕崩。對節子來講，這充滿不祥 ê 預

---

15 譯註：日本平安時代女性文學家紫式部 ê 著作《源氏物語》ê 男主角。

16 譯註：門跡 ê 意思是指由貴族或是皇室出家後所住持 ê 寺院。

感。聖德太子為 tio̍h 醫病，發願起造寺廟 kah 藥師如來佛像，用 ánne 來取代做法事。節子想講「我 mā 是 teh 祈禱病得 tio̍h 醫治」，所以她感覺 bē tàng koh 用藥師如來 ê 名求。節子 kah 健次郎 lóng 陷落去 tī 烏暗 ê 無底深坑。

幸子 kah 我 lóng m̄ 知 tio̍h án 怎 chiah 好。雖然前一工我感覺有收 tio̍h 信息，m̄ koh，我 koh 感覺 he m̄ 是聽 tio̍h 上帝 ê 聲，所以 to̍h 懷疑這是一種妄想。我一直 teh 祈禱，m̄ koh 無效果，kám 講上帝已經棄 sak 順 kah 我 à？Kám 講阮祈禱 ê 方式無好？Á 是講上帝無存在？我真迷惑。Hit 暗，阮兩人 lóng 倒 tī 眠床頂，m̄ koh 根本都睏 bē 去。我 to̍h 開始烏白想，若是 Hawthorne ē án 怎處理 chitê 問題。我想起 tī 伊 ê 傳記 bat 讀過，m̄ koh 並無致意 ê 事實：1860 年，Hawthorne kah 伊 ê 全家 tī 羅馬。伊 ê 大 chabó͘ kiáⁿ Una 患 tio̍h「寒熱症」（瘧疾），病情嚴重。醫生 kā 她講：「若是你 êng 暗退熱，明 á 載 to̍h bē koh 發燒。」Hawthorne 對 in 牽手講：「我放棄 à，因為 kantaⁿ 有 ǹg 望 kah 驚惶 teh 交纏，我 mā 擋 bē tiâu ā。」

夜漸漸深沉 ê 時，陰暗 ê 空中充滿妖氣。Una ê 熱無退，kui 身軀 bē tín 動，已經面臨死亡。Hawthorne 夫人一直 teh 哀哭，講：「上帝 ah，拜託，拜託，m̄ thang hō͘ Una 死去！」「殘酷 ê 上帝」ê 想法，hō͘ 她 ê 心肝亂 chhauchhau。Chit 時，tī 客西馬尼園 teh 祈禱 ê 救主 ê 形像 tī 她 ê 目 chiu 前閃 sih。無 gōa 久 to̍h beh 受釘十字架 ê 上帝 ê 聖 kiáⁿ 祈禱講：「請 hō͘ chitê 苦杯離開我，m̄ koh，m̄ 是照我 ê 意思，卻是照祢 ê 旨意」，用 ánne 來表現出完全 ê 順服。過一時 á，Hawthorne 夫人反省，認為她無應該懷疑上帝 ê 恩典，所以她祈禱講：「我真失禮，我竟然懷疑祢 ê 恩典。Chitmá，我 kā

Una ê 性命恭敬獻 hō͘ 祢。」Ánne ê 祈禱雖然加深她 ê 悲傷，m̄ koh 她 ē tàng 恢復平靜。她 tńg 來到睏房，當她 koh 一 pái 進入病房 ê 時，Una ê 熱退 à。

看 tio̍h in 翁面帶笑容 ê 幸子問講：「你是 án 怎 leh？Ná ē 忽然間有笑容？」

「你 kám iáu ē 記得 Hawthorne 夫人 ê 故事？我想咱祈禱 ê 方式有錯誤。好 ah，chitmá 咱做伙來正確祈禱。」

兩人跪落來，武彥開嘴祈禱：「阮 tī 天裡 ê 父，阮好大膽 kantaⁿ 照阮所要求 ê teh 祈禱，真失禮。順患 tio̍h 一種無法度醫好 ê 病，醫生 chitmá 無法度診斷。若是 ha̍h 祢 ê 旨意，求祢指示醫生醫治 ê 方法，求祢赦免阮 ê 罪，阮 kā 順 ê 性命獻 hō͘ 天父。」

奇蹟發生 tī 第二工。順 ê 病症診斷出是 HLH（Hemophagocytic Lymphohistiocytosis）[17]，原本 beh 保護人類 ê 巨噬細胞（macrophage）kah 嗜中性白血球（neutrophile）等免疫細胞（immunocytes）失去控制，吞食 kakī ê 血球。HLH 通常是發生 tī 2 歲以下 ê 嬰 á，少年人 kah 成人真少發生。每一種嚴重 ê 病，背後 lóng 有它 ê 起因，這是一般 ê 常識，而且是有時料想 bē 到 ê tāichì。

HLH 是由一位名叫東村 ê 少年醫生診斷出來 ê，伊 tī Johns Hopkins 大學醫學院接受兩年 ê 培訓了後，tī 六個月前 tútú tńg 來日本。伊 kā m̄ 知 án 怎 chiah 好 ê 同事講：「我 tī Hopkins 有看過全

17 譯註：噬血球淋巴組織球增多症；mā 叫做 Hemophagocytic Syndrome，噬血球症候群。

款 ê 症頭，這是 HLH 無 m̄ tio̍h」，koh 表示真有意願 beh 來參加會診，講：「這是一種真罕得看 tio̍h ê 病例，tio̍h kā 它成做研究 ê 對象，所以需要真 chē 專家 ê 合作。」順就 ánne 開始接受化學治療。

治療 ê 過程是一進一退，用抗癌藥物治療 koh 真痛苦。伊 ê 頭毛 kah 體毛 lak 落來，外表看起來真悲慘 ê 款。化療是利用某一 kóa 化學物質 ê 毒性來克制病因 ê kah 細胞 ê 增長。雖然正常 ê 細胞 mā ē 成做 chit 種療法 ê 犧牲品，m̄ koh，ta̍k 日 ê 血液檢查顯示紅血球有 teh 漸漸回復；東村醫生 ê 診斷真對 tâng。有一 pái 病症惡化，健次郎 khà 電話來講：「阿爸，阿母，請 ài 有心理準備。」Hit 時，我回答講：「順 ē 無問題，因為上帝有 ánne 宣告。」我 koh 講：「因為我 kā 一切 lóng 交託 hō͘ 天父。」健次郎 kah 節子 mā iáu teh 半信半疑。我無懷疑順 ē 恢復，而且意識 tio̍h 奇蹟一直 teh 連續發生。

Tāi 先，立川病院 ê 醫生真警覺，beh kā 順送到東京 ê 一 kóa 大病院，結果是國家癌症中心中央病院接受伊，m̄ 是其它 ê 病院。了後，東村醫生 tú 好 tī hia，koh 根據伊 tī 美國 ê 經驗，診斷出順 ê 病症是 HLH。Koh 來，無比癌症中心 koh khah 適合癌症化療 ê 病院，而且有真 chē 專家 teh 做 siōng 新，koh siōng 適當 ê 治療；其中若欠一項，阮 to̍h ē 親像節子所驚 ê 狀況下，kā 順送去西天。我看出每一步 lóng 有上帝 ê 攝理。

Arturo，我 ē tàng tī chia kā 你講，若是五年前你無出現 tī 我 ê 面前，hit 工我 to̍h 無法度 ánne 祈禱，我一定 ē 受 tio̍h「墮落」ê 內疚感影響，就 ánne 被疏離，無法度 óa 近上帝。Tú tio̍h 你 ê 快樂，是一个 hō͘ 我 koh khah óa 近上帝，koh 得 tio̍h 罪 ê 赦免 ê 機會，我 ē tàng 通過祈禱來走 chhōe 拯救。你來 ê 時 to̍h 是奇蹟 ê 開始。真多謝。

順 tī 五禮拜後平安出院，hit 時我決定 beh 接受洗禮。Tī 下一个生日，幸子 kah 我 teh beh 八十五歲 à。好字運 ê 是我真健康，m̄ koh，我當然 m̄ 知一生 tang 時 ē 結束。阮 tiā^{n}tiā^{n} 做伙談洗禮 ê tāichì。這 m̄ 是一條簡單 ê 道路，阮兩人 lóng 重視日本 ê 傳統，而且沉迷 tī kah 寺廟，以及大自然 ê 接觸，m̄ koh，順破病 ê 經驗 soah kā chiahê 執訣 ê 癖徹底消滅。因為阮相信 siōng 好是 óa 靠上帝 ê 羊羔耶穌來贖罪，hō͘ 咱得 tio̍h 永遠 ê 性命。我得 tio̍h 一个啟示：「Chitmá m̄ 是順 ê 死期。」這是一个無 thang 懷疑 ê 事實，創造主 teh 聽咱 ê 祈禱。祈禱 ê 時，我認為我 ê 性命 án 怎 lóng 無要緊，我 kanta^{n} 是獻 chiū^{n} 我 ê 性命，願上帝幫贊順。我詳細思考 tī 我 ê 一生中，kanta^{n} hit pái，我無 teh 想我 kakī ê tāichì，我 kanta^{n} 想 tio̍h 阮孫（別人）ê 利益，我有 “Agape” ê 素質。一定是 ánne，我 chiah ē tàng 聽 tio̍h 上帝 ê 聲。犧牲 kakī 來為罪人贖罪，he to̍h 是上帝羊羔 ê 使命，我 ánne 祈禱 ê 時，chiah ē tàng 體驗 tio̍h 基督教 ê 本質。輪迴 ê 思想是通過累積功德 chiah ē tàng tī 下一世代得 tio̍h khah 好 ê 境遇，m̄ koh 並無擺脫本位 ê 思考。我曉悟 tio̍h chit 點 ê 時，我重頭生，變成一个基督徒。Westminster ê《小教理問答》ê 頭一个問題問講：「人類活 leh ê 主要目的是啥物？」答案是：「榮耀上帝，永遠 hō͘ 上帝歡喜」，這真正是 hō͘ 人印象深刻。榮耀上帝 to̍h 是照上帝 ê 旨意做 tāichì，無考慮 kakī ê 利益。Ánne，chitê 世界 to̍h ē tàng jú 來 jú 好。

這是順續來講ê tāichì，m̄ koh我感覺日本人已經封鎖kakī，in苦心思考beh發揮島國ê根性。我有一位好朋友ê chabó͘ kiáⁿ嫁hō͘一位商社ê職員，in hông外派去tī New York ê時，她成做一名韓國女性ê親密朋友。Chit位韓國婦女ê翁婿hông調派去東京了後，朋友ê chabó͘ kiáⁿ mā tńg來到日本，m̄ koh，in卻無法度繼續in tī New York建立ê友誼，因為厝邊ê人lóng ē用白目掠in金金看。我是tī台灣長大ê，我bat看tio̍h一kóa日本商社ê人有優越感，對待一kóa台灣同事，kahná kā in看做是舊殖民地ê奴僕。所以失去kah開發中ê鴻海集團hit種主要製造業ê senglí來往，並m̄是無可能。我有雙重國籍ê意識，因為我對chit種島國根性感覺不滿。

Bonhoeffer ê傳記中講，伊看tio̍h tī為羅馬教皇事奉ê合唱團裡，有烏人kah南美洲人，chit種無種族偏見ê事奉是基督教ê本質，伊非常感激；這to̍h是伊反對Hitler ê「反猶太人法案」ê緣起。Toscanini tī指導德國Bayreuth音樂節了後，伊強烈拒絕Hitler親筆ê再演邀請。另外一方面，tī 1936年底，由逃離納粹迫害ê猶太音樂家所組成ê Palestine交響樂團（1948年改名叫做Israel Philharmonic Orchestra）ê創始音樂會，Toscanini答應擔任指揮，而且幫贊in建立樂團ê聲譽。伊是意大利人，對法西斯主義kah納粹主義有激烈ê批評，「反猶太人法案」正正to̍h是觸發點。

幸子tī日本紅十字會kah非政府組織ê活動中，若有機會，to̍h ē叫少年人唱《上帝是啥物色彩》ê歌；我暗中teh思考ê tāichì，她已經有實際teh行動，實在有夠偉大。成做基督徒了後，我因為感覺kakī是有「雙重國籍ê人」來自豪，因為我是日本人，

mā 是「上帝國」ê 國民。

我懇求順 ê 性命得 tio̍h 拯救，創造主 hō͘ 阮永生 ê 禮物，阮決定 beh 受洗。幸子講：「Beh tī tó 位接受洗禮 leh？」我一屑 á 躊躇都無，回答講：「Tī 橫濱 ê 指路教會。」這是一間歷史悠久 ê 教堂，由 Hepburn 博士[18] 創設；伊 mā 以創設 Hebon 式羅馬字、編寫頭一本日英詞典 kah 日語聖經翻譯來出名。伊 kah 我 mā 小 khóa 有個人 ê 牽連；he 是我 tī Columbia 大學留學 ê 時，Hebon 博士 ê 兩个 chabó͘ 孫 mā tī 圖書館 teh 工作，in tiāⁿtiāⁿ kā 我講起 in 阿公 ê tāichì，講 in 阿公人真善良。這 to̍h 是人生 ê 機緣。

我以前 bat kā 你講過我 tī 1953 年 ê 美國文學之旅。我 bat tī Philadelphia tú tio̍h 一位名叫植野 ê 日本基督徒，我 kah 伊做伙去參觀 Hebon ê 遺跡。去 Hebon ê 出生地—Pennsylvania ê Milton 之旅，是一 chōa 火車轉換巴士，將近三點鐘 ê 旅程。植野是 Pennsylvania 大學醫學院 ê 實習生，tī 東京帝大 ê 時有修精神科內村祐之教授 ê 課。植野知影內村教授是內村鑑三博士 ê 大 kiáⁿ，所以 to̍h 質問伊有關內村博士 ê 無教會主義 ê 問題，結果內村教授邀請植野去伊 ê 厝，koh tùi kui 部內村全集中間，the̍h 出羅馬書 ê 註解，叫伊閱讀。戰爭結束了後，日本是 tī 一个精神 bē 穩定 ê 時期，hit 時，kā 一个當 teh chhiauchhōe 基督教根源基礎 ê 少年人講：「Óa 靠信仰來活」ê，to̍h 是 chit 本冊。了後，植野 koh 讀其它 ê 聖經註解，而且不時拜訪內村教授 ê 厝，tī 不斷對話 ê 中間，植野開

18 譯註：James Curtis Hepburn，1815-1911；日本通稱伊做 Hebon。

始相信伊有基督徒ê自我意識，伊講伊相信除這以外，無有其它ê性命之道。植野siōng重視聖經，所以對伊來講，kā聖經翻譯做日語ê Hebon博士是一位無人ē tàng取代ê恩人，伊ǹg望伊tī美國ê期間一定tio̍h ài去訪問Hebon ê出生地。當伊來到Philadelphia車頭ê時，我mā tú好tī hia。

旅行tio̍h ài有伴，真難得ē tàng kah仝年齡ê日本人做伙旅行，實在真趣味。火車離開Philadelphia一段時間了後，ē tàng看tio̍h窗外ê農場。下一站是Lancaster，有Amish tòa tī附近。因為宗教ê原因，in無óa靠機械文明。聽講in kantaⁿ使用馬車，汽車是禁物；in mā hông免除社會保險。美國是世界上siōng先進ê技術國家，她竟然ē容允chit種「前近代」[19] ê部落存在，實在是真趣味。阮談論真chē關係hia kiámchhái有美國力量ê泉源ê話題。阮tī Pennsylvania ê首都Harrisburg換車，沿號名Perry旗艦路ê Susquehanna河ê右岸，行向Milton。

Milton是一个人口六千ê小鎮，tī hia落車ê乘客只有我kah植野。阮問人Hebon ê厝tī tó位，m̄ koh無人知影。後來，有一位kahná是高中生ê chabó͘ gín'á，她chhōa阮前往tùi車站行路二分鐘to̍h ē到ê一間長老教會。Hebon少年ê時是tī chit間教會做禮拜，教會ê牧師趕緊來迎接日本來ê人客。牧師chhōa阮去Hebon ê厝，仝款行路二分鐘to̍h到。它面向鎮上唯一ê大路，邊á有郵局。Tī住宅區有一條名叫Hebon ê道路，he是居民為tio̍h感謝伊ê貢獻

19譯註：指現代社會之前á是之外ê社會類型；特點是成員少，而且形成自給自足的微觀世界。

chiah 號名 ê。Hebon ê 老父 Samuel 是一位出名 ê 律師，伊 ǹg 望伊 ê kiáⁿ James ē tàng 繼承伊 ê 事業，mā 成做一个律師，為當地 ê 社區做出貢獻，m̄ koh Hebon 遵照上帝 ê 旨意，選擇成做醫生 kah 宣教師。伊 kah in 牽手 Clara，以及 kiáⁿ 兒一再生離死別，m̄ koh，數十年 ná 親像一日，Hebon kah in 牽手繼續 tī 日本傳福音。

Tī Hebon 住宅頭前 ê 大路 hit pêng 有一个小公園，伊少年 ê 時一定是 bat tī hia sńg kah 真歡喜。Tùi Susquehanna 河邊 ê 公園看日落特別 súi。植野決定 beh tī hia 過暝，阮大歡喜出聲唱歌。八高[20]出身 ê 植野 to̍h 唱出：

「看！M̄ 管所羅門 ê 榮耀 kah 野外 ê 百合花，路邊 ê 花蕊 teh 開，這是經久 bē 衰退 ê 夢。」

這是宿舍 ê 寮歌。若是無 Hebon ê 日文翻譯聖經，to̍h 無可能 ē 有 chit 種寮歌，阮感慨無限。

Tio̍h 算日頭已經落山，天猶原有 phúphú'á 光，阮 to̍h 自然而然唱出日語 ê 讚美歌：

「日落西山，四界暗 bînbong，我 ê 靈忽然寂寞起來；
做我 óa 靠 ê 主 ah，求祢 kah 我做伙 tòa。」

當地 ê 人 mā teh 唱英語 ê "Abide with me"（Kah 我做伙 tòa），來做伙歡喜。這是一个難忘 ê 暗暝。

隔 tńg 工，植野 beh tńg 去 Philadelphia，我 beh 繼續前往芝加哥旅遊，所以阮做伙去到 Harrisburg，然後 chiah 各自換車離別。

---

20 譯註：八高線是一條連結日本東京都八王子市八王子站 kah 群馬縣高崎市倉賀野站 ê 鐵路線。

受聘來日本 kantaⁿ 八個月 ê William S. Clark 博士，伊 tī 小學教科書留落來「少年人 ah，tio̍h 胸懷大志！（Boys, be ambitious!）」chit 句名言，koh 留落來伊知名度真 koân ê 銅像[21]。遺憾 ê 是，一生奉獻 hō͘ 日本 ê Hebon 博士 ê 事跡，卻並無 hiah chē 人知，實在是有夠可惜。我輕輕 á 細聲唱 hit 首 kah 植野做伙唱過 ê 所羅門 kah 野百合花 ê 歌，而且重新思考日本聖經翻譯對日本文學 ê 影響。Chit pái ê 美國火車旅行，秋天 ê 楓葉 hō͘ 日頭照射出美麗 ê 色彩，hō͘ 我想起「芭蕉俳句」中 ê 名句：

「受送別，卻是 teh 送別離 ê 木曾之秋」

我珍惜 kah 植野 ê 離別之情，我 mā siàu 念日本。

Pennsylvania ê 中心，四面環山。島崎藤村（1872-1943）ê 小說《天光 chìn 前》（夜明の前）ê「木曾路 lóng tī 山中」[22] ê 寫作情境 mā 適用 tī chia。講起來，藤村 bat tī Hebon 所創立 ê 明治學院得 tio̍h 教養，畢業了後 kantaⁿ 一年久，伊 to̍h 成做東北學院 ê 教師。東北學院 ê 創立者是名叫 William Hoy ê 宣教師，伊是 tùi Pennsylvania ê Mifflinburg 來 ê。Hitê 鎮是一个田庄小鎮，離 Hebon 出世 ê Milton 約 20 公里，是 tī 河 ê 對面。當然，藤村前到 taⁿ m̄ bat 去過 Pennsylvania ê 山區，m̄ koh，伊確實受 tio̍h tī chia 長大 ê 兩位宣教師 ê 影響。Tī 去芝加哥 ê 夜間火車中，我一直 teh 思考 chit 種文化 kah 藤村文學之間 ê 連結關係。

---

21 譯註：伊 gia̍h 起正手，指 ǹg 遠方 ê 獨特姿勢，代表胸懷大志。

22 譯註：「中山道」ē sái 追溯到江戶時代，是連接京都至江戶（現今 ê 東京）ê 一條全長 540 公里 ê 道路，穿過日本中央山脈，tī 長野縣 ê 木曾路 koh khah 是「中山道」ê 精華所在。

對有 chit 種記憶 ê 我來講，我真欣羨 Hebon ê 傳統，所以 tī 指路教會受洗是真自然 ê 選擇。這以外，tùi 六本木到櫻木町，我 ē sái 免換車，而且 tùi 櫻木町行路 5 分鐘 to̍h ē tàng 到教會。這比去東京都內 ê 教會 khah 方便，我認為這 koh 是上帝對阮老人 ê 憐憫。指路教會是長老教會，信奉加爾文主義，宣揚預定論。來到 chitê 年齡，chiah 體會 tio̍h 上帝 ê 恩典 chit 項事，kiámchhái tùi 一開始，上帝 to̍h 有祂 ê 計劃 tī ·leh。

我祈禱：「Arturo，我 ê kiáⁿ，上帝 ê 疼永遠 kah 你同在。」

Chit 張 phoe kantaⁿ 有老父簽字署名，koh 有附一份健康診斷書，kiámchhái 因為伊想講用 ē tio̍h。

我讀 hit 份診斷書，知影伊 kah 我 ê 養父仝款健康，m̄ koh kantaⁿ 有一點需要關心注意。「大腸內視鏡檢查 ê 結果，顯示已經切除 5 个吐肉箭，一年後需要 koh 一 pái 複檢。」我 ê 老母因為癌症過身，所以伊 kā 這寄 hō͘ 我；畢竟我 ê 親生老父有 teh 關心我 ê 健康。

我 kah Nancy 做伙讀完 chit 封長 phoe；其實是我一字一字翻譯 koh 解說 hō͘ Nancy 聽，卻 m̄ 是做伙讀。阮已經結婚 33 年 ā，chit pái 通過書信，Nancy 真歡喜 ē tàng koh 了解她 ê 翁婿 ê 生父。她真感心，認為「武彥是一位智識分子，koh 是非常優秀 ê 詩人」，她講伊 kah Andrea ê 見面真浪漫。阮養飼兩个 gín'á，過 tio̍h 平凡 ê 生活，無像武田家 ê 父母經歷過起起落落 ê 人生。In 大多數起起落落 ê 原因 lóng 是因為我，所以 teh 閱

讀 ê 時，我幾 nā pái 想 beh 講：「我真失禮！」Nancy 對武彥想 beh kā 我 the̍h 掉 ê 話感覺受氣，她暗暗 á teh 唸「驚人，驚人！」為 tio̍h beh 稱讚我 ê 老母無去墮胎 ê 勇氣，她牽我 ê 手，講：「好佳哉，她有幫贊我 ê 翁婿。」因為這是一張長 phoe，tī hit 期間我有 kā 阮老父講過一 kóa，m̄ koh 當我讀完 ê 時，Nancy 講：「Ah，請你 kā 一切 lóng 講 hō͘ 老父知」，了後輕輕 á kā 我 chim 一下，to̍h 行去灶腳。

阮老父 kah 平常時仝款，tī 伊 ê 辦公室，he 是一間面向日頭，koh 曠闊 ê 房間。我 iáu 細漢 ê 時，阮阿公時常 hō͘ 我坐 tī 伊 ê 腳頭 u，koh tùi 屜 á 內 the̍h 出一台玩具車，kah 我做伙 tī 一張大桌頂 sńg。伊 mā 一定 ē 教我算「一、二、三。」；我 ê 老師 tiā^{n}tiā^{n} oló 我比其他任何一个 gín'á koh khah 早 to̍h ē 曉算數，這可能是因為阮阿公 tī the̍h 出玩具車 ê 時，是一个接一个 teh 算。Chitmá，阮老父坐 tī 仝 hit 張辦公桌前，辦公室差不多 kah 阮阿公 tī ·leh ê 時仝款。阮阿公 iáu tī ·leh ê 時，有一支大提琴 khǹg tī 辦公室 ê 一个角落，m̄ koh chitmá 無 ā。另外一个無仝 ê 是，阿媽 ê 像已經換做阮老母 ê 像。我真聽阮老父 ê 話，伊勸我講：「緊去日本，kah 你 ê 生父見面。」Tùi 窗 á 看出去，ē tàng 看 tio̍h 柑 á kah 檸檬果 chí 園，初夏 ê 日頭光照落來 ê 色彩光 ià^{n}ià^{n}。普通時，hō͘ 綠色蓋 leh ê 草莓園，chitmá 一片紅色，收成 ê 時間近 ā。

我問伊：「若是我 tī 農耕 ê 季節離開厝，kám ē án 怎？」伊 ê 答覆是：「Bē lah，m̄ thang 想講我老 ā。」阮老父 beh tī 一個月後過伊 88 歲 ê 米壽，m̄ koh 無人像伊 iáu hiah 健康。伊 ta̍k 工坐一台

Go-kart[23]，tùi 農場 ê 一个角落去到另外一个角落，而且每到一个點，伊 to̍h ē 落車去 kah 員工交談；伊 m̄ 是去督工，卻是 teh 享受 kah 人交談 ê 喜樂。農場 ê 僱員用親密 ê 稱呼，叫伊「Al 阿伯」。Nancy tú phâng 來一杯咖啡，老父對她講：「Arturo 講伊無想 beh 去東京，請你 kā 伊鼓勵一下。」Nancy to̍h 是 Nancy，她講：「好 á lah，無問題，我 ē 代替你來服事老父。」這 to̍h 是我東京之行定 tio̍h ê 原因。

老父 tùi 屜 á 內 the̍h 出一支 Mont Blanc 鋼筆，講：「講 tio̍h 記念品，這我 iáu m̄ bat 用過，請 kā 這送 hō͘ 武彥先生，kám 好？」He 是伊頂一个生日我送伊 ê 筆。老父小思考一時 á 了後，the̍h 出一張 phoe 紙，用 hit 支筆寫一張 phoe，意思是講感謝你 kā 上帝賞賜 ê hiahnih 好 ê 禮物帶來 hō͘ 阮，真 ló͘la̍t。阮老父有一个老式 ê 作風，當外面 ê senglí 人 lóng teh 使用電腦，而且通過電子郵件進行交流 ê 時，伊 iáu 是 kantaⁿ beh 用紙寫 phoe。若是無 Mont Blanc 筆 ê 時，阮老父 to̍h 用羽毛筆創造一種不可思議 ê 氣氛。我用手邊 ê iPad，kā 養父頭一 pái 寫 phoe hō͘ 生父 ê hit 一刻攝影起來。阮老母 ê 像 chhāi tī 桌頂，她充滿愛意 ê 眼神，tī 阮老父 ê 筆後面 teh 看守。

我無別種方法 thang 形容，m̄ koh，hit 時阮老父身 chiūⁿ 有老古早 ê 武士風範，伊 ê 白頭毛 tī 日頭下 teh 閃閃發光。伊重視禮儀 ê 生活方式，tī 全家 ê 面前 m̄ bat 失去光彩；伊是一个有尊嚴 koh 親切 ê 人。Kiámchhái 是因為伊 tùi 舊大陸 ê 西班牙來，伊 ê 舉止有美國佔領 California chìn 前 ê 氣味。Tī 19 世紀中葉美國 kah 墨

23 譯註：農場用 ê 輪 á 無 khàm ê 細台車。

西哥 ê 戰爭[24] chìn 前，chitê 地區屬 tī 墨西哥，有吸收西班牙文化 ê 脈動；阮老父帶有無仝世紀 kah 無仝土地 ê 感覺。另外一方面，武彥是日本人，對美國有真好 ê 理解，而且通過對 Hawthorne ê 研究，伊真熟 sāi 19 世紀 ê 美國，tī 古典世界 kah 現代文學之間來來去去。若是我 ê chit 兩个老父相 tú，in kiámchhái ē tī 真 chē 方面 chhōe tio̍h 共同點，做朋友一定 ē 真投機。

老父招我講：「咱出去行行 leh。」阮 tò̍h 駛 Go-kart 先去 se̍h 檸檬園 kah 柑 á 園，hiahê 果 chí tī 藍天下 teh 閃閃發光。老父精神飽足講：「我 ē 記得我 kā Arturo 你 gia̍h tī 肩胛頭頂，hō͘ 你挽果 chí 來食。真遺憾，chitmá 咱 tī chia teh 食，soah 無法度 kā 它直接帶去日本，m̄ koh，我 ē 委託運輸公司配送去 hō͘ 武彥 kah 伊 ê gín'á。」當阮去到草莓園 ê 時，員工行 óa 來報告講：「Al 阿伯，我 ak 水 ê 時 tú tio̍h 一 kóa 問題。」阮老父是一个真 gâu 傾聽 ê 人，伊輕輕 á 指示 in，講：「Ánne，請聚集所有 ê 人來。」Tī ta̍k 人聚集了後，伊好好 á 聽 in ê 意見，了後做出決定，而且採取行動。四十年前，美國出產 ê 草莓大約是日本草莓 ê 三分之一大，根本都 bē 看得。有一工，阮老父 tī 員工面前，kā kakī 生產 ê 草莓 kah 日本 ê 草莓做比較，認為日本人有法度做 ê tāichì，咱無可能無法

24 譯註：美墨戰爭；1846-1848。美墨戰爭 ê 爆發原因是墨西哥 kah 德克薩斯共和國之間未解決 ê 邊境問題，以及美國 ê 擴張主義。最終墨西哥敗戰，簽署“瓜達盧佩．伊達爾戈條約”，美國取得加利福尼亞（下加利福尼亞半島仍屬墨西哥）、內華達、猶他 ê 全部地區，科羅拉多、亞利桑那、新墨西哥 kah 懷俄明部分地區，同時美國 tio̍h 向墨西哥支付美金 1825 萬 kho͘ 做為補償（相當於 2012 年 ê 627,482,629 美元）。

度做，所以大家下決心 beh 生產好品質 ê 草莓。Tùi 苗栽 ê 選擇方法，到栽種了後落肥 ê 方法 kah 日光 ê 照射等等，大大細細 ê 方面大家 lóng 共同研究，所以 ta̍k 年 lóng 有 teh 改善。Chitmá，農場 ê 草莓已經有日本產品 ê 大細，koh 有甜味，soah 顛倒 ē tàng 出口去日本。

阮老父仝班 ê 同學 tùi 實業界退休，來 Stanford 大學 ê 企管系做教授，伊 bat chhōa 夫人來厝裡 tòa 暝、chhitthô。七〇年代尾是日本企業稱霸世界 ê 時期，伊是日本管理法 ê 研究者，對品質管理真了解。伊堅持伊 ê 論述，講：「日本 ê 品質管理法，tī 製造業界是第一名，m̄ koh bē tàng 適用 tī 農業界。」伊用一工 ê 時間視察阮老父 ê 農場，tī 伊離開 chìn 前留落來 ê 話是 ánne：「你 ê 品質管理原則，是 tī 農業界實施全體員工參與，你是 teh 做日本人無法度做 ê tāichì。」伊特別強調「全體員工參與」。伊講，雖然日本誇耀實施「全體員工參與」ê 企業真 chē，m̄ koh，in kantaⁿ 接受「頂司對下司」ê 指令，根本都無尊重員工 ê 意見。為 tio̍h beh 避免 chit 種弊病，雖然有成立「品質管理」ê 研討小組，m̄ koh，he kantaⁿ 是 khiā 看板，好看而已。因為研討小組 ê 成員中間，有參雜頂司，á 是代表頂司意向 ê 員工，致使成員 tio̍h 看 chiahê 人 ê 面色來發言；tī chit 種環境下，真正 ê 聲音根本 to 無法度探討出來。

伊 koh 真嚴肅對阮老父講：「若 ánne 繼續落去，日本 ē 變無路用去。我 bat ánne 忠告日本 ê 朋友，m̄ koh，無人 beh 聽我講，總是，tī 你 ê 面前，ta̍k 人 lóng ē tàng 自由講出意見。」Chit 位老朋友 koh 繼續 oló 講：「你 m̄ 免學習 to̍h 知影質量控制 ê 本質，而且 tī 日本人無 teh 試 ê 農業界 teh 實踐。」Hit 時，tú tùi 大學畢業

ê 我是老父 ê 助手，我認為老父真 gâu，有真 chē 物件 tio̍h tùi 老父學習。種作草莓 ê 方法是農業部要求伊用手冊 ê 形式編製，thang 做其他農民 ê 參考。關係老父 chiahê 傳說，kiámchhái mā ē tàng 成做真好 ê 故事。

阮老父是 California 農業品種改良 ê 先鋒。Ventura 農場無種作水稻，m̄ koh，阮老父 tī 新品種 ê 米上市 ê 時，一定 ē 試食。以日系 ê 農家做主體，主要 tùi California 生產 ê「Koshihikari」(「越光」米)，已經 tī 市面 teh 賣。Tùi 日本進口 ê 米是 tī 水田種作，m̄ koh tī 美國，是種 tī 園裡 ê 陸稻。Tùi 日本帶來 ê 種 chí 並無夠好，所以有必要根據美國 ê 氣候來改良品種。我仰望老父 ê 面講，我 beh kā 一袋 454 公克 ê 米，送去 hō͘ 幸子、雅子 kah 節子試食。市面 teh 賣 ê 商品，kah kakī 生產 ê 無仝。Nancy 大聲笑笑 á 講：「Kā 米當做伴手禮，你真正是無法度閃避身為 California 農業出口協會副主席 ê 職責。」

Nancy 想 kah 真周到，她 tī iPad khǹg 真 chē 家庭相片，thang 帶去東京展示 hông 看。必要 ê 相片 ē sái khǹg 入去洋太郎 á 是健次郎 ê 智慧型手機 á 是個人電腦，對方 ê 相片 mā ē tàng 輕鬆 sóa 過來，真方便。當我準備好勢 beh 出門旅行 ê 時，kantaⁿ chhun 一个問題：我 chhōe 無 kah 我有關係 ê 記念品。我各種各樣 lóng 想過，m̄ koh，日本啥物好物 lóng 有，我 m̄ 知啥物 chiah 是適當 ê。Nancy 出面來幫忙。

「我 hō͘ 你一件 Arturo ê 禮物。」

「啥物物件？」

「Toscanini 全集。因為若是阿母 kah 武彥無去聽 Arturo

Toscanini ê 現場指揮，你 chitê 叫做 Arturo ê 嬰 á to̍h bē 出世；hitê 嬰 á 對老父、老母 kah 我來講，lóng 是 siōng 好 ê 禮物。」

阮老父補充講：「活 tī chitê 世界上，性命本身 to̍h 是上帝 ê 禮物。你一定 tio̍h 保持它 ê 重要性。Arturo，自你出世以來，lín 老母 kah 我 lóng 認為你是上帝 hō͘ 阮 ê 頭一个禮物。Nancy 講 ê『Arturo 是禮物』比『Arturo ê 禮物』khah 正確。」

Tio̍h 算是 ánne，Nancy 對我講 ê 是甜蜜 ê 話；我頭一 pái 要求 Nancy kah 我約會 ê 時，我 to̍h 已經對她 tī 全班裡充滿機巧 ê 發言真欣羨。我趕緊去買一套 Toscanini 全集，內面有八十五塊 CD，Toscanini 指揮 ê 所有歌曲 lóng 包括在內。我真期待，想 beh 知影武彥 tāi 先選擇 ê 曲目是啥物？是有 kah 阮老母見面 ê 回憶 ê 管風琴交響樂，á 是 kah 幸子頭一 pái 見面 hit 時 ê Mozart 第 40 號，á 是 kiámchhái 是一首完全無關係 ê 歌曲？ Ah，無論 án 怎 lóng 好 lah。我帶真大 ê 期待，tī 六月初五 tùi Ross 機場出發。

「佛腳跡」ê 歌曲中有一句話「手 ńg 相 kha̍p，mā 是前世 ê 因緣」；chitê 世界 ê tāichì 是無可能偶然發生 ê。講起來真不可思議，若是阮生父 tī 台北 ê 防空壕加停留五分鐘，伊 to̍h ē hō͘ 直擊彈 phah tio̍h，一定 ē 死亡；若是伊對 Toscanini ê 音樂會無 hiahnih 熱情，to̍h bē 去 tú tio̍h 阮老母；若是 m̄ 知名 ê 夫人無 hō͘ 伊門票，伊 to̍h 無法度 kah 阮老母做伙入去 Carnegie 音樂廳；若是阮老母無一个名叫 Take chiàng ê gín'á 時 ê 朋友，to̍h bē kā 武彥認 m̄ tio̍h；若是阮老母 ê 阿姨無阻擋，她 kiámchhái to̍h ē kā 我 the̍h 掉。世界上 kiámchhái 是無偶然發生 ê tāichì，m̄ koh，我 ê 出世是真 chē 偶然 kah 偶然 ê 組合來成立 ê。無 m̄ tio̍h，這一定是上帝 ê 攝理所造成 ê，是上帝 kā chitê 寶貴 ê 性命賞賜 hō͘ 我。

我是上帝 ê 攝理 chiah hō͘ 我性命 ê。耶穌對年老 ê Nicodemus（尼哥德慕）講：「人若無 tùi 水 kah 聖神來重頭生，to̍h bē tàng 入去上帝國度。」[25] 日本人到六十歲 ê 生日叫做「還曆」，意思是慶祝曆日 ê 重新改換[26]。我 mā beh tī 下一个生日 hit 工迎接「還曆」，我 ê 新 ê 人生 teh beh 開始。Tùi chitmá 開始，我想 beh 了解生父 ê 家庭，beh kah 我 ê 兩个小弟交往，mā beh koh khah 深入接觸日本文化。我 beh 掌握日語 ê 使用，koh 繼續對日本強烈關心，當做我 iáu m̄ 知 kakī 有日本人 ê 血統。這 kiám 是因為骨肉之親？M̄ koh，我一屑 á 都無想 beh 改用武田 ê 姓。我 ê kiáⁿ Robert kah chabó͘ kiáⁿ Christina lóng 是姓 Don Carlos 大漢 ê，tùi 舊世界來 ê 養父 ê 家系 kah 傳統，通過 in，來 tī 新世界保留落去。有日本人生父 kah 西班牙人養父 ê 我，有一个特別 ê 使命，我想 beh 融合美國、歐洲 kah 日本 ê 文化，成做一个一流 ê 公民，來成做太平洋 ê 橋樑。

全日空 ê 飛機向西飛過太平洋 ê 換日線，出發地 ê 曆日 to̍h 比目的地 ê 慢一工，m̄ koh 日頭無落海。He kahná 是 teh 象徵永恆，我感覺我 teh oló 一切。健次郎 kah 節子以及順來成田機場接機，我 tùi 遠遠 ê 所在聽 tio̍h 順 teh 叫「阿伯」ê chhang 脆 ê 聲。

---

25 譯註：約翰福音 3:5。

26 譯註：六十年一輪，koh 重新 tùi 甲子年開始。

結語　Kah 天堂對話

過兩年了後，我 kah Nancy，以及兩个 gín’á 做伙飛往成田機場，是 beh 去參加隔 tńg 工舉行 ê 武彥 ê 告別式；幸子 mā 已經無 tī chitê 世間 ā。這是一个真無閒 ê 兩年，m̄ koh，武田家 kah Don Carlos ê 家庭 lóng 是通過無形 ê 聯繫，ânân 縛做伙。

我 ê 生父是一位優秀 ê 學者，ē tàng 清楚分析出現 tī 伊面前 ê 現象。無論伊是 teh 講 sńg 笑，á 是 teh 做 siáu 狂 ê tāichì，lóng 有伊背後 ê 目的。當我頭一 pái kā 伊當做生父去拜訪伊 ê 時，tī 指路教會禮拜了後，阮 kah 幸子三个人去橫濱 ê 中華街用餐。Tī 進入餐廳 chìn 前，伊忽然改用英語，用命令 ê 口氣講：「Chitmá，幸子 kah 我是第三代移民，日語無夠好，所以你去 kah 服務生 chih 接，而且一定 tio̍h ài hō͘ 我付錢。」Tī 餐桌坐落來了後，服務生行 ǹg 武彥，beh 請伊點菜。武彥刁工用嚴重錯誤 ê 日語講：「我聽無」，而且指示伊來 kah 我談。我 to̍h 是我，大主大意講：「Ah，真失禮，chit 兩位是夏威夷非常出名 ê senglí 人，來日本視察，因為是第三代移民，所以根本都 bē 曉講日語。聽講 chit 間餐廳 siōng 好，所以我 to̍h chhōa in 來 chia。」我身 koân 178 公分，體重 75 公斤，koh 是紅毛，tùi 任何角度來看，lóng 看 bē 出是日本人。由外國人替一對 100% 日本人 ê 老夫婦做通譯，用 soahphah ê 日語點菜，而且講：「真失禮！到第三代 to̍h 完全 bē 記得祖國 ê 話。」Sa 無 cháng ê 服務生最後 chiah 問講：「Lín 是啥人紹介來 ê？」我講：

「美國大使館。」聽 tio̍h chitê 消息了後，伊趕緊去 chhōe 廚子（tô͘chí），要求灶 kha 為重要 ê 人客準備特別 ê 菜。用餐了後，當服務生出現 ê 時，我用半桶師 á ê 中國話問伊講：「你 kám 是中國人？」伊回答講：「無 m̄ tio̍h。」我 to̍h 講：「Ánne，咱來用中國話講，kám 好？」伊隨應講：「Bē sái 得，我 bē 曉中國話，因為我 mā 是第三代移民。」伊 koh 講：「Chit 位 kah 我 lóng 是第三代，咱來握一下 á 手 án 怎？」了後 to̍h 去握武彥 ê 手。Kiámchhái 是因為服務生誤會伊是 teh kah 一位夏威夷 ê 貴族握手，所以伊 ê 面 to̍h 紅起來，koh 頭 lêlê。

阮行出門口 ê 時，武彥 kahná 真滿意，講：「Arturo，做 kah 真好。咱 ánne 做，對服務生來講無好，m̄ koh，我想 beh 檢測你 ê 語言能力。美國學生真認真 teh 學日語，m̄ koh 出去到外面 ê 時，因為 siuⁿ 過學者形 ê 客氣，致使講 ê 日語怪怪，soah 無 kah 一般人溝通 ê 能力，m̄ koh，你 ê 日語真 koân 級，我 beh hō͘ 你 A。」幸子提醒我講：「Toro sàng，tio̍h 小心，m̄ thang hō͘ lín 老父作孽。」因為互相 ē tàng 溝通，阮之間 ê 關係 to̍h 親密起來。

Chìn 前，我 bat 感覺有抗拒使用「生父」chitê 詞，因為我認為我 ê 美國養父 ē 受 tio̍h 忽視，而且我若早 to̍h 使用 chitê 詞，kiámchhái ē 聽 tio̍h 人 kā 我叫做「Jap」[1]。所有這一切 ê 顧慮，tī 頭一禮拜 to̍h lóng 消失去 à，生父 chitê 詞就講 kah 真順嘴。洋太郎 kah 健次郎稱 in ê 父母「阿爸、阿母」，所以 tùi 第二禮拜我 mā 開始稱 in「阿爸、阿母」；tī 不知不覺中，我 to̍h 加入武田家庭，而

1 譯註：Japanese ê 簡寫，有小 khóa 輕視 ê 意思。

且成做其中 ê 成員。

日本人有嚴格區分內 kah 外。我 tī 武彥 ê 身邊兩禮拜久，學 ē 曉 tùi 內看日本文化。Tī 美國學習 ê 日本印象是先講理論，致使 soah 犧牲日本人 ê 感性；我 ē tàng 舉真 chē chit 種 ê 例。無法度講「M̄」ê 日本人，siuⁿ 過 kā in 真實 ê 意圖建立 tī chìn 前兩个之間 ê 區別說明，致使 soah 講日本人無誠實。Hiahê 使用辯證法[2] 來分析日本社會 ê 人，in ē 忽略現實；in tùi 詭辯開始，mā 以詭辯來結束。Tio̍h 算日本人使用仝款 ê 方法，結果 mā 是 ánne，m̄ 是 kantaⁿ 外國人。Kiámchhái 是因為 in 無能力 tùi 內看日本社會，á 是 in 已經失去 hitê 能力。受 tio̍h 武彥 ê 致蔭，我 ē tàng tùi 內來修正，koh 發見日本 ê 美麗，這是一个真大 ê 收成。

Tī 我 tńg 來到美國大約兩個月後，武彥 kah 幸子來訪問 Ventura。In 頭一 pái 見 tio̍h 我 ê 養父，m̄ koh，三人之間 kahná 是老朋友，講話真投機。有一个 ánne ê 情景：養父問武彥講：「咱 chiah 頭一 pái 見面，你 ná ē kah 我 hiahnih 投機？」武彥就回答講：「答案真簡單，因為咱有仝一个 kiáⁿ。」養父 koh 一 pái 問講：「無 lah，你 kahná 有 teh 掩 khàm 啥物。」武彥看 ǹg hit 張 tī 桌頂 ê 老母 ê 像，答講：「我想咱有愛 tio̍h 仝一个 chabó͘ 人。」養父 ê 目屎隨 liàn 落來。雖然有小 khóa 躊躇一下，m̄ koh 面色小 khóa 紅紅 ê 武彥 koh 講：「Andrea 真偉大。」有一段時間 in 恬靜無聲。幸子 phah 破 chitê 恬靜，講：「Nancy，勞煩你，請 kā lín 老母 ê 相簿

2　譯註：Dialectic 是一種化解無仝意見 ê 論證方法。它是 tī 兩个 á 是 koh khah chē 个，對一个主題有無仝看法 ê 人之間 ê 對話，目的是通過 chit 種有充分理由 ê 對話，來建立對事物真理 ê 認知。

the̍h 來，tī 我聽故事 chìn 前，我想 beh 看 Andrea 是啥款人。」受 tio̍h ánne ê 鼓勵，武彥 to̍h 漸漸開始講故事，soah 一時講 lóng bē 停。雖然 in chiah 見過兩 pái 面，m̄ koh，伊 mā ē tàng 掌握 tio̍h 老母 ê 性情。雖然 Andrea 真 súi，m̄ koh 伊 ê 結論是：伊是 hō͘ 她優雅 koh 美麗 ê 氣質所吸引，卻 m̄ 是 kantaⁿ 因為外貌 ê súi。阮老父問伊講：「Kám 有啥物對她無 kah 意 ê 所在？」武彥答講：「我無 gōa ài tomato 湯，m̄ koh 因為是她準備 ê，所以我 kā 她講氣味 bē bái，to̍h lim 落去，m̄ koh，我實在是 m̄ 敢 koh 再領教。Tī 其它方面，她 lóng 是 siōng 好 ê 第一名。」

阮老父 khiā 起來，講：「講 tio̍h siōng 好 ê，幸子是第一名」，就 kā CD khǹg 入去啥物物件，koh 行 óa 來幸子面前，頭 àⁿ 落去，講：「我想 beh kah 你跳 chit 支舞。」Bach 無伴奏大提琴組曲 ê 第一號 G 大調恬恬 á 開始響起來，續落來是 Allemande、Courante，kah Sarabande ê 舞蹈組曲。Chit 首古典音樂無任何設定 ê 腳步，阮老父配合音樂做出優雅 ê 舞步，幸子 to̍h 跟 tòe 伊 ê 腳步起舞。我 ê 直覺是，阮老父是沉迷 tī 伊對阮老母 ê siàu 念 teh 跳舞，舞伴 m̄ 是幸子，卻是阮老母。我少年 ê 時，父母 ê 身影浮起來 tī 我 ê 面前。Tī 我出世 chìn 前，老父一定是用 chit 種關心 kah 鼓勵 ê 方式 teh 對待阮老母。舞曲結束了後，武彥 tī hia teh phah pho̍k'á 喝采。

武彥 kah 幸子講 ǹg 望 tī 停留 ê 期間 ē tàng 去參觀 Reagan 圖書館，所以 Nancy to̍h 做導遊 chhōa in 去。農場 ê 工作有時真無閒，m̄ koh，我真正 ê 目的是想 beh hō͘ Nancy 有機會了解 in 兩人。Tī 圖書館 ê 花園裡 hit 堵仿造 ê 柏林圍牆前 kah 幸子合影了後，武彥講真 chē 趣味 ê 話。伊講：「Kennedy 去柏林演講 ê 時，伊講伊是柏林人，來 hō͘ 聽眾感覺歡喜。我 mā 想 beh 通過講我是台灣人，來對 Nancy 解說我 ê 背景。」除了這以外，Nancy 對武彥是一个各方面 lóng 真體貼 ê 翁婿，印象深刻。Tī pháiⁿ 行 ê 所在，伊 to̍h 保持節奏，慢慢 á 行；食飯 ê 時，伊 ē 先 hō͘ 伊 ê 牽手做 tāi 先；伊真注意 mài hō͘ 人感覺伊親像是一个日本人 ê 丈夫。Nancy 對武彥講：「你 hō͘ 我想起阮阿母破病 ê 時，阮老父 mā 是 ánne teh kā 她照顧 kah 安慰。你是一个真無簡單 ê 人。」

Tú 親像 Nancy 所講 ê，阮老父 kah 生父之間有真 chē 類似 ê 所在。總是，tùi 表情來講，阮老父加真明朗；tùi 幸福 ê 程度來講，阮老父 mā 有 khah 贏面。保羅 hō͘ 腓立比人 ê phoe 有一句話講：「M̄ thang 自私自利，追求虛榮，顛倒 tio̍h 用謙遜 ê 心，看別人比 kakī khah gâu。」[3] 阮父母自結婚以來，lóng 一直 ánne teh 做。幸子 mā 是，kantaⁿ 武彥無法度棄 sak 虛榮 kah 自私，這 kā in 帶來無形 ê 不幸。

Tī 中秋 ê 暗暝，我邀請武彥 kah 幸子去海灘散步。武彥牽 Nancy ê 手，講：「請幫贊我 chitê 老人」，所以我 to̍h 去陪幸子。月光反射 tī 海面，海風輕輕 á 吹 tī 皮膚。波浪來 koh 退，波浪 ê 聲 mā 來 koh 停，tī 不知不覺中，in kah 阮 ê 腳步相配合。

Nancy kah 武彥之間 teh 進行以下 ê 對話：

「Nancy，你 ê 想法 án 怎？丈夫 ê 婚外情對 chabó͘ 人來講，kám 真正 ē tàng 赦免？」

「這 tio̍h 看感情 ê 深度；幸子 tùi 心內深深 teh 疼老師，所以我

3　譯註：腓立比書 2:3。

一房 á 都無懷疑。」

Nancy 隨機應變，koh 講：「若是老師無 kah 阮老母過暝，Arturo to̍h bē 存在 tī chitê 世間。Ánne，我 tī chitê 世間 mā bē tàng 有 chitê 角色，kui 个人生 kiámchhái ē 變成烏暗。阮老父 mā 是 ánne 講，認為一切 lóng tio̍h tùi 正面來思考。」

To̍h 算是 ánne 講，武彥猶原無法度擺脫伊所感受 tio̍h ê 負面情緒。

「M̄ koh，當我 hō͘ 人赦免 ê 時，m̄ 管我過去 ê 錯誤是 gōa 悲慘，人 mā lóng 原諒我，致使我充滿感激，soah m̄ 知 tio̍h án 怎報答，mā m̄ 知 ài án 怎 chiah 好。」

Nancy 想起幸子 tī 仝一个海灘 bat 講過 ê 話：

「武彥 kám 猶原感覺有對不起我？伊 hiahnih 有禮貌 ê 舉止，kahná 是「關白」[4] hit 種大男人主義。」

Tńg 到厝 ê 時，阮老父已經準備好葡萄酒、cheese kah 果 chí teh 等阮。阮老父 ê 面 tiāⁿtiāⁿ lóng 是閃閃發光，m̄ koh，帶一絲 á 辛苦 kah 悲傷。Tī 阮老母往生了後 ê 幾年內，雖然伊有真 chē tāichì 無法度忍受，m̄ koh 伊有克服一切，來保守阮。這是無條件 koh 無私 ê 疼，這有反映 tī 伊 ê 面上。幸子對武彥獻上無條件 ê 疼，若是伊乖乖 á 順從來接受，伊 ê 虧欠感自然 to̍h ē 消失。我為 chit 項 tāichì 祈禱。

阮為 tio̍h 隔 tńg 工 beh 離開美國 ê 兩人敬酒乾杯，五人手牽手

---

4 譯註：日本平安時代官名。天皇年幼 ê 時，太政大臣主持政事稱“攝政”，天皇成年親政之後改稱“關白”，m̄ koh 凡事 lóng ài 先經過關白過問，然後奏聞天皇；關白掌有實權。

ê 時，阮老父祈禱祝福，講：「求主賜福 lín，保守 lín 平安。求主 ê 面 ǹg lín，kā lín 照光，賜 lín 恩典滿滿。」隔 tńg 工早起，tī Los Angeles 機場 kā in 兩人送別。我無法度 bē 記得 in 講 ê「我 ē koh 來，請保重」ê 話，kah in 兩人 ê 笑容，he 竟然成做是 siōng 路尾 ê 告別。

隔 tńg 年 5 月 22，幸子 tī 伊豆 ê 溫泉旅館往生。她 ê 心臟衰 lám，救護車到位 ê 時，她已經斷氣 à。In 選擇 ê 是 60 年前蜜月旅行所 tòa ê 仝一間旅館，in 提早 tī 其他人客 iáu 未到 ê 時來到旅館，做伙去浸溫泉。Tī 食飯前，武彥心情真好，phâng 杯，講：「性命中有 60 歲生日『還曆』ê 儀式，六十年前咱結婚，hit 時咱成做一體，chitmá 咱 mā 來慶祝咱成做一體 ê『還曆』。乾杯！」幸子 mā 試 beh phâng 杯，m̄ koh 出 tī 某種原因，她 ê 手 bē tín 動，杯 á lak 落去榻榻米，酒 choat 出來，了後，一切 lóng 變做烏暗。武彥 khà 電話 hō͘ 洋太郎，mā khà hō͘ 健次郎，koh 交代兩人絕對 m̄ thang hō͘ Arturo 知影。武彥完全 bē 記得其它發生 ê tāichì。

我 tī 六月初五收 tio̍h 報喪事 ê 電話了後，我 kā 伊講：「阿爸，我 beh 緊來去日本。」阮老父答講：「葬式 kah 告別式 lóng 已經結束 à，你無必要來 chia。我 kantaⁿ 想 beh kā 你講一項 tāichì：幸子已經 tī 天堂，請放心。」電話 to̍h 掛斷。

我想 beh 去東京安慰生父，m̄ koh Ventura 農場 tú 面臨到 taⁿ m̄ bat 有 ê 危機，我若想 beh 離開，差不多是無可能 ê tāichì。Obama 總統 m̄ 管議會 ê 意向，發佈大赦非法移民 ê 命令，提供 hō͘ in 得 tio̍h 公民身分 ê 途徑，若是非法移民用 chit 種方式得 tio̍h 公民身分，to̍h ē 形成一个強烈支持民主黨 ê 基本盤。這是違憲 ê，最後

法庭 ē 判 hitê 命令無效，m̄ koh he bē 直接傳達 hō͘ hiahê 移民，致使 ta̍k 工 lóng 有真 chē 移民 tī 大赦了後非法入境，m̄ koh，並無夠額 ê 設施 thang 來容納 in。Arturo ê 農場 ta̍k 工 lóng 溢入來討水，討食物 kah chhōe 頭路 ê 非法移民，hō͘ 阮非常困擾。Chiahê 非法移民無其它 ê 出路，m̄ 知 tang 時 ē 發生暴亂，致使南加州 kah 德州出現 hō͘ 人不安 ê 情勢。

阮老父聽 tio̍h 我 ê 話了後，講伊 beh 代替我去，m̄ koh 因為伊 ê 年紀大，所以 Nancy 決定 beh kah 伊做伙去。事後回想起來，無比這 koh khah 好 ê 安排。阮老父 kah 生父 lóng 是老孤 khu̍t，真了解互相 ê 心境，Nancy mā ē 盡她所 ē 來照顧兩个老大人。In tī hia tòa 到六月底，tī chit 兩禮拜中間，阮老父 kah 生父變成獨一無二 ê 好朋友。這是我料想 bē 到 ê，非法移民入境 ê 不便，kiámchhái mā 是上帝所安排 ê。

阮老父 tńg 來 ê 時有講，洋太郎有 teh 擔心 in 老父 ê 款，因為伊 kah 阮老父參詳，講：「阮老父 kám 無要緊？阮老母往生了後，伊不時 ē kakī 一个人講話，kahná 是 teh 對阮老母講話 ê 款。甚至我 tī 伊 ê 身邊，伊 mā lóng 無關心，這 kám 是有一點 á 奇怪？」

「無要緊，洋太郎，做你放心，我 mā 仝款 ē ánne。Tī Andrea 往生了後，我 mā tiā^{n}tiā^{n} ē kakī 講話，m̄ koh 心內卻想講是 teh kah Andrea 講話。Ánne 真好，我 lóng kanta^{n} 想好 ê tāichì；我回想 Andrea 少年 ê 姿態，我 kanta^{n} ē 記得好事。Hit 時，悲傷 ē 漸漸消失，猶原感受 ē tio̍h 她 tī 我身邊 ê 快樂。好好 á 想看 māi，幸子 chitmá tī 天堂，若講她 iáu 是 tī lín ê 身邊，mā 無啥物不可思議。」

Tī 繼續講落去 chìn 前，趁 iáu ē 記得，我 tio̍h 先來講一項

tāichì。Tī 武彥頭一 pái kā 我當做親生 kiá^{n} 來見面了後，伊有偷偷 á 寫一篇「超過 80 歲 chiah kah kiá^{n} 頭一 pái 見面」ê 告白書，伊 ánne 寫：使弄人工墮胎，thâi 死有性命 ê 胎兒 ê 殺人魔 ê 操心 kah 懺悔；想 beh 選擇 Andrea á 是幸子 ê 迷惑；對 in 兩人 ê 虧欠；犯 tio̍h 不倫，無對幸子告白 to̍h kah 她結婚；ná ē 無選擇自殺，來自我了斷；求佛解脫 mā 無法度救贖 ê 苦悶；智識分子 ê 不安；進一步對基督教 ê 追求，以及伊 kakī ê 罪惡意識等等。伊 kā 真 chē ê 苦惱赤 the̍hthe̍h 串聯起來，koh ánne 簡要寫落來，送 hō͘ 幸子。伊 koh 補充講，伊無資格享受幸子 ê 疼，伊 kanta^{n} 是 beh 向幸子告白，所以要求她千萬 m̄ thang 向別人展示。Kiámchhái 是一種預感，tī in 結婚 60 週年記念旅行，beh 前往伊豆 ê 前一工，幸子講，這是武彥所寫 ê 文章中，siōng 容易讀 ê 好作品，mài 想講 he ē 造成我 ê 困擾，咱來 kā 它出版，án 怎？儘管是 ánne，武彥 iáu 是叫她 m̄ thang hō͘ 任何人知影 chit 份告白書 ê 存在。總是，洋太郎有意識 tio̍h chit 份告白書 ê 存在，因為伊一个接一个，有聽 tio̍h in 老父 ê ta̍k 个獨白。洋太郎向 Alfonso 提起告白書 ê tāichì，Alfonso 以仝款是孤單老人 ê 立場，講：「這 ē 鼓勵其他 ê 人」，所以敦促伊出版。M̄ koh，武彥無真熱心，伊 kanta^{n} 印製兩百份 ê 私人出版品，分送 hō͘ 親密 ê 朋友。經過幾个人 ê 手了後，chit 份告白書引起一間小型出版公司總裁 ê 注意，to̍h 出版一本小型 ê 平裝冊來進行試賣，結果，聽講是因為「超過 80 歲 chiah kah kiá^{n} 頭一 pái 見面」ê 冊名，引起人 ê 好奇心，結果賣 kah 真好。幸子過身 ê 時，遵照阮生父 ê 嚴格命令，家族無邀請我來參加告別式。雖然 tī 武彥 ê 立場是 ánne，m̄ koh 洋太郎 kah 健次郎卻 lóng ǹg 望我緊來。

我 tī 昨昏接 tio̍h 洋太郎 ê 電話，伊講：「教會朋友講：你 ê 兄弟是名人，無論如何都應該參加告別式。若無，看起來 ná 像家庭成員失踪一个全款。健次郎 mā ánne 講。」

咱 koh tńg 來到幸子往生 ê 時 chūn。武彥完全 bē 記得伊 tī 頭一禮拜中所做 ê tāichì。當告別式結束，洋太郎 kah 健次郎，以及 in 厝裡 ê 人 lóng tńg 去 in 各自 ê 公寓了後，麻布十番公寓 ê 空間變 kah 真 oh 得忍受。寂寞 ná 親像憤怒 ê 海湧 phah 過來，武彥真想 beh 哭，m̄ koh，目屎流 bē 出來。Thîn 茶 ê 時，已經聽 bē tio̍h 幸子慣勢講 ê「請用茶」ê 聲音。Tio̍h 算叫她：「來 chia 做伙聽 Vivaldi」，mā 無人回答。Tùi 客廳到灶 kha，tùi 灶 kha 到書房，koh tùi 書房到睏房，武彥一直 teh chhōe 她。當伊 kā 目 chiu mi 起來 ê 時，她隨時 ē 出現 tī 目 chiu 前，m̄ koh，目 chiu peh 開 ê 時，她並無 tī hia。「幸子，幸子，我愛你」，總是，無論伊 án 怎 hoah，都無回應。巷管 á 風吹動浴間門 ê 時，ah，幸子 kám 有 tī hia ？ Phah 開門一看，kantaⁿ 有 kakī ê 面反映 tī 鏡裡。

幸子 ê 死亡擾亂武彥 kui 个正常 ê 生活規律；伊無致意是 m̄ 是有食飯，用過 ê 碗箸 mā hē ·leh 無 beh 洗。伊已經對活落去失去興趣，有時甚至 ē 怨嘆上帝，是 án 怎無 beh 先 kā 伊 ê 性命取去，有時 mā ē 對上帝訴苦情。平靜 ê 時，伊回顧起來，感覺 kakī ê 自我中心主義並無改變。當配偶往生 ê 時，留落來 ê hitê tio̍h ài 用滿滿 ê 愛來辦理葬式，所以若是伊 kakī 先蒙主恩召，ánne，幸子 tio̍h 必須履行 chitê 繁瑣 ê 義務。武彥一定是 bat 偷偷 á ánne teh ǹg 望。畢竟，伊是一个淺薄 ê 人，m̄ koh，伊無理解 kakī 竟然 ē hiahnih 使 khiohka̍k。Tī 順無法度醫治 ê 病得 tio̍h 醫好了後，武彥 kakī 有感受 tio̍h 上帝 ê 慈悲，所以成做一个基督徒，koh 決定 tio̍h 為上帝 ê 國度做真 chē 工作。伊漸漸有「無論 gōa 悲傷，mā tio̍h 勇敢活落去」ê 心理準備。

家庭中 ê 一个重要問題猶原存在，to̍h 是通知 Arturo 幸子 ê 往生。雖然武彥命令洋太郎 kah 健次郎 m̄ thang 通知 Arturo，m̄ koh，伊 mā kakī 問講是 án 怎 beh ánne 做。雖然 Arturo 是一个 bē tàng 取代 ê 親生 kiáⁿ，總是，洋太郎 kah 健次郎 bat tī 厝裡看 tio̍h 真 chē hō͘ 人無滿意 ê 方面，Arturo 卻 m̄ bat 看過，所以武彥認為應該 hō͘ 伊保持一个好印象。幸子忽然往生，hō͘ 武彥 ê 心內亂 chhauchhau，伊無想 beh hō͘ Arturo 看 tio̍h 伊 chit 種亂 chhauchhau ê 情況，所以，伊延遲通知 chitê 消息，免得 Arturo 來參加告別式。M̄ koh，若是拖延 siuⁿ 久，Arturo to̍h ē 感覺 kakī hông 看做是外人，心內 ē 無歡喜。武彥雖然知影「若無緊 khà 電話 bē sái」，m̄ koh 伊 iáu 是無法度真正去實行。武彥心內有一種虛榮心，ǹg 望 Arturo ē 思念伊，m̄ koh，伊 koh 擔心 kakī ē tī 電話中哭出來；chiahê 可怕 ê 心情 tī 伊 ê 心中 teh 交纏。

真無簡單 kā chiahê khangkhòe 完成了後，武彥開始努力 beh hō͘ kakī ê 生活方式 koh 回復正常。伊選擇 ê 頭一步是 koh 再開始寫日記。以下是伊 ê 話：

2015 年 6 月初 5，有時日頭光充足

今 á 日早起，我 khà 電話 hō͘ Arturo，hō͘ 伊知幸子過身 ā。伊 kahná mā 大驚一 tiô。「你免來，因為幸子已經 tī 天堂，你 thang 放心。」講 soah，我 to̍h 掛斷電話。Arturo 是一个可愛 ê gín’á，若是

伊無出現 tī 阮 ê 面前，阮 ê 晚年 to̍h ē 行向無仝 ê 方向。

幸子講了真 tio̍h：「若是 Arturo 先生無來世間，á 是無存在，咱 to̍h bē 成做基督徒。」若是我 iáu 是佛教徒，我 chitmá ē teh 想啥 leh？因為幸子有積功德，時到 to̍h ē koh 輪迴，tī 極樂淨土生做人，m̄ koh，tio̍h 算她是完美 ê，mā 一定 tio̍h hāⁿ 過幾个輪迴 ê 障壁。我是一个無完美 ê 人，tī 世間 lóng 無積任何功德，若是 ē tàng 輪迴出世做乞食 to̍h 算 bē bái，kiámchhái ē 出世做 chengseⁿ，無法度保證 ē tàng kah 幸子 tī 死後 koh 再見面，ē 一直繼續 tī 陰間 ê 路途徘徊。我無法度想像一个無幸子 ê 世界，m̄ 管是活 leh á 是死去，若是無法度 koh 再看 tio̍h 她，我 to̍h ē 討厭生死攸關 ê 一切。

Tī chit 方面，基督教真清楚。若是告白 kakī ê 罪，而且 óa 靠耶穌來贖罪，ánne，tio̍h 算像我 chit 種 ê 罪人 mā ē tàng 入去天堂。一屑 á 疑問都無，幸子 chitmá to̍h 是 tī hia，我一定 ē tàng koh 再看 tio̍h 幸子。我 chitmá 有能力生活，雖然寂寞，m̄ koh 有 n̂g 望。這 to̍h 是 Arturo ê 禮物，我非常感謝。

2015 年 7 月 1 日

Alfonso kah Nancy 替 Arturo 來訪問我 ê 二禮拜後，今 á 日 in tńg 去到 Ventura。In lóng 親身替我關照一切，mā 有去多磨墓園。幸子 ê 墓牌 iáu 未做好，m̄ koh 已經有一个小十字架 khiā tī hia，我 ê 名 mā 有刻 tī 頂面；tio̍h 算是死亡，阮 mā 是 beh 做伙。幸子往生了後，天堂忽然變 kah koh khah 接近 ā。保羅 ê 話 hō͘ 死亡有一个新 ê 含義：「因為對我來講，活是為 tio̍h 基督，死 mā 有 khah 大

ê 利益。」[5]

Nancy 用 tī 墓園妝飾 phâng 花 ê 仝款手法，kā 公寓 ê ta̍k 角落清理 kah 真清氣。Kah 幸子 iáu tī ·leh ê 時仝款 ê 生活活力 koh 得 tio̍h 回復，客廳 kah 灶 kha ê 鮮花 teh 講故事。Nancy ta̍k 禮拜三 tī 冰箱 khǹg 一禮拜份 ê 餐點，她講：「阿爸，我想這 ē ha̍h 你 ê 胃口，請你好好 á 食。」我真歡喜她頭一 pái 稱呼我「阿爸」。Arturo 真堅強 koh 實在，伊有選擇一个好牽手。

我 tùi Alfonso 學 tio̍h 真 chē tāichì，伊一屑 á 都無顧慮 teh 講任何話。伊講：「我感覺寂寞 kah 悲傷。雖然到 taⁿ 已經過九年 ā，寂寞 kah 悲傷 lóng bē 消失，m̄ koh，若是我認為我有永遠 teh 疼 Andrea，ánne to̍h ē hō͘ kakī 有活落去 ê 氣力。Andrea 過身 ê 時，我幾 nā pái 想起約伯記 ê 一段聖經節：『上主賞賜，上主 the̍h 去。Tio̍h oló 上主 ê 名。』[6] 咱 ê 性命是主賞賜 hō͘ 咱 ê 禮物，性命有時間 ê 限制，m̄ koh 咱 kám m̄ 是應該 tio̍h 感謝上帝 ê 禮物？而且 tio̍h 算時間來到，上帝 kā 禮物 the̍h 走 ê 時，咱 kám m̄ 是 mā tio̍h 感謝祂 hō͘ 咱真長時間 ê 禮物？我有 51 年 ê 時間，你有 60 年，咱 kah 所疼 ê 人一直做伙，咱應該 tio̍h 來 kah 約伯做伙祈禱『oló 主 ê 名』，互相堅強做伙活落去，kám m̄ 是？」Alfonso 真坦然 ê 話講：「Thang 啼哭，mā thang 大聲叫，m̄ koh，m̄ thang bē 記得：永遠 ê 性命 teh 等待咱。」He 包含伊一生經歷過 ê 生活智慧。

「你 kám 有 kah kakī 講話？」「當然有」，「你 kám 有寫過 phoe？」「當然 mā 有。」阮兩人 lóng teh 行仝款 ê 路。有一 pái 我

5　譯註：腓立比書 1:21。

6　譯註：約伯記 1:21b。

寫一張關係 gín'á ê phoe hō͘ 幸子，kā 它 khǹg 入去 phoe 囊，寫幸子 ê 名，了後 koh 貼郵票，m̄ koh，我 m̄ 知 beh án 怎寫她 ê 地址；我頭一 pái 意識 tio̍h 我是 teh 寫 phoe hō͘ 過身 ê 牽手。我 kā chit 項 tāichì 講 hō͘ Alfonso 聽，伊講：「這真 chia̍p tú tio̍h，請放心。我 mā bat 通過寫 phoe hō͘ Andrea 來安慰 kakī，你 tio̍h koh 寫 khah chē leh，tī 天堂 ê 幸子 ē tàng 讀所有 ê phoe。」雖然伊 ê 話聽起來不只 á hō͘ 人憢疑，m̄ koh，我 iáu 是 ánne 決定 beh 不時寫 phoe hō͘ 幸子。

我有留落來幾張 phoe，其中寫到半中途 ê，á 是未完成 ê phoe siōng 趣味。

幸子，你好無？

雅子今 á 日早起來 chia，面帶煩惱。她講洋太郎昨暝 lim 酒醉，無赴 tio̍h siōng 尾班 ê 電車，所以坐計程車 tńg 來，koh 大聲 hoah 講：「阿呆三助」[7]。今 á 日早起，伊想 beh 起床都無法度，kantaⁿ 一直 kôⁿ，soah bē tàng 去上班。她講她拜託人關照康 kah 明子了後，to̍h 趕緊來 chia。

你可能 iáu ē 記得，洋太郎原本是人事部 ê 第二課長，伊 khiā tī 得意 ê 高峰，新員工培訓 ê 大綱留 hō͘ 伊負責去做。伊問一組十五名 ê 新員工講：「你加入公司，siōng 討厭 ê 是啥物 tāichì？」In 回答講：「Hō͘ 頂司 chhòngtī。」伊 koh 問講：「是啥款情形？請舉例看 māi。」「In kā 阮指示 ê 時，ta̍k pái 都講：『Lín 是青二才[8]，

---

7 譯註：洋太郎 ê 一位同事 ê 綽號。

8 譯註：日語，表示青澀、無成熟 ê 年紀，無法度擔當 tāichì。

m̄ koh tio̍h 照我講 ê 去做。』阮 tī 大學 ê 成績真好，mā ē tàng 入去外面 ê 一流公司。阮 m̄ 是青二才。」洋太郎問講：「Lín kám 無想過有啥物對策？」In 回答講：「有，阮私下 kā 伊叫做青三才[9]。」洋太郎決斷應講：「Ē sái 得，tī chitê 場合，lín ē tàng 使用 chitê 詞來批評頂司。」這致使 chitê 小組 ê 討論真自由，而且 tī 期末 ê 時得 tio̍h siōng 好 ê 成績。收 tio̍h chit 份報告 ê 園田部長指示講：「仝款 ê 自由 mā ē tàng hō͘ 其它 ê 小組。」了後，kui 个公司 ê 風氣 mā 有改善。

洋太郎知影啥人是「青三才」，伊 to̍h 是一个前陸軍下士 ê kiáⁿ，伊 tī 戰爭前是滿州重工業 ê 正式僱員。Chit 位青三才 tī iáu gín'á ê 時，經常受 tio̍h 老父 ê 責備，soah 成做一个有怪癖 ê 人，因為 kakī 升級慢，soah 對下司大細聲來出氣。公司內底有幾个 chit 種人，洋太郎 to̍h kah 園田部長參詳，to̍h 製作一本「中堅幹部 ê 心得」ê 手冊，來 kā in 進行培訓。武田 ê 培訓方式為公司帶來新 ê 風格，提高效率，新員工經過培訓了後，成做優秀 ê 中堅幹部。Tī 園田部長成做董事了後 ê 第二工，洋太郎 mā 被任命做人事部長。另外一方面，當「青三才」tī 公司廣泛使用 ê 時，Chit 位青三才 ê 綽號就 ánne hông 改做「阿呆三助」。

健次郎 chitmá 已經升級做董事，m̄ koh，洋太郎 iáu tī 職業道路 teh 行。園田董事最近升做副社長，而且應允 beh tī 下一 pái ê 董事會提名洋太郎來擔任董事。

總是，昨 hng soah 完全變卦，因為日經新聞 kah 產經新聞

9　譯註：表示 kantaⁿ 比「青二才」加一歲而已；龜笑鱉無尾。

lóng 有一篇小記事講：「某某公司 ê 佐佐木社長 ê 綽號是阿呆三助。」日經新聞有附一个副標題：「對現任管理階層 ê 無信任？」園田副社長 hō͘ 社長召去問，社長大受氣講：「Kám 講是 tùi 你 ê 部門 ê 武田所引起 ê？實在有夠 kē 路。」園田副社長對武田講：「緊寫謝罪狀 hō͘ 社長，你 ê 董事職位已經報銷 ā。」洋太郎 to̍h 是因為 ánne chiah ē 行去酒吧。

武彥寫到 chia ê 時，不知不覺中聽 tio̍h 一个聲音講：「Oh，洋太郎有夠可憐。」伊 koh 一 pái 確定一下，he 是幸子 ê 聲音，hitê 聲音伊記得真清楚。洋太郎 tī 小學二年級 ê 時，in 全家 iáu tòa tī 三鷹 ê 公寓裡。有一工，洋太郎講伊 hō͘ 老師責備 kah 真 thiám，幸子就摸洋太郎 ê 頭，講：「Oh，洋太郎有夠可憐。」

「雅子，緊來 chia，是阿母 teh 講話。」

M̄ koh，雅子 kantaⁿ 看 tio̍h 武彥 teh nga̍uhnga̍uh 念，外面看 bē tio̍h 任何物件，只有武彥當 teh 認真 kah 某人講話。

過一時 á，武彥對雅子講：「我有 lín 老母 ê 一項消息，請詳細聽。」雅子聽了，隨時 tńg 去厝裡，叫醒洋太郎，hō͘ 伊洗身軀，koh 食一點 á 清淡 ê 物件。了後，她 khà 電話 hō͘ 園田夫人，kā 她講 in 夫婦 êng 暗想 beh 去拜訪，請 hō͘ in 半點鐘 ê 時間，in 翁 beh 去會失禮。雅子去準備伴手禮，是夫人 ài 食 ê 長崎 Castella 雞卵糕[10]，以及園田副社長 ài lim ê 葡萄酒 kah cheese。她 koh 叫洋太郎寫謝罪狀，講 kakī beh 負完全 ê 責任，而且日經新聞 kah 產經新聞

10譯註：16 世紀中葉，“Castella” 牌子 ê 雞卵糕 tùi 葡萄牙引進來到長崎。通常翻譯做長崎蛋糕。

ê 記事是無根據 ê，koh 舉出「阿呆三助」ê 本名；伊已經到退休 ê 年齡，所以無需要煩惱結果。雅子 koh 吩咐講，hit 張謝罪狀 tio̍h 交託 hō͘ 副社長，請伊去 kah 社長調解。

雅子照武彥 ê 指示去做。當 in 訪問園田副社長 ê 時，伊 kah chìn 前仝款，是一位充滿疼心 ê 頂司。夫人真輕快 kā 伴手禮接起來，講：「我今 á 日去伊勢丹百貨公司，tú 想 beh 買長崎 ê Castella 雞卵糕。」副社長 mā kā 雅子帶來 ê 葡萄酒接落來，講：「好牌子，咱做伙來 lim 一杯 kám 好？」洋太郎 kā 伊謝絕，講伊昨暗 lim 酒醉 soah 無去上班，所以特別來會失禮。洋太郎 the̍h 出 beh 交託伊 ê 謝罪狀，副社長看了講：「寫了真好，語詞無啥物無妥當 ê 所在。」一切 kahná 進展了真順利。隔 tńg 工中晝，副社長 khà 電話來講，伊早起 tú tio̍h hit 位「阿呆三助」，伊本人 to̍h 是 chitê 騙局 ê 罪魁。伊 kā kakī 討厭 ê 綽號轉嫁 hō͘ 佐佐木社長，而且向日經新聞 kah 產經新聞 ê 記者講公司 ê phái^{n} 話。公司照伊 ê 請求，hō͘ 伊辭職。伊 tī 仝 hit 工停職，總是，伊 the̍h tio̍h ê m̄ 是保障伊 ê 退休津貼，卻是一張白色 ê 謝罪狀。隔 tńg 工，兩間報社 lóng 有刊出更正啟事。Hit 工下晡三點，副社長去見社長，kā 洋太郎 ê 謝罪狀交 hō͘ 伊。洋太郎 m̄ nā 是無辜 ê，而且講伊「Beh 負完全 ê 責任」，所以，tāichì 就 ánne 得 tio̍h 圓滿解決。Hit 暗，tī 洋太郎 tńg 到厝 chìn 前，園田副社長 khà 電話 hō͘ 雅子。

「夫人，昨 hng 多謝你 ê 葡萄酒 kah 雞卵糕。請 kā lín 頭家講，佐佐木社長 kah 我聯名，決定 beh tī 下 pái ê 董事會中，推薦武田先生做董事。」

雅子 kah 武彥 koh 見面 ê 時，她報告講：「阿爸 ê 指示一切順利。」武彥輕輕 á 回答講：「這是幸子 ê 指示，m̄ 是我。」Tùi hit 時起，當雅子看 tio̍h 武彥對 kakī 講話，kahná 對面有幸子 tī ·leh ê 時，她無 koh 再懷疑；he 真正是 in 兩人 teh 講話。

武彥 kakī mā 懷疑伊 ē tàng 直接 kah 幸子交談。Tio̍h 算 he 是發生 tī 幻想世界中，實際上伊確實有 tī 心內 tú tio̍h 幸子。伊 mā 想 beh 有 hit 種機會，thang kā 幸子一直記 tī 心內，所以若想起幸子 ê 時，伊 to̍h gia̍h 毛筆 á 是鋼筆來寫 phoe。其實，伊若 beh kā 它寫 tī 心內，mā 是無困難，總是，若用筆寫落來，伊 to̍h ē tàng tī 無 gōa 久以後 koh tńg 來讀；若是寫 tī 心內，to̍h 無有記錄，m̄ koh，若是 ē tàng 看 tio̍h 幸子，ánne to̍h 真好 à。

最後，伊行來到人客廳。面對無人 ê 人客廳，武彥講：「你 teh chhòng 啥？幸子，我 teh 想你。你 teh chhòng 啥物？」

「你看起來真孤單，所以我來拜訪你。」

「多謝。天堂是啥款 ê 所在？Kám 有 tú tio̍h 特別 ê 啥人？」

「是真好 ê 所在。我 tio̍h tùi tó 位開始講起 chiah 好 leh ？無 m̄tio̍h，前幾工我有 tú tio̍h Poe。」

「Mā 有 tú tio̍h 伊 oh ？」

「我 mā 是 ánne 想。我頭一 pái tú tio̍h 伊 ê 時，問伊講：『像你 chit 種人竟然 mā ē tàng 入天堂。』Poe 答講：『無 lah，我原本 mā 是 ánne 想，所以 phihphih chhoah khiā tī 耶穌面前。耶穌問我：Edgar，你 teh chhòng 啥物？因為祂 ê 聲音真溫柔，所以我 to̍h 對伊告白一切。』Poe kah 我講真 chē 話。真可惜，你無法度直接 kah

伊講話，因為天地之間有隔離，m̄ koh，我 ē tàng 傳話。」

以下是幸子 ê 轉述：

Poe 講：「我有感覺 tio̍h Baltimore（巴爾地摩）政治界 ê pháiⁿ 頭家 teh 走私鴉片，我已經做過各種 ê 調查，證據連續不斷出來 à，我認為這是寫小說 ê 好題材。Tī 想 beh 寫小說 chìn 前，我 kā 證據帶去 hō͘ 一位親密 ê 新聞記者，卻 m̄ 知伊 mā 是 hiahê 不擇手段 ê 頭家 ê 手下之一。了後，我 ē 記得我有 lim chham 鴉片 ê 酒，to̍h 醉茫茫，hông 拖去 tī 城內 se̍h 來 se̍h 去，就 ánne 意識不明，m̄ 知 hông tàn tī 啥物所在死去。」[11]

Poe koh 繼續講：「我詳細講 hō͘ 耶穌聽。耶穌問講：『你 kám ē tàng 原諒 hitê pháiⁿ 頭家 kah 新聞記者？』我認為我無法度原諒。M̄ koh，我看 tio̍h 耶穌 hitê 慈悲疼痛 ê 面容，真正感受 tio̍h chit 位上帝 ê Kiáⁿ phāiⁿ 咱所犯 ê 罪，被處刑釘十字架來死，就 ánne 消除我對 hitê pháiⁿ 頭家 kah hitê 記者 ê 仇恨。我一生罪惡貫滿，卻 mā 受拯救，得 tio̍h 永遠 ê 性命。無 m̄ tio̍h，tio̍h 赦免，tio̍h 赦免！我 ê 罪 mā 得 tio̍h 赦免。耶穌講：『入來！我 to̍h 為你 phah 開天堂 ê 門。』」

幸子講：「真精彩 ê 故事，你今 á 日 ná ē 來 chia？」

---

11 譯註：Poe ê 死因是一個謎。有一个講法是 ánne：因為伊是 tī 一个投票站外面被發見 ê，所以有人認為伊是選舉作弊 ê 受害者。19 世紀以來，美國流行一種作弊手法，叫做「cooping」，to̍h 是綁架一 kóa 流浪漢 á 是酒鬼，kā in 灌醉了後，koh 強迫 in 打扮做無仝 ê 形，用無仝 ê 身份去 ta̍kkê 投票站為特定 ê 候選人投票。Poe 被發見 ê 時，穿插怪異，神志不清，而且離投票站真近，所以有人推斷 kiámchhái 伊是「cooping」ê 受害者。

Poe 講：「遵照耶穌 ê 話，我來看你。」

幸子問：「是啥物話？」

Poe 講：「疼你 ê 厝邊親像 kakī。武彥當 teh 寫一本關係我 ê 冊，所以你是一个真特別 ê 厝邊。」

幸子問：「阮翁 ê 冊，你感覺 án 怎？」

Poe 講：「聽講它有一種壓倒性 ê 吸引力，伊 kiámchhái kā 我寫 kah siu^{n} 過頭。我確信我有創意 kah 想像力，m̄ koh 我 m̄ 是天才。我無 ài hō͘ 任何人知影我 ê 痛苦，老實講，我無 gōa kah 意伊 hit 本冊。」

幸子問：「Oh，我 tio̍h án 怎 kā 你 ê 話轉達 hō͘ 阮翁 leh？」

Poe 講：「你知我是 hō͘ 人收養 ê，而且 hō͘ 阮養父 John Allan 放 sak。我 poa̍hkiáu、醉茫茫、借大筆錢，是一个放蕩 kiá^{n}。我 bat 想 beh 做鱸鰻來引起養父母 ê 注意，我開始寫作 ê 動機 mā 是 ánne。我 ê 一生 lóng 是苦難，m̄ koh，寫作成做我苦惱心情 ê 出路，所以我就 ánne 繼續寫作。武彥知影 chiahê tāichì，m̄ koh 伊無 tī 冊內寫出來；伊 kanta^{n} 用我 ê 知性做對象，soah 忽略我 ê 感性 kah 苦惱。這是學者 ê 共同點，he kiámchhái 適合博士論文，m̄ koh 根本都 bē hō͘ 人滿意。」

幸子講：「Poe 先生，你來到天堂，iáu koh teh 講阮翁 ê phái^{n} 話，實在是有 khah 過分。」

Poe 講：「好 lah，請暫時忍耐一下。我想你有讀過我 ê《被偷 ê Phoe》[12] chit 篇小說，tī 小說中，有一个人為 tio̍h beh 掩 khàm 重

---

12 譯註："The Purloined Letter"，中華民國語譯做《失竊的信》，是 Edgar Allan Poe ê 短篇小說，1884 年出版。

要 ê 物件，卻顛倒 kā 它 khǹg tī siōng 明顯 ê 所在；若無 kā 人類 ê 微妙行動做前提，我 to̍h 無法度寫出 hit 本小說。無論是啥物故事 á 是詩，我 lóng 想 beh 掌握人類 ê 思想是 án 怎 teh 行動。武彥 kā “Annabel Lee”[13] 加添一个趣味 ê 解說；伊講 he m̄ 是輓歌，卻是記念歌。M̄ koh，我對愛人死亡有感覺悲傷，我 m̄ nā kantaⁿ 失去愛人，我 mā 有 tī 詩中描述是 m̄ 是我 mā 已經失去我 ê 全部，致使引起不安，所以我 teh 走 chhōe 養父母 kah 其他 ê 人 ê 幫贊。我 m̄ 知武彥是真正 m̄ 知影，á 是假做 m̄ 知。Chit 種研究方式對伊 ê 日常生活 mā ē 產生不良 ê 影響。」

Poe koh 講：「幸子，你 kám ē 因為懷疑 lín 翁有掩 khàm 啥物 soah 來感覺懊惱？當我看 tio̍h 你 kah 岡本禪師交談 ê 情景 ê 時，我非常憤慨。武彥 chitê 人，伊手 the̍h 解決問題 ê 鎖匙卻 m̄ 用，伊是一个 àutah ê 人。伊 tī 對你赦免伊 ê 不倫 chit 件 tāichì 頂面，隨便加一 kóa 伊 kakī ê 理由，m̄ koh tī hit 時，伊想講你若聽 tio̍h，一定 ē 赦免伊，因為結連 lín ê 感情 ê 索 á 是 hiahni̍h 強。伊無告白是出 tī 虛榮心，伊無想 beh tī 愛妻面前表現出 kakī ê 弱點，伊想 beh 掩 khàm chiahê 弱點。伊無法度看 tio̍h kakī ê 心，mā 無法度看 tio̍h kakī 牽手 ê 心。若是伊 ē tàng 消除 hit 種虛榮心，lín to̍h ē tàng koh khah 幸福，實在真可惜。我注意 tio̍h 你 ê 兩个 gín’á mā 有 chit 種傾向，m̄ koh，今 á 日我 kantaⁿ 講到 chia。若是 ē tàng 講出來，你 to̍h 去 chhōe 武彥 kā 你 tàusaⁿkāng。伊 ê 文筆真好，期待伊 ē

13 譯註：Poe ê 抒情詩；1849 年伊死後 chiah 發表 ê 最後一篇詩作。真 chē 評論家認為這是詩人為 tio̍h 悼念亡妻所寫。

tàng 為洋太郎 kah 健次郎寫出一 kóa 好建議。」

幸子講：「Poe 先生，我理解，非常感謝。Chitmá 我明白是 án 怎耶穌 ē 邀請你去天堂。」Poe 聽 tio̍h ánne，to̍h 忽然 m̄ 知飛去啥物所在。

這以外，kah 幸子交談 hō͘ 我有活落去 ê 氣力。我無認為 Poe 是一位 hō͘ 我性命智慧 ê 哲學家，m̄ koh 照伊 ê 話，我 kā 洋太郎 kah 健次郎寫一張警告 ê phoe。因為 Poe 無講出 Arturo ê 名，所以伊 to̍h 無成做我寫 phoe ê 對象。教育方式無仝，to̍h 無 hitê 必要；我想起 Alfonso kah 我之間 ê 區別。

大約過兩禮拜了後 ê 款，正確 ê 時間並無重要，我因為年齡 ê 關係，soah tiā^{n}tiā^{n} ē 坐 teh 睏去，hit 工 mā 是 ánne。Tī 睏眠中，我聽 tio̍h 有人 kho̍k 門 ê 聲，想講 kám ē 是 Poe？因為我已經有照伊 ê 話寫 phoe。我 khiā 起來開門，m̄ koh 無人。了後，我聽 tio̍h 一个熟 sāi ê 聲音，to̍h 是幸子。

以下是武彥 ê 說明：

「我是幸子。我一直 teh 等你。咱已經真久無見面，這是歇睏日，咱來去外面。」

「你 teh 滾 sńg 笑，留 tī chia lah。」

「無 m̄ tio̍h。咱應該 tùi 啥人開始講起？」

「你 kám 有見過 Andrea？」

「Ánne，咱來 tùi 她 ê 老父 Thompson 先生開始講。我 kah Andrea 做朋友，mā kah 她 ê 老父做朋友。Thompson 是一位優秀

ê 大提琴手，伊少年 ê 時 to̍h 立志 beh 成做音樂家，m̄ koh，我聽講伊因為痛風 soah 來放棄。來到天堂 ê 時，伊 koh the̍h 起大提琴 beh 練習。雖然伊 ê 痛風已經醫治好勢，m̄ koh tī 地面 chiūⁿ 養成 ê 癖 lóng 醫 bē 好，soah tiāⁿtiāⁿ ē 犯仝款 ê 錯誤。有一工，伊 teh 練習 Bach ê 無伴奏大提琴組曲 ê 時，一位非常溫柔 ê 德國阿伯來教伊 án 怎使用指法，chit 首樂曲 to̍h 聽起來真好聽；伊 ê pháiⁿ 癖消失 à，而且 mā 無痛風 ê 艱苦。」

「隔 tńg 工，hit 位阿伯 koh 來到 Thompson 練習 ê 所在。我 kah Andrea mā lóng tī hia。阿伯對 Thompson 講：『多謝你昨 hng 演奏我 ê 歌。因為我有一首新歌，所以我 beh hō͘ 你一本樂譜做禮物。』He 是我 chìn 前 m̄ bat 聽過 ê Sarabande[14]。當我看 tio̍h 阿伯 ê 面 ê 時，發見伊 to̍h 是 Johann Sebastian Bach（巴哈）本人。伊笑笑 á 對 Thompson 講：『我想講 lín kiáⁿ 婿是西班牙人，所以這有適合。』」

「小等一下。你 kah Andrea 前到 taⁿ m̄ bat 學過德語。Thompson，你來做通譯 kám 好？」

幸子講：「通譯無路用 lah。我講日本話，Bach 阿伯聽德語，Andrea kah in 老父聽英語。M̄ koh，Bach 阿伯你所講 ê 德語，lóng 已經自動成做日語 kah 英語 hō͘ 阮聽 ā。」

「Ánne 真方便。」

「是 lah，tī 天國一切 lóng bē 無自由。你 kám 知「Babel 塔」[15]

---

14 譯註：是西歐古老舞曲 ê 一種。

15 譯註：參考創世記 11:1-9。

ê 故事？傲慢無謙遜 ê 人類想 beh 起塔來 tú 天，koh 想 beh 大家 lóng 講仝款 ê 話，所以上帝 phah 亂語言，hō͘ 語言 bē 通 ê 人類停止起塔，koh 四散去到世界各地。總是，天國 ê 子民 lóng 遵照上帝 ê 旨意 teh 做 tāichì，所以無需要 phah 亂 in ê 語言。」

「Thompson 為阮演奏 ê Sarabande，比我到 ta^{n} 所聽過 ê 音樂 koh khah 優美。咱 tio̍h 來 kah Andrea 做伙配合音樂跳舞。」

「Ánne 真好。因為是西班牙舞，tio̍h 穿西班牙 ê 衫褲，kám m̄ 是？ Andrea 有西班牙 ê 衫褲，m̄ koh 你無。」

「M̄ 是 ánne lah。」

「無辦法，只好穿和服 loh。」

「Bē sái lah，因為腳步 bē ha̍h。」

「Á 無是 beh án 怎？」

「Ioh 看 māi。」

「日常 ê 一般衫褲？」

「M̄ tio̍h，koh ioh 一 pái。」

「我放棄，請你 kā 我講。」

「Thn̂gbaktheh。」

「真正是 beh ánne ？」

「Oh，你面紅起來 à，真 kó͘chui。」

「Mài kā 我笑 lah，ánne 做 kám 好？」

「Tī 地 chiū^{n} 當然 bē sái 得，因為有性慾 kah 罪人 ê 邪惡。咱已經來到天堂，咱 lóng 有告白咱所有 ê 罪，而且 óa 靠耶穌基督 ê 贖罪，咱 ê 罪已經 lóng óa 靠耶穌來洗清 ā。因為無慾望 kah 邪念，所以 thn̂gbaktheh mā 無要緊。Tī 亞當 kah 夏娃犯罪 chìn 前，in 是赤身露體，m̄ koh 犯罪了後，to̍h 需要穿衫褲。」

「Kám 講 ta̍k 工 lóng 赤身露體 teh 生活？」

「無 lah，m̄ 是 ánne。來到上帝面前 ê 時，你 tio̍h 照約定，身穿白色 ê 長袍。這 ē 反映出上帝 ê 光輝，hō͘ 它有 koh khah 大 ê 光芒，自然 ē 有 oló 造物主 ê 心 chiâⁿ；來到 chia to̍h ē 經歷 tio̍h 無限 ê 幸福感。」

武彥講：「你感覺 Andrea án 怎？」

幸子講：「Thn̂gbaktheh ê Andrea kah 無 thn̂gbakthe̍h ê Andrea，lóng 真 súi，m̄ koh，m̄ 是看外表；你對她一見鍾情 m̄ 是無道理 ê。Oh，你 ê 面變 kah 紅 kòngkòng，感覺重新有少年時 ê 活力 ô͘。阮跳舞 ê 時講真 chē 關係你 ê tāichì。雖然阮前到 taⁿ m̄ bat 跳過 Sarabande 舞，mā 前到 taⁿ m̄ bat 練習過，m̄ koh 阮 ê 腳步配合 kah 真完美。我 bat 講過，Andrea kah 我 bat 愛過仝一个 chapo͘ 人。Kantaⁿ 當我講我用仝一个耳 á 聽 tio̍h 武彥 kah Alfonso 講仝款 ê 話 ê 時，chiahê 腳步 chiah 有受 tio̍h 攪擾，因為阮兩人 lóng 笑出來。」

幸子講：「我有一件 tāichì 想 beh 問你，你 kám 有 kā Poe 用講 ê phoe 寫落來？」

武彥講：「有。」

幸子講：「Ánne 真好。前幾工，我想 beh 做一 kóa 特別 ê tāichì，所以我 kah Andrea 做伙去約伯阿伯 hia；to̍h 是 hit 位舊約時代 ê 約伯。Tī 天國，hiahê 早死 ê 人，á 是 hiahê 年長往生 ê 人，來到 chia to̍h ē 成做 in 一生中 siōng 勇壯，siōng 美麗 ê 形態；無破病，ta̍k 人看起來 lóng 真少年活潑，m̄ koh，約伯 tī chia 以有年歲

ê 長者姿態出現，mā 是有真 chē kiáⁿ ê 家長，充滿美妙 ê 智慧。

「得 tio̍h 上帝赦免 ê 撒旦，hō͘ 約伯真悲慘 ê 試煉。約伯講：『慈悲疼痛 ê 上帝留落來 ê siōng 重要 ê tāichì 之一，to̍h 是我 ē tàng 忍受所有 ê 試煉』，講 soah to̍h 來迎接阮。我 m̄ 知有 gōa chē pái kā《約伯記》當做英美文學來讀，m̄ koh lóng sa 無 cháng。當 Andrea 問約伯，in 牽手是 m̄ 是 iáu 健在 ê 時，伊回答 kah 真好，hō͘ 她感覺真滿意。Tī 所有 ê gín'á kah 寶藏 lóng 失去了後，撒旦 hō͘ 約伯 tùi 頭頂到腳底 lóng 生嚴重 ê 皮膚病，真驚人。伊 ê 牽手甚至對伊有『kā 上帝咒詛，siōng 好是死死去』hiahnih 劇烈 ê 打擊。Hit 時，約伯責備伊 ê 牽手，m̄ koh tī 伊 ê 心內，伊認為『Chitê 人享受上帝所賞賜 ê 快樂，若是她留 tī 我 ê 身邊，我應該 to̍h ē tàng 忍受所 tútio̍h ê 不幸 chiah tio̍h』。因為上帝 kā in 牽手留落來，所以約伯獻上感謝 ê 祈禱。」

「Lín 兩个 tī 地上 iáu 有 gín'á，kám m̄ 是？請好好 á kā 我講看 māi。上帝 hō͘ lín ê siōng 好 ê 禮物是一世人 ê 同伴，lín tio̍h 互相照顧。Ta̍k 人 tī 結婚 ê 時，lóng ē chiùchōa，講：『無論破病 á 是健康，lóng ē 盡力來照顧對方。』無有 gōa chē 人 ē 隱瞞 in ê 破病，m̄ koh in ē 掩 khàm in 心內 ê 煩惱；真正 ê 疼是創造一个治療心病 ê 機會。」講了真好。

幸子 kā 武彥講：「這是 hō͘ 咱 ê 警告，我 kā 你報告。多謝你為我寫 phoe hō͘ gín'á。」

因為聽幸子 kah Andrea 講 in tú tio̍h 約伯，武彥忽然想 beh 讀

《約伯記》，to̍h the̍h 出欽定譯本。若是 kā 它當做一部文學作品來讀是真好，m̄ koh，無論伊讀 gōa chē pái，伊都 bē 明白上帝 ná ē hō͘ 約伯 tú tio̍h hit 款無法度忍受 ê 試探；chit 點 hō͘ 伊 tio̍htak。上帝是慈悲疼痛 ê，ánne ná ē hō͘ 撒旦有想 beh 拖磨約伯 ê 自由？這 tùi 上帝提倡疼 ê 本質來看，一屑 á 都無意義，mā 違背常識；伊 sa 無 cháng。上帝是 siōng koân mā 是終極 ê 審判者，若無 chit 種意識，伊 ē 想 beh 看 chit 種殘忍 ê 審判。

講 tio̍h 試探，伊想起一名學生因為走私毒品受掠，致使伊 soah tio̍h hông 安置 tī 證人席頂面 ê tāichì。Tī 課堂對語言無任何限制 ê 武彥，kantaⁿ tī hit 時，tio̍h ài 一字一字來選擇適當 ê 語詞，soah siuⁿ 過謹慎。《約伯記》描寫撒旦對全能 ê 上帝挑戰。撒旦對上帝講：「若是你無 hō͘ 約伯受益，伊 to̍h bē 敬畏你。」上帝應講：「Tio̍h 算失去一切，約伯 mā 是一个一生敬畏上帝，閃避邪惡 ê 無瑕疵 ê 人。」所以上帝 to̍h 允准撒旦對約伯進行試探，只要 mài kha̍p tio̍h 約伯 ê 性命。結局是，kui 个宇宙成做一个法庭，撒旦是原告，上帝是被告，約伯成做被告 ê 主要 kah 唯一 ê 證人。若是約伯輸去，全能上帝創造 ê 宇宙秩序 to̍h ē 崩盤。Tùi chitê 角度來看，重讀《約伯記》ê 時，kahná 是一个有趣味 ê 人生劇場。這只不過是一个假設，m̄ koh 若有機會，伊 beh 向約伯親自問一个問題。武彥寫一張字條，後 pái thang 好託幸子去問。

武彥 ta̍k 工 lóng 用 chit 種方式閱讀伊 kah 幸子 ê 對話，幸子 ê 笑容不時顯現 tī 伊 ê 目 chiu 前；少年時 ê 回憶一个接一个出現。然後伊開始夢 tio̍h 幸子，醒起來 ê 時，帶一種「幸子今 á 日一定 ē 來」ê 預感。M̄ koh，一禮拜、二禮拜、三禮拜後，幸子若無出現，伊 to̍h ē 感覺不安。「到 ta^{n} lóng ē tàng kah 幸子交談，m̄ koh he 是空想 ê 產物，kanta^{n} 是一个夢」；伊想 tio̍h ánne，而且 chitmá lóng 無 koh 夢見幸子，soah hō͘ 伊變 kah koh khah 寂寞。無法度忍受 ê 恬靜 koh 一 pái 打擊 chit 間公寓，讀冊 á 是看電視 lóng 無路用，iáu 未洗 ê 碗盤 kah 杯 á tī 灶 kha 四界散 iāiā。

門鈴 teh 響，是節子 kah 順 khiā tī hia，卻 m̄ 是幸子。十月中旬，順 beh 去京都進行學習遊覽。這是秋天紅葉 ê 季節，武彥想起京都東福寺 kah 修學院離宮等等各種各樣 ê tāichì。直到 chitmá，伊因為 kakī ê 悲傷，soah 無注意 tio̍h 順已經有差不多 bē 認得 ê 身 koân ā。Tī 戰前 kah 戰爭中出世 ê 老人，一个接一个消失去，m̄ koh，造物主準備 kah 真好勢，新生 ê 一代 koh 一代 mā 續接來。若想 tio̍h ē tàng 為 chiahê 人做一 kóa 啥物 tāichì，人自然 to̍h ē 興奮起來。

Tī 退休 chìn 前，武彥有開一个關係尾上幸雄 ê 講座。Hit 時，伊收 tio̍h 一張彩色紙，頂面寫「人生 ê 主要階段 tia^{n}tia^{n} 是 tī 未來」，簽名 ê 人是九十四歲 ê 老翁咢堂[16]。Chit 位日本 siōng 好 ê 演講家，大正民主[17] ê 指導者，tio̍h 算 tī 90 gōa 歲以後，伊 mā 無考慮 kakī，一直為國家 ê 將來 teh 設法。Hit 暗，武彥真歡喜 kah 節子以及順同坐桌食暗頓，koh 教順 tio̍h 學習咢堂 ê 精神。

16譯註：尾崎咢堂，名叫行雄，咢堂是號；明治 23 年到昭和 27 年，連續當選 25 屆眾議院議員。

17譯註：指 1912-1926，日本大正年間所推行 ê 符合現代民主 ê 政治體制 kah 政策。

隔 tńg 工早起，武彥 tī 人客廳隨意 hian 開相簿，看 tio̍h 幸子 tī 一座舊城堡 ê 一間烏暗房間內 kā 伊 lámtiâu ê 相片。He 是 1995 年 ê 初秋，in 去中歐旅行，去到德國 ê Wartburg（瓦爾特堡）hip ê；Martin Luther bat tī hia 閃避教皇 kah 皇帝 ê 追捕。當 Luther tī hia 避難 ê 時有翻譯德文聖經，m̄ koh，Luther tú tio̍h 魔鬼 ê 干擾。無法度忍受 ê Luther 向魔鬼 tàn 墨水瓶，所以 he 是一間有留落來烏跡 ê 房間。幸子講：「惡魔經常出現 tī 西方 ê 故事中，我想這 kantaⁿ 是 in ê 幻想，m̄ koh，tio̍h 算像 Luther chit 種人，伊 mā 相信有惡魔 ê 存在。」一个少年 ê 德國上班族講：「Lín 是日本人，我來 kā lín hip 相。」He to̍h 是 chit 張幸子倒手伸來我 ê 胸前，正手伸到我 ê kha 脊後 ê 相片，hitê 少年人 ê 身影 kahná 猶原留 tī hit 張相片內面。

阮 tī hia 有 tú tio̍h 一个名叫 Hunts ê 少年人，伊 ê 故事真趣味。伊五歲 ê 時，hō͘ 人強迫 kah 伊 ê 父母分開，進入蘇聯市區 ê 一間日語學校，這是為 tio̍h beh 培養蘇聯情報人員，chiah 來接受培訓。Tī 柏林圍牆倒落來，kah 蘇聯解體了後，伊受許可 tńg 來父母 hia，m̄ koh，因為 in ê 語言 kah 趣味無仝，soah 無法度 kah 年老 ê 父母有親情。最後，當 in 互相 ē tàng 理解 ê 時，hiahê 知影伊是情報人員 ê 厝邊，soah 開始無 beh kah 伊講話，kā 伊排斥。為 tio̍h beh 避免家鄉 ê 強烈排斥，伊去 Berlin，koh tī Siemens 公司 chhōe tio̍h 頭路。Tī hia，伊 ê 日語智識變成真有路用，這 kám to̍h 是「塞翁失馬」？伊有時 ē tī 歇睏日 á 是周末 tńg 去厝裡照顧伊 ê 父母。東德 kah 西德合併了後五年，冷戰已經過去，厝邊開始欣羨伊是大公司 ê 員工，無 koh kā 伊當做是情報人員。

Hunts 問我講：「你 beh 去 tó 位？」當我回答講：「Beh 去 Martin Luther ê khiā 家 kah Bach ê 出生地」ê 時，伊講：「He tī 阮 tau 附近，我來 chhōa 你去。」了後，阮 to̍h 坐伊 ê 龜 á 車出發。「我以 Eisenach[18] 感覺驕傲，tī chitê 小鎮有出兩位改變近代史 ê 偉人。」Ē tàng kā 阮 chit 兩个 tùi 日本來 ê 觀光客紹介 chit 項 tāichì，伊感覺真滿足。Bach 使用 ê 管風琴、大鍵琴 kah Kravi 和絃 iáu 保存 tī Bach ê 出生地，而且 koh 有 hō͘ 人難忘 ê 現場演奏。

這是一 pái 快樂 ê 旅行，當阮 tī 外國貴族 teh 享受 ê Baden-Baden[19] 浸溫泉 ê 時，我想 tio̍h：「Tī 日本，tio̍h 算是普通大眾 mā ē tàng 享受浸溫泉」，這 hō͘ 我私底下感覺真驕傲。阮 tùi hia koh 去 Alps 山腳一个叫做 Garmisch ê 小鎮，tī hia bat 舉行第二次世界大戰前 ê siōng 尾 pái 冬季奧運會（1936 年）。海拔 2628 公尺 ê Alps 山峰，阮坐纜車去到 2000 公尺 ê 所在。正 pêng 面是巴伐利亞 ê 肥地平原，一片綠色湠開，特別 súi。Ǹg 南看去 ê 時，附近 ê 山脈顯示出石灰石 ê 表面，遠遠 ê 山脈，光照 tī 雲層，山頂有 iáu 未融去 ê 雪；這是一个極 súi 無比 ê 景觀。

Tī 拜六下晡，阮來到奧地利 ê Salzburg（薩爾茲堡），享受 Salzach 河 ê 夜景。禮拜日，阮去大聖堂（Salzburger Dom）望彌撒，in ê 合唱團實在有夠 chán，大教堂 ê 音響效果 mā 非常好。

---

18 譯註：東德 ê 觀光勝地；Johann Sebastian Bach ê 出生地；Martin Luther bat ti hia 翻譯德文聖經。

19 譯註：德國 ê 一个溫泉小鎮，19 世紀 ê「歐洲夏日之都」，被聯合國教科文組織列做世界遺產。

Mozart tī chia受洗，而且tī大主教ê保護下，伊有發展kakī ê才能。伊 23 歲 ê 時，因為對大主教雇用 ê 條件真反感，to̍h 辭職，去 Vienna，m̄ koh 伊離開 chit 座大教堂了後，to̍h 無法度 koh hō͘ 人想起 Mozart。武彥 kah 幸子去伊 ê 出生地 kah khiā 家參觀，khiā 家 ê 佈局真闊，是一種 óa 近上流社會 ê 生活方式。伊 ê 老父寫 ê 露西亞版小提琴教本有 tī hia teh 展出，聽講已經有翻譯做幾種語言，伊 kahná 是一位出色 ê 音樂教師。Mozart 是一名作曲家，有可觀 ê 收入，聽講伊後來真 sànchhiah，是因為伊真 lāmsám 開錢，koh tú tio̍h 輸 kiáu ê 關係。

武彥 tī Vienna 遙想 Mozart ê 形影。Tī Herbert von Karajan[20] 指揮 ê 期間，武彥 kah 幸子 ē tàng 參加包括 Mozart 第 40 號交響曲在內 ê 音樂會，mā 看過 Mozart ê 歌劇「魔笛」。In mā 有 tī Hofburg（霍夫堡）看 tio̍h 創造神聖羅馬帝國 ê 基礎 ê Karl 大帝 ê 王冠，koh 坐馬車 nǹg 過宮殿花園來到 St. Stephen's Cathedral（聖史蒂芬大教堂），hitê 浪漫 ê 馬蹄聲猶原留 tī in ê 耳孔邊。武彥講：「實在有夠 chán。Oeh，幸子，hit pái ê 旅行是咱 ê 黃金時代。」了後，伊伸手 beh 握幸子 ê 手，m̄ koh 她無 tī hia。一直忍 leh ê 目屎，ná 親像憤怒 ê 大湧流出來，一段時間流 lóng bē 停。唐代 ê 詩人用「白髮三千丈」chit 句話來表達對晚年 ê 悲哀，m̄ koh，除了「憤怒 ê 大湧」chitê 詞以外，武彥想無其它 ê 言語 thang 來表達 kakī ê 傷心感受。

---

20 譯註：1908-1989；出世 tī 薩爾茲堡，是一位奧地利指揮家、鍵盤樂器演奏家 kah 導演。

武彥靜靜無 tín 動，m̄ 是，應該講是無法度 tín 動 chiah tio̍h；一道無形 ê 力量 kā 伊釘 tī 長 liâu 椅 á 頂。日頭當 teh 落山，烏暗 teh 打擊 kui 間公寓，灶 kha 裡 kantaⁿ chhun 一 pha 燈火。儘管是 ánne，武彥無想 beh 食任何物件，mā 無想 beh lim 酒，kantaⁿ 坐 leh 恬恬回想。當武彥 tī Stanford 大學主持研討會 ê 時，一位 tùi 英國來 ê 學生 bat 提問講：「武田教授，beh án 怎定義『對事物 ê 熱愛』？」武彥真順嘴回答講：「世間萬物無常。」學生 koh 反問講：「M̄ koh chitê 詞本身需要解說。Kám 有 koh khah 簡單 ê 講法？」武彥想講「我真 hanbān」，to̍h 偷看 tī 邊 á ê Seidensticker 教授 ê 面，kantaⁿ 微微 á 笑，無想 beh tùi Seidensticker 求幫贊。學生 to̍h kakī 回答講：「我想 beh 使用 "All Our Yesterdays"[21] 來解說；雖然過去 ê 日子永遠 bē koh 再 tńg 來，總是咱 ē 想 beh koh 再一 pái kā 它 la̍ktiâu leh。我想，這 to̍h 是『對事物 ê 熱愛』。」

幸子已經成做一个永遠 bē koh tńg 來 ê 人，tī chitê 世間 koh khah án 怎都見 bē tio̍h ā。想起 kah 她做伙度過 ê 快樂日子 ê 時，ē hō͘ 我 koh tam tio̍h hit 時 ê 喜樂，m̄ koh，chit 種喜樂 mā 伴隨失去她 ê 悲傷。這 to̍h 是我 ê「世間萬物無常」，是 m̄ 知壽命終點 ê 我 teh phāiⁿ ê 十字架。Hit 工暗時，武彥最後 soah 倒 tī 椅 á 頂 tuh 眠。

隔 tńg 工早起醒起來 ê 時，伊 hō͘「真寂寞，真孤單」ê 感傷 koh 一 pái 打擊。伊 to̍h 深入去思考：「Ánne，寂寞到底是啥物？」

---

21 譯註：莎士比亞所寫 ê 悲劇 "Macbeth" 第 5 幕第 5 場，Macbeth 真出名 ê 獨白：All our yesterdays have lighted fools the way to dusty death.（所有 ê 昨日 lóng teh 點 to̍h 戇人通往土粉 iaⁿiāⁿ 飛 ê 死亡之路）。

Martin Luther tī Wartburg ê 房間內 ê 情景 koh 浮 tī 伊 ê 目 chiu 前。城堡 ê 樓 kha 有一間 khah 細間 ê 房間，伊 kakī 一个 tòa tī hia。伊若是行出去一步，hông 發見 ê 時，to̍h m̄ 知 tang 時 ē 受逮捕，而且被處決。伊 ê 邊 á 無人 thang óa 靠，這 kám to̍h 是孤單？M̄ koh，伊 tī hia 完成 kā 新約聖經 tùi 原本 ê 希臘文翻譯做德文 ê 大工事。Kiámchhái 因為真孤單，所以伊有時間，m̄ koh，tio̍h 算伊做 ē 到，chit 種力量是 tùi tó 位來 ê leh ？武彥想起讚美詩第 267 首「上帝是咱安全要塞」[22]，嘴 to̍h 開始吟唱；chit 首聖詩是由 Martin Luther 作詞 ê。無 m̄ tio̍h，jú 孤單 to̍h 一定 jú tio̍h óa 靠上帝 ê 力量。當武彥想講：「我 mā beh ánne 做」ê 時，平安 to̍h koh tńg 來伊 ê 心中。Kantaⁿ 吟唱一首讚美詩，平安 to̍h ē tńg 來心中，語言確實有 chit 種神秘 ê 力量。

以下是 tī 武彥教新學生文學 ê 時 ê tāichì。武彥 tī 烏枋寫詩篇第一篇第一節：「無行 pháiⁿ 人 ê 計謀，無 khiā 罪人 ê 路，無 kah 侮慢 ê 人坐做伙，chit 款人有福氣」，了後叫學生朗讀。伊講：「聽起來 bē bái，這是一首美妙 ê 詩歌。當美國第六任總統 John Quincy Adams 失去連任 ê 時，伊 tùi chit 首詩得 tio̍h 真大 ê 安慰。」講 soah，hit 工 ê 課 to̍h 結束。Tùi he 以後 m̄ 知 gōa chē 年過去 à，tī 有一年 ê 同窗會 ê 時，一位 hit 班 ê 女士來自我紹介講：雖然她因為翁婿有外遇來離婚，hō͘ 她一直真痛苦，m̄ koh，她受 tio̍h chit 篇詩篇 ê 鼓勵，chitmá 已經成做當地一間大學 ê 助理教授，kah 武

---

22 譯註：1964 年版台語聖詩第 320 首。

彥仝款 teh 教英國文學。這是武彥 tùi Martin Luther chiah 來回想起詩篇 ê 回憶，伊認為 kakī mā 有為 tio̍h 上帝 ê 榮耀 teh 盡 siōng 大 ê 努力，to̍h 歡喜起來。

了後，m̄ 知 koh 經過 gōa 久，武彥 kah 幸子 koh 進行另外一 pái ê 對話，因為有記錄落來，所以 kā 它收錄 tī 下面：

幸子：「你 ná ē tī chia？Hawthorne 先生 kah in 牽手，以及 in chabó͘ kiá^{n} Una 來 tī chia。In 無法度直接 kah 你講話，所以我來做 lín ê 中間人。」

Hawthorne 講：「武彥先生，你 ê《緋文字 kah 倫理學》是一本傑作，寫 kah 真好。我有真 chē 話想 beh kah 你交談，m̄ koh，我 beh hō͘ Una tāi 先講。」

Una 講：「武彥先生，真歡喜認 bat 你。我有 tú tio̍h 幸子，她拜託我緊 kah 你講話。我想你 iáu ē 記得，當順破病 ê 時，我 ê 名有出現過。M̄ koh，hit 時我 tú tī 羅馬 teh 大發燒，真痛苦；有一條真長 ê pōng 空，當我通過 ê 時，hit 所在忽然變 kah 光 ià^{n}ià^{n}。Hit 時，我聽 tio̍h『趕緊 tńg 來，因為你 ê 老母 teh 等你』ê 聲，注神一看，是老母 teh 看顧我，發燒就 ánne 退去。當阮老父入來房間 ê 時，in 手牽手，歡喜感謝，講：『是上帝有聽阮 ê 祈禱』，目屎 to̍h chho̍pchho̍p 滴。多謝你 ê 注意聽。當大家為順祈禱 ê 時，阮 mā tī chia teh 祈禱。上帝是一位仁慈 ê 創造主，koh 有 teh 注意聽咱 ê 祈禱。Tio̍h 算咱孤單一个，koh 是 tī chhe^{n}hūn ê 所在祈禱，mā tia^{n}tiā^{n} ē 有某一 kóa chhe^{n}hūn 人 kah 咱 teh 做仝款 ê 祈禱。」

武彥講：「非常感謝你，Una。」

Hawthorne 講：「武彥 ê『文學是社會 ê 木鐸』是一句名言，我想 beh ánne 講，m̄ koh，chhōe 無適合 ê 英文字詞。Tī 清教徒社會 á 是美國內戰前 ê 美國，我驚 hiahê 堅持 kakī ê 理論，koh 獨裁專橫 ê 執政者。小說 ê 缺點是有時不得不 tio̍h 放棄 kakī 想 beh 講 ê 話；我想 beh 講 ê 是，清教徒社會，特別是執政者，是一个無完美 ê 代替品。Tī《緋文字》中，我暗示州長 ê 小妹隨時 ē hông 當做尪姨來處決，m̄ koh，有 gōa chē 讀者有讀出 chitê 意思 leh？」

Hawthorne 講：「你有完全了解我 ê 作品，所以，咱 m̄ 免 tī chia 一一討論。我真歡喜你有吸收我 ê 意思，hō͘ 它成做一个批評現狀 ê 工具，超越國家 kah 時代，你真正是我 ê 知己。多謝。」

武彥講：「其實是你 siuⁿ 過 kā 我褒獎，我 chiah tio̍h 感謝你。」

Hawthorne 講：「Kantaⁿ 有一件 tāichì 我 ē tàng 接受你 ê 感謝，to̍h 是你讀我 ê 作品了後，有因為 ánne 成長，成做一个成熟 ê 人；我 mā bat kā 幸子 ánne 講過。當你講『我是 Dimmesdale』ê 時，你意識 tio̍h kakī 有罪，而且要求上帝拯救。Chhun 落來 ê to̍h kantaⁿ 是時間 ê 問題。」

武彥講：「Kám 有啥物我 ē tàng 做 ê？」

Hawthorne 講：「Kakī ê 身軀 tio̍h 顧 hơ 好勢，而且，ná 親像你使用《緋文字》ê 倫理學為現代日本社會加添女性議題仝款，我認為你 mā 真適合來 kā 女性議題加入美國目前 ê 狀況。」

武彥講：「我是外國人，並 m̄ 是一个適合 ê 人選。」

Hawthorne 講：「無 no̍h，無人 ē 比你 koh khah 適當。想看 māi leh，你 ê 罪惡 ê 起因是你叫 Andrea 去墮胎，所以認為 kakī 是

一个胎兒 ê 殺人魔。你猶原認為墮胎是有罪 ê，kám m̄ 是？佳哉有 Andrea，她無 hō͘ 你知她生一个 kiáⁿ，你 chiah 有一个真正優秀 ê 親生 kiáⁿ—Arturo，koh 帶 hō͘ 武田 kah Don Carlos 兩家幸福。另外一方面，Obama 總統 ê 政府卻認為人工墮胎是婦女 ê 人權，kā 墮胎後 ê 死胎當做物件 teh 販賣，ē tàng tùi 政府得 tio̍h 補助金，而且最高法院 koh 裁定同性婚姻是憲法保障 ê 人權，反對者 ē hông 看做是無意義 ê 極右派。這顯然違背造物主 ê 旨意，m̄ koh，美國學者 m̄ 敢加添女性 ê 議題，這是因為 in 驚 hō͘ 學術界所謂 ê 進步學者貼「極右」ê 標籤。M̄ koh，你是外國人，無受美國學術界 ê 制約。你 tī 日本描述 kah 這類似 ê 狀況所寫 ê《緋文字 kah 倫理學》chit 本冊，有得 tio̍h 菊池寬賞。Chitmá，我想 beh 出版一本讀者反應 ê 冊，你 kám ē tàng 代替我來寫？」

武彥回答講：「我 chiah 來詳細想看 māi。」

Hawthorne 講：「武彥先生，我 ê 熱情 kahná 無傳達 hō͘ 你，你 ê 回答聽起來 ná 親像是日本人 pháiⁿ 勢講「m̄」ê 時 ê 婉轉否定。請你詳細想看 māi，我經歷過南北戰爭 chìn 前 ê 美國，知影 chitê 國家若分裂，是一件 gōa 驚人 ê tāichì。我 chitmá 心中 teh 掛慮美國是 m̄ 是 ē koh 一 pái 發生 chit 種驚人 ê 局面。一方面，想 beh 保持清教徒傳道 ê 力量 koh 當 teh 起動，m̄ koh，反對 ê 勢力 mā 真強。我想你知影有一个名叫 Saul Alinsky[23] ê 人，伊主張組織爭鬥 ē 帶來進步，m̄ nā 煽動憤怒 ê 人，而且 kantaⁿ 追求 kakī ê 利益。

---

23 譯註：1909-1972，美國社區組織家 kah 作家，通常被認為是現代社區組織 ê 創始人。以著作 “Rules for Radicals” 出名。

伊強調 tio̍h 排除基督教思想 kah 傳統道德。伊 kā 伊寫 ê “Rules for Radicals”（激進分子 ê 守則）獻 hō͘ “Lucifer”（撒旦 ê 別名）。Chitê 人 ê 想法影響 Obama 總統 ê 政策，實在是有夠恐怖。另外一方面，共和黨 kantaⁿ 是一陣 hō͘ 我感覺鬱卒 ê 人，in kantaⁿ 想 beh 得 tio̍h 權力。若是我 chitmá iáu 活 tī 地 chiūⁿ，我 ē 寫出《緋文字》ê 續集，而且 kā in ê 小鬼 á 殼 pak 落來。M̄ koh，真可惜我無法度 ánne 做，所以拜託你代替我，成做美國社會 ê 木鐸。約翰 ê 啟示錄中有一个滅亡 ê 記載：『倒落去 loh！大巴比倫倒落去 à！』[24] 因為違背上帝旨意 ê 文明一定 ē 行向毀滅 ê 道路。

「前幾工我 koh teh 思考 chit 項 tāichì，將近 beh 絕望，忍 bē tiâu 大聲 hoah 講：『主 ah，我求祢幫忙，祢 kám 無 teh 聽？』Hit 時，tùi 我 ê kha 脊後傳來一个聲講：『Nathaniel，照我 ê 話去做』，原來是舊約 ê 哈巴谷先知 teh kā 我講。伊講了真好，無論 tāichì gōa 悲慘，歷史 lóng 是照上帝 ê 旨意 teh 進行，所有 ê 罪惡 lóng ē 得 tio̍h 糾正，跟 tòe 上帝 ê 人應該 óa 靠信仰來生活。你通過一个名叫 Arturo ê kiáⁿ ê 存在來得 tio̍h 信仰，你 tio̍h kā chit 本冊寫落來，thang kah 各種人分享你 ê 信仰。」

「我想 beh koh 講一件 tāichì。日本猶原 teh óa 靠美國 ê 核子保護傘，m̄ koh 美國 ê 領導力 kah 軍事力卻 jú 來 jú teh 消退。若是 tùi 你 ê 觀點來看，日本 tio̍h ài 遵循啥款 ê 道路，對貴國來講 chiah 是有利益 ê？」

---

24 譯註：啟示錄 18:2。

這是武彥描述 ê 結束。雖然 Hawthorne 建議 ê 文章 tī 我 ê 電腦頂面大放光彩，m̄ koh 無啥物解決 ê 結論。

Tī 收 tio̍h 訃文 ê 前一禮拜，武彥有寄來一張真罕得有 ê 電子郵件：

> Tī Ventura ê 時，lín 有 hō͘ 我看 Arturo iáu gín’á ê 時 ê 各種各樣 ê 記錄影片。真遺憾 ê 是，洋太郎 kah 健次郎卻無任何少年時 ê 記錄影片，m̄ koh 我真容易想像 lín 三人 lóng 是 ánne 四界 teh sńg。Lín 三人 lóng 是我 ê 寶貝 kiá^{n}，n̍g 望 lín ē tàng 協力來完成我無法度做 ê tāichì。Lín 是地 chiū^{n} ê 鹽，mā 是世界 ê 光，tio̍h 一世人好好 á 做人。我 ánne 祈禱。—— 老父

Kanta^{n} ánne。我想伊 kiámchhái 有採納 Hawthorne ê 意思。這成做伊 ê 遺書。

以下是 kui 个家庭 tī 告別式了後所收集 ê 記錄 kah 記憶。

幸子：「Oeh，約翰來 tī chia。」

武彥：「啥人是約翰？」

幸子：「是 Bach 阿伯。」

武彥：「為 tio̍h 啥物來？」

幸子：「是為 tio̍h 你 ê 歡迎會，beh 聚集合唱團，約翰 beh 用大鍵琴伴奏。」

武彥：「真 ló͘la̍t，因為 ē tàng 聽 tio̍h 好音樂。」

幸子：「一開始 kiámchhái 聽 bē tio̍h，m̄ koh，ē 一點 á 一點 á 變 khah 清楚。請你欣賞。」

武彥靜靜 á 倒 leh，健次郎聽 tio̍h 伊細聲唸「Bach」ê 時，to̍h kā CD 插入去。Bach ê 音樂靜靜 á 播放出來。Kahná 是入去 pōng 空內，變 kah 小 khóa 烏暗，m̄ koh 武彥 ē tàng 看 tio̍h tī 嘉義、台北、金沢、東京、紐約等等 ê 景象。In 成做背景，了後，父母 kah 姊妹 ê 影像出現，台北高校、東京大學、Columbia 大學 ê 同窗朋友 mā lóng 出現，koh 有看 tio̍h gín'á kah Andrea ê 影像，續落來 to̍h 是學習院 ê 學生 ê 影像，m̄ koh，伊無時間 thang 一个一个請安。Kahná 是出 pōng 空 ā，忽然間變 kah 光 ià^{n}ià^{n}，地 chiū^{n} 前到 ta^{n} m̄ bat 聽過 ê 美妙音樂當 teh 等待伊。「我一直 teh 等你。」看起來 ná 親像穿白袍 ê 天使 ê 幸子 ê 面容出現 tī 伊 ê 目 chiu 前。

雅子對節子細聲講：「這是一个平安 ê 臨終。」

節子回答講：「無 m̄ tio̍h，hitê 面容 ná 親像 tiā^{n}tiā^{n} teh 講起 ê 彌勒佛 ê 笑容。」順插嘴講：「阿母，m̄ 是 ánne lah。阿公講伊 ē 去阿媽 hia，成做一个天使，ē 顧守咱。M̄ thang 哭，tio̍h 用笑容送阿公去天堂。He 是天使 ê 面。」伊試 beh 微微 á 笑，m̄ koh，大粒大粒 ê 目屎卻開始 tùi 目 kî^{n} 滴落來。

音樂繼續靜靜 teh 播放出來。

Komm, süßer Tod, komm, selge Ruh !

Ich will nur Jesum sehen

Und bei den engelin stehen.
來，甜蜜 ê 死亡，來歇睏
我 beh 出現 tī 耶穌 ê 面前
Kah 天使 khiā 做伙來喜樂

附錄 1　登場 ê 人物 kah 舞台 ê 地點

人物：

Arturo：主角，收 tio̍h 一束 ê phoe

Nancy：Arturo ê 牽手

Andrea：Arturo ê 老母

Alfonso Don Carlos：Andrea ê 翁婿 / Arturo ê 養父

Thompson：Andrea ê 老父

Helen：Andrea ê 阿姨

Henry：Helen ê 翁婿

武田家族：日本戰國武家 ê 後裔

武田武彥：Arturo ê 生父

幸子：武彥 ê 牽手，貴族前田氏 ê kiá^{n} 孫

洋太郎：武彥 kah 幸子 ê 大 kiá^{n}

雅子：洋太郎 ê 牽手

健次郎：武彥 kah 幸子 ê 第二 kiá^{n}

節子：健次郎 ê 牽手

順：健次郎 kah 節子 ê 後生

地點：

台灣：台北、嘉義、新竹

日本：金沢、東京、鎌倉、京都、奈良、横浜

美國：New York; New England; Stanford, CA; Ventura, CA

加拿大：Canadian Rockies

歐洲：Paris, Eisenach, Salzburg, Vienna

附錄 2　日文人名 kah 地名讀音對照表

漢字	假名	羅馬字	註
(二畫)			
八田與一	はった よいち	Hatta Yoichi	人名
(三畫)			
万葉集	まんようしゅう	Man'yōshū	冊名
三谷	みたに	Mitani	地名
三島由紀夫	みしま ゆきお	Mishima Yukio	人名
山陽	さんよう	Sanyō	火車線路
三鷹	みたか	Mitaka	地名
下連雀	しもれんじゃく	Shimorenjaku	地名
下關	しものせき	Shimonoseki	地名
大鳥居	おうとりい	Ōtorii	建物名
山口	やまぐち	Yamaguchi	地名
川端康成	かわばた やすなり	Kawabata Yasunari	人名
(四畫)			
中野正剛	なかの せいごう	Nakano Seigō	人名
仁和寺	にんなじ	Ninn 寺	寺廟名
六本木	ろっぽんぎ	Roppongi	地名

漢字	假名	羅馬字	註
内村鑑三	うちむら　かんぞう	Uchimura Kanzō	人名
太秦	うづまさ	Uzumasa	地名
文子	ふみこ	Fumiko	人名
日經	にっけい	Nikkei	報紙名
犬養孝	いぬかい　たかし	Inukai Takashi	人名
(五畫)			
北山	きたやま	Kitayama	地名
北陸	ほくりく	Hokuriku	火車線路
平等院	びょうどういん	Byōdōin	佛寺名
広隆寺	こうりゅうじ	Kōryū ji	寺名
本郷	ほんごう	Hongō	地名
甲府	こうふ	Kōfu	地名
甲斐	かい	Kai	地名
立川	たちかわ	Tachikawa	病院名
(六畫)			
光源氏	ひかるげんじ	Hikarugenji	人名
宇治	うじ	uji	地名
成田	なりた	Narita	地名
早稲田	わせだ	Waseda	大學名
江戸川乱歩	えどがわ らんぽ	Edogawa Ranpo	人名

漢字	假名	羅馬字	註
（七畫）			
佐佐木	ささき	Sasaki	人名
佐賀	さが	Saga	地名
利家公	としいえこう	Toshiie Kō	人名
尾道	おのみち	Onomichi	地名
（八畫）			
忍者屋敷	にんじややしき	Ninja yashiki	遊樂所名
京都	きょうと	Kyōto	地名
坪内逍遥	つぼうち しょうよう	Tsubouchi shōyō	人名
奈良	なら	Nara	地名
岩波	いわなみ	Iwanami	文庫名
岸本	きしもと	Kisimoto	人名
幸子	さちこ	Sachiko	人名
明暗	めいあん	Meian	小說名
東寺	とうじ	Tōji	地名
東条英機	とうじょう ひでき	Tōjō Hideki	人名
東洋英和	とうようえいわ	Tōyō Eiwa	校名
松本毅	まつもと たけし	Matsumoto Takeshi	人名
武田武彥	たけだ たけひこ	Takeda Takehiko	人名
武蔵野	むさしの	Musashino	地名

漢字	假名	羅馬字	註
肥前	ひぜん	Hizen	人名
近衛文麿	このえ ふみまろ	Konoe Fumimaro	人名
金沢	かなざわ	Kanazawa	地名
長崎	ながさき	Nagasaki	地名
阿部弥一	あべ やいち	Abe Yaichi	人名
和辻哲郎	わつじ てつろう	Watsuji Tetsurō	人名
(九畫)			
前田	まえだ	Maeda	人名
前田幸子	まえだ さちこ	Maeda Sachiko	人名
室積	むろずみ	Murozumi	地名
洋太郎	ようたろう	Yōtarō	人名
津田	つだ	Tsuda	人名
相模	さがみ	Sagami	地名
軍人勅諭	ぐんじんちょくゆ	Gunjin Chokuyu	專有名詞
(十畫)			
兼六園	けんろくえん	Kenrokuen	公園名
夏目漱石	なつめ そうせき	Natsume Sōseki	人名
宮内庁	くないちょう	Kunaichō	官廳名
宴のあと	うたげのあと	Utage no Ato	小說名
高野悦子	たかのえつこ	Takano Etzuko	人名
健次郎	けんじろう	Kenjirō	人名

漢字	假名	羅馬字	註
(十一畫)			
教育勅語	きょういく ちょくご	Kyōiku Chokugo	專有名詞
產經	さんけい	Sankei	報紙名
細野	ほその	Hosono	人名
野上	のがみ	Nogami	人名
鳥居坂	とりいざか	Toriizaka	地名
麻布十番	あざぶ じゅうばん	Azabu Jūban	地名
(十二畫)			
富士山	ふじさん	Fujisan	山名
智子	ともこ	Tomoko	人名
朝日	あさひ	Asahi	報紙名
森鴎外	もり おうがい	Mori Ōgai	人名
菊池寛	きくち かん	Kikuchi Kan	文學家
雅子	まさこ	Masako	人名
順	じゅん	Jun	人名
園田	そのだ	Sonoda	人名
塞班島	サイパン島	Saipan	地名
奥の細道	おく の ほそみち	Oku no Hosomichi	冊名
(十三畫)			
新高堂	にいたかどう	Niitakadō	冊店名
新宿	しんじゅく	Shinjuku	地名

漢字	假名	羅馬字	註
源氏物語	げんじものがたり	Genjimonogatari	冊名
豊饒の海	ほうじょうのうみ	Hōjiō No Umi	冊名
（十四畫）			
碧巌錄	へきがんろく	Hekiganroku	佛冊名
綾子	あやこ	Ayako	人名
緋文字	ひもじ	Himoji	冊名
福沢諭吉	ふくざわ ゆきち	Fukuzawa Yukichi	人名
（十五畫以上）			
廣島	ひろしま	Hiroshima	地名
歎異抄	たんにしょう	Tannishyoū	佛冊名
霊宝殿	れいほうでん	Reihōden	殿名
總持寺	そうじじ	Sōjiji	廟寺名
駿河	するが	Suruga	地名
鎌倉	かまくら	Kamakura	地名
藤村	ふじむら	Fujimura	人名
鶴見	つるみ	Tsurumi	地名
讀賣	よみうり	Yomiuri	報紙名

附錄 3　英文人名 kah 地名對照表

英語	日語音假名	台語音	華譯	註
Amish	アーミッシュ	A-mi-sih	阿米希人	族名
Adonis	アドニス	A-tó͘-ni-suh	阿多尼斯	希臘神名
Andrea	アンドレア	Én-chùi-iah	—	人名
Annabel Lee	アナベル・リー	É-na-be-l Lí	安娜貝爾・李	詩名
Antonio Vivaldi	アントニオ・ヴィヴァルディ	Ēn-thō͘-niō͘ Bi-bal-ti	安東尼奧・偉瓦第	音樂家
Armando	アルマンド	Al-mán-to	阿曼多	舞曲名
Arturo Don Carlos	アルトーロ・ドン・カルロス	Al-thu-lō͘ Tòng Kha-lō͘-suh	—	人名
Arturo Toscanini	アルトゥーロ・トスカニーニ	Al-thu-lō͘ Thō͘-su-kha-ni-ni	阿圖羅・托斯卡尼尼	人名
Athens	アテネ	À-son-suh	雅典	地名
Austin	オースティン	Ó͘-su-tin	奧斯汀	人名
Babel	バベル	Pa-pe-l	巴別塔	象徵名
Bach	バッハ	Pah-h	巴哈	人名
Baden-Baden	バーデンバーデン	Ba-tn̂g-Ba-tn̂g	巴登 - 巴登	地名
Baltimore	ボルチモア	Bal-thi-mo-l	巴爾的摩	地名

英語	日語音假名	台語音	華譯	註
Beate Sirota Gordon	ベアテ・シロタ・ゴードン	Pī-a-the Si-lo͘-tha Ko͘-l-tn̂g	比阿特・西羅塔・戈登	人名
Beethoven	ベートーベン	Pèi-tho-bun	貝多芬	人名
Bobby	ボビー	Pá-pi	鮑比	人名
Bonhoeffer	ボンヘッファー	Pōn-ho-hoa-l	潘霍華	人名
Boston	ボストン	Bo-su-tn̂g	波士頓	地名
Botticelli	ボッティチェリ	Po̍t-ti-chhe-li	波提切利	人名
Bourgeois	ブルジョワ	Pò͘-l-ji-oa	布爾喬亞	地名
Broadway	ブロードウェイ	Pu-lo-t-oe	百老匯	地名
California	カリフォルニア	Khā-li-ho-ni-ah	加州	美國州名
Calvanism	カルビン主義	Khè-l-bùn chú-gī	加爾文主義	教派名
Carnegie	カーネギー	Khā-ne-kì	卡內基	音樂廳名
Carter	カーター	Khà-tho-l	卡特	人名
Catherine de Medicis	キャサリン・デ・メディシス	Khè-sa-lin te Me-ti-si-suh	凱瑟琳・德・梅迪西斯	王后名
Champs-Elysees	シャンゼリゼ	Siong-je-li-ji	香榭麗舍	路名
Chaplin	チャップリン	Chhè-p-lìn	卓別林	人名
Charles Munch	チャールズ・ムンク	Chia-l-su Man-chhi	查爾斯・孟許	人名
cheese	チーズ	chhì-juh	奶酪	食物名
Chicago	シカゴ	Sī-khá-go	芝加哥	地名
Chillingworth	チリングワース	Chhì-līn-òa-suh	齊靈渥斯	人名

英語	日語音假名	台語音	華譯	註
Christina	クリスティーナ	Khu-li-su-thi-nah	克里斯蒂娜	人名
Clinton	クリントン	Kh-lín-thn̄g	克林頓	人名
Cognac	コニャック	Khon-ni-a-kh	科涅克白蘭地	酒名
Columbia	コロンビア	Khō-lúm-pì-ia	哥倫比亞	大學名
Coolant	クーラント	Khu-làn-t	—	舞曲名
Curl	カール	Kha-l	—	人名
Daniel Webster	ダニエル・ウェブスター	Tè-ni-l Óe-p-su-thò-l	丹尼爾・韋伯斯特	人名
Demitri	デミトリ	Tī-mi-chhùi	—	人名
Descartes	デカルト	Tī-kha-lt	笛卡爾	人名
Don Carlos	ドン・カルロス	Tōng Khá-lo-suh	唐卡洛斯	人名
Dostoyevsky	ドストエフスキー	Tó-su-tho-ie-hu-su-ki	陀思妥耶夫斯基	人名
Edgar Allan Poe	エドガー・アラン・ポー	Èt-ka-l É-làn Pơ	愛倫坡	人名
Dwight Eisenhower	ドワイトアイゼンハワー	To-oai-t Ái-sèng-hàu-l	德懷特・艾森豪	人名
encore	アンコール	Án-khờ-l	安可	—
Ford	フォード	Hờ-lt	福特	人名
Francisco Franco	フランシスコ・フランコ	Hu-lan-si-su-kho Hu-lan-kho	弗朗西斯科・佛朗哥	人名

英語	日語音假名	台語音	華譯	註
Franklin Pearce	フランクリン・ピアス	Hu-lan-k-lín Phì-l-suh	富蘭克林・皮爾斯	人名
Fulbright	フルブライト	Hù-l-pu-lai-t	傅爾布萊特	獎學金名
Garmisch	ガルミッシュ	Kà-l-mih-sih	加米	地名
Gilead	ギレアデ	Kí-lī-et	吉利德	地名
Harrisburg	ハリスバーグ	Hè-li-su-po-lk	哈里斯堡	地名
Harvard	ハーバード	Hà-ba-lt	哈佛	大學名
Helen	ヘレン	Hè-lùn	海倫	人名
Henry	ヘンリー	Hén-lì	亨利	人名
Henry Clay	ヘンリー・クレイ	Hén-lì Khu-léi	亨利・克萊	人名
Henry David Thoreau	ヘンリー・デイヴィッド・ソロー	Hén-lì Tè-bi̍-t Só͘-lò͘	亨利・大衛・梭羅	人名
Henry Wadsworth Longfellow	ヘンリー・ワズワース・ロングフェロー	Hén-lì Oa-chu-o͘l-su Lóng-hoe-lò͘	亨利－朗費羅	人名
Hepburn	ヘプバーン	Hep-bàng	赫本	人名
Herald Tribune	ヘラルド・トリビューン	Hè-lò͘-lt Chhúi-pīu-ìn	先驅論壇報	報紙名
Herbert von Karajan	ヘルベルト・フォン・カラヤン	He-l-pe-lt bon Kā-la-iáng	赫伯特・馮・卡拉揚	人名
Hester Prynne	ヘスタープディング	Hè-su-tho-l Phu-lín	海絲特・白蘭	人名
Hilton	ヒルトン	Hì-l-thn̍g	希爾頓	大飯店名
Hitler	ヒトラー	Hì-tho-lol	希特勒	人名

英語	日語音假名	台語音	華譯	註
Hofburg	ホーフブルク	Hō͘-hu-po-lk	霍夫堡宮	地名
Horn	ホーン	Hong	—	海角名
Hoover	フーバー	Hú-bo-l	胡佛	水壩名
Hunts	—	Hàn-chhuh	—	人名
Idlewild	アイドルワイルド	Ài-to-oai-lt	艾德威爾德	機場名
James	ジェームス	Je-m-suh	詹姆士	人名
James Hector	ジェームズ・ヘクター	Je-m-suh Hek-tho-l	詹姆斯・赫克特	人名
Jean Lisette Aroeste	ジャン・リゼット・アロエステ	Jín Lī-se-t Ē-lo-e-su-ti	—	人名
jeep	ジープ	Jì-phuh	吉普車	車牌子名
Joe Gordon	ジョー・ゴードン	Jió Kō͘-l-tǹg	喬・戈登	人名
John Carhoun	ジョン・カーホーン	Jióng Kha-ha-un	約翰・卡恩	人名
John Hawthorne	ジョン・ホーソーン	Jióng Hó͘-sòng	約翰・霍桑	人名
Johns Hopkins	ジョンズ・ホプキンス	Jióng-suh Hòp-p-khin-suh	約翰・霍普金斯	大學名
Joseph	ジョセフ	Jió͘-sē-huh	約瑟夫	人名
Jota Aragonesa	ジョタ・アラゴネサ	Hó͘-ta É-la-ko-ne-sa	—	西班牙舞名
Jowett	ジョウエット	Jiáu-ui-t	喬伊特	人名
Kansas	カンザス	Khén-sa-suh	堪薩斯	地名

英語	日語音假名	台語音	華譯	註
Kant	カント	Khan-t	康德	人名
Karamazov	カラマゾフ	Khā-la-ma-cho-huh	卡拉馬佐夫	人名
Kennedy	ケネディ	Khé-nè-ti	甘迺迪	人名
Kissinger	キッシンジャー	Khí-sin-chì-l	基辛格	人名
Lady Macbeth	マクベス夫人	Mak-pe-suh hu-jîn	麥克白夫人	戲劇名
Lancaster	ランカスター	Liàn-khē-su-tho-l	蘭開斯特	地名
Raskolnikoff	ラスコルニコフ	La-su-kho-l-ni-kho-huh	—	人名
Lenore	レノア	Lē-nó͘-l	麗諾兒	人名
Leonardo da Vinci	レオナルド・ダ・ヴィンチ	Leo-na-l-to Ta Bín-chhi	李奧納多・達芬奇	畫家名
London	ロンドン	Lóng-tǹg	倫敦	地名
Los Angeles	ロサンゼルス	Lō-su Én-Ji-l-suh	洛杉磯	地名
Louvre	ルーブル	Lù-hu-l	羅浮宮	博物館名
Lucifer	ルシファー	Lù-si-hō͘-l	路西弗	撒旦別名
MacArthur	マッカーサー	Mak-khà-l-sa-l	麥克阿瑟	人名
Maccombe	マッコム	Mak-khóm	—	人名
Maria	マリア	Mā-lí-ah	瑪麗亞	聖母名
Marvin Chomsky	マーヴィン・チョムスキー	Mà-l-bin Chhó͘-m-su-ki	馬文・喬姆斯基	人名
Marx	マルクス	Mà-l-kh-suh	馬克思	人名
Max	マックス	Mé-kh-suh	馬克斯	人名
McMillan	マクミラン	Mā-kh-mí-làn	麥克米蘭	劇院名

英語	日語音假名	台語音	華譯	註
Meister Eckhart	マイスター・エッ	Mài-su-tho-l Èk-kha-lt	—	人名
Mifflinburg	ミフリンバーグ	Mī-hu-lín-bol-k	—	人名
Mills	ミルズ	Mí-l-suh	米爾斯	人名
Milton	ミルトン	Mí-l-tǹg	米爾頓	地名
Missa	ミサ	Mí-sah	彌撒	宗教儀式
Missa Solemnis	ミサ・ソレムニス	Mí-sa Sǒ-lem-ni-suh	莊嚴彌撒曲	曲名
Missouri	ミズーリ	Mī-jú-lih	密蘇里州	美國州名
Mona Lisa	モナリザ	Mō͘-na-li-sah	蒙娜麗莎	名畫
Mont Blanc	モンブラン	Mong Pu-lán-kh	勃朗峰	鋼筆牌子
Moore	ムーア	Mó͘-l	穆爾	人名
Mozart	モーツァルト	Mo͘h-cha-lt	莫扎特	人名
Nancy	ナンシー	Nán-sih	南希	人名
Natalia	ナタリア	Nā-tha-li-ah	娜塔莉婭	人名
Nathaniel Hawthorne	ナサニエル・ホーソーン	Nā-se-ni-l Hó͘-l-sòng	納撒尼爾霍桑	人名
New York	ニューヨーク	Niū-ió-lk	紐約	地名
Nicodemus	ニコデモ	Nî-kho-ti-moh	尼哥底摩	聖經人名
Nixon	ニクソン	Ni-kh-sòng	尼克森	人名
Nobel	ノーベル	Nó͘-bel	諾貝爾	諾貝爾獎
Notre Dame de Paris	ノートルダムドパリ	Nó͘-thol-dem di Phā-lí	巴黎聖母院	教堂名
Obama	オバマ	Ō͘-ba-mah	奧巴馬	人名

英語	日語音假名	台語音	華譯	註
Orly	オルリー	Ớ-l-lí	奧利	機場名
Oxford	オックスフォード	Ờ-kh-su-hờ-lt	牛津	大學名
Palestine	パレスチナ	Phè-le-su-thài-n	巴勒斯坦	地名
Pallas	パラス	Phè-là-suh	帕拉斯	神名
Paris	パリ	Pha-lí	巴黎	地名
Pennsylvania	ペンシルバニア	Phēn-si-l-bà-ni-ah	賓夕法尼亞州	地名
Perry	ペリー	Phè-lih	佩里	艦名
Philadelphia	フィラデルフィア	Hūi-la-tè-l-hui-iah	費城	地名
Plato	プラトン	Phu-lèi-thờ	柏拉圖	人名
Pratt	プラット	Phu-lá-t	普拉特	人名
Princeton	プリンストン	Phu-lìn-su-thn̄g	普林斯頓	神學院名
Reagan	レーガン	Lí-kn̄g	雷根	人名
Reinhold Niebuhr	ラインホルド・ニーバー	Lai-in-hớ-lt Ní-pu-l	一	人名
Richard	リチャード	Lí-chhò-t	理查德	人名
Richard Storry	リチャード・ストーリー	Lí-chhò-t Su-tơ-lì	理查德斯托里	人名
Roberto	ロベルト	Lō-pè-l-toh	羅伯托	人名
Rocky	ロッキー	Lok-kih	洛磯	山名
Rodin	ロダン	Lờ-tìn	羅丹	人名
Roosevelt	ルーズベルト	Lờ-su-be-lt	羅斯福	人名

英語	日語音假名	台語音	華譯	註
Rossini	ロッシーニ	Lō-si-nih	羅西尼	人名
Saint Saens	セントセンス	Sè-in-t Sòng-suh	聖桑	人名
Salem	セーラム	Séi-le-m	塞勒姆	地名
Salzach	ザルツァッハ	Sè-l-cha-k	薩爾斯	地名
Salzburg	ザルツブルク	Só͘-l-chu-bo-lk	薩爾茨堡	地名
sandwich	サンドウィッチ	sian-ui-chhih	三明治	食物名
Samothrace	サモトラケ	Sé-mo-so-lai-suh	薩莫色雷斯	地名
Samuel	サミュエル	Sé-miu-l	撒母耳	人名
San Francisco	サンフランシスコ	San Hù-lan-si-su-khoh	舊金山	地名
Santa Barbara	サンタバーバラ	Sān-thà Pá-l-pa-lah	聖巴巴拉	地名
Saraband	サラバンド	Sé-lā-pèn-t	—	舞曲名
Sarah	サラ	Sé-lah	莎拉	人名
Susquehanna	サスクアサハナ	Sā-su-khoe-hè-nah	—	地名
Siemens	シーメンス	Sí-mon-suh	西門子	公司名
Silicon Valley	シリコンバレー	Sí-li-khòng Bé-lih	矽谷	地名
Smitherton	スミサトン	Sū-mi-so-tn̂g	—	人名
Saul Alinsky	ソウル・アリンスキー	Só͘-l Ā-lín-su-khì	—	人名
Stanford	スタンフォード	Su-tán-hò-lt	史坦福	地名
Stokowski	ストコフスキー	Sū-to-kháu-su-kì	斯托科夫斯基	人名
Seidensticker	サイデンステッカー	Sái-ton Sū-tik-khol	—	人名

英語	日語音假名	台語音	華譯	註
Symphony	交響曲	Sìm-ho-nih	交響樂	音樂名
Texas	テキサス	Thè-kh-sà-suh	德州	地名
The Raven	カラス	Lo Léi-bun	烏鴉之歌	詩名
Thompson	トンプソン	Thóm-p-sn̂g	湯普森	人名
Tolstoy	トルストイ	Thó͘-l-su-tho͘-ih	托爾斯泰	人名
tomato	トマト	Thō-méi-toh	番茄	菜名
Una	ウナ	Ú-nah	尤娜	人名
Union (Seminary)	ユニオン神学校	Iú-ni-on 神學院	聯合神學院	神學院名
Valencia	バレンシア	Bā-lén-sī-ah	瓦倫西亞	西班牙地名
Van Doren	ヴァン・ドーレン	Bēn Tó͘-lòn	範多倫	人名
Ventura	ベンチュラ	Bian-chhú-lah	文圖拉	地名
Venus	ヴィーナス	Bi-nà-suh	維納斯	希臘神名
Vienna	ウィーン	Bi-é-nah	維也納	地名
Walden Pond	ウォルデン池	Óa-l-tn̂g ô͘	瓦爾登湖	湖名
Walt Whitman	ウォルト・ホイットマン	Óa -lt Húi-t-màn	沃爾特惠特曼	人名
Westminster	ウェストミンスター	Óe-st-mín-su-thòl	威斯敏斯特	神學院名
Wikipedia	ウイキペデイア	Ui-khi-phe-tia	維基百科	
William Hoy	ウィリアム・ホイ	Uí-lī-am Hó͘-ì	威廉霍伊	人名

英語	日語音假名	台語音	華譯	註
William S. Clark	ウィリアム・S・クラーク	Uí-li-am S. Kh-lák	威廉•克拉克	人名
William Shakespeare	ウィリアムシェイクスピア	Uí-li-am Se-kh-su-pì-l	威廉•莎士比亞	人名
Zachary Taylor	ザカリー・テイラー	Chè-khō-lì Théi-lò-l	扎卡里泰勒	人名

台語版出版 ê 話　　/ 林俊育

2019 年四月出版盧焜熙教授所著 ê《主 ê 祈禱文》台語版 ê 時，有得 tio̍h 真好 ê 回應。了後，我 tùi 作者 ê 親兄哥賴永祥長老 hia，知影盧博士 mā 有寫一本小說《アルトーロの贈り物》（Arturo ê 禮物），我 kā 它 the̍h 來讀了後，感覺對台灣人來講，這是一本真有價值 ê 冊，所以我 to̍h 得 tio̍h 作者 ê 同意，kā 它翻譯做台文，thang 服務咱愛讀台文 ê 人。

1928 年出世 tī hit 時 iáu 是日本領土 ê 台灣 ê 盧博士，伊進入出現 tī 小說中 ê 台北高校尋常科 kah 高等科，戰後 chiah 轉學到中華民國政府下 ê 台灣大學。Chit 部小說 ê 角色 to̍h 是用伊一陣七、八名經驗豐富 ê 同學做藍本，m̄ koh in 中間並無任何人有私生子。冊中，伊用高超 ê 手筆描寫主角「到超過 80 歲 ê 時，chiah kah kiá^{n} 頭一 pái 見面 ê 心路歷程」。

關係 beh 選擇佛教 á 是基督教 ê 問題，tī 戰後，chit 陣同窗 mā 有提供真 chē 提示。作者通過小說來描繪日本 ê 宗教觀，而且對基督教 á 是佛教 ê 探討 mā 真有意思。最後一章 ê「Kah 天堂對話」是 chit 本小說 ê 結尾，m̄ 管是 m̄ 是基督徒，讀了 lóng ē 留落來深刻 ê 印象。

小說 ê 時間含蓋三代，ē sái 講是動亂 ê 東亞 100 年 ê 歷史回顧，ia̍h to̍h 是二次大戰前到 ta^{n}。博識 ê 作者通過 chit 本小說來 kah 咱分享 chit 段期間 ê 文學、音樂、歷史、詩歌、宗教、政治，以及日本、台灣 kah 美國 ê 社會問題，mā 包括醫藥、農業、企業管理 kah 質量控制等等相關 ê 領域，讀了 ē 感覺受益無窮，這確實是一本值得咱台灣人詳細來讀 ê 冊。特別是 tī 美國文學 kah 日本文學 ê 比較上，作者通過主角是研究美國文學 ê 學者，tī 研討會採用互相對話 ê 方式來輕鬆了解兩種文學 ê 特色。

作者有讀過 Westminster 神學院，koh 是虔誠 ê 基督徒，伊 kā 主角 tùi 日本民間宗教到接受基督教洗禮 ê 轉型過程，描寫 kah hō͘ chit 本小說成做基督教小說。尤其是 siōng 路尾 hit 章「天堂 ê 對話」，讀起來 ē hō͘ 人產生同感。

小說 ê 主角武田武彥是出世 tī 台灣 ê「灣生」，戰後 tńg 去日本，成做英美文學 ê 教授。通過作者 ê 文學才華 kah 廣泛領域 ê 智識深度以及精確 ê 結構，koh 有詳細 ê 心理描述，kā 小說 kah 事實做巧妙 ê 融合，故事發展 ê 技巧 mā 真有要領，hō͘ 人讀了 ē 想 beh koh 再讀。

講 tio̍h 作者對故事發展 ê 技巧真有要領，因為主角是灣生，致使 tī 中華民國退出聯合國 hit 段台灣歷史中，當伊來台灣參加研討會 ê 時，soah 被利用，成做 hit 時 ê 行政院長計謀 beh 軟禁總統 ê 傳話者。台灣人讀 tio̍h chit 段故事，日記 kah phoe 文 ê 文字改用另外字型，thang 方便區別來讀。

為 tio̍h beh hō͘ 一般讀者容易了解，冊中 ê 專有名詞 lóng 有加註腳。真 chē 台語文界 ê 人講外國 ê 人名 kah 地名 mài 照中華民國語翻譯 ê 漢字來讀做台語音，因為 ánne ē 走音，所以講 tio̍h 照原文 ê 讀音。M̄ koh，現此時 ê 台語白話字無法度有適合原文 ê 讀音，所以，照大多數人 ê 建議，慣勢用 ê 國家名使用既成 ê 漢字，其它 lóng 直接使用原文。附錄 ê 對照表 thang hō͘ 咱漸漸來了解 chit 種 ê 改進。

本冊採用台灣字，to̍h 是無連字符 ê 白話字。「á/ 仔」是咱台語 ê 特色，台灣字 ka 寫做 " 'á", 像講 toh'á, ti'á…… 阮想 beh 突破傳統，追求革新進步 ê 台灣字；因為全世界各國 ê 文字，無人親像王育德 bat 講 ê「掀開用白話字寫 ê 冊，看 tio̍h ê lóng 是連字符號，親像大水氾濫。」我 teh si'ágeh「漢羅轉台灣字」ê 時，jú 來 jú 感覺 kā 所有 ê「連字符」the̍h tiāu，根本都 bē 影響白話字 ê 本質，所有 ê「字詞」lóng bē 重複，所以 bē 造成閱讀 ê 困擾。咱 tio̍h 勇敢來試用「台灣字」，hō͘「台灣字」成做正常 ê 文字。

N̍g 望讀者 ē tàng 有機會來 kah 世界有好 ê 相接，hō͘ 咱 ê 台語文有它 ê 主體性來發展，mā ē tàng 脫離中華民國語 ê 束縛，這 mā 是出版 chit 本小說 ê 意義。

感謝宋麗瓊長老 kah 莊惠平先生 ê 用心校正，mā tio̍h 感謝美編黃秋玲小姐費盡苦心設計封面。封面 ê 構想是用故事 ê 舞台做背景：Tùi 咱台灣出發，到日本，到美國紐約，到法國巴黎，到美國洛杉磯 ê 農場，koh 有上帝疼 ê 光遍照 tī ta̍k 所在，顯現出 chit 本小說 ê 主題：「耶穌基督 ê 疼」。

國家圖書館出版品預行編目(CIP)資料

《Arturo ê 禮物》／盧焜熙(David Lu)原著， 林俊育譯--初版--臺南市：社團法人台灣全民台語聖經協會，2022.8
面 ; 17 × 23公分
譯自：《アルトーロの贈り物》
ISBN 978-986-91255-9-8(平裝)

1.基督教小說　2.靈修

861.57　　111008875

Arturo ê 禮物

アルトーロの贈り物

原 作 者：盧焜熙 David Lu
台 譯 者：林俊育
出 版 者：社團法人台灣全民台語聖經協會
地址：701002 台南市東門路一段117號
電話：0982-312292
信箱：limchuniok@gmail.com
官網：http://ctba.fhl.net/cont.php
粉專：https://www.facebook.com/ctbascn

承 製：前衛出版社
地址：104056 台北市中山區農安街153號4樓之3
電話：02-25865708｜傳真：02-25863758

總 經 銷：紅螞蟻圖書有限公司
地址：114066 台北市內湖區舊宗路二段121巷19號
電話：02-27953656｜傳真：02-27954100

初 版：2022年8月
定 價：380 元
I S B N：9789869125598
E-ISBN：9786267076569（PDF）
E-ISBN：9786267076576（EPUB）